「세키가하라 합전도 병풍」 앞부분

德川家康

도쿠가와 이에야스

3부
천하통일

22

세키가하라 전투

德川家康

3부 천하통일

22 세키가하라 전투

도쿠가와 이에야스

야마오카 소하치 대하소설

이길진 옮김

솔

『도쿠가와 이에야스』를 바로 읽기 위해

1. 본문 중 °표시가 된 용어는 용어 사전에서 풀이하였다.
2. 본문 중 *표시가 된 용어는 용어 사전 외에 부록 및 지도 등에서 설명하였다(다른 권 포함).
3. 인명과 지명은 원음 표기를 원칙으로 하며, 된소리를 피하고 거센소리로 표기하였다. 단 도쿠가와와 도요토미만은 원음과 차이가 있지만 일반인에게 익숙한 이름이기에 외래어 표기법에 따랐다. 장음은 생략하였다.
4. 인명, 지명 및 고유명사는 처음 나올 때 원어를 병기함을 원칙으로 하였으며, 강과 산, 고개, 골짜기 등과 같은 지명 역시 현지 음대로 강=카와(가와), 산=야마(잔, 산), 고개=사카(자카), 골짜기=타니(다니) 등으로 표기하였다.
5. 성과 이름 중간에 나오는 것은 대부분 관직명과 서열을 나타내는 것인데, 그 당시의 관습에 따라 이름과 혼용하여 쓰이는 경우도 있다. 각 관청 및 관직에 대해서는 부록에서 설명하였다.
   ex) 히라테 나카츠카사노타유 마사히데 → 히라테 마사히데(이름) + 나카츠카사노타유(나카츠카사의 장관), 아마노 아키노카미 카게츠라 → 아마노 카게츠라(이름) + 아키노카미(아키 지방의 장관)
6. 시간과 도량형은 에도 시대에 쓰던 것을 그대로 따랐으며, 역시 부록에서 설명하였다.

차례

《 세키가하라 전투에서의 이에야스와 미츠나리의 행보 》

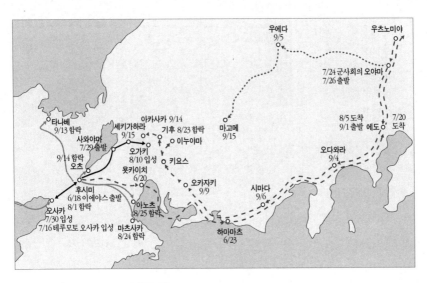

우에다
9/5

우츠노미야

7/24 군사회의 오야마
7/26 출발

8/5 도착   7/20
9/1 출발 에도   도착

타나베
9/13 함락

세키가하라
9/15

아카사카 9/14
기후 8/23 함락

마고메
9/15

이누야마

사와야마
7/29 출발

오가키
8/10 입성   키요스

오다와라
9/4

9/14 함락
오츠

옷카이치
6/20

오카자키
9/9

시마다
9/6

후시미
6/18 이에야스 출발

오사카
7/30 입성
7/16 테루모토 오사카 입성

아노츠
8/25 함락

마츠사카
8/24 함락

하마마츠
6/23

- - -   도쿠가와 이에야스
······   도쿠가와 히데타다
———   이시다 미츠나리
———   서군 장수들
o   주요 도시

후시미伏見 공격

1

미츠나리三成*가 인질 작전의 불쾌한 실패를 만회할 수 있는 길은 당연히 후시미 공격일 수밖에 없었다. 그것도 최상의 방법은 절대로 항전하지 않도록 하는 것. 공격하게 되면 아무리 작은 성이라도 상당한 희생을 각오해야만 한다. 그 희생의 정도에 따라 겨우 갖추어지기 시작한 서군西軍의 진용이 그대로 붕괴되는 원인이 될지도 모른다.

후시미 성은 타이코太閤°가 그 강대한 힘을 이용하여 축조한, 비할데 없이 견고한 성곽으로 둘려 있었다. 비록 농성하는 군사 수가 적다고 해도 결사적으로 항전한다면 그렇게 쉽게 함락할 수는 없었다.

미츠나리도 처음에는 어떤 미끼를 던져서라도 토리이 모토타다鳥居元忠*를 설득하여 성에서 나오게 하려 했다. 모토타다를 속여서 성을 나오게 할 수단은 그리 많지 않았다.

그 첫째는, 아이즈會津와 아이즈를 향해 출진한 이에야스家康*군 사이에 빨리 격전을 벌이는 일. 그렇게 되면 정보를 얻을 길이 막힌 모토타다는 초조해진다. 그럴 때——

"군사를 끌고 성을 나가시오. 절대로 배후에서 공격하지 않겠소. 곧 동쪽으로 가서 나이다이진內大臣°과 합류하는 편이 좋을 것이오."

넌지시 선심을 쓴다면 원래 일편단심으로 이에야스를 생각하는 모토타다이므로 이렇게 말할 터——

"고맙소. 그 온정, 잊지 않겠소."

그리고는 아이즈로 생각을 돌려 동쪽으로 갈 가능성이 높다고 미츠나리는 생각했다.

그런데 아이즈의 정세는 그 후에도 전혀 진전이 없었다. 이에야스도 당장에는 공격하지 않고 우에스기上杉 쪽에서도 싸움을 걸려는 기색이 없었다.

그렇다면 사기를 진작시키기 위해서라도 이쪽에서 후시미 성을 포위하지 않을 수 없었다. 성을 포위하면 물론 모토타다의 전의戰意도 불타오를 터. 포위는 불가피하지만 그러나 전투만은 피해야 한다는 미츠나리의 계산이었다.

"아직도 방법은 있다."

미츠나리는 이쪽에서 파견한 사자를 모토타다가 단호하게 쫓아보내고, 자기편 군사가 성을 포위한 뒤에도 결코 그 희망을 버리지 않았다. 지금 어설프게 일을 벌였다가, 지혜가 남아도는 지부쇼유治部少輔도 전투에서는 맥을 못 춘다……는 소문이라도 난다면, 다음부터는 이쪽 진영을 통제하기도 어렵게 될 것이다.

성을 포위하고 나서 미츠나리가 남몰래 크게 희망을 걸었던 것은 말할 나위도 없이 후시미 성에 머물러 있는 키노시타 카츠토시木下勝俊였다. 물론 카츠토시에게 모토타다를 설득하도록 할 생각은 아니었다. 카츠토시가 있는 한 코다이인高臺院을 이용할 수 있다고 생각하고 그 비책을 강구하고 있었다.

공격군에는 카츠토시의 친동생 코바야카와 히데아키小早川秀秋°가

가담해 있었다. 히데아키는 성안의 친형을 공격할 수 없다, 당연히 코다이인에게 호소하게 된다, 그렇게 되면 코다이인의 힘을 빌려 모토타다를 성에서 나오게 한다……

코다이인과 이에야스의 사이가 좋다는 점을 이용한, 후시미 성 탈환전에서 병력의 소모를 막으려는 고육책苦肉策이었다.

그 키노시타 카츠토시가 19일, 그만 후시미 성에서 나와버렸다. 그 결과 미츠나리의 계산은 수포로 돌아갔다.

일단 성을 포위해놓고 카츠토시가 나왔다고 해서 포위를 풀 수는 없었다. 이것이 포위군이 공격을 시작하지 않을 수 없는 이유였다……

2

어차피 공격하려면 시일을 지체해서는 절대로 안 된다.

아마도 토리이 히코에몬 모토타다鳥居彦右衛門元忠는 농성을 계속하면서 출진한 이에야스가 돌아오기를 기다릴 생각일 터. 그때까지 농성이 가능하다고 보고 단호히 사자를 쫓아보냈을 터…… 이렇게 미츠나리는 판단했다.

미츠나리의 이 판단에 큰 착오가 있었음은 새삼스럽게 말할 나위도 없다. 토리이 모토타다는 후시미 성에서 이에야스의 엄한 명령에 부응하여 이를 실천해 보임으로써 서군의 사기와 결속을 흔들어놓으려 하고 있었다.

미츠나리가 두려워하는 것도 바로 서군의 보조가 흐트러지는 일. 만일 후시미가 함락되기 전에 이에야스가 온다고 알려지면 서군 중에서는 속속 배신자가 나타날 것이 분명했다.

"이미 후시미에는 모든 수단을 다 강구해놓았다. 이 이상 더 오사카

大坂 부근에 적의 발판을 남겨놓는다면 히데요리秀賴 님의 위광이 흐려진다. 그리고 왕래에도 방해가 되므로 단숨에 무찌르고 미노美濃, 오와리尾張로 진출해야만 한다."

19일 저녁 무렵에 전투를 시작하여 교대로 총포를 퍼부었다. 성안에서도 이따금 응사가 있었으나, 25일까지 거의 개의치 않고 성안은 조용하기만 했다.

"어디 함락할 수 있겠거든 마음대로 해보아라."

마치 이렇게라도 말하는 듯했다.

서군은 더욱 초조해졌다.

남쪽 정문을 제외한 성 둘레를 겹겹이 포위하고, 24일에는 우키타 히데이에宇喜多秀家가 직접 지휘를 맡았다.

동쪽은 히데이에, 동북쪽은 코바야카와 히데아키, 서북쪽은 시마즈 요시히로島津義弘', 서쪽은 모리 히데모토毛利秀元가 맡았다. 여기에 킷카와 히로이에吉川廣家', 나베시마 카츠시게鍋島勝茂, 쵸소카베 모리치카長曾我部盛親, 코니시 유키나가小西行長, 모리 히데카네毛利秀包, 안코쿠지 에케이安國寺惠瓊 등이 속속 부서를 정하고 포위망을 굳혔다. 그 총병력은 무려 4만에 이르렀다.

이러한 상황에서 양측의 대치는 평소와는 전혀 다른 '전쟁터의 심리'가 지배하게 된다……

물론 직접적으로 누가 누구에게 원한이 있는 것도, 누구를 증오하는 것도 아니었다. 이 후시미 성을 쌓기 위해 얼마나 많은 인력과 얼마나 귀중한 문화의 정수精髓가 계산조차 할 수 없는 막대한 비용과 함께 투입되었는가도 깡그리 잊어버리고, 사람들은 오로지 파괴와 살육에 미쳐 날뛰었다.

마침내 25일 총공격 명령이 떨어졌다. 이때부터 타이코가 애써 쌓은 황금 같은 후시미 성은 밤낮을 가리지 않고 산천을 뒤흔드는 함성과 불화살, 오즈츠大筒°, 총포의 표적이 되었다.

성의 병사들 또한 높은 탑, 망루, 성벽, 총안銃眼° 그늘에서 활과 총 포로 응사하며, 접근하면 물러나고 멀어지면 쉬면서 조금도 적을 두려 워하지 않았다.

그때까지 진다이陣代°를 파견하고 있던 미츠나리, 그가 더 이상 참지 못하고 사와야마에서 후시미로 온 것은 29일 오후였다.

미츠나리는 우선 말을 타고 주위를 돌아보았다. 어느 진영이나 진지 하지 않다고는 말할 수 없었다. 그러나 성안 군사들은 모두 죽음을 각 오하고 있었기 때문에, 이러한 상황에서는 직접적인 전략 외에는 달리 지혜와 재간을 발휘할 여지가 없었다.

"타이코의 명령이시다. 어째서 빨리 함락시키지 못하는가!"

지난날 타이코의 군감軍監°으로 조선朝鮮에 건너갔을 때는 엄히 독 촉하고 다녔기 때문에 반감을 사기도 했던 미츠나리, 지금은 그런 질타 도 할 수 없는 입장이었다.

미츠나리는 마츠노마루松の丸 성곽 밖의 해자垓字° 옆에 말을 세우 고 생각에 잠겼다. 시일을 끌어 성안의 군량이 떨어지도록 할 수도 없 고 수공水攻할 방법도 없었다. 이대로는 1개월 정도 농성한다고 해도 끄떡도 않을 것 같았다……

3

토리이 모토타다를 위시하여 성안 병사들은 한결같이 죽음을 결심 하고 있었다. 세상에서 죽음을 각오한 자들을 상대하기보다 더 어려운 일은 없다. 더구나 성안에서 농성하는 군사들은 모두 이에야스가 기른 자들이었고, 그들의 처자도 여기에는 없었다.

성곽은 미츠나리 자신의 지혜도 곁들여, 성의 공격에는 고금을 통해 그 예를 찾아볼 수 없는 명인이라 일컬어지던 타이코가 혼신의 힘을 기울여 쌓은 견고한 보루였다.

'도대체 어디서부터 공격하여 무너뜨려야 한다는 말인가……?'

어느 방면에서 공격한다 해도 곧바로 응사할 수 있도록 충분히 계산하고 있을 터…… 차라리 희생을 무릅쓰고 한쪽에만 병력을 집중시켜 인해전술을 전개한다면, 혹시 인원수에서 열세인 적은 손을 들게 될지도 모른다.

'그러나 이 희생을 누가 떠맡으려 할 것인가……?'

오사카 성에 모리 테루모토毛利輝元°가 총대장으로 앉아 있기는 했다. 그러나 이 테루모토가 그러한 희생에 부응하는 은상을 내릴 힘을 가졌다고는 아무도 생각하지 않았다. 그리고 히데요리는 아직 토코노마床の間°에 놓인 인형에 지나지 않았다.

'이 일을 내가 직접……'

이런 생각이 들기도 했다. 그렇지만 농성군은 자신의 병력으로는 눈하나 깜박이지 않을 것이다.

미츠나리는 4반각半刻(30분) 가량 마츠노마루 성을 노려보면서 지혜를 짜내고 있었다.

'그렇다! 혹시 이 방법이라면 성공할지도 모른다.'

그는 곧 전령을 불렀다.

"나츠카 마사이에長束正家 진지에 가면, 진다이 반 고헤에伴五兵衛 아래 코카甲賀° 출신인 우카이 토스케鵜飼藤助라는 자가 있을 테니 즉시 데려오라고 일러라."

"예. ……반 고헤에 님에게 우카이 토스케를 데려오도록 하라는 말씀입니까?"

"그렇다. 만일 우카이가 없다면 다른 사람이라도 좋아. 성안에 있는 코카 무리들과 가까운 자가 있다면, 그런 자라도 좋다."

"알겠습니다."

전령이 탄환의 빗속을 뚫고 나츠카 마사이에의 진다이에게 다녀올 때까지 미츠나리는 계속 후시미 성의 위용을 노려보고 있었다.

이 성에는 지난날 미츠나리 자신이 누렸던 권세를 말해주는 지부쇼유 성이 남아 있었다. 그곳에는 지금 코마이 이노스케駒井伊之助가 남아 항전하고 있지만……

"반 고헤에 님을 모시고 왔습니다."

"오오, 잘 왔네……"

미츠나리는 말에서 내려, 자기 대신 후시미 성 공격에 가담하고 있는 타카노 엣츄高野越中 막사에 반 고헤에와 우카이 토스케를 데리고 들어갔다.

"반 고헤에, 이미 대략은 짐작하고 있을 테지?"

"예. 성안 코카 일당에게 내응을 권하시려는 것 아닙니까?"

반 고헤에는 전령의 말을 듣고 이미 미츠나리의 속셈을 읽은 듯한 표정이었다.

"허어, 그렇다면 자네는 여기 있는 우카이의 권고로 그들이 배신할 거라 생각하나?"

"글쎄요……"

"어려울 것일세. 여간해서는 응하지 않을 것일세. 그들도 이미 죽음을 결심하고 있으니까."

"그렇습니다. 워낙……"

당황하며 무언가 말하려는 반 고헤에를 누르듯 미츠나리는 조용한 어조로 말했다.

"나는 말일세, 성안에 있는 코카 일당의 처자와 부모 형제들을 모두 조사해 체포했어. 내일 그들을 이 해자 밖에 끌어내 보아란듯이 모두

책형磔刑°에 처하겠어. 이 내용을 우카이가 종이에 써서, 그 통지문을 화살에 매어 날려보내도록 하게."

4

"예? 그럼 코카 사람의 가족을······?"

반 고헤에보다 먼저 같은 코카 출신인 고시鄕士° 우카이 토스케가 깜짝 놀라 소리쳤다.

"물론일세."

미츠나리는 토스케의 눈을 바라보면서 크게 고개를 끄덕였다.

"그러면, 야마구치 소스케山口宗助와 호리 쥬나이堀十內 처자도?"

"당연하지. 야마구치 소스케와 호리 쥬나이도."

반 고헤에는 미츠나리의 이 말로 사태를 대강 짐작했다. 체포한 것이 아니라 체포하겠다고 협박할 생각이었다.

고헤에는 흘끗 미츠나리와 시선을 교환하고 토스케를 바라보았다.

"고시들이 내응하면 당연히 사정은 달라질 것이라는 말씀이다. 그대가 화살을 날려 그 뜻을 전하도록. 농성하는 자들이 그대로 있으면 모두 가족을 잃게 되는 거야."

"알겠습니다. 받아들일지는 알 수 없으나, 가족들의 생사가 걸린 문제라면 알려주는 것이 고향 친구들에 대한 신의겠지요."

"그래, 그렇게 하도록."

미츠나리는 진지한 표정으로 말했다.

"동의한다면 마츠노마루 성곽에 불을 지르고 성벽에 공격할 수 있는 공간을 만들도록. 그러면 내일 처형은 중지하고, 후에 은상을 내린다. 굳이 강요하지는 않겠어. 어차피 성은 함락되게 마련······"

"그러면 즉시 통지문을 쓰겠습니다."

"좋아. 그대의 글만으로는 상대가 주저할지도 몰라. 반 고헤에, 그대가 나츠카 님의 진다이로서 이 통지문 내용에 책임을 지겠다는 한마디를 덧붙이도록 하게."

"알겠습니다."

반 고헤에는 우카이 토스케를 데리고, 돌출한 해자 부근에 있는 나츠카 군의 활 부대 쪽으로 급히 달려갔다.

벌써 해가 지기 시작하여 공격군의 횃불이 밤하늘을 훤히 밝히고 있었다. 성안은 공격군에 비해 조용했다. 1,800명으로 4만 대군과 대적해야 하는 성안 군사로서는 조금이라도 더 힘의 낭비를 막으려는 생각에서일 것이었다.

마츠노마루 성곽의 망루 부근에는 사람의 그림자도 보이지 않았다. 우카이 토스케는 그곳과의 최단거리까지 활에 능한 젊은이를 데리고 가서 토스케의 통지문을 매단 화살을 쏘게 했다. 그 부근은 코카 사람들이 계속 망을 보는 장소였다.

성안에서는 한참 동안 아무런 반응도 없었다.

어쩌면 그런 내용 따위는 거들떠보지도 않을 정도로 결의가 대단한지 모른다……고 생각했을 때 성벽 위에 검은 점이 나타났다.

"활을 들고 있다. 회답을 할 모양이야."

성안에서 나타난 검은 점과 같은 사람은 필요 이상으로 신중한 동작을 취하고 있었다. 그 회답은 내용을 승낙하는 것인 듯. 그 점에서 엄격히 교제를 제한하고 있던 토리이 모토타다 역시 결국 맹점을 드러내고 말았다.

회답하는 종이쪽지를 단 화살이 어둠을 뚫고 나츠카 군 망루가 있는 소나무 근처에 떨어졌다. 우카이 토스케는 떨어진 화살을 들고 반 고헤에에게로 달려갔다.

반 고헤에는 싱글벙글 웃으며 성안에서 쏘아보낸 화살을 받아들었다. 그리고 곧바로 이시다 군의 진지로 미츠나리를 찾아갔다.

5

마츠노마루에 있던 코카 사람들의 답장은 예상했던 대로 내응하겠다, 가족들의 생명을 구해달라는 내용이었다.

미츠나리는 엄한 표정으로 읽고 나서 반 고헤에에게 말했다.

"이 일은 비밀에 부쳤다가 성안에서 불길이 오르거든 나츠카 군의 공훈으로 삼도록."

미츠나리는 곧 말을 달려 각 진지를 순회했다. 공격의 실마리가 생기면 그로서도 맹렬하게 싸움을 독촉할 수 있었다.

그는 맨 먼저 코바야카와 히데아키의 진지를 찾아갔다. 그리고는 다음과 같이 말해 그들을 교묘히 선동했다.

"킨고金吾 님 정도나 되는 분이 어찌 이렇게도 주저하십니까? 그러면 성안 병사들에게 무시당하게 됩니다."

히데아키는 일단 흥분하면 가장 선두에 서서 용맹을 발휘한다. 전에는 이런 점 때문에 대장의 그릇이 못 된다고 히데요시秀吉로 하여금 꾸짖게 했던 미츠나리, 이번에는 태연히 그 말을 뒤집고 있었다.

나베시마 카츠시게 진지에서도 같은 말을 했다.

"귀하께서 조선에서 떨친 용맹은 어디로 갔습니까? 토리이 모토타다를 처치하는 데 이렇게 시일이 걸리다니, 정말 곤란합니다."

젊은 카츠시게도 입술을 깨물고 분발했다.

시마즈 요시히로에게만은 차마 젊은 사람들을 대하듯 하지 못했다.

"전쟁터에서는 귀하와 어깨를 겨룰 만한 자가 없습니다. 공격은 반드시 귀하의 손으로…… 젊은이들에게 전투는 이렇게 하는 것이라고 본보기를 보여주십시오."

쵸소카베 모리치카와 코니시 유키나가에게는 나름대로 본심을 털어놓고 독려했다. 특히 코니시 유키나가는 처음부터 미츠나리의 동지로서 이 일에 임해온 사람. 더구나 앞서 인질 작전에서, 카토 키요마사加藤淸正의 부인은 미츠나리의 속셈을 알아차리고 교묘히 오사카에서 영지로 피신해 일을 그르쳐버리기도 했다. 그 카토 키요마사는 유키나가와 같이 히고肥後에 영지를 두고 있었다.

"키요마사와 귀하는 조선 출병 때부터 서로 좋지 않았소. 더구나 키요마사는 동쪽으로 가지 않고 영지에 남아 있으면서 귀하의 영지를 노리고 있어요. 여기서 시일을 끌면 영지에서 소동을 유발하는 원인이 될 것이오."

이 한마디는 유키나가로서도 가장 불안한, 그야말로 폐부를 찌르는 일침이었다.

이어 미츠나리는 모리 히데모토와 킷카와 히로이에를 만났다. 그들에게는 그날 밤 안으로 세타瀨田 진군을 감행하도록 진언했다. 이는 후시미 공격에 시간을 지체하지 않겠다는, 전군에 대한 독려와 암시.

그리하여 ──

미츠나리의 독전督戰은 일단 총부리를 내렸던 포위군에게, 한밤중에 이르러 다시 격렬한 총격을 가하도록 했다. 미츠나리의 말을 듣고 모두 새삼스럽게 분노를 깨닫게 되었다. 26일부터 29일까지 4일 동안의 총공격으로도 아직 후시미 성 어느 한 곳도 무너뜨리지 못했다. 그런 상황이므로 무리가 아니었다.

29일 한밤중…… 곧 30일 새벽부터 시작된 대공세는 해가 저물 때까지 네 차례에 걸쳐 행해졌다. 그 공격은 차마 눈뜨고는 볼 수 없을 만큼 치열했다. 그때마다 성안 군사는 해자 안쪽을 메뚜기처럼 뛰어다니며 사력을 다해 이를 격퇴했다.

격전은 그대로 밤까지 이어졌다. 그리고 드디어 초하루 아침을 맞이했을 때 마츠노마루 성의 망루가 하늘을 향해 불길을 뿜으며 타오르기 시작했다.

6

전쟁 그 자체를 이성을 포기한 인간들의 살육 다툼이라고 본다면, 어떠한 협박도 모략도 간계도 이기기 위한 수단으로 받아들일 수밖에 없다. 하지만 그 이전에는 어느 것이 옳은가 하는 차원 높은 윤리 다툼이 그 밑바닥에 깔려 있다……

이 윤리 다툼은 도중에 흔적도 없이 사라지고, 그 후에는 어느 쪽이 더 철저하게 '악업惡業'에 몰두할 수 있느냐 하는 악업 다툼으로 변형된다. 이것이 전쟁의 실태이다.

성안에 있던 일부 코카 사람들은 그 협박에 무너졌다.

그들은 자기들을 농성에 가담하게 한 '고집'의 밑바닥에 깔려 있는 극히 자연스럽고도 보편적인 집착, 자기 자신은 어찌 되었건 자손들만은 나은 생활을 할 수 있기를 희망하는 집착 앞에 굴복했다. 그러한 그들에게 자신의 죽음이 그대로 자손의 멸족과 이어진다는 사실이 통보되면, 그때는 자기편을 배신할 수밖에 없다. 그것이 인간이 한계점에 도달했을 때의 지혜였다.

그들은 공격군이 더욱 맹렬하게 포화를 퍼붓기 시작한 30일 자시子時(오후 12시)에 이르러 마침내 자기편을 배반했다. 우선 마츠노마루에 불을 질러 공격자에게 알린 뒤 즉시 성벽을 파괴하기 시작했다.

이를 신호로 하여 나츠카 군이 맨 먼저 진격을 개시했다. 이어 코바야카와 군과 나베시마 군도 때를 놓치지 않고 후시미 성벽을 향해 공격해나갔다. 그리고 히고 히토요시 성人吉城의 성주 사가라 요리후사相良 賴房의 군사도 나베시마 군과 전후하여 그 유명한 철문鐵門을 향해 돌진했다.

성안 농성군이 혼란에 빠진 것은 말할 나위도 없었다. 그렇지 않아도 병력 부족으로 적의 공격 지점을 보아가며 이리 뛰고 저리 뛰며 응전하던 농성군이었다.

"마츠노마루에 불이 났다!"

마츠노마루 성의 화재를 처음에는 적이 쏜 불화살 때문인 줄 알았다. 그런데 그 옆 성문이 50여 간間이나 파괴되어 있었고, 그곳으로 공격군이 쳐들어오고 있었다. 그때야 비로소 성안 농성군은 위급해진 사태를 깨달았다.

"배반이다! 배반자가 나타났다!"

일단 타오르기 시작한 마츠노마루 성의 불길은 농성군을 비웃기라도 하듯 소용돌이치며 무섭게 타올랐다.

무섭게 타오르는 마츠노마루 성의 불길에 성안 군사들이 당황하여 어쩔 줄 모르고 있는 동안, 마침내 타이코가 자랑하던 정문인 철문까지 불타기 시작했다. 정문으로 진격해온 것은 나베시마 카츠시게의 케닌家人° 나리타 쥬에몬成田十右衛門과 카와나미 사쿠에몬川浪作右衛門이었으며, 카와나미 사쿠에몬이 철문에 불을 질렀다.

철문이 녹아 떨어지는 순간 코바야카와 군, 나베시마 군, 사가라 군 사이에 선봉 다툼이 벌어졌다. 코바야카와 군과 사가라 군은 서로 싸우기까지 했다.

이미 공격군의 기세는 막을 방법이 없었다.

마츠노마루 성에 있으면서 코카 일당의 배신을 모르고 있던 후카오 세이쥬로深尾清十郎는 생포되었다. 이어 공격은 나고야名護屋 성을 목표로 하여 진행되었다. 정문을 수비하고 있던 마츠다이라 고자에몬 치카마사松平五左衛門近正가 나고야 성의 위기를 구하기 위해 달려와 싸우다가 전사했다. 공격군의 기세는 더욱 드높아졌다.

코가 일당이 성안에서 뚫어놓은 50간 남짓한 돌파구는 날이 밝기까지 후시미 성의 운명을 9할 9푼까지 결정해버렸다.

나고야 성이 함락되고, 정문을 수비하던 치카마사의 부하 85명이 전사했다. 서쪽 성에도 타이코太鼓 성에도 적은 육박해왔다……

7

날이 밝았다. 마츠노마루 성을 태운 불길은 아침 바람을 안고 더욱 기승을 부리고 있었다. 이미 나고야 성도 타이코 성도 붉은 연꽃과도 같은 불길에 휩싸여 있었다.

이때 코바야카와 히데아키는 휴전을 명하고, 본성本城에서 버티고 있는 토리이 모토타다에게 화의를 제안했다.

모토타다는 웃으면서 이 제안을 거부했다.

"나는 사수하겠다는 결의를 재삼 전한 바 있다. 우리가 모두 코카 일당과 같은 자라고는 생각지 마라."

처음부터 이루어질 까닭이 없는 화의는 공격자들에게 잠시 쉴 틈을 주었을 뿐, 다시 치열한 공방전이 시작되었다. 시마즈 군도 행동을 개시하여 정문 왼쪽의 지부쇼유 성으로 육박해들어갔다.

날은 이미 환하게 밝았다. 타이코의 호화로운 꿈을 간직한 후시미 성곽은, 병화兵火의 잿빛 연기 속에 붉은 구릿빛 태양의 햇살을 받으며 희미하게 드러나고 있었다.

사시巳時(오전 10시) ──

마츠다이라 이에타다松平家忠의 본진本陣은 지부쇼유 성으로 이동하여 격전을 벌이고 있었다. 그 본진으로부터 토리이 모토타다에게 보고가 들어왔다.

"원통하게도 지부쇼유 성도······"

모토타다는 끝까지 듣지도 않고 물었다.

"토노모노스케主殿助(이에타다)는?"

"시마즈의 부장 벳쇼 시모츠케別所下野를 상대로 싸우다가 적들이 떼지어오는 바람에 포위되어······"

"결과만 말하라. 중간 이야기는 필요 없다."

"예. 그들을 무찌르고 장엄하게 할복을!"

"알겠다. 적의 손에 죽지는 않았다는 말이지?"

"예. 뒤따르던 군사 팔백도 모두 전사······했습니다."

"알겠다. 성이 함락되었다는 뜻이로군."

"그렇습니다! 그러므로 성주 대리님도 자결을······"

"뭣이, 자결하라고? 토노모노스케가 그렇게 말하더냐?"

"예."

"안 돼. 굳이 자결을 서두를 필요는 없어. 나는 아직 손발을 움직일 수 있다."

이렇게 말하고 불쾌한 표정으로 말했다.

"잠시 쉬고 있어라."

　서쪽 성에 있던 사노 츠나마사佐野綱正의 죽음도 이미 보고가 들어왔다. 오사카 서쪽 성 수비를 명령받았으면서도 저항 없이 내주어 질책받고, 떼를 쓰다시피 하여 농성군에 가담했던 그는 격전 속에 총탄에 맞아 목숨을 잃었다.

　이제 부상 없이 남아 있는 사람은 모토타다와 다른 곳을 응원하도록 보내고 남은 병력은 200명뿐······

그때 마츠노마루 성과 나고야 성 전투에서 살아남은 코카 무리 20여 명이 달려왔다.

"아룁니다."

"무슨 일이냐?"

"저희 코카 무리 중에서 내응자가 나온 데 대해서는 감히 무어라 사 죄 드릴 말이 없습니다."

"그래서 어쩌겠다는 말이냐?"

"내응자는 사십 명 정도…… 그들은 모두 떠났습니다. 저희들과는 무관한 일, 저희들은 절대로 뜻을 바꿀 자들이 아닙니다."

"으음."

"부디 저희들에게 성주 대리님과 마지막 길을 같이 걸을 수 있도록 허락해주십시오."

모토타다는 그 말을 듣고 비로소 빙긋이 웃었다.

"알겠다. 사람들 중에는, 살기 위해서라면 어떤 주판이라도 놓는 자 가 있게 마련. 좋아, 처음부터 나는 너희들을 포섭할 생각이었지."

8

모토타다는 말없이 고개를 끄덕이는 코카의 무리들 앞에 미소를 거 두고 엄숙한 표정으로 돌아왔다.

"그러나 너희들 모두 이 성에서 나와 함께 전사해서는 안 돼."

"그게 무슨 말씀입니까, 역시 저희들을 믿지 못하십니까?"

"그렇지 않아. 너희들이 다 같이 전사하면, 배신한 자와 주판을 잘못 놓은 자를 어떻게 세상에 알릴 수 있겠느냐. 너희들은 몸을 숨기는 데 남다른 재주를 가진 사람들, 성이 함락되기 전에 탈출할 방법을 강구하도록. 배신자 사십여 명의 이름을 반드시 주군에게 알려야 해. 내 눈은 틀림없어. 주군의 승리는 확고부동한 것이야."

"그럼, 저희들은 여기서 전사하면 안 됩니까?"

"안 돼! 주판을 잘못 놓고 도망친 자들을 응징시킬 수 있는 증인은 너희들이야. 주군께선 분명히 너희들에게 은상을 내리실 것이다. 이 점 깊이 가슴에 새기도록 하라."

모토타다는 이렇게 말하고 코카의 무리들을 물러가게 한 뒤 본성에 남아 있는 200명도 안 되는 인원을 다시 점검했다. 이미 그들 대부분은 크게 상처를 입고 있었다.

"마지막 때가 온 것 같구나. 그동안 수고가 많았다! 나도 지팡이를 칼로 바꾸어 후회 없이 싸우겠다. 그대들 모두 내 뒤를 따르도록!"

공격군은 이때 다시 본성의 해자로부터 책문柵門°을 향해 물밀듯이 육박해왔다. 미츠나리 대신 타카노 엣츄高野越中가 지휘하는 이시다 군이었다.

"좋아, 울타리 밖으로 나가 맞아 싸우도록."

지팡이를 내던진 모토타다는 사람이 달라진 듯 민첩하고도 완강한 의지의 인간이 되었다.

"물러가라, 물러가 쉬어라!"

모토타다는 선두에 서서 문을 나와 적을 서쪽 성 한쪽으로 몰아붙였다. 그리고는 얼른 후퇴하여 다시 본성으로 돌아왔다.

생애의 대부분을 전쟁터에서 보낸 모토타다. 그의 전신은 본능적으로 진퇴의 기회를 재빨리 포착한다. 물러가 잠시 숨을 돌리고 다시 문을 나와 반격하고는 했다. 나와서 보면 적은 반드시 새로운 병력으로 교체하여 물이 빠진 해자를 건너오곤 했다.

"마치 뒤에 눈이 달린 것 같군."

어떤 사람이 말했다. 모토타다는 조롱하듯 말했다.

"정신 나간 소리. 전쟁터에서는 전신이 눈이 되어야 하는 거야."

이와 같은 신출귀몰神出鬼沒한 진퇴도 네 번이나 계속되는 동안 그때마다 인원이 줄어들었다.

'이제 더 이상은……'

모토타다도 체념하지 않을 수 없었다. 그 역시 다섯 군데나 부상을 입고 있었다.

"세 번 이상이나 공격군을 물리쳤다. 우리도 조금은 체면을 세웠다. 이번으로 공방전도 끝날 것이다."

다섯번째로 공격해나갔을 때 타카노 엣츄의 군사는 또다시 흩어져 문밖으로 달아났다. 그 뒤를 쫓아가면서 모토타다는 등줄기에 싸늘한 오한을 느꼈다.

'아차, 속았구나!'

날카롭게 연마된 감각에 번개처럼 가슴을 스치는 예감…… 예감은 적중했다. 타카노 엣츄는 모토타다가 본성의 문안으로 되돌아가기를 기다려 해자에 500명 남짓한 병력을 매복시켜놓고 있었다.

모토타다는 그 덫에 걸린 것을 후회하지 않았다. 유감 없이 싸워 벌써 그 몸은 한계에 이르러 있었다.

"와아!"

모토타다의 등뒤에서 복병의 함성이 일었다.

9

그 함성을 신호로, 일단 서쪽 성으로 물러갔던 이시다 군은 다시 토리이 군을 향해 공격해왔다. 피로가 극에 달한 토리이 군은 본성 책문 옆에서 협공을 당하고 말았다.

"흥, 다섯 차례나 싸우고서야 겨우 깨달았단 말인가."

그 말은 지기 싫어하는 기질의 노인이 이 세상에 던지는 마지막 신랄한 독백이었다.

"하하하…… 뒷날의 이야깃거리로 삼아라. 그러나 나는 길에서는 죽지 않는다."

다시 돌아가기 위해 본성 문 앞에 다다른 모토타다는 더 이상 뒤돌아보려 하지 않았다. 에워싸고 공격하는 적 가운데서 긴칼을 휘두르며 두려움을 모르는 사람처럼 똑바로 앞만 보고 걸어나갔다.

대지에 와닿는 햇빛은 희미했다. 하늘에 뚜렷하게 한 줄기 푸른 강물이 그려진 것을 안뜰에서 바라보고 나서 본성의 방으로 들어갔다.

"남은 인원은?"

"예."

대답하면서 이시노 코지로石野小次郎는 인원수를 세어보았다.

"열여섯입니다."

"그래, 수고들 많았다. 우리는 다섯 차례나 적을 괴롭혔어. 그 정도면 충분하다."

모토타다는 열여섯 명이 남을 때까지 싸우지 않고는 성이 차지 않은 자신이 우스웠다.

담담한 얼굴로 모토타다는 쌓아놓은 다다미疊° 위에 앉았다. 문득 다시는 일어서지 못할 것 같았다.

'고집스러운 자들이 많았는데……'

문득 떠올린 것은 역시 혼다 사쿠자에몬本多作左衛門의 얼굴이고 이시카와 카즈마사石川數正의 얼굴이었다. 두 사람 모두 이미 죽었다. 저승에 가더라도 무용담으로는 그들에게 뒤지지 않을 것이고 별로 외롭지도 않을 것이다. 이런 생각을 하면서 그 때문에 고집을 부려온 자기가 더할 나위 없이 기특하다는 마음으로 스스로를 향해 웃었다.

"하하하…… 모토타다, 잘해냈어."

자기 자신에게 말했을 때, 제방을 뚫고 넘쳐흐르는 탁류와도 같은 기세로 적이 본성에 난입해들어왔다.

"허어, 내 귀에도 들리는구나. 귀머거리 노인인데도."

살아남은 사람들이 후닥닥 복도로 달려나갔다.

이때 갑자기 반대쪽 입구로 뛰어들어와 모토타다에게 창을 겨누는 자가 있었다.

"토리이 히코에몬 모토타다 님이신 줄로 알고 있습니다마는."

"누군가, 그대는?"

모토타다는 눈을 크게 뜨고 일갈했다.

"허둥대지 마라. 이름을 대고 덤벼야 도리인 게야."

"예. 사이카 마고이치로 시게토모雜賀孫一郞重朝입니다."

"누구 부하냐? 주인의 이름부터 말하라."

상대는 모토타다의 기세에 놀라 주춤했다.

"미처 말씀 드리지 못했습니다. 노무라 히고노카미野村肥後守의 부하입니다."

"그래, 알았다. 물론 나는 이 성의 대장 토리이 히코에몬 모토타다, 네가 본 대로다."

그러면서 칼을 지팡이 삼아 일어서려고 했을 때 다시 웃음이 치밀었다. 일어설 수가 없었다.

"용케도 제일 먼저 달려왔구나. 그래, 너에게 이 목을 건네겠다. 자, 어서 목을 베고 이름을 떨치도록 해라."

결코 억지를 부리는 것도 연극을 하는 것도 아니었다. 죽을 것이 분명할 때는 순순히 상대에게 공을 세우도록 해주는 것이 무장의 마음가짐이고 예의이기도 했다.

상대는 다시 한 발 뒤로 물러섰다. 모토타다가 너무 침착하기 때문에 더욱 주눅이 드는 모양이었다.

10

"왜 베지 않느냐? 이 목을 그대에게 주겠다고 한 내 말을 듣지 못했느냐?"

모토타다는 다시 한 번 일갈했다. 상대가 질려 망설이고 있는 모습이 답답하기도 하고 기특하기도 했다.

"확실히 맨 먼저 달려온 것은 너야. 빨리 하지 않으면 다른 사람에게 공을 빼앗기게 될 것이다."

이 말을 듣고 상대는 무슨 생각을 했는지 갑자기 모토타다의 발 밑에 무릎을 꿇었다.

"그 말씀은 제 분수에 넘칩니다."

"뭣이?"

"이 사이카 마고이치로…… 이렇게까지 용맹하시고 이렇게까지 깨끗하신 대장은 만난 일이 없습니다."

"그러기에 어서 공을 세우라고 했다. 기를 꺾지 말고 일어나거라! 일어나서 목을 쳐라. 이처럼 흰머리를 내밀고 있지 않느냐."

그러면서 얼른 갑옷을 벗어버렸다.

"황송합니다!"

상대는 다시 큰 소리로 말하고 머리를 조아렸다.

"토리이 님은 이 성의 대장이십니다. 저 같은 자가 손을 댄다면 무엄한 일입니다. 제발 배를 가르십시오. 그러시면 제가 삼가 머리를 거두겠습니다."

"허어…… 나에게 할복을 권하느냐……?"

"그렇습니다……"

"뜻밖에 기특한 말을 듣게 되는군. 그래, 네 눈에는 이 모토타다가 깨끗한 대장으로 보였다는 말이지?"

"용맹하신, 유례가 없는 공격이며, 지금 하신 말씀은 무장의 거울이라 생각합니다."

"하하하…… 이거 훌륭한 공양을 받는구나. 백만 번의 염불보다 더 고마운 말이야."

적의 침입을 알고 다가오려는 아군 병사를 무섭게 제지했다.

"이제 됐다. 할복을 하려 하니 아무도 들어오지 못하게 하라."

그리고는 얼른 와키자시脇差°를 뽑아 옷을 헤치고는 배를 찔렀다.

"마고이치로, 서둘러라! 방해자가 들어오겠다."

솔직히 팔에 힘이 없어 십자 모양으로 배를 가를 정도의 여력도 없었다.

"예. 그럼, 실례합니다!"

사이카 마고이치로 시게토모라고 자기 이름을 밝힌 장년의 무사는 몸을 날리듯이 하면서 토리이 모토타다의 목을 쳤다. 그도 이 노장이 얼마나 지쳐 있는지 잘 알고 있었다.

떨어진 목에 공손히 절을 하고 이를 집어든 그는 창을 어깨에 메고 재빨리 정원으로 달려나갔다.

"대장님이 자결하셨다."

"성주 대리님이 할복을……"

남은 사람들도 이미 그들의 저항이 종말에 다다랐다는 것을 무언중에 깨닫고 있었다.

열여섯 명은 어느 틈에 5, 6명으로 줄어들어 있었다. 그들은 모토타다의 주검 주위에 우르르 몰려와 약속이라도 한 듯이 칼끝을 자기 목에 갖다대었다.

그와 동시에 공격군이 여러 곳에서 한꺼번에 쏟아져들어왔다.

토리이 모토타다, 향년 62세.

이때 모토타다와 함께 죽은 토리이 가문의 케닌은 354명…… 중신重
臣에서 코쇼小姓°와 하인에 이르기까지 문자 그대로 한 사람의 생존자
도 없이 혹은 전사하고 혹은 자결해, 모토타다가 예기하고 계산했던 것
처럼 공격군의 간담을 서늘하게 만들어놓고 성은 함락되었다.

 돌풍 전야

1

이에야스가 오야마小山 진지에 도착한 뒤로 나가이 나오카츠永井直勝는 갑자기 바빠졌다. 진중의 사무가 번잡하기 때문만은 아니었다. 이에야스의 생각을 깊이 이해하지 못한 채, 혼다 사도노카미 마사노부本多佐渡守正信, 그의 아들 마사즈미正純와 함께 셋이서 측근의 일을 돌봐야 했으므로 마음의 긴장이 이만저만이 아니었다.

"서쪽 일이 염려된다면 언제든지 영지로 돌아가도 좋소."

도요토미豊臣 가문의 은혜를 입은 장수들을 향해 당당하게 이런 선언을 한 이에야스, 이에 대해 도쿠가와德川 가문의 후다이譜代° 중신들이 이의를 제기했다.

"비록 주군이 그런 말씀을 하셨다 해도 측근들이 가감해서 전했어야 하는 것 아닌가."

혼다 타다카츠本多忠勝와 같은 사람은 이에야스의 뜻을 그대로 전한 사실에 대해 노골적으로 나오카츠를 나무랐다.

"그런 일이라면 주군께 직접……"

모든 일은 이에야스의 결단에 달려 있었다. 그러므로 측근으로서는 이렇게 말을 돌릴 수밖에 없었다.

그런데 이에야스는, 이것이야말로 모든 장수들에게 알리는 편이 좋겠다……고 생각되는 서신 한 통만은 도리어 장수들에게 알리려 하지 않았다. 다름 아니라, 미츠나리의 추대로 서군의 맹주가 된 모리 가문에서 보낸 밀서였다.

수신인은 사카키바라 야스마사榊原康政와 혼다 사도노카미 및 나가이 나오카츠 등 세 사람이었다. 보낸 사람은 오사카에 있는 모리 가문의 중신 마스다 겐바노카미 모토나가益田玄蕃頭元祥, 쿠마가이 부젠노카미 모토나오熊谷豊前守元直, 시시도 비젠노카미 모토츠구宍戶備前守元次 세 사람이 연서連署한 것이었다.

"일부러 서신을 보냅니다. 이번에 안코쿠지가 출진하여 고슈江州까지 갔으나 지부쇼유, 교부노쇼(오타니 교부노쇼大谷刑部少輔)의 체면을 세워주기 위해 마지못해 오사카로 돌아왔습니다……"

이런 말로 시작된 서신은, 안코쿠지 에케이가 되돌아왔다는 사실을 테루모토는 전혀 모른다고 변명하는 내용이었다. 만약 테루모토가 알았다면 경악했을 것이다…… 오사카를 수비하는 장수로서 이를 보고하지 않으면 나중에 어떤 오해를 받게 될지 모르므로 염려되어 속히 전령을 보내 알린다고 했다.

7월 13일 날짜로 된 서신이었다. 모리 가문 내부에도 이에야스의 편이 있다는 의미이므로 장수들에게 회람시키면 사기를 고무시키는 데 크게 도움이 될 터인데도 이에야스는 오히려 발표하지 않았다.

이어서 모리 일족인 킷카와 히로이에로부터도 다음날인 14일 날짜로 밀서가 도착했다.

"지난 칠월 오일, 운슈雲州를 출발하여 반슈播州의 아카시明石에 도착했더니 먼저 출발했던 안코쿠지가 고슈에 있던 이시다 지부쇼유石田

治部少輔, 오타니 교부노쇼와 면담을 하고, 무슨 일인지는 모르나 오사카로 돌아가면 우리에게도 출진을 삼가라고 했습니다. 그러던 중에 두 사람의 계획을 알고 크게 놀라……"

곧 킷카와 히로이에의 밀서는, 이 일은 안코쿠지의 마음에서 나온 것이지 모리 테루모토의 진심은 아니다, 나중에 분명히 밝혀질 것이므로 오해 없기 바란다는 변명조의 서신으로, 수신인은 사카키바라 야스마사로 되어 있었다.

이 서신들로 서군의 맹주인 모리 일족에 내분이 있다는 사실을 알았으나, 이 역시 발표하지 않았다.

말하자면 불리한 일은 모두 발표하고 유리한 재료는 숨기겠다……는 태도였다. 이에야스가 무엇을 생각하고 있는지 나오카츠는 더욱 알 수 없었다.

그러한 이에야스가 25일, 오야마에서 동쪽으로 가느냐 서쪽으로 가느냐의 중요한 문제를 상의하는 군사회의를 열겠다고 했다……

2

"나오카츠, 혼다 타다카츠와 이이 나오마사井伊直政*를 불러오게."

이에야스는 회의에 참석할 장수들에게 회람을 돌리게 한 뒤 나가이 나오카츠에게 느긋한 표정으로 말했다.

7월 25일 아침. 서쪽 후시미에서 격전이 벌어진 지 이틀째 되는 날이었다.

"이번에 서쪽에서 일어난 소란에 대해 사람들이 잘못 인식하지 않도록 잘 말해야 해. 알겠나, 그것은 모리 군사도 아니고 히데요리 님의 군사도 아니야. 반드시 이시지쇼石治少(이시다 지부쇼유)와 오교쇼大刑少

(오타니 교부노쇼)의 반역이라 부르도록……"

이 말에 나오카츠는 깜짝 놀라 반문했다.

"이시지쇼와 오교쇼의 반역……이라는 말씀입니까?"

"그래. 이 말을 회의 도중에 계속 사용하도록. 그러면 장수들의 머리에도 전쟁의 성격이 확실하게 인식될 테니까."

"황송합니다마는…… 그런 말씀은 주군께서 두 분에게 직접…… 그러시는 편이 두 분에게도 납득이……"

여기까지 말했을 때 이에야스는 얼른 고개를 저었다.

"오늘 회의에 나는 참석하지 않겠어."

"예?"

나오카츠는 자기 귀를 의심했다.

에도江戶에서 일부러 오야마까지 왔으면서도 군사회의에 참석하지 않겠다니 무슨 생각을 하고 있는 것일까……?

"나는 오늘 회의에는 참석하지 않겠다고 했어."

"그……그것은 어째서입니까? 지금은 모두 주군의 자신감에 넘치는 말씀을……"

"알고 있네. 그러나 나 대신 타다카츠와 나오마사를 보내겠어. 그러면 되는 거야."

"하지만 그렇게 되면 너무 가벼워서……"

말하다 말고 나오카츠는 입을 다물었다. 이에야스의 눈이 짓궂게 웃고 있었기 때문이다.

"나오카츠."

"예."

"자네는 좀더 생각을 깊이 할 줄 아는 사람이 되어야겠네."

"죄송합니다."

"내 말을 잘 들어보게. 오늘 회의에 내가 참석하여 엄숙한 얼굴을 하고 앉아 있으면 어떻게 되겠나?"

"모두 믿음직스럽게 생각하고 마음을 놓지 않을까 생각합니다."

"……그렇지 않아. 모두 겁을 먹고 도리어 본심을 털어놓지 못하게 될 것이야."

"예? 과연……"

"이제 깨달았나? 전쟁이란 말일세, 일단 시작되면 우선 사기가 높아 야 해. 언제라도 진두에 나설 수 있는 각오가 되어 있어야 하는 거야. 미리 알고 있어야 할 것은 함성이나 허세가 아니라 어디까지나 진실일 세. 우리편의 실질적인 역량."

"황송합니다."

"실력도 없으면서 허세를 부린다…… 이처럼 어리석은 일은 없어. 이 오산은 반드시 패배의 원인. 그래서 나는 오늘 참석하지 않고, 나오 마사와 타다카츠에게 장수들의 역량을 시험하도록 하려는 것일세."

"과연…… 그래서 이시지쇼와 오교쇼의 반역이라고 하셨군요."

"그래. 진실을 알아놓기 위해 올 필요도 없는 오야마까지 일부러 에 도에서 온 것이니까."

이에야스는 또다시 나오카츠가 이해할 수 없는 말을 하고는 빙긋이 웃었다.

"두 사람을 불러오게. 그리고 자네도 옆에서 들을 필요가 있겠어."

3

나가이 나오카츠는 곧 사람을 보내 혼다 타다카츠와 이이 나오마사 를 불러오도록 했다. 그러면서도 이에야스의 말이 너무 우스워 몇 번이 나 입 속에서 되풀이 중얼거렸다.

"이시지쇼와 오교쇼의 반역……"

모리 가문의 내부에서 킷카와 히로이에가 내응할 의사가 있다는 뜻을 전해오고 있고, 히데요리를 적으로 돌려서는 안 된다는…… 이유도 잘 알고 있었다.

이에야스를 따라 출진한 도요토미 가문 직계의 다이묘大名°들 중에는 이에야스의 힘을 통해 히데요리의 안전을 도모할 수밖에 없다고 생각하는 사람이 적지 않았다.

'이시지쇼와 오교쇼의 반역'이라니, 사람들의 귀에 달라붙을 이 얼마나 강력한 말인가. 약간 우습기도 하고 약간 경멸하는 투도 섞여 있다. 그렇지만 이 말은 아주 정확하게 이번 전쟁의 성격과 이에 대한 이에야스의 마음가짐을 유감 없이 나타내고 있었다.

그 말을 뒤집어보면 서군이 내세우는 '나이다이진의 잘못'이라거나 '히데요리 님을 위해서……'라는 따위의 구실이 도리어 익살스럽게 여겨졌다. 그 중요한 선전문의 서명인인 나츠카 마사이에나 마시타 나가모리増田長盛가 이면에서 은근히 이에야스에게 추파를 던져오는 탓도 있었으나, 그 이상으로 이 말에서 전해오는 느낌, 큰소리를 치며 혼자 버둥거리는 어린아이 같은 느낌을 떨칠 수 없었다.

"이시지쇼와 오교쇼의 반역."

간단히 이렇게 말하고 보면, 모리도 우키타도 두 사람에게 이용당하는 꼭두각시에 지나지 않을 뿐 별로 우려할 만한 인물이 아닌 것처럼 보이니, 그 또한 묘한 일이었다.

물론 히데요리는 어리기 때문에 전후 형편을 알 리 없다. 이는 굳이 설명하지 않아도 누구나 다 아는 사실. 그렇다면 역시 이번 일은 '이시지쇼와 오교쇼의 반역' 이외에 아무것도 아니며, 이에 동조하는 사람들은 사려분별이 모자라는 부평초로 보일 수밖에. 아니, 그보다 더 중요한 것은, 이에야스가 분명히 그러한 사실을 꿰뚫어보고 있으면서 그들이 생각만 바꾼다면 굳이 나무라지 않고 포용하겠다는 묘한 유인의 의미까지도 그 말의 이면에는 숨어 있다는 점이었다.

'주군은 얄미울 정도로 놀라운 지혜를 가지고 계시다.'

그러한 이에야스가 오야마까지 온 것은 우에스기 쪽과 전쟁을 하기 위해서가 아니라는 듯한 말을 하고 있다. 나가이 나오카츠는 아직도 이에야스의 속셈을 파악할 수 없었다.

혼다 타다카츠와 이이 나오마사가 왔다. 나오카츠는 두 사람을 데리고 다시 이에야스 앞으로 갔다.

이에야스는 이미 혼다 사도노카미 부자와 사카키바라 야스마사를 불러놓고 무언가 열심히 이야기를 나누고 있었다.

이 오야마 본진은 역참 서북쪽에 있는 오야마 히데츠나小山秀綱의 성터에 자리잡고 있었다. 히데츠나는 텐쇼天正 18년(1590)에 호죠北條 가문과 함께 멸망하고 성은 그대로 폐허가 되었다.

그 폐허를 급히 수리하고, 이에야스는 오모이가와思川를 등지고 있는 본성의 한 구역에 있었다. 그 반대쪽에 오늘의 군사회의를 열기 위해 사카키바라 야스마사가 사방 4간의 가건물을 지어놓았다.

벌써 이 가건물에는 히데타다秀忠, 히데야스秀康를 비롯하여 장수들이 속속 도착하고 있었다.

4

나오카츠를 따라 타다카츠와 나오마사가 들어섰다. 이에야스는 지금까지 하던 말을 중단하고 두 사람 쪽으로 돌아앉았다.

"사나다 아와노카미眞田安房守 부자가 이누부시犬伏까지 왔다가 되돌아갔다고?"

나오마사보다는 혼다 타다카츠에게 묻는 투였다. 타다카츠는 씁쓸한 표정으로 변명하듯 말했다.

"거기에는 여러 가지 이유가 있습니다."

　서쪽에서 소요가 일어났다는 사실을 알고 서둘러 되돌아간 장수는 현재로서는 사나다 부자뿐이었다. 더구나 그 사나다 아와노카미 마사유키眞田安房守昌幸의 맏아들 노부유키信幸는 혼다 타다카츠의 사위, 타다카츠로서는 마음이 착잡했을 것이다.

　이에야스는 가볍게 타다카츠의 말을 막았다.

"아니, 그 일을 탓하는 게 아닐세. 자네와 인척인 사나다 부자가 되돌아갔다는 것은 지부쇼유가 얼마나 이득을 내세워 집요하게 자기편에 끌어들이려 고심하고 있는가 하는 증거일세. 그리고 사나다 부자는 녹봉이 적기도 하고."

"기회를 보아 제가 반드시……"

"너무 신경 쓰지 말게. 그게 진실일세. 알겠나, 그래서 나는 오늘 회의에는 참석하지 않겠네."

　이 말에 이이 나오마사도 깜짝 놀랐다.

"주군이 참석하시지 않는 회의는 무의미합니다. 어째서 그런 생각을 하셨습니까?"

"나오마사와 타다카츠 두 사람이 다른 사람의 의견을 충분히 들어두라는 말일세."

　이에야스는 진지한 표정으로 말했다.

"오늘은 내가 장수들에게 전하고 싶은 말이 있네. 이에 대해 의견이 나오거든 들어두게. 의견이 나오지 않으면 이삼 일 뒤에 다시 회의를 열겠어."

"무슨 말씀인지는 알겠습니다마는, 우에스기 군은 벌써 포진을 끝냈습니다. 나오에 카네츠구直江兼續는 군사 일만을 거느리고 난잔南山

입구에서 시모츠케下野로 나와 타카하라高原에 진을 쳤고, 혼죠 시게나가本庄繁長와 그 아들 요시카츠義勝는 팔천의 군사를 이끌고 츠루키鶴生와 타카스케鷹助에 포진했습니다. 야스다 요시모토安田能元와 시마즈 츠네타다島津昔忠는 시라카와白川에, 이치카와 후사츠나市川房鋼와 야마우라 카게쿠니山浦景國는 세키야마關山에…… 더구나 카게카츠景勝 자신도 휘하 팔천과 예비병 육천을 거느리고 와카마츠 성若松城을 떠나 나가누마長沼로 향했다고 합니다. 그러한 적을 눈앞에 두고 키츠레가와喜連川에서 시라사와白澤에 걸쳐 진지를 세운 아군을 소집할 수는 없다고 생각합니다마는."

이야기가 사나다 부자에 대한 것에서 벗어나자 타다카츠는 갑자기 말이 많아졌다.

"싸움이라면 주군에게 뒤지지 않는다."

이러한 평소의 기개와 자신감이 저절로 입 밖으로 나왔다.

이에야스는 그 한마디 한마디에 고개를 끄덕였다.

"사실 그 말이 옳아. 더구나 적은 눈앞에 있는 것만은 아니야. 아무래도 모가미 요시아키最上義光는 카게카츠를 편들려는 듯한 움직임이 보이고, 서쪽의 소요도 점점 확대되고 있어. 그러므로 여기서는 특히 침착해야 하네."

"그러시면 오늘 장수들에게 하실 말씀은?"

화제가 전투의 진퇴 문제로 번질 것을 경계하며 얼른 이이 나오마사가 입을 열었다.

"마침내 중요한 싸움이 될 것 같아 그 일을 말하려고 하는데, 이렇게 전해주게. 쿄토京都 방면의 소요에 대해서는 이미 통보한 바와 같다…… 이 소요는 이시지쇼의 음모에 오교쇼가 가담한 두 사람의 반역임이 틀림없으나, 그들은 히데요리 님을 위해서라 칭하고 있다, 그리고 처자들도 오사카에 있고 보면 여간 걱정이 되지 않을 것이다. 그러므로 일단 영지로 돌아가는 것이 어떤가……"

　순간 그 자리에는 얼어붙을 듯한 침묵이 흘렀다.

5

　'지금의 이에야스는 이제까지의 이에야스와는 다르다……'

　모두 그런 느낌은 가지고 있었다. 그러나 적을 앞뒤에 둔 지금에 와서 새삼스럽게 이런 말이 이에야스의 입에서 나올 줄은 아무도 생각지 못하고 있었다.

　서쪽에서 들어오는 정보는 모두 불리한 것뿐. 그렇다는 것을 알면서도 일일이 장수들에게 통보하다니 어디서 그런 자신감이 나왔을까, 모두들 내심으로 조마조마하게 여기고 있었다. 그런데 이번에는 걱정되는 사람은 돌아가는 것이 어떠냐고 묻겠다 한다……

　'진심에서 나온 말일까……?'

　진심이 아니라면, 심복인 케닌들에게까지 책략을 쓰려는 음험한 마음이라고 할 수밖에 없었다.

　모두가 아연하여 마른침을 삼키고 있는데도 이에야스는 아무렇지도 않다는 듯이 말을 계속했다.

　"거짓말이기는 하나 히데요리 님을 위해서……라고 한다면 여러 장수들도 그 말을 거역하기가 어려운 일. 그리고 가족을 잃으면서까지 이 이에야스를 위해 헌신해달라는 말을 나로서는 차마 할 수 없어…… 난세에는 흔히 오늘은 자기편으로 보이는 자도 내일이면 적으로 돌아서는 경우가 얼마든지 있어. 절대로 이 이에야스에게 다른 생각이 있어서 하는 말은 아니야. 그러므로 속히 이곳의 진지를 정리하고 오사카에 가서 비젠 츄나곤備前中納言°(우키타 히데이에)이나 이시다 지부쇼유 편에 가담한다고 해도 이에야스는 전혀 원망하지 않겠다…… 이렇게 전하도록 하게."

"주군!"

견디다못해 나오마사가 큰 소리로 말했다. 혹시 이에야스가 노망이 들었거나 실성한 것은 아닐까 하여 가로막았는지도 모른다.

"좀, 기다리게, 효부노타유兵部大輔. 이번만은 이에야스도 실속 없는 싸움은 하고 싶지 않아. 이렇게도 말하게. 철수는 장수들의 뜻에 맡기겠다, 또 통행에 불편을 주지 않기 위해 이에야스의 영지 안에서는 숙소, 인마人馬에 지장이 없도록 준비했으니 마음놓고 사용하여 속히 돌아가도록 하라, 이에야스가 이 자리에 참석한다면 작은 의리를 생각하여 괴로워할 사람도 있을 것이다, 그래서 오늘은 이에야스가 일부러 참석하지 않고 이 옛 성의 한구석에 틀어박혀 있다고…… 이 말을 절대로 오해해서는 안 된다고 하게. 돌아가고 싶은 사람은 당장 돌아가도 좋다고 간곡히 말하도록 하게."

지금까지의 술회는 이에야스의 책략도 아니고 자신감에서 나온 말도 아니었다. 표리가 있는 것도 아니었다. 60년 가까이 살아온 세월, 인생의 쓰고 단 맛을 모두 맛본 인간이 신불神佛 앞에 드러내는 적나라한 모습이었다.

"주군!"

타다카츠는 약간 짓궂은 눈길로 물었다.

"본심은 아니시겠지요, 그 말씀이?"

"자네에게는 그렇게 들렸나?"

"만약 그 말씀이 본심이라면…… 정말 모두들 그렇게 믿고 돌아간다면 어떻게 하시겠습니까?"

"타다카츠, 자네는 이 이에야스가 술책만 부리면서 오늘날까지 살아왔다고 생각하나?"

"아니, 그렇지는 않습니다. 그러나 스스로 돕지 않는 사람을 신불이 도와줄 리 없습니다."

"그 스스로 돕는 마음의 극치가 이것일세. 나는 인간으로서 할 일은 다했어. 아니, 지금 말한 것도 인간으로서 해야 할 도리의 하나라고 생각하네. 싸울 마음이 없는 사람을 싸우게 해서야 어디 될 일인가. 갈 사람은 가라고 하게. 이에야스는 하늘과 함께 길을 가겠어. 어제까지의 이에야스는 소멸하고 새로운 이에야스가 탄생했네."

갑자기 혼다 사도노카미가 어깨를 떨면서 울기 시작했다.

6

혼다 사도노카미 마사노부는 최근에야 비로소 이에야스의 심경을 깊이 마음에 새기게 되었다.

이전의 마사노부는 그렇지 않았다. 어딘지 모르게 자신의 재능을 지나치게 믿는 아케치 미츠히데明智光秀나 마츠나가 히사히데松永久秀와 같은 면이 있었다. 자신의 재능을 과신하는, 당연한 결과로 반역아反逆兒가 될지도 모르는 가능성을 지니고 있었다.

그런데 차차 이러한 면이 없어진 것은 말할 나위도 없이 이에야스의 감화 때문. 어떤 불평이나 반항심도, 다 같은 인간인데 자기만이 보답을 받지 못한다고 생각했을 때 싹튼다.

상대보다 더 많은 재능이 자기에게 있다고 믿으면서 그 상대에게 눌리고 있다고 생각하는 것처럼 불행한 삶도 없다. 실제로 이시다 미츠나리는 이 때문에 크게 비뚤어진 인간이 되고 말았다. 그러한 마음가짐은 자세히 들여다보면 마음이 가난한 데서 오는 열등감에 불과하다……고 마사노부는 믿고 있었다.

그런데 이러한 열등감을 이에야스에게서는 전혀 찾아볼 수 없었다. 히데요시가 살아 있을 때 성실하게 그를 도우며 살아온 것과 같은 마음으로 지금은 신불의 뜻을 집행하는 자로서의 도리를 다하고자 노력하고 있었다. 다시 말하면 사람을 상대하지 않고 하늘을 상대로 하여, 그 뜻에 따라 전력을 다하려고 자세를 바꾼 데에서 이번 발언은 나온 것이라고 생각되었다.

"죄송합니다. 그 말씀은 두 분이 그대로 장수들에게 고해야 한다고 생각합니다."

마사노부는 눈물을 닦고 겸연쩍은 듯 입을 열었다. 이이 나오마사도 눈을 감은 채 동의했다.

"과연 주군의 확고하신 결심인 것 같습니다."

"그렇소."

사카키바라 야스마사도 혼다 타다카츠를 돌아보고 말했다.

"도요토미 가문의 장수들이 모두 서쪽으로 돌아간다면 우리끼리 싸우도록 합시다."

"아니, 그런 일은 생기지 않을 것이오. 지금 주군이 하신 말을 듣는다면 아마 장수들은 눈물을 흘리며 용기를 낼 것이오. 이로써 승패는 결정되었다고 봅니다."

사도노카미 마사노부는 다시 조심스럽게 입을 열었다.

"이시지쇼나 오교쇼는 주군에게 달려오는 사람들을 억지로 오사카에 붙들어놓았어요. 이에 비해 주군은 이곳에 온 사람들까지도 자유의사에 따라 돌아가라고 하셨소. 이 두 가지 각오의 차이를 모를 정도로 장수들이 어리석지는 않을 것이오."

"과연 그 말을 들으니 납득이 되는군요."

완고일변도인 혼다 타다카츠도 겨우 이해한 듯한 표정이었다.

"그런데도 모두 돌아가지 않는다면 동군東軍과 서군의 질은 전적으로 달라지겠지요. 서군은 억지로 모아들인 오합지졸烏合之卒, 우리는 뜻과 이치를 모두 납득하고 진심으로 뭉친 사람들."

"그 점을 주군은 신불에게 물어보시겠다는 것이겠지요."

사도노카미 마사노부는 이렇게 말하고 이에야스를 흘끗 바라보았다. 이에야스는 잠자코 있었다.

"그럼, 이것으로 결정되었소!"

이이 나오마사가 결론을 내리듯 소리를 내면서 흰 부채를 접었다.

"오늘은 주군의 뜻을 전하는 것으로 회의를 끝내고 남은 사람들끼리 다시 모여 회의를 열기로 합시다. 이번에는 우에스기를 공격할 것인가 이시지쇼를 먼저 칠 것인가 하는……"

7

이이 나오마사를 선두로 하여 중신들이 아직도 나무향기가 새로운 가건물 쪽으로 사라졌다.

이에야스는 사방침을 앞으로 끌어당겨 천천히 상반신을 기대었다.

맨 뒤로 나가이 나오카츠도 일행을 따라 나가고 거실에 남은 것은 이에야스와 토리이 신타로鳥居新太郎 두 사람뿐이었다.

"신타로."

"예."

"후시미 성에서는 지금쯤 자네 부친이 고전하고 있을 거야. 내 귀에는 총포소리가 들리고 있어."

"주군!"

신타로는 잠자코 있을 수 없다는 듯 몸을 앞으로 내밀었다.

"아버님 일에 대해서는 이미 각오하고 있습니다. 무테에몬無手右衛

門을 통해 저희들이 주의할 사항까지 자세히 전해주셨습니다······ 그보다 여기까지 온 장수들 중에 몇 사람이나 주군의 말씀대로 돌아갈 것인지 저는 그것이 마음에 걸립니다."

이에야스는 눈을 감은 채 희미하게 머리를 저었다.

"나도 알 수 없어. 그러나 걱정할 것 없다, 신타로. 곧 나오카츠가 회의장 분위기를 알려올 테니까."

그리고 두 사람의 대화는 끊어졌다.

이곳에서 신타로가 불안해하는 것 이상으로 중신들을 따라 회의장에 들어간 이이 나오마사의 불안은 컸다.

'정말 멋지게 도마 위에 오른 잉어로군!'

이런 감탄스러운 마음은 있었다. 그러나 과연 이에야스의 대범한 각오를 장수들이 이해할 수 있을 것인가······ 하는 의문이 떠올랐다. 장수들도 고작 나오마사 정도의 심경일 것이므로 회의가 혼란에 빠지지 않을까 걱정되었다.

이이 나오마사가 이에야스를 대신하여 철수는 각자의 자유의사에 따라······ 이렇게 말했을 때 장수들이 동요하는 기색은 역력했다.

아사노 요시나가淺野幸長, 후쿠시마 마사노리福島正則, 그 동생인 마사요리正賴, 마사노리의 아들 마사유키正之, 쿠로다 나가마사黑田長政, 하치스카 토요카츠蜂須賀豊雄(이에마사家政의 아들), 이케다 테루마사池田輝政, 그 동생인 나가요시長吉, 호소카와 타다오키細川忠興, 그의 아들 타다타카忠隆와 타다토시忠利, 이코마 카즈마사生駒一正, 나카무라 카즈타다中村一忠, 나카무라 카즈히데中村一榮, 호리오 타다우지堀尾忠氏, 카토 요시아키加藤嘉明, 야마노우치 카즈토요山內一豊······ 등이 동요하고 있었다. 이들은 도요토미 가문의 가신. 도쿠가와 가문의 후다이들이 아니므로 당연한 일이었다.

도쿠가와 가문의 후다이들마저도 뜻하지 않은 이에야스의 심경을 전해듣고 모두 숨을 죽이고 있었다.

"히데요리 님을 위해서라고 하면 장수들도 그 명령을 거역하기 어려울 것이라고 생각하오……"

이렇게 말했을 때 장수들은 깜짝 놀랐다. 도쿠가와 가문의 후다이들은 눈이 휘둥그레졌다가 이윽고 고개를 떨구었다.

이에야스가 이 자리에 참석하지 않은 이유와 도중의 안전까지 보장하겠다는 말을 들었을 때 양자의 태도는 다시 달라졌다. 개중에는 눈시울을 붉히는 사람도 있었다.

"아시겠지요? 이 음모의 장본인은 물론 이시지쇼와 오교쇼 두 사람……이라는 것은 알고 있으나, 불길이 너무 커졌습니다. 여러분이 히데요리 님에 대한 모반이란 생각을 가지게 해서는 안 된다……고 우려하시는 주군의 마음을 순순히 받아들여주십시오."

이이 나오마사가 부탁하는 어조로 말을 끝냈다. 그와 함께 입을 연 것은 토도 타카토라藤堂高虎였다.

"잠깐 기다리시오!"

8

타카토라는, 나오마사의 말을 가로막는 것과 동시에 무릎걸음으로 불쑥 한 발 나앉았다.

"나이다이진 님의 말씀은 정말 고맙게 들었습니다. 그렇지만 이제 와서 나이다이진 님 곁을 떠나 이시지쇼의 편이 될 정도라면 어째서 우리가 여기까지 왔겠소. 이 토도 타카토라는 추호도 두 마음을 가지고 있지 않소이다."

뒤를 잇듯 장로長老격인 후쿠시마 마사노리가 얼른 그 말을 받아 크게 군센軍扇°으로 탁자를 내리쳤다.

"토도 님의 말씀은 정말로 훌륭하오! 이번 일은 전적으로 이시지쇼의 야심에서 나온 무엄한 반역. 다른 분은 모르겠소만, 이 마사노리만은 이런 때 처자에게 마음이 끌려 무사도를 짓밟는 일은 생각지도 못할일…… 나이다이진 님이 타이코의 유언을 받들어 히데요리 님을 모시는 한, 나는 나이다이진 님을 위해 신명을 바치겠소."

이 한마디는 목소리도 우렁찼으나 그 영향도 컸다.

사람들은 일제히 입을 모아 말했다.

"우리도 사에몬左衛門(마사노리) 님의 말씀처럼 나이다이진 님을 도울 것이오."

"우리도……"

"어찌 지금에 이르러 두 마음을……"

사람들의 감정이 일단 가라앉기를 기다렸다가 쿠로다 나가마사가 입을 열었다. 나가마사는 이미 그날 후쿠시마 마사노리를 만나, 이에야스가 어떤 제안을 하더라도 그의 편을 들기로 합의했다.

"여러분의 뜻을 잘 알았습니다. 후쿠시마 님의 말씀처럼 우리가 이제 와서 어찌 이시지쇼 따위의 밑으로 들어간단 말이오. 나는 무사의고집으로 나이다이진 님과 존망을 같이할 각오요."

후쿠시마 마사노리는 이에야스가 히데요리를 저버리지 않는 한이라는 조건을 달았으나, 쿠로다 나가마사는 분명히 도쿠가와 가문과 존망을 같이하겠다고 그 결의를 전진시키는 형식을 취했다. 이 나가마사의발언은 각각 일족의 존망에 대한 책임을 가진 자에게 전혀 다른 각도에서 계산을 강요하는 것이었다.

'이에야스가 이길 것인가, 미츠나리가 이길 것인가?'

곧 현실 면에서의 타산. 만일 미츠나리가 승리하여 도요토미 가문의실권이 그의 손에 들어간다면 과연 오늘 이에야스가 전한 것 같은 말을 들을 수 있을까……?

"내 편이 되어달라고 차마 말할 수 없다……"

히데요리를 적대시하라고 하는 대신 이에야스는 이렇게 대범하게 덧붙이고 있었다.

야마노우치 카즈토요가 무릎걸음으로 한 걸음 나앉으며 신중한 어조로 이에야스에 대한 충성을 맹세한 것은 그런 계산이 사람들의 마음을 사로잡았을 때였다.

"이이 님, 나는 쿄토 정벌 때는 카케가와掛川 육만 석의 병력을 모두 거느리고 나가겠습니다. 군사를 둘로 나누어 성에 반을 남겨두면 그만큼 병력이 부족하게 될 것은 당연한 일. 성을 비운 뒤 수비할 장수는 나이다이진 님의 가신 중에서 한 분을 임명하시도록 지금부터 부탁 드려주십시오."

마사노리에게서 나가마사, 나가마사에게서 카즈토요로 결의가 진전되어갔다. 지금까지 잠자코 좌중의 분위기를 지켜보고 있던 호소카와 타다오키가 엄숙한 표정으로 마지막 단안을 내렸다.

"여러분이 들으신 바와 같이 한 사람의 이탈자도 생기지 않았습니다. 이것으로 우리 장수들의 각오는 정해졌습니다. 이 뜻을 나이다이진 님에게 전해주시오."

나가이 나오카츠는 조용히 일어나 급히 이에야스의 막사로 향했다.

9

가건물의 내부도 더웠으나 바깥의 햇볕은 타는 듯이 뜨거웠다. 그 햇볕 속을 무언가를 노려보듯 이에야스의 막사로 향하면서 나가이 나오카츠는 취한 기분이었다.

'아무도 돌아가는 사람이 없다……'

이에야스는 처음부터 이렇게 되리라 꿰뚫어보고 있었던 것 같기도 했다. 그와 함께 그런 생각을 하는 자체가 자신이 미숙함을 말해주는 증거인 것 같기도 했다.

이에야스는 시종 예리한 칼을 겨누고 승부를 겨루고 있었을 터. 그 진지한 모습이 마음을 움직여 마침내 사람들이 그 앞에 무릎을 꿇었다고 생각하는 것이 지당하지 않을까.

장수들의 각오를 전해들을 때 이에야스가 어떤 표정을 지을 것인지가 나오카츠에게는 큰 흥밋거리였다.

"보고 드립니다."

나오카츠가 들어갔을 때 이에야스는 사방침을 껴안듯이 하고 무언가 깊이 생각하고 있었다.

"그래, 어떻게 되었나?"

이에야스는 과연 염려가 된다는 표정으로 고개를 들었다.

"예. 어느 누구도 이탈하겠다는 사람이 없었습니다. 맨 먼저 입을 연 사람은 토도 님, 이어서 후쿠시마 님과 쿠로다 님, 야마노우치 님이 주군의 편에 서겠다는 결심을 피력하는 가운데……"

"뜻이 한 군데로 모아졌다는 말인가?"

"그렇습니다. 마지막으로 호소카와 타다오키 님이 한 사람도 이탈할 사람이 없느냐고 다짐할 때…… 보고 드리려고……"

"알겠네."

이에야스는 문득 무뚝뚝하게 말했다.

"그러나 아직 기뻐하기는 일러."

나오카츠에게인지 자기 자신에게인지 모르게 중얼거리면서 이에야스는 자리에서 일어났다.

"자세한 것은 걸어가면서 듣겠네. 그렇게 결정했다면 우선 감사의 인사부터 해야겠군."

그러한 이에야스의 태도는 이런 보고를 예상하고 있었다기보다 벌써 다음 장면의 움직임까지 선명하게 머릿속에 그리고 있는 사람의 여유만만함 바로 그것이었다.

"그래, 토도가 가장 먼저, 그 다음이 후쿠시마였다는 말이지?"

"예. 후쿠시마 님은 주군이 히데요리 님을 저버리지 않는 한이라는 단서를······."

"그랬을 테지. 카케가와의 야마노우치 카즈토요는 무어라고 하던가? 서쪽으로 가게 되면 엔슈遠州(토토우미遠江)에 있는 그의 영지는 토카이도東海道를 제어하는 요충지가 되는데."

"예. 야마노우치 님은 주군이 서쪽으로 출진하신다면 자신의 병력을 모두 동원하겠다, 성은 일단 도쿠가와 가문의 가신을 성주 대리로 삼아 전쟁이 끝날 때까지 맡기겠으니 그 뜻을 전해달라고······."

"카즈토요가 그렇게 말했다는 것인가?"

이에야스를 부채를 펴서 햇빛을 가리면서 다짐하듯 물었다. 묻는 그의 목소리는 약간 떨리고 있었다.

"좋아, 나는 신타로와 같이 가겠네. 자네는 먼저 가서, 내가 회의장에 간다는 말을 나오마사에게 전하도록 하게."

"알겠습니다!"

나가이 나오카츠가 약간 허리를 구부리고 달리기 시작했다.

"신타로······."

이에야스는 칼을 들고 따라오는 토리이 신타로를 돌아보며 불렀다.

"모두 수고가 많군. 아직도 덥구나, 그렇지······?"

그러나 특별히 그만을 향한 말은 아니었다. 토리이 신타로는 엄숙한 표정으로 허리 굽혀 절을 하고 고개를 갸웃했다. 그로서도 요즘의 이에야스는 더욱더 높이 올려다보이는 거목이었다.

10

가건물 안의 장수들은 이에야스가 온다는 말에 약속이나 한 듯 일제히 그를 맞이하는 자세가 되었다.

"여러분의 뜻을 나가이 나오카츠가 대략 말씀 드렸더니 주군께서 지금 이리 오시겠다고 했습니다."

이때 이에야스는 벌써 이이 나오마사 옆에 모습을 나타내고 있었다. 그 자리에는 상석과 말석의 구별이 없었다. 다만 판자가 깔린 마루 위에 그것이 상석임을 알 수 있는 장소가 급히 비워져 있을 뿐이었다.

"지금 여러 장수들의 뜻을 전해들었소. 참으로 고맙게 생각하오."

이에야스는 나오마사와 나란히 앉아 소박하다는 말이 그대로 어울리는 어색한 동작으로 허리를 굽히고 인사했다.

"오늘은 참석하지 않으려 했으나, 먼저 감사의 인사를 드리는 것이 도리여서 나왔소이다. 여러분이 모두 내편이 되어준다면 전쟁은 일각도 지체할 수 없는 일, 곧 의논을 해야겠소. 이대로 아이즈會津를 먼저 공격하고 나서 서쪽으로 갈 것인가, 아니면 아이즈는 내버려두고 즉시 서쪽으로 갈 것인가. 어떻게들 생각하시오?"

나가이 나오카츠는 그만 웃음이 터져나오려는 것을 억지로 참았다.

'역시 모든 것이 미리 계산되어 있었어……'

이렇게 생각하다 말고 자신의 어린아이 같은 생각을 반성했다. 아무리 계산한다고 해도 상대가 넘어가는 것까지 계산할 수는 없다.

"아직 기뻐하기는 이르다."

보고를 듣고 나서 한 이에야스의 이 말, 이는 음미해보아야 하는 진검眞劍 시합의 한 장면이 틀림없었다.

"제 생각을 말씀 드리겠습니다."

이번에는 후쿠시마 마사노리가 맨 먼저 입을 열었다.

"이번 일의 경우…… 사실상 우에스기는 곁가지에 지나지 않고 이시다, 오타니, 우키타 도당의 획책이 뿌리라 생각되므로, 아이즈는 내버려두고 서쪽 공격을 서둘러야 한다고 봅니다마는 어떠신지요?"

이에야스는 크게 고개를 끄덕이고, 이번에는 호소카와 타다오키에게 시선을 옮겼다.

"저도 후쿠시마 님의 의견에 찬성합니다. 먼저 서쪽으로 가지 않으면 본의 아니게 서군에 가담하는 자가 속속 늘어날 것이라고……"

타다오키는 이미 부인을 잃었을 뿐 아니라, 탄고丹後 영지에서 아버지 유사이幽齋가 고전 중이라는 보고도 받았을 터였다.

"서쪽을 먼저 공격해야 한다고 생각하시는 분 손을 드시오."

나오마사가 표결에 부치려고 했다. 도쿠가와 가문의 후다이 이외 장수들이 일제히 찬성을 표했다.

후쿠시마 마사노리가 다시 한마디 덧붙였다.

"실은 조금 전에 카케가와의 야마노우치 님이, 서쪽을 공격한다면 병력 전부를 동원하고 성은 나이다이진 님의 가신에게 맡겨 수비하도록 부탁 드리겠다, 그렇게 하면 서로 격려가 되고 안도할 수 있을 것이라고 말씀하셨습니다. 이 마사노리도 이의가 없습니다. 키요스淸洲는 중요한 길목, 충분히 활용하여 한시라도 빨리……"

이 발언은 대번에 군사회의 방향을 결정지었다. 서쪽을 먼저 공격한다면 도중에 있는 성의 확보는 무엇보다 중요한 절대적 조건이었다.

11

"정말 고맙소."

이에야스는 다시 한 번 허리 굽혀 감사를 표시했다. 이미 그로서는 더 이상 다른 할 말이 없었다. 도요토미 가문의 은혜를 입은 다이묘들이 단지 편을 들겠다는 언약만으로는 안심할 수 없는 것이 전시戰時의 상식. 그렇다고 해서 이 경우에 ──

"그럼, 인질을."

이렇게 말한다면 자유롭게 결정하라고 한 말은 거짓이 된다. 이를 알아차리고 야마노우치 카즈토요가 먼저 입을 열었고, 이어 후쿠시마 마사노리가 자기 성을 사용할 것을 제의했다. 성을 맡긴다는 것은 인질과는 비교도 안 될 정도로 철벽같은 신뢰를 나타낸다. 물론 승리에 대한 확신이 없다면 실행할 수 없는 일이었다.

이어 슨푸駿府의 진다이 나카무라 카즈히데, 하마마츠 성浜松城의 호리오 타다우지, 요시다 성吉田城의 이케다 테루마사, 오카자키 성岡崎城의 타나카 요시마사田中吉政 등이 마사노리의 의견에 따랐다.

"저희 성도 사용하십시오."

"저희에게도 식량은 충분히 비축되어 있습니다."

"저의 성도 뜻대로……"

이 얼마나 교묘한 책략의 결과인가.

이에야스는 지난날 히데요시의 손에 의해 밀려난 스루가駿河, 토토우미遠江, 미카와三河의 옛 영지로부터 비슈尾州(오와리尾張)의 키요스에 이르기까지 순식간에 그 어깨에 짊어지기에 충분한 거봉巨峰으로 추앙 받게 되었다는 증거였다.

"그럼, 여러분의 뜻에 따라 이에야스는 서쪽으로 향하겠소."

이것으로 오늘 회의의 대세는 결정되었다.

다음에는 대치하고 있는 우에스기 군에게 어떤 대책을 세우고 군사를 돌릴 것인가 하는 문제가 남아 있었다. 그러나 이는 도쿠가와 가문 내부의 일이었다.

이에야스는 모인 장수들에게 한 사발씩의 술을 곁들여 식사를 대접

하고, 나머지 일은 다시 이이 나오마사와 혼다 타다카츠에게 맡긴 뒤 가건물을 나섰다.

그 뒤를 얼굴에 홍조를 띤 나가이 나오카츠와 혼다 마사노부, 토리이 신타로 세 사람이 따라오고 있었다. 그들은 모든 일이 계산대로 된 듯한, 아니면 어떤 불가사의不可思議한 힘의 지배가 있었던 것 같은…… 묘한 기분이었다.

"사도……"

"예?"

진지 입구에서 이에야스가 돌아보고 불렀다. 마사노부는 당황하며 걸음을 멈추었다.

"우에스기를 막기 위해서는 누구를 남기고 가야 할까?"

전혀 대수롭지 않다는 듯한 어조였기 때문에 마사노부는 가까이 다가가서 다시 물었다.

"누구를 남기시겠다고 하셨습니까?"

"누구를 남기고 가면 좋겠느냐고 물었어."

"그……그것은 모리守(유키 히데야스結城秀康) 님을 따를 만한 분이 없을 줄로 압니다마는."

"그래? 그렇다면 돌아가기 전에 불러오게."

그날 유키 히데야스는 우츠노미야 성宇都宮城에서 달려와 군사회의에 참석했다.

"알겠습니다. 그러면 즉시."

혼다 사도노카미는 얼른 돌아서면서 이에야스가 얄밉다는 생각이 들었다. 그렇게 쉽게 승낙한다는 것은 이미 마음속으로 인선을 끝내고 있었다는 증거였다.

'그런데도 갑자기 이처럼 짓궂은 질문을 하다니……'

그러나 나가이 나오카츠는 이 또한—

'물 흐르는 듯한 결단!'

이렇게 생각하며 더더욱 감탄했다.

12

"주군, 이제 승리는 우리 것입니다."

거실로 들어선 나오카츠는 가만히 있기가 괴로울 만큼 흥분해 있었다. 모든 일이 뜻대로 원만하게 진행되고 있었기 때문이다.

"분명 신불이 도와주고 있습니다. 여간 순조롭지가 않습니다."

이에야스는 씁쓸히 웃으면서 앞서와 똑같은 말을 했다.

"아직 기뻐하기에는 일러!"

"예……?"

"이제 겨우 키요스까지…… 오사카로 가려면 도중에 미노美濃도 있고 오미近江도 있네. 아니, 그 다음부터가 전쟁터여서 야마시로山城, 야마토大和, 이즈미和泉, 카와치河內는 모두 적지야."

나오카츠는 순간 어안이 벙벙해졌다가 얼른 머리를 긁었다.

이에야스는 당연한 일이 당연히 이루어졌다는 듯한 담담한 표정이어서 전혀 흥분한 기색을 찾아볼 수 없었다.

이윽고 혼다 마사노부와 함께 유키 히데야스가 나타났다. 히데야스는 코카 없었다. 히데요시의 양자로 유키 가문을 이어받았을 때부터 유곽에 출입하다가 남만창南蠻瘡(매독)에 걸려 코카 떨어졌다고 하는 사람이 있었다. 그런가 하면 ──

"이렇게 하면 다시는 드나들지 않겠지."

자신의 방탕에 스스로 화가 나서 직접 자기 코를 잘랐다는 소문도 있었다.

어쨌든 히데야스는 동생 히데타다와는 전혀 다른, 패기에 넘치는 성격에 맹장猛將이란 이름이 어울리는 인물로 성장해 있었다. 그 맹장도 흥분하고 있었다.

지난날 일곱 장수에게 쫓긴 미츠나리가 이에야스가 있는 후시미 성으로 도움을 청하러 왔을 때, 히데야스는 아버지의 명령으로 미츠나리를 멀리 그의 영지까지 호송해준 일이 있었다.

"구해주어도 쓸모 없을 녀석."

그때도 히데야스는 계속 이런 말을 했고, 미츠나리 일파가 아버지가 없는 틈을 타서 거사했다는 소식을 들었을 때.

"당장 서쪽으로 쳐들어가 죽이지 않으면 웃음거리가 될 것입니다."

이른바 서정파西征派의 제창자이기도 했다.

"아버님!"

히데야스는 흥분한 걸음으로 이에야스 앞으로 걸어와 앉았다.

"사도로부터 대강 이야기는 들었습니다. 제가 여기 남다니 당치도 않습니다. 미츠나리 토벌의 선봉이 되려 하니, 생각을 바꾸십시오."

나오카츠는 섬뜩했다. 지금까지 모든 일이 원활하게 궤도를 달려왔는데 부자간에 다툼이 벌어질 것 같았다.

"모리 님은 우에스기를 상대하기가 껄끄러운가?"

"서쪽이 먼저입니다! 미츠나리 놈을 처치하는 일이 우선…… 아니, 아버님의 선봉을 서야만 하기 때문에 말씀 드리는 것입니다."

"으음, 그렇다면 네가 다른 사람을 추천해보도록 해라."

"추천이라니요?"

"나와 너를 대신하여 카게카츠를 이길 말한 총대장 말이다. 누가 좋겠느냐?"

이에야스는 생각할 틈을 주지 않고 부드럽게 웃고 나서 진지한 표정이 되어 사방침 너머로 상반신을 내밀었다.

"서쪽 정벌군 총대장은 이 이에야스야. 그런데 내가 서쪽으로 떠났다는 것을 알면 카게카츠가 움직이겠지. 카게카츠보다 미츠나리와 유대를 맺고 있는 나오에 카네츠구가 가만히 있을 리 없어. 그렇게 되면 사타케 요시노부佐竹義宣도 함께 움직이게 돼…… 그러한 상대를 저지할 만한 장수는 누구겠느냐……?"

13

도리어 질문을 받고 히데야스는 당황했다.

우에스기 군을 저지하기 위해 남을 총대장도 보통사람으로는 안 된다. 혼다 타다카츠냐 이이 나오마사냐…… 아니, 장수 한 사람이 전군을 지휘하려면 역시 자기가 아니면 히데타다가 남아야 한다……고 생각했을 때 이에야스는 벌써 말을 앞질러가고 있었다.

"내가 남을 수는 없어. 푸념에 지나지 않지만, 문득 네 형 노부야스信康가 생각나는구나. 노부야스가 살아 있었다면 이런 때 카게카츠를 제압해서 후환을 없앨 수 있었을 텐데."

"……"

"히데타다로는 아직 마음을 놓을 수 없어. 나와 같이 서쪽으로 가면 이에야스 부자가 왔다고 사기가 오르겠지만, 실전 경험이 아직 부족해. 카게카츠와 나오에 야마시로直江山城가 얕보기 십상이야……"

"아버님!"

"서두르지 마라. 이 점은 충분히 생각해야 할 일이야. 카게카츠에게 얕보이지 않을 관록 있는 인물이 버티고 서서 일전을 불사하겠다고 노리고 있으면 카게카츠의 전의戰意는 반감될 것이다. 카게카츠는 원래 단순한 인간, 자신이 먼저 나에게 도전하여 천하를 노리는 미츠나리 같은 야심은 가지고 있지 않아."

"그러나……"

"히데야스, 내 말을 좀더 들거라! 야심을 가진 자는 카게카츠가 아니라 나오에 야마시로야. 그러나 이 야심도 철저하게 공리功利를 주판질한 계산에서 나온 것이다. 가신들 중에 반대하는 자가 나타나면 억누르면서까지 일을 벌이지는 않을 거야. 따라서 문제는 여기 남을 총대장이 어떤 인물이냐에 달려 있어. 총대장이 당당하다면 내가 없는 동안 에도까지는 공격하지 못한다. 그 사이에 내가 서쪽을 치고 돌아오면 카게카츠는 박살이 나는 거야. 이렇게 분명히 계산되어 있는 만큼 섣부른 일은 하지 못해."

이에야스는 다시 입을 열려고 하는 히데야스를 가볍게 제지하고 말을 이었다.

"우츠노미야에 들어가 카게카츠에게 한마디 적어보내도록 해라. 이 히데야스는 젊기는 하나 타이코와 이에야스 두 사람을 아버지로 가진 무사 가문의 자식, 언제라도 아버지를 대신해 상대해주겠다고. 그리고 적이 키누가와鬼怒川를 건널 때까지 절대로 이쪽에서 움직이면 안 돼. 바위처럼 요지부동하고 사방을 노려보고 있으면, 적도 켄신謙信 때부터 무력을 자랑하고 있는 자이므로 경솔하게 움직여 패배를 자초하지 않으려고 십중팔구는 공격을 감행하지 않는다. 그러나…… 일단 얕보게 되면 그 양상이 달라져. 이시지쇼 측에서는 계속 움직이라고 선동할 게 분명하고, 움직여도 손해되지 않는다고 판단하면 서쪽 세력들의 사기가 오를 것이다. 서쪽 세력들이 떨쳐 일어나면 더더구나 손해볼 것 없다고 주판을 달리 놓게 될 것이야. 어떠냐, 그토록 중요한 총대장을 누구에게 맡기면 좋겠다고 생각하느냐?"

히데야스는 잔뜩 아버지를 노려보듯이 하면서 혀를 찼다. 그는 젊은 나이이기는 하나 이미 타이코와 이에야스를 아버지로 가진 무사 가문의 자식…… 등 작전에서 마음가짐에 이르기까지 지시했으면서도 누가 총대장으로 적합하겠느냐고 묻는 데는 어쩔 수 없었다.

"아버님! 죽은 형을 대신하여 이 히데야스가 남겠습니다. 여기 남아 켄신 때부터 무력을 자랑하는 카게카츠 군의 공격을 당당하게 막아 보이겠습니다."

"그래, 남아 있겠느냐? 효자로구나."

갑자기 이에야스의 말문이 막히고 그 눈이 붉어지며 젖어들었다.

14

히데야스는 용감한 말을 했다. 켄신 때부터 무력을 자랑하는 적의 공격을 당당하게 막겠다고…… 그러나 얼마나 위험한 일인가는 히데야스보다 이에야스가 더 잘 알고 있었다.

사람으로서 할 수 있는 일은 다 했다고 믿고 있으나 전쟁에는 예외가 있는 법. 서쪽으로 향하는 이에야스 자신도 이미 생사는 계산 밖에 두고 있었다. 출진에 앞서 후시미 성에서 토리이 모토타다와 헤어질 때도 마찬가지였다.

"눈물을 보이면 사기에 영향을 끼친다!"

자기 자신을 꾸짖으면서도 가슴에 넘치는 무상감無常感만은 억누를 수 없었다. 전쟁이라는 인간 세계의 죄업을 어째서 완전히 끊어 없앨 수 없단 말인가……?

그에 대한 지혜가 없는 한 무한히 되풀이될 인간 세상의 슬픔을 이에야스는 새삼스럽게 절감했다.

'이제는 모토타다와 다시는 만나지 못한다……'

이 희생을 공평하게 자기 자신과 자식에게도 요구하지 않을 수 없는 것이 이에야스의 진정이었다. 이 고통을 낱낱이 맛보지 않는다면 평화를 위한 지혜는 이 지상에 없는 것과 같다.

"잘 깨달아주었다. 너라면 능히 해낼 수 있다."

달래듯이 부추기면서도 이에야스는 경험을 통해 알 수 있는 비탄에 눈물짓지 않을 수 없었다.

'이것으로 히데야스와도 이별하는 게 아닐까……'

전쟁과 죽음이란 일직선 위에 있는 것…… 히데야스가 살아남는다 해도 이에야스가 목숨을 잃지 말라는 보장은 없었다. 젊은 히데야스로서는 알 수 없는 두려움과 감개가 이에야스의 가슴을 밀물처럼 적시고 있었다. 아니, 이에야스만이 아니었다.

혼다 마사노부 역시 눈물을 흘리며 히데야스의 각오를 칭찬했다.

"과연 모리 님답습니다. 이번 전쟁이 둘인 것처럼 보이지만 뿌리는 하나…… 서쪽도 동쪽도 없는, 천하에 평화가 오느냐 오지 않느냐의 전쟁, 그 한쪽의 총대장! 참으로 장하십니다!"

"알겠소. 이제 그만 하시오, 노인장…… 아버님의 눈에 들어 이 히데야스도 기쁩니다."

젊음은 어느 경우에나 구원이었다. 히데야스는 아직 무참하게 생명의 희생을 쌓아올리는 무상감을 모르고 있었다.

"사도."

"예."

"준비해놓았을 테지. 그 갑옷을 히데야스에게 갖다주게."

마사노부는 그 자리에 있던 이타사카 보쿠사이板坂卜齋에게 갑옷이든 궤를 창고에서 가져오게 했다.

"히데야스, 이 갑옷을 네게 주겠다. 내가 젊어서부터 입어온 것으로 아직 한 번도 패한 적이 없는 귀한 갑옷이야. 이것을 입고 지휘해라. 다시 말하지만 적이 공격해오더라도 허둥대며 움직여서는 안 된다. 다만 적이 키누가와를 건넜을 때는 절대로 용서하지 마라. 반드시 이 말을 가슴에 새겨두어야 한다."

"후후후."

히데야스는 웃었다. 그로서는 어깨에 짊어진 책임의 무게보다도, 자기에게 주려고 갑옷까지 준비한 아버지가 조금 전까지도 누구를 남겨야 하겠느냐고 시치미를 떼고 물었던 일이 우습기도 하고 재미있기도 했다.

"예, 고맙게 받겠습니다."

15

히데야스는 갑옷을 받고 나서야 겨우 기분이 풀렸다.

서쪽의 적은 오합지졸이므로 정치적 흥정으로도 큰 영향을 미치겠지만 우에스기 군은 그렇지 않다. 만일 그들이 공격해온다면 켄신 이래의 명예를 걸고 일치단결해 공세를 취할 터이니, 이쪽이 훨씬 더 무서운 적이라고 마사노부는 복도로 나와 다시 히데야스에게 말했다.

"알고 있소. 그까짓 카게카츠 따위에게 내 어찌 얕보인단 말이오."

만일 카게카츠가 군사를 전진시켜 키누가와를 건넌다면 지체 없이 반격하여 배후를 차단한다. 그러면 카게카츠는 반드시 퇴각할 것이다. 퇴각하면 그때 단숨에 추격해나갈 것이라고 히데야스는 장담했다.

우츠노미야 본성에는 히데야스와 가모 히데유키蒲生秀行가 머물고, 둘째 성에는 노련한 오가사와라 히데마사小笠原秀政, 셋째 성에는 사토미 요시야스里見義康를 배치하며, 그 병력은 약 2만이란 것도 이때 결정되었다.

이렇게 에도에 남을 총대장으로 히데야스가 결정되었다. 이제 남은 문제는 도요토미 가문의 은혜를 입은 장수들의 철수 시기뿐이었다.

이에야스는 그 시기를 '28일 오시午時(오전 12시)'로 정했다. 그때까지 각각 군사를 철수시키고, 장수들만 다시 오야마에 모여 마지막으로 협의한 뒤 그대로 서쪽으로 향하기로 했다.

28일은 아침부터 비가 쏟아졌다. 그 비를 뚫고 사람들은 다시 오야마의 가건물에 집합했다. 각 부대는 먼저 떠났기 때문에 모인 인원은 거의가 장수들의 호위병들이었다.

후쿠시마 마사노리를 위시하여 이케다 테루마사, 아사노 요시나가 등 모두 창 한 자루, 소지품 상자 한둘, 그리고 보행자 10여 명이라는 간단한 차림이었다.

중요하게 상의할 내용은 없었다. 서로 얼굴을 대하고 약속한 대로 자기 성으로 돌아가 이에야스의 출진을 맞이할 준비를 하면 되었다.

이에야스는 물론 토카이도로 나가고 히데타다는 토센도東山道를 지나기로 했다. 아이즈로 갈 준비를 하고 있던 마에다 토시나가前田利長에게는 그 대신 서군에 속하는 연도의 적을 공격하며 미노, 오와리로 오게 했다. 또 미즈노 카츠시게水野勝重는 카리야 성刈谷城으로 돌아가 아버지의 뒤를 이은 뒤 서미카와에서 동오와리, 이세伊勢 방면을 정찰하게 했다…… 그리고 야규 무네요시柳生宗嚴의 아들 무네노리宗矩에게는 이세와 이가伊賀에 있는 성주들의 동향을 자세히 감시하다가 만약 불온한 기색이 보일 때는 즉시 유격전을 벌이도록 밀령을 내려 고향으로 보냈다.

이렇게 하여 서쪽 정벌의 준비는 완전히 끝났다. 그러나 이에야스는 아직 오야마를 떠나려 하지 않았다.

28일부터 29일에 걸쳐 장수들이 빗속을 뚫고 흙투성이가 되어 돌아가는 모습을 조용히 지켜보았다. 그 후부터는 우에스기 카게카츠보다 나오에 카네츠구와 사타케 요시노부의 동향을 주시했다. 두 사람에 대한 조치는 이미 강구해놓았으나, 그들이 조급하게 소동을 확대시키느냐 않느냐에 따라 이 전란의 규모와 양상은 달라질 수밖에 없었다. 양쪽 모두 그 진영 내부에는 저마다 자신의 이해를 주장하는 자가 있을 터. 그들 세력이 각자 자기 주군에게 옳고 그름을 설득하는 '때'가 전략 이상의 전략이 될 것이었다.

이에야스는 8월 4일 아침에 이르러서야 비로소 오야마를 떠나 코가古河에서 배를 타고 쿠리하시栗橋를 끊게 한 뒤 에도로 향했다. 이에야스의 수행원 역시 고작 대여섯 척의 작은 배로도 건널 수 있는 적은 인원이었다.

서풍은 다투지 않는다

1

이에야스가 서쪽을 먼저 정벌하기로 결정하고 유유히 에도를 향해 출발했을 무렵——

오사카 서쪽 성에서는 이시다 미츠나리가 눈앞에 펼쳐놓은 일본 지도를 뚫어지게 들여다보고 있었다. 물론 완전한 지도는 아니었다. 가도街道를 중심으로 영지들의 이름을 기입한 대략적인 그림지도였다. 그러나 이것만으로도 그의 마음을 무겁게 짓누르기에는 충분했다.

벌써 서군의 전선戰線은 불필요할 정도로 확대되어 있었다. 미카와 서쪽은 완전히 손에 넣은 줄 알았으나, 각지에 적의 거점을 점점이 남겨놓는 형국이 되고 말았다.

쿄토에서 그리 멀지 않은 오미의 오츠大津에서는 쿄고쿠 타카츠구京極高次가 계속 이에야스 쪽의 깃발을 내리지 않고 있었다. 탄고의 타나베田邊에서는 호소카와 타다오키의 아버지 유사이가 완강하게 농성을 계속하고 있었다.

당연히 자기편이 될 줄로 알고 있었던 마에다 토시나가는 점점 생각을 바꾸고 있었다. 지금은 미츠나리가 오른팔처럼 믿고 있는 오타니 교부의 영지까지 쳐들어올 기색이었다. 또 오와리의 키요스를 제압하고 있는 후쿠시마 마사노리는 이제 완전히 이에야스 쪽이라고 보아야 할 형편이었다.

미츠나리로서 이번에 성공한 일이 있다면, 기후岐阜의 오다 히데노부織田秀信를 자기편으로 삼게 된 정도였다. 그러나 그 역시 후쿠시마 마사노리가 이에야스를 키요스 성에 들여놓고 공략해온다면 결코 안심할 수 있는 인물이 아니었다.

히데노부는 노부나가信長의 적손嫡孫으로, 지난날 히데요시가 오다 가문의 후계자로 결정한 산보시三法師 바로 그 사람. 미츠나리는 이 히데노부 곁에 가신 카와세 사마노스케河瀬左馬助를 사자로 보내 설득했다. 그것은 기량과 인물을 높이 샀기 때문이 아니라, 이득을 미끼삼아 책략으로 낚아올린 것이었다.

"나이다이진의 편을 든다고 해서 가문에 무슨 이득이 있겠습니까. 원래 미노와 오와리는 오다 가문의 발상지. 우리를 도와주신다면 이 미츠나리가 맹세코 그곳을 오다 가문이 소유하도록 하겠습니다."

이것으로 히데노부는 그만 마음이 움직였다. 그러나 그의 노신들 대부분은 이에 반대했다.

반대하고 있는 노신 타쿠미 토모마사木造具正, 도도 츠나이에百百綱家 등은 주군이 미츠나리의 편에 서겠다는 언질을 준 사실을 안 뒤로 즉시 마에다 겐이前田玄以에게 달려갔다. 마에다 겐이는 지난날 노부나가와 함께 죽은 장남 노부타다信忠로부터 히데노부를 평생토록 보좌하라고 간곡히 부탁받은 사람이었다.

당시 마에다 겐이는 미츠나리 쪽 패전을 예상하고 병을 핑계로 오사카를 떠나 쿄토에 은거하고 있었다.

"이거 큰일났소이다. 이대로 두면 가문이 멸망하게 될 것이오. 즉시 서군과 손을 끊고 나이다이진 편을 드시오."

이때 겐이는 안색을 바꾸고 노신에게 이렇게 권했다는 소문.

노신들이 히데노부에게 접근하기 전에, 그들을 사와야마 성佐和山城으로 불러 막대한 황금과 명검名劍을 선사하여 비위를 맞추고 동맹을 선서하게 한 불안한 미츠나리의 편이었다.

아니, 그보다 더 불안한 것은 이미 미츠나리가 총대장으로 추대한 모리 가문의 내부 사정이었다. 그 사정에는 안코쿠지 에케이의 말만으로는 안심할 수 없는 복선이 깔려 있었다.

그 가장 큰 원인은 일족인 킷카와 히로이에 때문이었다. 히로이에는 모리 모토나리毛利元就가 다시 태어났다고 할 정도로 일족의 신망을 받는 뛰어난 지략을 가진 장수였다. 그가 계속 서쪽 성의 테루모토에게 은근히 충고를 하고 있는 모양이었다……

2

미츠나리의 생각은, 이에야스가 서쪽으로 나왔을 때 미노와 오와리 평야에서 그를 맞아 싸우는 것. 그러기 위해서는 반드시 키요스의 후쿠시마 마사노리를 자기편으로 끌어들여야만 했다. 그런데 마사노리는 일곱 장수 사건 이후 미츠나리와 멀어졌으며, 오히려 이에야스에게 접근해갔다. 지금 그는 이미 강력한 적으로 변해 있었다.

이렇게 되면 한쪽으로는 기후를 수비하면서 별동대를 이세 가도로 보내 키요스와 이에야스 군 사이를 차단해야만 한다. 키요스와 서쪽으로 오는 군사 차단에 성공하고 서군의 주력을 기후에 입성시키기만 하면 유격작전에는 겨우 성공의 서광이 비치기 시작한다……

그런데 이때 내보낼 파견군 총사령관이 문제였다. 우키타 히데이에는 타이로大老°의 한 사람이기는 하나 관록이 부족했다. 물론 코니시 유키나가로는 안 되고, 시마즈 요시히로는 최근에 이르러 미츠나리가 믿을 수 없게 되었다.

그러므로 당연히 총수인 모리 테루모토를 진두에 내세우고 싶었다. 그러나 테루모토는 이 문제에 아주 소극적이었다. 모리 가문의 일족 가운데 테루모토를 견제하려는 세력이 있기 때문……이라는 것은 미츠나리도 잘 알고 있었다.

미츠나리로서는 두터운 신임을 받고 있는 안코쿠지 에케이에게 어떻게 해서든 테루모토를 움직이게 한다, 그렇게 하여 가능하면 다른 마음으로 있는 모리 일족의 세력을 이세 가도로 보냄으로써 모리 군이 기후와 이세 가도 양쪽에서 오와리로 진출하고 거기서 조우전遭遇戰을 벌여 승리를 결정짓는 전략을 세우고 싶었다.

그렇게만 되면 모리 가문의 존속을 위해서라도 양쪽은 사력을 다해 싸워야 하는 묘한 사태가 필연적으로 일어날 터.

"아룁니다."

대기실의 도보同朋°가 얼굴을 내밀었다.

"지금 마시타 님이 이리로 오시는 중입니다."

미츠나리는 얼른 지도에서 눈을 떼고 말했다.

"기다리고 있었다. 속히 이리……"

"예, 안내하겠습니다."

도보가 물러가고 곧 마시타 나가모리가 급하게 들어왔다.

"어떻게 되었소?"

미츠나리의 질문에 나가모리는 고개를 저었다.

"마魔가 끼었소."

"뭣이, 마가……?"

마시타 나가모리는 미츠나리와 상의한 끝에 오다 죠신織田常眞을 끌어들이기 위해 계속 사자를 보내고 있었다. 오다 죠신 뉴도織田常眞入道는 노부나가의 둘째아들로, 전에는 노부오信雄라 불렀고, 기후의 히데노부에게는 숙부가 되는 인물이었다.

미츠나리가 그를 끌어들이려 한 것은 노부나가의 아들이란 이유 외에도 두 가지 의미가 있었다. 첫째는 기후에 대한 영향력 때문, 둘째는 이세 가도에 있는 다이묘들에 대한 선전 효과 때문이었다.

미츠나리는 히데요리의 분부라고 내세우면서 사자에게 다음과 같이 말하도록 했다.

"급히 원래의 케닌들을 불러모아 나이다이진을 치도록 하십시오. 우선 군비에 보태시라고 황금 일천 장을 보내고, 전쟁이 끝나면 오와리를 영지로 드리겠습니다."

오와리는 하나밖에 없다. 그런데 기후의 히데노부에게도 약속하고 죠신 뉴도에게도 약속하였다. 미츠나리가 그들을 얼마나 깔보고 있는지 알 수 있는 좋은 증거였다.

뉴도는 기꺼이 한편이 되겠다고 전해왔다. 그런데 그 생각이 변한 듯. 미츠나리의 이마에 힘줄이 솟아올랐다.

3

"마가 끼다니 그게 무슨 말이오? 죠신 뉴도는 어수룩한 사람이라 기뻐할 줄로 알았는데."

미츠나리의 험악해진 기세에 눌려 나가모리는 두 손으로 이마의 땀을 닦았다.

"어쩌면 내가 실수를 했는지 몰라요."

"실수? 도대체 무슨 소리요?"

"귀하는 착수금으로 황금 일천 장을 건네라고 하셨소. 미끼에 달려드는 물고기처럼 뉴도가 얼른 그것을 받으려고 사자를 보내왔소. 급한 대로 우선 은 일천 장을 주었어요."

"아니, 황금이 아니라 은 일천 장을?"

"금고를 열지 않는 한 당장에는 내가 가진 것이 없기 때문에……"

"듣기 싫소!"

미츠나리는 큰 소리로 꾸짖고 나서 곧 후회했다. 동지 사이에 불편한 분위기가 조성된다면 그야말로 결속에 금이 갈 것이기 때문이다.

그러나저러나 황금 1,000장이라고 했는데, 은 1,000장을 보내다니 얼마나 세상 물정에 어두운 처사란 말인가. 처음부터 욕심을 이용하여 낚으려던 상대였다. 전쟁에 이긴다고 해도 영지로 주어야 할 오와리는 둘이 될 수 없다. 하다못해 황금 1,000장이라도 선뜻 내주었더라면 좋았을 텐데.

'바로 이런 점에 나가모리의 고지식한 면이 있는지도 모른다……'

원래 황금은 그들의 것이 아니었다. 도요토미 가문의 것이었다. 이것을 함부로 남용해서는 안 된다는 생각이 나가모리의 마음속에 깔려 있었는지도 모른다.

"우리는 사사로운 마음으로 움직이고 있는 것이 아니다! 어디까지나 히데요리 님을 위해서……"

그가 다른 사람이었다면 무섭게 꾸짖었을 터. 그러나 이렇게 꾸짖기에는 나가모리가 내막을 너무도 잘 알고 있었다.

"그래, 은 일천 장을 주었단 말이군요?"

"예. 뉴도는 가문의 재상宰相(에치젠越前 오노大野 성주 오다 히데카츠織田秀雄)과 상의한 모양이오. 황금이 은으로 바뀐다면 오와리 영지도 무엇으로 바뀔지…… 좀더 생각해봐야겠다는 답이……"

미츠나리는 탄식하면서 그의 말을 가로막았다. 더 이상 추궁한다면 넋두리밖에 안 될 터였다.

"아니, 그 은도 전혀 효과가 없지는 않소. 그것으로 뉴도가 우리 편이 되지 않을지는 몰라도 적으로 돌아서지는 않을 테니까."

이렇게 말하고 미츠나리는 엄한 표정으로 나가모리 쪽을 향했다.

"죠신 뉴도 따위는 송사리에 지나지 않소. 그러나 함부로 대해서는 절대로 안 될 사람이 있소."

"그 사람은……?"

"모리 테루모토 님이오. 모리 님이 솔선해서 출진하느냐 않느냐의 여부에 따라 이번 전쟁의 승패는 결정날 것이오."

"그렇군요……"

나가모리는 가슴을 펴고 미츠나리를 바라보면서 다시 이마의 땀을 가만히 닦았다.

"그렇다고 우리가 모리 님에게 강요할 수는 없는 일이오."

"그렇군요……"

"따라서 안코쿠지를 급히 불러 이 뜻을 전하고 경우에 따라서는 우리도 서둘러 출진해야 할 것이오."

"그렇군요……"

같은 답을 세 번이나 한 나가모리는 자신 없는 태도로 반문했다.

"에케이에게 줄 어떤 비책이 없겠소?"

4

미츠나리는 자기 마음이 오타니 교부노쇼를 설득하던 때에 비해 점점 움츠러드는 데 두려움을 느꼈다. 당시엔 무언가에 홀리기라도 한 것처럼 들떠 있었다. 일본을 양분하여 이에야스와 충분히 대항해나갈 수 있을 것 같았다. 아니, 방법 여하에 따라서는 승산이 확실했고, 모든 정세가 그 승리를 향해 움직이고 있다는 확신도 있었다.

예정대로 모리 테루모토를 끌어들이고, 우에스기 가문의 나오에 야마시로에게도 불을 지를 수 있었다. 그런데 이 불은 미츠나리가 예상했던 것처럼 무서운 기세로 타오르지는 않았다.

모리 테루모토는 애매한 태도를 보였고, 우키타 히데이에는 너무 어려 마음이 놓이지 않았다. 게다가 우에스기 군은 더 이상 움직일 기색이 보이지 않았으며, 코니시 유키나가도 요즈음에는 불안한 자기 영지쪽에 더 마음을 쏟고 있었다. 코니시의 영지와 접경을 이루는 카토 키요마사나 은퇴한 쿠로다 가문의 죠스이如水가 영지에 머물면서 호시탐탐虎視耽耽 코니시 영지를 노리고 있었다.

솔직하게 말하면, 마음으로부터 믿을 수 있는 사람은 오직 오타니 교부와 안코쿠지 에케이밖에 없었다. 마에다 겐이는 완전히 떨어져나갔고, 아사노 나가마사는 당연히 이에야스를 원망하고 있을 텐데도 아들 요시나가를 종군시켜 지금은 확실히 적으로 돌아섰다.

눈앞에 있는 마시타 나가모리나 나츠카 마사이에는 행정가로서의 능력은 인정할 수 있다. 그러나 무장으로서는 지나칠 정도로 평범했다. 그들 역시 이러한 점을 자각하고 있어 때로는 이에야스에게 추파를 보내는 듯한 기색마저 있었다. 싸움에 강한 자로는 시마즈와 쵸소카베, 코바야카와 등이 있었다. 그러나 그들이 과연 일족의 운명을 걸고 전쟁에 가담할지 의심스러웠다.

생각해보면 당연한 일이었다. 이번 거사의 주모자는 어디까지나 미츠나리 한 사람, 나머지는 모두 그의 손바닥에서 춤추고 있는 데 불과했다. 문제는 주모자인 미츠나리가 총대장이 되어 전쟁을 지휘할 수 없다는 점에 있었다…… 그 역시 차차 이 모순을 깨닫고 있었다.

이에 비해 이에야스는 적의 기둥이고 지휘자인 동시에 실력자였다.

'특별한 비책이 있을 리 없지 않는가……'

나가모리의 말에 강한 반발을 느꼈다. 그렇기는 하지만 지금의 미츠나리로서는 그 불만을 입 밖에 낼 수도 없었다. 만약 그런 말을 했다가는 나가모리도 당장 등을 돌릴지도 몰랐다.

미츠나리는 크게 고개를 끄덕이고 그에게 에케이를 불러오라고 했다. 이제는 에케이를 협박해서라도 모리 일족의 운명을 걸도록 하는 수밖에는 다른 길이 없었다.

테루모토가 결코 그의 조부 모토나리나 숙부 코바야카와 타카카게小早川隆景와 같이 뛰어난 기량을 가지고 있어서는 아니었다. 그러나 이에야스와 비견할 수 있는 실력자는 그를 제외한다면 서쪽 지방에서는 찾아볼 수 없고, 그를 움직일 수 있는 자는 바로 에케이였다.

나가모리가 안코쿠지 에케이를 데리고 들어왔다. 미츠나리는 나가모리에게 자리를 비켜달라고 했다.

"오늘은 에케이 님에게 이 미츠나리가 목숨을 걸고 흥정할 일이 있기 때문에……"

웃으면서 하는 말에 에케이는 나가모리를 돌아보고 자기도 웃었다.

"대강 짐작하고 왔습니다. 각오하고 있으니 무슨 말씀이든……"

태연자약하게 말하는 에케이는 자신감에 넘치는 걸출한 승려……로 나가모리의 눈에 비쳤다.

5

"이미 알고 계실 테니 길게는 말하지 않겠으나……"

나가모리가 나간 뒤 미츠나리는 예리한 칼날과도 같은 눈이 되어 무릎걸음으로 한 발 다가앉았다.

안코쿠지 에케이는 여전히 미소를 떠올리고 있었다. 그는 히데요시가 하시바 치쿠젠노카미羽柴筑前守일 때부터——

"천하를 얻을 사람은 이분."

이렇게 예언했다는 소문까지 떠돌았던 괴승. 그 예언이 지금은 토키치로藤吉郎 시절의 히데요시를 산죠三條 다리 부근에서 만나——

"이분은 천하를 얻을 관상."

초라한 방랑자 시절부터 타이코의 앞날을 예언한 것처럼 소문이 났었다. 그러나 그는 히데요시보다 세 살 아래이므로 그런 일이 있었을 리는 없다……

사실 에케이는 오로지 불도佛道만을 닦고 있는 승려는 아니었다. 엄청난 야심을 가지고 있어, 마치 쿠로다 죠스이에게 승복을 입혀놓은 듯한 면이 있었다.

노부나가가 쿄토에서 아시카가 요시아키足利義昭를 추방했을 때, 쿄토에 올라와 있던 에케이가 고향에 보낸 서신의 한 구절.

"노부나가의 시대는 오 년, 적어도 삼 년은 계속됩니다. 내년쯤에는 공경에 오르리라 생각되는데…… 그러나 높은 곳에 오르면 굴러떨어지게 마련, 토키치로도 그런 자가 될 것입니다……"

그 무렵부터 에케이는 천하가 누구 손에 들어갈 것인지 흥미로운 눈길로 주시하고 있었다.

노부나가가 혼노 사本能寺에서 죽었을 때 모리와 히데요시를 화해시키는 한편, 모리 가문에 무게를 두면서 서서히 히데요시에게 접근했다. 지금은 새로 6만 석 영지가 더해진 게이슈芸州의 안코쿠 사安國寺에 있으면서 쿄토의 토후쿠 사東福寺 주지를 겸하고 있었다. 입으로는 불법佛法을 편다고 하면서 군사와 정치면에도 부처의 뜻이라고 내세우며 개입하여 스스로 당대의 지도자임을 자부하고 있었다.

"대강은 알고 있습니다. 모리 테루모토를 진두에……라는 말씀이 아닙니까?"

에케이는 미츠나리의 날카로운 눈길을 마주하면서 기선을 제압할 생각으로 부드럽게 웃었다.

미츠나리는 일부러 그 말에는 대답하지 않았다.

"스님은 츄고쿠中國 지방에 군림했던 타케다武田 일족의 종주宗主임이 틀림없겠지요?"

"허어, 그 무슨 말씀을. 과연 나는 타케다 미츠히로武田光廣의 후예이지만, 일단 출가하면 승려. 어디까지나 안코쿠 사, 토후쿠 사의 주지입니다."

"아니, 나도 처음 알았습니다. 에케이 님은 텐분天文 십년(1541) 삼월에 오우치大內 쪽 장수 스에 하루카타陶晴賢와 모리 모토나리의 공격을 받고 카네야마 성金山城에서 자결한 타케다 효부노타유 미츠히로武田兵部大輔光廣의 유복자······"

"그런데 지부 님은 어째서 그런 속세의 이야기를 하십니까?"

"그러고 보니 생각이 나는군요. 카이 겐지甲斐源氏인 타케다 노부미츠武田信光 님이 옛날 죠큐承久˚ 연간에 전공이 있어 아키安芸 지방의 슈고守護˚에 임명되었지요. 타케다 정통이라면 그런 소문도 날 만하겠기에 하는 말이오."

"아니, 소문이라니······?"

"그렇소. 원래 아키 땅은 타케다 가문의 것, 더구나 테루모토 님의 조부 모토나리 공이 스님에게는 아버지의 원수······"

"쉿."

에케이가 말을 가로막았다.

"나마저 잊어버리고 있는 그런 까마득한 옛날의 원한을 함부로 입에 올려서는 안 됩니다. 인간의 마음은 넓은 것 같으면서도 늘 의혹의 주머니를 달고 다닙니다."

"그럼 알고 계시오, 요즘의 소문을?"

미츠나리는 이렇게 말하고 다시 쏘는 듯한 시선이 되었다.

"스님이 그 원수를 갚기 위해 일부러 테루모토 님을 우리 쪽에 끌어들여 모리 일족의 궤멸을 도모한다는 소문을⋯⋯"

목소리를 떨구고 에케이의 반응을 지켜보았다.

6

순간 안코쿠지의 표정이 납덩이처럼 굳어졌다. 너무도 뜻하지 않은 말이었기 때문이기도 하고 —

'그런 소문이 있을지도 모른다.'

이런 의구심이 무섭게 일었기 때문이기도 했다.

"그게 사실이란 말이오, 지부 님?"

잠시 후 안코쿠지는 깔린 목소리로 반문했다.

"나 자신은 생각해본 일도 없으나, 이 몸이 타케다 미츠히로의 유복자인 것만은 틀림없는 사실⋯⋯"

"그렇군요⋯⋯"

미츠나리 역시 목소리를 떨구고 주위를 둘러보면서 말했다.

"무언가 다른 목적을 가진 자의 중상이라고 알고 있지만, 나도 그 소문을 듣고는 놀랐소이다."

"도대체 누가 그런 소문을⋯⋯?"

"그것은 묻지 마시오. 어쨌든 그런 중상을 하는 자가 모리 가문에 있고, 이 때문에 테루모토 님이 진두에 서시기를 망설이고 있어요⋯⋯ 아니, 확실히 그렇다는 것은 아니오. 만일 그렇다면 스님도 나도 설 곳이 없다는 말을 하고 싶었던 것뿐이오."

"으음, 정말 그런 소문이……"

"일부지만, 그런 소문이 있는 것은 의심할 여지가 없소. 내 귀에까지 들렸을 정도니까."

미츠나리는 태연하게 중얼거리고 무릎걸음으로 다가앉았다.

"소문이 얼마나 무섭다는 것은 스님도 아시겠지요?"

"모를 리 없지요. 유례를 찾아볼 수 없는 악랄한 중상이오."

"그렇소이다. 이 때문에 테루모토 님이 주저하신다면 우리로서는 결정적으로 불리한 일…… 그리고 만약 이 때문에 우리가 패배한다면, 그것 보아라, 에케이는 모리와 같이 죽을 작정이었다는 소문 이상의 소문이 날 것이오."

안코쿠지는 눈을 감았다. 과연 그도 미츠나리의 '비책'인 줄은 깨닫지 못했다. 전혀 뜻하지 않았던 일이어서 완전히 말려들고 말았다.

미츠나리는 그 모습을 지켜보면서 더욱 음성을 낮추었다.

"이 소문은 단지 사사로운 원한을 품은 자가 스님의 생애를 망치려는 의도에서 나온 것만은 아닙니다. 미츠나리 역시 결탁하여 야심을 채우려고 한 무엄한 자가 되오."

"그렇겠군요……"

"따라서 이 소문을 없앨 방법은 오직 하나, 모리 님을 앞세우고 우리 손으로 승리를 거두는 일뿐……"

안코쿠지는 아직 눈을 뜨려 하지 않았다.

미츠나리의 말을 들을 것도 없이, 그런 계산은 이미 하고 있었다. 그러나 패하면 자기가 모리 가문을 궤멸시키기 위해 죽기를 시도했다는 비판을 받게 되리라고는 생각지도 못했다.

"으음, 그런 악랄한 소리를 츄나곤中納言 님에게 고한 자가 있다는 말이군요……"

"물론 테루모토 님은 그런 소문 따위는 믿지 않으시겠지요. 그러나 패배하는 날에는 진실성을 띠게 됩니다."

"……"

"어떻습니까, 안코쿠지 님. 이 기회에 그런 소문을 단번에 없앨 수 있도록 테루모토 님에게 결단을 촉구하는 방법은 없을까요?"

"……"

"테루모토 님에게 기후까지 전군을 이끌고 출전하시도록 할 수만 있다면 우리의 승리는 확고부동한데 말입니다."

안코쿠지 에케이는 숨을 죽이고 생각에 잠겼다……

7

미츠나리도 그 이상의 말은 삼갔다. 충분히 그의 말은 안코쿠지의 마음을 꿰뚫고 있었다. 그 이상 대답을 강요한다면, 민감한 그는 미츠나리가 불안한 나머지 생각해낸 '함정'임을 깨달을 우려가 있었다.

미츠나리도 두 손을 무릎에 얹고 생각에 잠기는 자세를 취했다.

2분, 3분……

서로의 창자에 스며드는 듯한 침묵이 흘렀다.

복도를 사이에 둔 부교奉行°의 방 근처에서 마시타 나가모리가 무언가 신경질적인 소리로 도보를 꾸짖고 있었다.

'그도 나름대로 신경을 곤두세우고 있다.'

미츠나리는 문득 웃음이 치밀었으나 얼른 입을 꾹 다물었다.

"지부 님, 귀하는 전쟁의 결과에 대해 불안을 느끼고 계시군요."

미츠나리는 깜짝 놀랐다.

'혹시 내 마음을 들여다본 것은 아닐까……'

"걱정하실 것 없습니다."

안코쿠지는 눈을 뜨고 다시 웃었다. 평소처럼 남을 업신여기는, 한 시대의 지도자인 양하는 얼굴이었다.

"나는 어느 정도 앞을 내다볼 줄 아는 사람이오."

"그럴 테지요. 그래서 세상에서는 이번 거사를 미츠나리와 에케이, 그리고 오타니 교부가 합작한 책략이라 한다더군요."

안코쿠지는 그 말에는 대답하지 않았다.

"소승은 귀하의 편이 되지 않으면 죽이겠다는 말을 들었다…… 그래서 협력하는 형식을 취하고 있으나 단지 그것만은 아니오."

"나도 알고 있소."

"소승은 젊어서부터 점을 치는 일에 익숙해 있어요. 만약 점괘에 모리 가문의 앞날이 흉하게 나왔다면 절대로 편들 생각은 하지 않았을 것이오."

"으음."

"그런데 길한 것으로 나왔어요. 싸워도 패하지는 않는다고 나왔던 것이오…… 모리 가문의 앞날이 길하다면 이 몸의 길흉은 물을 필요도 없는 일…… 그래서 편을 들기로 한 것이오."

미츠나리는 계속 상대를 응시한 채 고개를 끄덕였다.

"조심성이 많은 스님이시라 그 점은 믿을 수 있으나……"

"그러기에 걱정하지 마시라고 한 것이오. 누가 뭐라 해도 이번 일에는 귀하가 기둥 아닙니까."

안코쿠지 에케이는 어느 틈에 평소와 같은 자신만만한 언변가로 돌아와 있었다.

"분명히 말하지만, 츄나곤 님 쪽은 이 소승이 틀림없이 책임지리다. 귀하는 절대로 다른 사람에게 불안한 기색을 보이시면 안 됩니다."

미츠나리는 다시 웃음이 치밀었다. 상대가 이런 태도를 취하는 것은 무언가 생각이 매듭지어졌을 때……임을 알고 있었다.

"그 점에 대해서는 충분히 주의하겠소. 그런데, 테루모토 님의 일은 확실하겠지요?"

에케이는 부채로 가슴을 가볍게 치면서 말했다.

"아까 그 소문은 소승에게는 천만뜻밖의 일이오. 당장 이 소문을 없앨 수 있게 출진을 승낙하시도록 방법을 강구하리다."

"방법이라면……?"

지체 없는 미츠나리의 추궁에 에케이는 왼쪽 손바닥에 부채를 세우고 점잖게 점을 치는 시늉을 했다. 미신을 믿는 테루모토의 마음을 이용하겠다는 의미인 것 같았다.

8

미츠나리는 아직 얼굴의 긴장을 풀지 않았다. 그 역시 안코쿠지의 인물과 수완을 믿지 않는 것은 아니었다.

'패기만만한 걸출한 승려!'

이렇게 생각하고, 그 지략도 야심도 놀라운 인물임은 인정하고 있었다. 그에게는 호코지 쇼타이豊光寺承兌나 모쿠지키木食 대사에게서는 찾아볼 수 없는 무인의 박력도 있었다. 그러므로 미츠나리도 그에게 한 발도 물러설 수 없는 자신의 입장을 자각시키려 하고 있었다.

"걱정하지 마시오."

에케이는 다시 말했다. 미츠나리가 똑바로 바라보며 아직도 추궁의 손길을 늦추지 않는다고 보았기 때문인 듯.

"원래 모리 님을 권유한 것은 소승입니다. 이제 와서 가문 사람들이 무어라 하건 나이다이진을 탄핵하는 데 서명하신 입장은 사나이로서 바꿀 수가 없소."

"스님에게 일임하겠소."

미츠나리는 비로소 조용히 고개를 끄덕이고 무겁게 말했다.

"생각해보면 스님의 말씀처럼 이미 모리 님은 물러서실 수 없는 입장. 이제는 스님이나 모리 님이나 나는 같은 배를 탄 몸…… 스님의 입으로 그 뜻을 설득하면 이치를 깨닫지 못하실 분이 아니오. 쓸데없는 소문을 들려드려 미안합니다……"

안코쿠지 에케이는 다시 소리 내어 웃었다.

"납득하셨다니 고맙습니다. 거듭 말하지만 지부 님은 그런 일에 사로잡히지 마시고, 이번 작전에 전력을 기울이도록 하십시오. 소승은 곧 츄나곤 님을 뵙고 방법을 강구할 것이니……"

"고맙소."

미츠나리는 일부러 안코쿠지를 복도까지 배웅했다.

'이것으로 우선은……'

미츠나리는 안도하면서 방에 돌아와 다시 펼친 채로 있는 지도에 시선을 떨구었다.

'이미 후시미 성 함락 보고는 이에야스의 귀에 들어갔을 터……'

그렇게 생각하는 순간 지도에 그려진 토카이도 가도를 따라 서쪽으로 올라가고 있는 군마軍馬의 소리가 들려왔다.

미츠나리는 새삼스럽게 기후와 키요스 등 두 지점에 부채 끝을 갖다 댔다가 그것을 반대쪽인 오사카로 되돌렸다.

기후로 통하는 미노 방면의 대장은 우키타 히데이에, 물론 이것이 주력부대로서 미츠나리도 동행해야 한다.

이세 방면의 대장은 모리 히데모토…… 히데모토는 테루모토에게 친아들인 히데나리秀就가 태어날 때까지 상속자로 거론되었던 테루모토의 사촌동생이었다. 그는 모리 가문의 후계자로 두번째 조선 원정 때는 젊은 나이로 총수가 되어 바다를 건넜던 경험이 있다. 이세 방면은 그 모리 히데모토 밑에 킷카와 히로이에, 안코쿠지 에케이, 나츠카 마사이에, 모리 카츠나가毛利勝永, 야마자키 사다카츠山崎定勝, 나카에 나오즈미中江直澄, 마츠우라 히사노부松浦久信 등을 딸리게 하여, 미노 방면으로 진출하는 주력부대가 기후 성에 이르렀을 때 이 히데모토에게 오와리를 공격케 할 생각이었다.

"결전장은 미노와 키요스 사이……"

앞서 히데요시와 이에야스가 코마키야마小牧山를 끼고 자웅을 겨룬 그 근처에서 이번에야말로 천하를 가름할 결전을…… 이런 생각과 함께 미츠나리의 가슴이 가볍게 설레었다. 그 결전의 총대장은 모리 테루모토와 도쿠가와 이에야스…… 그러나 역사의 주축은 어디까지나 이시다 미츠나리 자신이 쥐고 있다……

미츠나리는 다시 부채 끝을 키요스에서 멈추고는 눈을 감으면서 조용히 숨을 내쉬었다.

조용한 것

1

이에야스는 8월 4일 오야마를 떠나 에도에 들어가서는 그대로 얼마 동안 성안에 머물렀다.

"그대는 히데야스와 함께 남아 있도록."

오야마를 떠날 때 토리이 신타로 타다마사鳥居新太郎忠政에게 가볍게 일러놓고 왔기 때문에, 사람들은 가모 히데유키나 오가사와라 히데마사만으로는 마음이 놓이지 않아 그를 남겨두었다고 생각했다. 그런데 에도에 도착한 다음다음 날, 곧 8월 7일 저녁때가 되어서야 무엇 때문이었는지 확실히 알게 되었다.

이때 이에야스는 조리실에서 두루미를 삶으면서 혼다 마사노부를 비롯하여 이타사카 보쿠사이, 젠아미全阿彌 등을 상대로 한담을 나누고 있었는데, 8월 1일 후시미 성이 함락되고 토리이 모토타다가 장렬하게 전사했다는 보고가 전해졌다.

자세하게 쓴 그 서신은 챠야 시로지로茶屋四郎次郎와 혼아미 코에츠本阿彌光悅 두 사람이 보낸 것이었다.

이에야스는 직접 봉함을 뜯고 그 서신을 읽어보았다. 그리고는 몇 번이나 고개를 끄덕이며 중얼거렸다.

"신타로는 죽이지 않아. 안심해도 좋아."

"무어라 하셨습니까?"

서신의 내용을 모르는 혼다 마사노부가 물었다.

"지난 일일에 후시미 성이 떨어졌네."

이에야스는 불쑥 한마디 내뱉고는 서둘러 자리를 떴다. 눈 가장자리가 빨갛게 되어 당장이라도 눈물이 쏟아질 듯 눈물이 괴어 있었다.

사람들은 서로 얼굴을 바라보고 고개를 끄덕였다.

토리이 모토타다가 전사했다. 그래서 그의 아들 신타로 타다마사는 죽이지 않겠다고……

"그럼, 주군은 아이즈 방면에서는 큰 전투가 없을 것이라고 보신 모양이지요?"

보쿠사이가 말했다.

"그럴지도 모르지. 신타로는 죽이지 않겠다고 말씀하셨으니까."

마사노부 역시 침통한 표정이었다.

"고마우신 마음이시지. 무엇보다도 훌륭한 공양이 될 것이오."

마사노부는 이렇게 중얼거리고 잠시 침묵을 지켰다.

어려서부터 주종主從이라기보다 형제와 같이 맺어졌던 모토타다와 이에야스의 관계를 마사노부도 잘 알고 있었다.

"그렇다면, 드디어 주군도 서쪽으로 가시겠군요?"

"그렇겠지요. 후시미가 떨어졌는데 그대로 버려둘 수는 없지 않겠소. 큰 둑이 터진 것과 다름없으니."

보쿠사이와 젠아미뿐만 아니라 혼다 마사노부도 이렇게 믿고 있었다. 당연히 이에야스의 가슴속에 슬픔이 치솟아 분노로 변해갈 것이라 판단했기 때문이다.

오야마에서 선발대로 출발한 도요토미 가문의 옛 가신들은 이미 스루가를 지나 토토우미에서 동미카와東三河에 도달해 있을 터였다.

'후시미가 떨어진 이상 일각도 지체하지 않을 것이다!'

적도 또한 승리의 기세를 몰아 오미에서 미노로 진출하고, 도쿠가와 쪽에서도 여러 장수들의 뒤를 이어 혼다 타다카츠와 이이 나오마사가 이미 서쪽으로 떠나 있었다. 이 두 사람은 양군이 충돌하면 당연히 군감의 임무를 맡게 된다.

'드디어 발등에 불이 떨어졌다!'

측근들의 예상은 모두 일치했다.

얼마 후 눈물을 닦고 조리실로 돌아온 이에야스는 서쪽으로 진군하는 일에 대해서는 한마디도 하지 않았다. 아니, 그날만이 아니었다. 아군의 장수들이 후쿠시마 마사노리의 키요스 성에 도착했다는 보고가 들어오고, 기후의 오다 히데노부가 적으로 돌아섰다는 보고가 들어왔는데도 전혀 움직이려 하지 않았다.

2

키요스 성에서 몇 번이나 사자가 와서 서쪽으로 진군하기를 독촉했다. 그러나 이에야스는 여전히 움직이지 않았다.

이렇게 되면서부터 측근들 중에서도 여러모로 이에야스의 의도를 억측하는 자들이 나타나기 시작했다. 물론 깊은 생각이 있기 때문이겠지…… 믿고는 있었으나, 일부러 적에게 시간 여유를 주는 불리한 상황이 차차 사람들을 초조하게 했다.

"역시 주군은 지부쇼治部少(미츠나리)의 무력보다도 우에스기의 무력을 중시하고 계셔."

"그럴지도 몰라. ……사실은 오야마에 오셨을 때 지휘채를 잊으시고는 어느 대나무 밭을 지나다가 가느다란 대나무 하나를 베어 지휘채를 만드셨어."

"그것이 이번 일과 무슨 관계가 있다는 말인가?"

"내 말을 좀더 들어보게. 그리고 오야마에 계시는 동안에는 그 대나무 지휘채를 지니고 계셨지. 그런데 귀로에 다시 그 대나무 밭을 지날 때 생각이 나신 듯 그 지휘채를 버리셨다고 하더군. 지부쇼와 싸우는데 지휘채 따위는 필요 없다고 하시면서."

"허어, 지휘채 따위가 필요 없다니. 그렇다면 역시 우에스기를 중시하여 그의 움직임을 지켜보시려는 것이로군."

"나는 그렇게 생각하지 않아. 우에스기 군은 모리守(히데야스) 님에게 눌려 움직일 엄두를 못 내고 있지 않은가. 모리 님은 성격이 호쾌한 분이라, 우에스기 카게카츠에게 당당하게 서신을 보냈다고 하더군. 그대도 켄신 이래의 가문을 자랑하는 무장이지만, 나 역시 이에야스의 아들로서 타이코의 양육을 받은 긍지를 가진 사람, 언제든지 사양말고 전투를 걸어오라, 이 히데야스는 비록 나이는 어리지만 지체 없이 상대해주겠다…… 카게카츠도 답서를 보냈다는 것이었어. 우에스기 카게카츠는 그대의 아버지가 없는 틈을 타서 전투를 걸 그런 비겁한 자가 아니라고…… 그러므로 우에스기를 경계하는 것이 아니라, 홋코쿠北國에서 큐슈九州까지 모든 사람들의 동향을 살피다가 두드려야 할 자는 대번에 쳐부수려는 생각이실 거야."

"아니, 그런 면도 없지는 않지만 그게 다는 아니야. 주군은 보통사람이 헤아리지 못할 원대한 지략을 가지신 분. 후시미 성이 떨어졌다는 것을 알면 보통사람이라면 반드시 화를 내. 화를 내고 출격하면 도리어 적의 결속을 강화시키는 결과가 되지. 지부의 군사는 오합지졸이기 때문에 화를 낼 때 화를 내지 않으면 맥이 빠져 도리어 의심에 빠지지. 주군은 적의 결속이 느슨해질 때를 기다리시는 거야."

"그러나 그 때문에 키요스 성에 있는 아군 장수들의 사기가 떨어지면 어떻게 한다는 말인가. 모두 군비에 쪼들려, 성급한 후쿠시마 같은 사람은 왜 주군이 진군하지 않느냐고 분개하고 있다는 거야. 역시 이럴 때는 출격하셔야 해. 일에는 시기라는 게 있는 법 아닌가."

사람들은 이에야스를 신뢰하고 있으면서도 마음은 서쪽으로 달리고 있음을 부인할 수 없었다.

어느 틈에 8월 중순이 되었다. 그러나 이에야스는 아직도 움직이려 하지 않았다. 오히려 감기 기운이 있으므로 당분간은 서쪽으로 진출할 수 없다고 했다.

물론 아무 생각 없이 그런 말을 한 것은 아니었다. 처음에는 이에야스도 에도에서 하루나 이틀을 보내고 즉시 출진할 생각이었다. 이미 동부에 대한 대비도 본거지에 대한 방비도 물샐 틈 없었다. 그런데 오야마에서 돌아왔을 때 문득 반성을 하게 되었다.

'결코 서두를 일이 아니다!'

자기 자신을 다시 한 번 냉정하게 되돌아볼 생각이 들었다……

3

측근들이 화제로 삼고 있는, 오야마에서 돌아오는 길에 손수 만든 지휘채를 버렸을 때의 일이었다.

장소는 분명히 쿠리하시 근처의 길가 대나무숲이었다. 오야마로 가는 길에 지휘채를 잊고 왔다는 것을 깨닫고 지휘채도 가지고 있지 않으면 사기에 영향을 끼친다…… 문득 머리에 떠오른 대로 대나무숲에서 작은 대나무를 잘라오게 했다. 그리고는 직접 종이를 가늘게 잘라 매달고는 지휘채를 만들었다. 그 형식적인 지휘채가 돌아오는 길에도 아직 자기 손에 쥐어 있음을 알고는 이에야스는 섬뜩하여 자신을 되돌아볼 생각이 들었다.

'이래도 되는 것일까?'

지휘채가 불안하다고 여겼기 때문은 아니었다. 이번 일에 대한 자신의 태도가 사사로운 정과 분노로 더러워진 야심에 근거하고 있는 게 아닌가 하는 생각 때문이었다.

사사로운 정이나 야심에서 나왔다면 '무리'를 동반한다. 무리는 한때의 소강 상태를 가져오기는 하나 언젠가는 무너지게 된다.

패권을 눈앞에 두고 중도에서 쓰러진 노부나가.

대륙 원정을 시도하다가 죽음을 앞당긴 히데요시……

지금 나의 의도 속에 그들과 같은 무리가 있는 것은 아닐까? 그렇게 생각하는 순간 이에야스는 직접 만든 지휘채를 본래의 대나무숲으로 되돌렸다.

그것을 누군가가 보고 왜 버리는지 의아하게 생각했다.

"지부를 상대하는 데 지휘채는 필요치 않다."

그래서 이렇게 대답했다. 곧, 전쟁터에서 지휘하는 것만으로 천하의 평화는 이루어지지 않는다. 진정으로 사람들을 심복시킬 수 있는 '덕德'과 자연의 뜻에 부응하는 진리가 배후에 필요했다.

대나무숲에 지휘채를 버렸을 때부터 이에야스의 마음은 더욱 열리게 되었다.

오야마에 있을 때도 유리하건 불리하건 정보는 일체 장수들에게 숨기지 않았다. 히데요리의 이름으로 싸우는 전투이므로 의리를 생각하는 사람은 미츠나리 편에 가담해도 좋다…… 이런 것까지 허심탄회虛心坦懷하게 말해왔다.

그러나 장수들이 아직 이에야스를 두려워하는 것은 그의 실력이고 과거의 전력戰歷이었다. 따라서 이에야스가 그들의 뒤를 이어 서쪽으로 가서 진두지휘를 한다면 그들은 싫어도 싸울 수밖에 없었다.

그 뒤에 무엇이 남는가 하는 것은 두번째 조선 출병의 선례로 보아 이에야스는 너무나 잘 알고 있었다. 이번 일도 실은 그 두번째 출병의 '무리'가 원인이 되어 일어난 것이라 해도 좋았다.

싸우러 나갔던 동료들 사이에 불화가 생기고, 문치파文治派와 무단파武斷派의 증오는 이제 돌이킬 수 없게 되었다. 게다가 전공의 보고, 논공행상에 대한 불만 등이 뒤얽혀 타이코가 평생을 쏟아부어 쌓은 공적을 대번에 추악한 파벌 싸움의 흙탕 속으로 끌어내리고 말았다……

'지휘채는 들지 않는 것이 좋다……'

아니, 이 경우 '지휘채를 든 자'는 이에야스 개인이 아니라 어디까지나 평화를 이룩하려는 만인의 의지이고 역사가 흐르는 방향이어야 한다고 반성했다. 가령 이에야스 자신이 뜻하지 않은 병으로 쓰러진다고 해도 나름대로 시대의 '힘'이 될 수 있는 것…… 이것이 실은 언제나 눈에 보이지 않는 지휘채를 휘둘러왔음을 깨달았다.

이에야스가 이러한 반성 위에서 굳이 출진을 서두르지 않고 키요스에 사자를 보낸 것은 8월 14일. 사자는 무라코시 모스케 나오요시村越茂助直吉였다.

4

"키요스에서 재촉이 심하므로 무라코시를 사자로 보내기로 했네. 곧 이리 불러오도록."

이 말에 혼다 마사노부와 그 아들 마사즈미는 그만 서로의 얼굴을 마주보았다. 독촉이 심하다기보다 이미 후쿠시마 마사노리 같은 장수는 노기를 띠기 시작했다는 은밀한 보고가 들어와 있었다.

"나이다이진은 이제 와서 겁이 났다는 말인가. 그렇다면 한심한 일이 아닐 수 없다."

그럴 것이었다. 키요스를 중심으로 집결해 있는 장수는 후쿠시마 마사노리와 이케다 테루마사를 선봉으로 하여, 쿠로다 나가마사, 호소카와 타다오키, 나카무라 카즈히데, 아사노 요시나가, 호리오 타다우지, 쿄고쿠 타카토모京極高知, 카토 요시아키, 타나카 요시마사, 츠츠이 사다츠구筒井定次, 토도 타카토라, 야마노우치 카즈토요, 카나모리 나가치카金森長近, 히토츠야나기 나오모리一柳直盛, 토쿠나가 나가마사德永壽昌, 쿠키 모리타카九鬼守隆, 아리마 노리요리有馬則賴, 아리마 토요우지有馬豊氏, 미즈노 카츠나리水野勝成, 이코마 카즈마사, 테라사와 히로타카寺澤廣高, 니시오 미츠노리西尾光教 외에 도쿠가와 가문의 혼다 타다카츠, 이이 나오마사가 군감 자격으로 참가하여 이에야스의 도착을 이제나저제나 기다리고 있었다.

'이런 상황에 하필이면 무라코시 모스케 나오요시를 사자로……'

이것이 혼다 부자의 놀라움이었다.

마사노부는 이에야스가 출발을 미루고 있는 원인을 나름대로 해석하고 있었다.

더할 나위 없이 조심성 많은 이에야스는 여기서 마에다 토시나가나 모리 일족의 킷카와 히로이에, 히고의 카토 키요마사 등의 동향을 주의 깊게 살피고 있다고 생각하고 있었다. 사실 에도에 돌아온 뒤부터 이에야스는 여러 사람에게 서신을 보내거나 연락을 취하고 있었다.

아무튼 무라코시 모스케를 키요스에 사자로 보내겠다니 마사노부의 판단으로는 이해되지 않는 일이었다.

무라코시는 무식하다기보다 남 앞에서 제대로 자기 의사도 전하지 못하는 사나이였다. 외교에는 전혀 어울리지 않는 완고하고 우직한 사람으로, 굳이 말한다면 성실하다는 것이 그의 장점이었다. 이 사나이에게 물고늘어지라고 명하면 죽는 한이 있어도 물고늘어져 떨어지지 않을 사람…… 아니, 다른 사람을 잘못 물어뜯었다 해도 한번 물면 절대로 놓아주지 않으리라 여겨지는 사나이였다.

지금 키요스에 사자를 보낸다고 하면 자기가 아니면 아들 마사즈미, 아니면 나가이 나오카츠가 적당한데, 부담이 되어 그런 것일까…… 이렇게 생각하고 있었기 때문에 묻지 않을 수 없었다.

"저어, 주군께선 무라코시 모스케를 사자로 키요스에 보내시겠다는 말씀입니까……?"

"그래. 이런 일의 사자로는 그런 사람이 어울려. 어서 불러오게."

그런 뒤 이타사카 보쿠사이를 손짓으로 불러 서신을 쓰게 했다.

'아아, 모든 것을 글로 써서 무라코시 모스케가 전혀 말을 하지 않아도 되도록 하실 모양이다.'

혼다 마사즈미本多正純는 아버지가 무라코시를 부르러 간 동안 이렇게 판단하고 안도했다.

사자에게 말을 하지 않도록 할 작정이라면 과묵한 무라코시가 적임자였다. 그는 재치에 넘치는 사람처럼 여러 말을 하려고 해도 하지 못할 사나이였다.

이타사카 보쿠사이가 붓과 벼루를 준비하고 이에야스에게 구술하도록 청했다.

"그쪽 상황을 알기 위해 무라코시 모스케를 사자로 보냅니다. 잘 상의하여 회답 주기 바랍니다. 출병에 대해서는 소홀히 하고 있지 않으니 안심하기 바랍니다. 자세한 것은 구두로 전할 것입니다."

이에야스의 구술은 겨우 다섯 줄로 끝났다.

"끝났습니까?"

마사즈미는 저도 모르게 눈이 휘둥그레져 이에야스 쪽을 보았다.

5

"자세한 것은 구두로 전하겠어. 서신은 이것으로 충분해."

이에야스는 이렇게 대답하고, 수신인은 선봉인 후쿠시마 마사노리와 이케다 테루마사의 진중으로 하여 서명한 뒤 보쿠사이에게 봉하라고 건네주었다.

그때 혼다 마사노부가 무라코시 모스케를 데리고 돌아왔다.

"무라코시."

"예…… 예."

무라코시 모스케는 긴장하여 말을 더듬었다. 어쩌면 너무 힘에 겨운 임무를 맡기거든 사자로 가는 것을 사양하라는 말을 혼다 마사노부로부터 듣고 왔는지도 모른다.

"수고스럽지만 자네가 키요스에 다녀와야겠어. 자네말고는 사자로 갈 사람이 없어."

"저어, 제가 아니면……"

"그렇다니까. 자네는 쓸데없는 말은 하지 않는 사람이 아닌가."

"예."

"다만 전하라고 한 말만은 잊지 않아야 해."

무라코시 모스케는 흘끗 혼다 마사노부를 바라보고 나서 엄청나게 큰 소리로 대답했다.

"예!"

이에야스는 싱긋 웃고 고개를 끄덕였다. 마사노부와 마사즈미, 아니 보쿠사이까지도 잔뜩 몸이 굳어 숨을 죽이고 있었다.

"알겠나, 잊지 않도록 마음에 깊이 새겨두어야 한다. 자네가 이 서신을 가지고 가면 효부兵部(이이 나오마사)나 나카츠카사中務°(혼다 타다카츠)가 걱정되어, 우선 구두로 전할 말을 하라느니, 서신의 내용을 물어볼 게 틀림없어. 그때는 솔직히 말하도록."

"예."

"서신의 내용은 나도 모른다, 읽지 않았기 때문에 알지 못한다, 구두로 전할 말은 알고 있다, 그러나 후쿠시마, 이케다 두 장수 앞에서밖에는 말할 수 없다 이렇게 말하게. 다른 사람에게 말하면 절대로 안 되는 것이야."

"알겠습니다."

"좋아. 그럼 구두로 전할 것을 말할 테니 절대로 잊어서는 안 돼. 여러분, 며칠 동안이나 진중에서 정말 수고가 많습니다."

"예. 여러분, 며칠 동안이나 진중에서……"

"나이다이진 님의 출진이 약간 늦어졌습니다마는, 공교롭게도 감기 기운이 있어 당분간은 출진이 어려운 상태입니다."

"주군은 정말 감기를 앓고 계십니까?"

"그래, 감기에 걸렸어."

이에야스는 엄한 표정으로 고개를 끄덕이고 말을 이었다.

"그렇더라도 여러분은 대군을 지휘하고 있으면서도 팔짱만 끼고 시일을 보내고 있으니 참으로 의아하기 짝이 없는 일이오."

무라코시 모스케는 그 말을 반추하면서 정말 그렇다고 생각했다.

조선에서는 누구의 지시도 받지 않겠다고 악착같이 싸운 사람들, 이번이라고 해서 이에야스가 나가지 않으면 싸우지 못한다는 것은 이치에 닿지 않는다. 무엇보다 그들은 미츠나리의 지시 따위에는 전혀 따르지 않던 사람들 아닌가.

"이런 곳에서 언제까지나 한가하게 기다리기만 할 작정이오? 반드시 뒷받침을 할 것이니 신속히 키소가와木曾川를 건너 진격하기 바라겠소. 여러분이 선뜻 출진하면 주군도 출진하시지 않을 수 없을 것……이 점을 확실히 말씀 드립니다."

이에야스는 이렇게 말하고 똑바로 모스케를 바라보았다.

"과연 그렇습니다!"

모스케는 알았다는 대답을, 감탄과 공감의 어조로 말했다.

"알겠나?"

"어찌 모르겠습니까. 과연 그렇게 하는 것이 도리입니다."

혼다 마사노부는 길게 한숨을 내쉬었다.

6

"사자를 키요스로."

보낸다면 당연히 이에야스의 늦어진 출진을 변명하는 위문의 사자라고 마사노부 부자는 생각하고 있었다.

그런데 이야기를 듣고 보니 이와는 완전히 반대였다. 위문은커녕 어째서 키소가와를 건너 기후의 오다 히데노부를 빨리 공격하지 않느냐는 힐문의 사자가 아닌가……

그 말을 들으면 성급한 후쿠시마 마사노리는 펄펄 뛰며 화를 낼 터. 그러나 가만히 생각해보면 진격하는 것이 무라코시 모스케의 말대로 도리에 맞는 일이었다.

싸움은 이에야스 혼자만을 위해 하는 것이 아니다. 아니, 이에야스 자신은 차라리 싸움을 하지 않고 끝낼 수 있다면 훨씬 더 이득을 보는 입장이었다. 누구와 싸우지 않더라도 이에야스의 실력은 이미 일본에서는 제일……

마사노부는 이에야스와 모스케를 번갈아 바라보면서 마음속으로부터 고개를 숙이지 않을 수 없었다.

'또 하나의 교훈을 얻었다!'

진실로 명분을 세우려면 이에야스가 앞장서서 싸울 필요가 없었다.

이에야스는 한층 더 높은 곳에 서서 미츠나리 일파와 무장파武將派와의 갈등을 공평하게 내려다보고 있었다.

양자의 소동이 무력의 격돌이 되었을 때 우선 그 옳고 그름의 판단에 따라 칠 것은 치고 응징할 것은 응징한다…… 이것이 히데요시에게 뒷일을 위임받은 지휘자로서의 당연한 견식이어야 했다.

이 명분을 세우기 위해서는 사자가 굳이 우수한 재능을 가진 지장智將일 필요는 없었다. 그런 의미에서 무라코시 모스케는 나무랄 데 없는 자격을 지닌 고지식하고 성실한 사람…… 아마도 그는 누가 뭐라고 해도 주군의 명령을 그대로 이행할 것이 틀림없다.

"알겠지, 무라코시? 알겠거든 즉시 준비하고 떠나도록."

"알겠습니다."

이렇게 대답하고 모스케는 다시 한 번 입 속으로 중얼거렸다.

"정말 그렇습니다. 적을 앞에 두고서 팔짱만 끼고 있다니 말도 되지 않습니다."

이에야스는 웃지도 않고 모스케를 바라보고 있었다. 그의 모습이 사라진 뒤 무슨 생각을 했는지 열심히 손가락을 꼽기 시작했다.

무라코시 모스케 나오요시가 에도를 떠난 이튿날, 곧 8월 15일에는 서군도 역시 우키타 히데이에가 1만의 군사를 이끌고 오사카에서 출발했다. 이어 17일에는 코바야카와 히데아키가 오사카를 출발하여 오미의 이시베石部에 도착했다.

무라코시 모스케가 미카와의 치리유池鯉鮒에서 야규 마타에몬 무네노리柳生又右衛門宗矩(훗날의 타지마노카미但馬守)를 만난 것은 19일 이른 아침. 마타에몬은 키요스에서 혼다 타다카츠와 이이 나오마사의 밀령을 받고 말을 달려, 모스케가 막 숙소를 나설 때 도착했다.

"잠깐, 할말이 있소."

야규 무네노리는 무라코시 모스케의 검도劍道 스승이기도 했다. 그
러므로 모스케는 무네노리의 모습을 본 순간 노바카마野袴° 자락을 탁
치며 싱긋 웃었다.

"이거, 어려운 상대를 만났군요."

"당치도 않은 소리. 급한 일이니 잠시 출발을 늦추시오."

"알겠습니다. 그러나 사자로서 전할 말은 잊었습니다."

두 사람은 모스케가 묵었던 숙소로 다시 들어가 방안에서 마주보고
앉았다.

7

"그대는 키요스의 분위기를 모를 것이오. 이이 님도 혼다 님도 여간
걱정이 되지 않아 일부러 나를 보냈소."

야규 무네노리는 이에야스의 밀령을 받고 오야마에서 먼저 출발하
여 이가, 코카 근처에 와 있었다. 만약 두 군사가 충돌했을 때는 아버지
세키슈사이石舟齋를 움직여 오늘날의 게릴라전을 전개하여 서군의 배
후를 위협하는 것이 그의 역할이었다. 물론 그는 이미 그 준비를 끝내
고 키요스에 왔다. 이때 무네노리는 29세, 아버지 세키슈사이 무네요
시石舟齋宗嚴는 72세. 부자가 함께 이에야스에게 심복했는데, 장수들
도 모두 그들에게 깊은 신뢰를 보내고 있었다.

무네노리가 그 정력적인 눈을 가늘게 뜨고 키요스의 분위기를 말하
기 시작한 순간 무라코시 모스케는 진지한 표정이 되어 고개를 꼬았다.
만일 상대가 하는 말이 자기 심금을 울려 무언가를 누설하게 되면 큰일
이라 잔뜩 경계하고 있었다.

"무라코시 님, 장수들은 주군이 당장 서쪽으로 진출하여 전쟁을 시

작하실 것이라 생각하고 있었소. 그런데 벌써 십구일이오. 그대가 사자로 오고 주군은 아직 끄떡도 하시지 않고 있소. 대관절 주군은 무엇을 생각하고 계시는지…… 후쿠시마 님 같은 분은 우리를 환격돌처럼 이용하는 게 아닌가 하고 여간 화를 내고 있지 않소."

환격돌이란 바둑에서 상대 돌을 잡기 위해 버리는 돌을 뜻한다.

"그렇지는 않다고 이케다 님이 만류하다가…… 십사일의 일이었는데 하마터면 칼부림이 일어날 뻔했소. 이이 님, 혼다 님 두 분이 겨우 양쪽을 달래어 무마되기는 했으나 그로부터 닷새가 지난 오늘, 그대가 어떻게 말하느냐에 따라서는 다시 어떤 일이 벌어질지 알 수 없소. 그러므로 미리 어떤 전갈인지 살짝 알아보고 오라고 두 분이 분부하신 거요. 어떻소, 내 얼굴을 보아 귀띔해줄 수 없겠소?"

무라코시 모스케는 허공을 응시한 채 한마디도 하지 않았다.

"물론 사자에게 누설하라는 것은 무리…… 무리라는 것을 잘 알면서도 부탁하오. 모든 것이 가문을 위해서라 생각하고 말이오."

"야규 님."

"말해주겠소?"

"그럴 마음은 태산 같지만 곰곰 생각해보니 전할 말씀이란 아무것도 없습니다."

"아니, 전할 말이 없다고?"

"여기 서신이 있습니다. 이것뿐입니다."

"으음."

무네노리는 나직이 신음했다. 그럴지도 모른다는 생각이 들었기 때문이다. 말주변이라고는 전혀 없어 한 번도 사자가 되어본 적이 없는 무라코시. 그런 만큼 모든 것을 서신으로 전하여 말로 할 필요가 없도록 했는지도 모른다……고 생각했다.

"다른 분도 아니고 야규 님의 말씀이시니 서신의 봉함을 뜯어 보여

드리고 싶습니다마는, 봉함을 뜯으면 배를 갈라야만 합니다. 그래도 되겠습니까?"

"으음. 그것은 안 되지요. 그렇게 되면 사자인 그대가 키요스에 도착할 수 없으니까."

"죄송합니다. 그러면 봉함을 뜯지 않고 이대로 저를 키요스에 데려가주십시오."

눌변이 때로는 웅변 이상의 박력을 갖는다. 야규 무네노리도 그만 더이상 구두로 전할 말이 없다고 믿고 그를 데리고 키요스로 향했다.

8

무라코시 모스케가 키요스에 도착했을 때, 장수들은 모두 성안에 모여 기다리고 있었다.

야규 마타에몬 무네노리는 방안의 심상치 않은 분위기를 경계하여, 우선 모스케에게 이이 나오마사와 혼다 타다카츠를 별실에서 따로 만나게 했다.

"분명히 서신뿐, 말로 전할 것은 없는 듯합니다."

무네노리는 이렇게 말했다.

그런 뒤 세 사람이 무라코시 모스케 나오요시를 여러 장수들 앞으로 안내했다.

서신의 수신자는 선봉인 후쿠시마와 이케다 두 장수로 되어 있었다. 그러나 이들 장수 뒤에는 호소카와 타다오키, 쿠로다 나가마사, 아사노 요시나가 등 여러 장수가 눈을 빛내며 앉아 있었다.

무라코시 모스케는 깜짝 놀란 듯 이이와 혼다 두 사람 사이에서 자세히 여러 장수들의 안색을 살피고 있었다.

"사자는 수고가 많으시오. 그런데 나이다이진 님은 언제 에도를 출발하셨소?"

후쿠시마 마사노리가 모스케의 발언을 기다리지 못하고 몸을 움직여 무릎걸음으로 두어 걸음 앞으로 나앉으며 흰 부채를 고쳐 잡았다.

"그것은……"

모스케는 이렇게 대답하고 가슴을 폈다. 기가 죽으면 안 된다고 잔뜩 긴장한 소년과 같은 동작으로 천천히 품안의 서신을 부채 위에 올려놓았다.

"여기 서신이 있습니다. 잘 읽어보십시오."

"으음. 두 분 앞으로 보내신 것이로군. 실례합니다."

이케다 테루마사에게 목례를 하고 마사노리는 이상하다는 듯 고개를 갸웃했다. 서신이 너무 가벼웠기 때문이다.

이이도 혼다도 그제서야 깜짝 놀랐다. 아니, 두 사람보다 말석에 물러나 있던 야규의 얼굴이 순식간에 창백해졌다.

"으음."

마사노리가 개봉한 편지는 누구의 눈에도 몇 줄밖에 안 되는 짧은 글로 비쳐졌다. 마사노리는 서신을 곧바로 이케다 테루마사에게 건네고 다시 한 번 나직이 신음했다.

"그쪽 상황을 알기 위해 무라코시 모스케를 사자로 보냅니다. 잘 상의하여 회답 주기 바랍니다. 출병에 대해서는 소홀히 하고 있지 않으니 안심하기 바랍니다. 자세한 것은 구두로 전할 것입니다."

이케다 테루마사는 소리내어 읽고 그것을 뒤에 있는 호소카와 타다오키의 손에 건넸다. 구두로 전할 말이 없기는커녕 자세한 것은 구두로……라고 끝을 맺고 있었다.

"모스케!"

혼다 타다카츠가 당황하여 무라코시의 무릎을 쿡 찔렀다.

"구두로 전할 말은 감기가 심하다는 것이었지?"

모스케는 흘끗 타다카츠를 바라보고 아무 대답도 없이 그대로 정면을 향했다.

"내 말이 맞지? 감기가 아주 심하여…… 그, 그래서 낫는 즉시 서둘러 출진하시겠다…… 그런 말씀이시겠지?"

이미 그때는 마사노리의 눈도, 테루마사와 타다오키의 눈도 물어뜯을 듯이 무라코시 모스케에게 쏠려 있었다. 그러나 무라코시는 천천히 고개를 흔들며 모두가 깜짝 놀랄 정도로 크게 대답했다.

"감기는 아닙니다!"

그와 동시에 마사노리의 몸이 충격을 못 이겨 앞으로 쏠렸다.

"감기가 아닌데도 아직 출진하시지 않다니 기괴하기 짝이 없는 일. 나이다이진 님은 우리를 죽도록 내버려둘 생각이란 말인가? 어서 전하는 말을 이야기하시오."

"지……지……지금부터 말하겠습니다."

무라코시 모스케는 심하게 말을 더듬고 나서 다시 가슴을 활짝 펴고 자세를 바로했다.

야규 무네노리는 사람들 뒤에서 어깨를 잔뜩 떨구고 있었다.

9

무라코시 모스케로서는 이것이 그의 인생에서 가장 큰 긴장과 기력이 필요한 장면이었을 터. 더구나 이 고비를 무사히 넘기느냐의 여부에 따라 그의 기량만이 아니라 생애의 자신감마저 결정될 터.

"그럼, 전하는 말씀을……"

그는 다시 큰 소리로 말하고 무릎 위의 흰 부채를 고쳐 쥐었다.

"여러분, 며칠 동안이나 진중에서 참으로 고생이 많습니다."

순간 마사노리는 얼이 나간 듯 멍청해졌다. 노기에 가까운 목소리에서 대번에 꼭두각시 인형을 연상시키는 예의바른 인사의 자세로 변했기 때문이다.

모스케는 그런 반응 같은 것은 눈여겨보려고도 하지 않았다. 그는 몇십 번이나 마음속에서 되풀이해본 구두 전갈을 순서를 어기지 않고 말하는 것만도 힘에 겨웠다.

"나이다이진 님은 출진이 다소 늦어지셨으나, 그것은 감기가 심하시기 때문은 아닙니다."

이이 나오마사가 당황해하며 얼굴을 꼬고 한숨을 쉬었다. 그들은 장수들을 진정시키는 구실로 이에야스의 감기를 몇 번이나 강조했다……

"감기가 심하신 것은 아니지만, 전혀 감기 기운이 없으신 것도 아닙니다."

모스케도 너무 분명하게 부인하는 것은 좋지 않다고 여겨 약간 생각을 바꾸며, 소리 높여 말했다.

"그러므로 얼마 동안은 출진하시기 어렵습니다."

"무, 무어라고 했소? 감기는 심하지 않으나 출진은 어렵다고?"

"그렇습니다."

이번에는 모스케가 마사노리에게 대들 듯한 시선을 보냈다.

"그렇더라도 여러분은 이곳까지 대군을 거느리고 왔으면서도 어째서 팔짱만 끼고 있는지, 참으로 이상하기 짝이 없는 일입니다!"

"뭐…… 뭣이!"

마사노리는 깜짝 놀라 테루마사를 바라보았다. 테루마사는 아직 그말의 뜻을 이해하지 못하여 놀라기 이전의 표정인 채로 있었다.

"여러분이 가신이라면 주군이 일일이 지시를 내리실 것이지만, 여러분은 가신이 아닙니다. 우군友軍입니다. 그 우군이 어째서 팔짱을 끼고 있습니까? 속히 키소가와를 건너 활동하십시오. 주군도 출진에 대해서는 방심하고 있지 않으므로 안심하라고 서신에 씌어 있습니다. 주군이 출진을 미루고 계신 것은 감기 때문도 다른 사정이 있어서도 아닙니다. 오직 이 일은 여러분의 마음가짐에 달려 있습니다."

분발하여 여기까지 말하고 무라코시 모스케는 다시 부채를 들어 무릎에 세웠다. 얼굴에도 목덜미에도 구슬처럼 땀방울이 맺히고 어깨가 희미하게 물결치고 있었다.

모스케는 드디어 이에야스의 의지 이상으로 엄하게 그들의 애매한 결심을 꾸짖고 말았다.

순간 좌중은 냉수를 끼얹은 듯이 조용해졌다.

이이 나오마사도 혼다 타다카츠도 그들의 상식 테두리 밖으로 내던져진 꼴이 되어 당장에는 무어라 대꾸할 수가 없었다.

이때 갑자기 후쿠시마 마사노리가 부채를 펴고 눈앞의 무라코시 모스케에게 부쳐주기 시작했다.

"놀라운 말씀, 우러러보았소! 정말 그 말이 맞소! 과연 그러하오!"

이번에는 부채질을 받던 모스케가 깜짝 놀랐다.

10

모스케는 장수들에게 죽게 될 것이라고는 생각지 않았다.

'그럴 만한 용기는 없을 것이다.'

모스케는 나름대로 이에야스의 정당성과 강대한 힘을 믿고 있었다. 그러나 문제의 후쿠시마 마사노리가 화를 내지 않고 자기를 칭찬하리라고는 상상도 하지 못했다. 그러므로 마사노리가 부채질을 해주려고 부채를 들었을 때는——

'이젠 두드려 맞게 될 모양이다.'

이렇게 생각하기까지 했다. 성급한 마사노리인 만큼 분에 못 이겨 때리는 일은 있을지 모르나, 결국은 이에야스의 조리 있는 말을 따르지 않을 수 없게 될 것이다. 그렇게 되면 자기를 사자로 택한 이에야스의 체면이 선다고……

미카와 무사 이상으로 고지식한 마사노리는 모스케의 용기에 감탄하고 말았다.

"참으로 지당한 말이오."

마사노리는 다시 한 번 진심에서 나오는 감탄의 말을 했다.

"좋소! 지체 없이 진격하여 즉시 전황을 전하겠소. 아니, 귀하도 이삼 일 동안 여기 머물면서 후시미 성이나 기후 성을 함락하는 우리 솜씨를 지켜보시오."

모스케는 그때에야 비로소 자신으로 돌아와 머리를 조아렸다.

"고마우신 말씀이오나 이 사람은 주군의 말씀을 전하는 사자. 성의 공격을 지켜보는 것은 저의 소관이 아니므로 사양하겠습니다."

그 말하는 태도도 이런 일에 익숙지 못한 소년 같아 여간 어색하지 않았다. 그러나 도리어 그런 모습이 더욱 이 자리에 어울리는 범하기 어려운 당당한 여운을 풍기는 것이 기이했다.

카토 요시아키가 손뼉을 쳐서 놀란 마사노리의 입장을 구해주었다.

"과연 후쿠시마 님 말씀처럼 이번 일은 면목이 없게 되었소. 우리는 가신이 아니오. 그러므로 나이다이진 님이 오실 때까지 우리의 독자적 판단으로 행동해야 했소. 정말 당연한 말이오. 그런데도 이처럼 시일을 낭비하다니……"

"옳은 말씀이오."

"그러나저러나 무라코시 님은 용기 있는 말씀을 하셨소."

"이것으로 분명해졌어요. 우리가 출진하면 나이다이진 님도 출진하실 것이오. 우리는 나이다이진 님 혼자만의 싸움에 원군으로 온 것은 아니었소. 하하하……"

일단 납득하자 쿠로다는 물론 아사노도 호리오도 밝은 표정이 되었다. 다만 호소카와 타다오키만은 미소를 띠고 있을 뿐 맞장구는 치지 않았다. 그는 신중한 인물인 만큼 어쩌면 이에야스를—

'교활한 사람!'

이렇게 생각했는지도. 그렇다면 이에야스는 확실히 여기 있는 사람들의 단순함으로는 헤아리기 어려운 깊이를 가지고 움직이는 인물.

갑자기 무라코시 모스케 나오요시가 다시 모두에게 머리를 조아렸다. 이번에는 여러 장수들에게만이 아니라, 이이 나오마사와 혼다 타다카츠에게도 사과할 생각인 모양이었다.

"저도 망설였습니다. 여러분이 기다리시는 것을 알기 때문에…… 그러나 여러분이 서신을 읽으시는 동안 결심했습니다. 지혜와 재능 있는 사자가 필요하다면 어찌 주군이 저 같은 사람을 택하셨겠습니까. 서신과 함께 주군의 본심을 전해드려야 한다. 아니, 그렇게 하라고 저를 사자로 택하신 것이 분명하다고…… 실례를 용서해주십시오."

이 고백은 모두의 마음에 시원한 바람을 불어넣기에 충분했다……

11

모스케의 도착으로 키요스 성의 공기는 일변했다. 지금까지는 이에야스의 출진 지연으로 초조해하던 집합체였으나 갑자기 활기를 되찾고, 서군을 공격하는 진정한 선봉이 되려는 태세로 바뀌었다.

군감으로 파견된 후 양자 사이에 끼여 곤혹스러워하던 이이 나오마사와 혼다 타다카츠에게는 더할 나위 없는 구원의 손길이었다.

"과연 사람은 누구나 쓸모가 있게 마련이다."

이이 나오마사는 방에서 물러나 무라코시 모스케를 별실에 쉬게 하고 감탄하면서 말했다.

"무라코시가 우리의 말을 듣고 주군은 감기……라고 말했더라면 지금쯤 어떤 소란이 벌어졌을지."

"호호호……"

혼다 타다카츠는 혼자 웃기 시작했다.

장수들은 그 후 성주 마사노리의 방에 모여 언제 공격을 개시할 것인지 협의하기 시작한 모양이었다.

"어째서 웃으시오, 혼다 님은?"

"타이코와 주군의 성격을 비교했소. 타이코는 성급한 사람. 그 혼노사 사건 때도 눈 깜짝할 사이에 모리와 화의를 맺고 철수해 야마자키山崎에서 미츠히데 군을 격멸했소. 우리 주군은 그 반대로 나가고 계시지 않소. 그 느긋한 성격은 천하에 적수가 없어요."

이이 나오마사는 타다카츠의 말하는 투가 우스웠다.

'성격이 급하다거나 느긋하다는 비교가 아니다……'

무라코시의 말을 듣고 깨달은 것이지만, 이에야스로서는 지금 선두에 서서 전쟁을 서둘러야 할 이유가 전혀 없었다.

미츠나리 쪽에서는 이에야스를 적이라 떠들어대고 있다. 이에야스는 아이들의 소동이라고 냉정하게 판단하고, 상대가 떠들다가 지쳤을 때를 기다려 해결하면 그만이었다. 성격이 느긋한 것이 아니라, 아이들끼리의 흥분은 식어갈수록 결속이 흐트러짐을 냉정하게 꿰뚫어보고 있었다. 그리고 이해득실을 계산할 여유를 상대에게 주면, 때는 반드시 옳은 길을 밟는 자의 편을 든다고 판단했음이 틀림없다.

"어떻소, 이이 님. 누가 선봉에 나서겠다고 자청할 것 같소?"

다시 타다카츠가 전쟁을 즐기는 노인답게 말을 걸어왔다.

나오마사는 웃기만 할 뿐 대답하지 않았다.

이번에는 누가 맨 처음 키소가와를 건너느냐로 다투는 것이 장수들에게는 화제의 중심이 될 터. 분위기는 오직 한 군데의 급소를 찌르는 방법 하나로 달라졌다.

'그 급소는 우리로서는 알 수 없고 역시 주군에게 찔리고 말았다.'

"조용하신 분이라니까."

나오마사가 말했다.

"타케다 신겐武田信玄의 풍림화산風林火山이란 깃발처럼 참으로 조용한 숲과도 같은 분이셔."

"아니, 천성적으로 성격이 느긋하신 분이지."

타다카츠는 다시 같은 말을 되풀이하며 물었다.

"그러나저러나 주군은 언제쯤이면 에도에서 출발하실까?"

이이 나오마사는 가만히 고개를 저으면서 대답했다.

"유감스럽게도 아직 주군의 마음은 읽을 수 없어요. 우리로서는 상상도 못할 산전수전山戰水戰을 다 겪은 분이라서."

이때 마사노리의 코쇼가 두 사람을 부르러 왔다.

개전開戰

1

미츠나리가 계획대로 사와야마의 거성居城에서 군사 6,700을 거느리고 오가키 성大垣城으로 진출한 것은 8월 10일이었다. 그곳에서 시마즈 요시히로, 시마즈 토요히사島津豊久, 코니시 유키나가 등을 불러 협의한 뒤 총대장 모리 테루모토를 오사카에서 나오도록 하여 기후로 진군하자는 것이었다.

그들로서는 모든 것을 투입한 이번 시도가 과연 결실을 맺을 수 있을지 그 기로에 서 있었다. 그들이 당면한 큰 불안은 에도 출발 시기와 모리 테루모토의 오사카 출발 시기의 일치 여부였다.

조용히 내부에서 살펴보았을 때 이에야스에 대한 서군의 공포는 상상 이상이었다.

이세 가도로 진출해 있던 군사들로, 아노츠 성阿濃津城 성주 토미타 노부타카富田信高, 우에노 성上野城 성주 와케베 미츠요시分部光嘉 등이 에도 방면에서 철수해온 배를 보고 ―

"이에야스가 나타났다!"

이렇게 오인하고 스즈카토게鈴鹿峠로 또는 카메야마龜山로 도망치는 추태를 보였다.

그런 만큼 만약 모리 테루모토가 오사카를 출발하여 도착하기 전에 이에야스가 와서 진을 치면 아군에 어떤 동요가 일어날지 짐작할 수도 없었다.

'과연 에케이는 테루모토를 설득하여 이세 가도로 향했을까⋯⋯?'

이렇게 살펴볼 때, 키요스에 집결해 있는 동군의 장수들이 이에야스의 도착을 기다리는 심리와는 정반대였다. 동군의 장수들이 이에야스의 도착을 기다리는 마음은, 이러한 미츠나리의 불안을 꿰뚫어보고 있었다는 다른 말이기도 했다. 곧, 이에야스의 실력은 이미 동서 양군에 같은 비중으로 무겁게 여겨지고 있었다.

물론 미츠나리도 팔짱만 끼고 있지는 않았다. 그는 이 불안을 숨기고 이에야스의 에도 출발을 지연시키기 위해 여러 곳의 아군 우세를 선전하고 독려했다.

사타케 요시노부에게는 다음과 같은 서신을 보내기도 했다.

"사나다眞田 부자와 호리 히데하루堀秀治도, 마에다 토시나가도 모두 우리편이 되었다. 그리고 일본의 모든 무사들의 처자들은 죄다 오사카에 억류하여 감시하고 있다. 그 밖에 오슈奧洲의 다테伊達, 모가미, 소마相馬 등도 모두 우리와 뜻을 같이하고 있으니, 안심하고 에도를 공격하도록 하라."

서군 총수는 이세 방면, 미노 방면, 북세키구치北關口(호쿠리쿠北陸) 방면, 여기에 세타바시勢田橋 동쪽 수비군과 오사카 잔류군을 합하면 18만 4,970명⋯⋯ 고작 4, 5만밖에 동원할 수 없는 이에야스가 이 대군을 어떻게 당할 수 있단 말인가? 지금쯤은 이미 겁을 먹고 있을 것이고, 만약 이성을 잃고 서쪽으로 공격해온다면 오와리와 미카와 경계에서 저지해 섬멸할 준비가 되어 있다⋯⋯고 덧붙였다.

말할 나위도 없이 이는 미츠나리의 심적인 불안을 숨긴 위장 선전으로, 병력의 수만 해도 엄청나게 과장해놓았다. 1,500 정도인 시마즈의 군사를 5,000이나 된다고 부풀려놓았다.

사나다 부자에게 보낸 서신도 같은 내용이었다. 신슈信州는 말할 것도 없고 코슈甲州까지도 사나다 가문의 영지로 하겠다, 모리 테루모토도 분명히 승낙했다고 쓰고, 또 이에야스가 틀림없이 서쪽으로 올 것이라는 소문이 있는데, 이에 대해서는 ——

"차라리 올라와주기를 바라고 있소이다."

이렇게 전혀 문제시하지 않는다는 투로 미츠나리는 하늘을 찌를 듯한 사기를 가장했다.

2

인간 역시 짖는 개와 공통된 약점을 갖게 마련. 궁지에 몰릴수록 그 선전은 과대해지고 위협을 포함하며 허세와 헛웃음을 혼합하게 된다. 호타이코豊太閤(타이코 도요토미 히데요시)조차 조선과의 전투에 어려움을 겪게 되었을 때 필요 이상으로 호화롭게 성을 장식했고, 다이고醍醐에서 꽃놀이를 했다. 약점을 보이지 않으려고 짖어대면 두려워하는 자도 생기게 마련인데, 그 짖는 소리 뒤에 숨은 처량한 조락凋落의 기운은 반드시 역사에 스며들어 남게 된다.

오가키 성에 들면서부터 미츠나리의 불안은 더욱 커졌다.

'모리 테루모토는 나오지 않는 것이 아닐까? 테루모토가 나오지 않으면, 분명 자기편이라 생각하고 이에야스는 유유히 에도에서 출발하려고 할 것이야……'

전선에 나서보고 나서야 비로소 깨닫게 된 미츠나리의 공포였다.

미츠나리는 지난날 히데요시의 군감 및 참모로서 그의 명령을 어김 없이 실전 부대에 전해왔다. 이에 대한 반감이 현재 키요스 성에 집결하여 그의 앞길을 가로막고 있다.

지금 그는 히데요시의 군감이 아니었다. 실질을 갖춘 주모자도 아니었고, 지휘자이기는 하나 한낱 부장部將에 지나지 않았다. 이와 같은 묘한 입장으로 전선에 나와보니, 그 자신에게도 이에야스는 역시 점점 더 움직일 수 없는 거대한 바위로 보이기 시작했다.

'전쟁터의 계략은 세상의 일반 재능과는 다른 것일까……?'

미츠나리의 불안은 한층 더 선명한 선전과 독려로 그 모습을 바꾸어 갔는데, 이러한 그의 불안은 테루모토에 관한 한 적중하고 있었다.

오사카에서 테루모토는 미츠나리의 심한 독촉에도 불구하고 점점 더 출진할 생각을 잃어가고 있었다. 안코쿠지 에케이에게는 잘 알겠노라고 대답했으나, 이와 전후하여 이세 방면으로 향하는 양자 히데모토로부터 단호한 반대 의견이 나왔다.

"굳이 지부쇼(이시다 미츠나리) 편을 들어 출진하시겠다면 히데요리 님을 동반하십시오. 그러면 이 히데모토도 선봉에 서서 나이다이진이 나오지 않을 경우 칸토關東까지도 가겠습니다. 히데요리 님이 출진하시면 지부쇼에게 반감을 가진 장수들도 결코 대항하지 않으리라 생각되고, 어쩌면 나이다이진과 호각지세互角之勢로 싸울 수 있을지도 모릅니다. 그렇지 않으면 승산이 없습니다."

테루모토로서는 뼈아픈 반대 의견이었다. 겨우 여덟 살에 불과한 히데요리를 어떻게 전쟁터로 데려간다는 말인가. 그렇게 하지 않으면 미츠나리에 대한 장수들의 원한이 모두 이쪽으로 돌려질 테니…… 움직이려 해도 움직일 수도 없는 형편……

"그렇다면 너는 어쨌거나 이세 방면으로 가거라."

그리고 안코쿠지가 무언가를 물으면 적당히 대답하도록…… 이러한 묵계 아래 히데모토가 이세 방면으로 갔다. 그러한 상황에 테루모토가 쉽게 움직일 리 없었다……

미츠나리는 아직 그러한 사정을 정확히 알지 못했다. 불안은 걷잡을 수 없는 형태로 더욱 그를 조여왔다.

이러한 미츠나리에게 오다 히데노부로부터 요청이 들어왔다.

"동군이 드디어 키소가와를 건너 기후 성으로 진격해오고 있습니다. 속히 원군을 보내주십시오."

8월 21일 정오 무렵의 일이었다……

3

당시 기후 성에는 오다 히데노부의 병력 약 6,500 외에 60리쯤 떨어진 이누야마 성犬山城에서 이시다 미츠나리의 사위 이시카와 비젠노카미 사다키요石川備前守貞淸가 지키고 있었다.

이누야마 성에는 사다키요 외에 이나바 우쿄노스케 사다미치稻葉右京亮貞通(하치만 성八幡城 성주), 세키 나가토노카미 카즈마사關長門守一政(타라 성多良城 성주), 카토 사콘노다이부 사다야스加藤左近大夫貞泰(쿠로노 성黑野城 성주), 타케나카 탄고노카미 시게카도竹中丹後守重門(이와테 성岩手城 성주) 등의 원군 1,700이 있었다. 기후에서 40리 떨어진 타케가바나 성竹ヶ鼻城에는 스기우라 고자에몬 모리카네杉浦五左衛門盛兼가 있었으며, 모리 카몬毛利掃部이 그를 돕고 있었다. 이 모두를 합쳐도 9,000이 될까말까한 병력이었다.

이에 비해 키요스에 있던 동군의 병력은 3만을 웃돌고 있었다. 이러한 그들이 무라코시 모스케 나오요시가 사자로 파견되기까지 출격을 생각지 않았다는 것은 분명 불가사의不可思議한 일이었다. 보기에 따라서는 미츠나리가 선전하는 서군의 총병력 18만 4,970명이라는 과장된 숫자에 주술이 걸려 있었다고도 할 수 있다.

무라코시가 이 주술을 풀고 돌아갔다. 그들이 곧바로 진격을 개시하면 이에야스가 결코 가만히 있을 리 없지 않느냐고……

동군의 장수들이 진격 개시를 결정한 것은 무라코시가 그들에게 이에야스의 말을 전한 다음 날, 곧 8월 20일이었다. 출격 결정과 함께 사기가 충천하여 후쿠시마 마사노리와 이케다 테루마사 사이에 선봉 다툼을 위한 심한 언쟁이 벌어졌다.

"이누야마나 타케가바나를 쳐도 기후 본성은 함락할 수 없소. 그러므로 재빨리 기후를 공격합시다."

마사노리가 이렇게 말을 꺼냈을 때 모두 입을 모아 찬성했다.

말할 나위도 없이 기후는 노부나가의 손으로 이루어진 견고한 성이었다. 킨카잔金華山 주봉을 본성으로 하여 그 서남쪽에 즈이류지야마瑞龍寺山, 북쪽에 나가라가와長良川 낭떠러지가 있고, 동남쪽으로 깊은 골짜기를 끼고 있는 난공불락難攻不落의 형세였다.

올라갈 수 있는 길은 두 군데. 앞쪽은 나나마가리七曲り, 뒤쪽은 모모마가리百曲り였으며, 그 밖에 미즈노테구치水の手口라는 험준하고 좁은 길로 이어져 있었다.

"역시 군사를 양쪽으로 나누어 키소가와를 건너야 하지 않겠소?"

"당연한 일이오. 나는 상류 카와다河田에서 쳐들어가 곧바로 앞쪽으로 진격하겠소."

마사노리의 말에 이케다 테루마사는 안색을 바꾸고 대들었다.

"당치도 않은 말씀이오. 나도 사에몬노다이부左衛門大夫(마사노리)님과 함께 이번 작전에 선봉을 맡기로 한 사람…… 내가 우회하여 하류 오고세尾越를 건너 뒤쪽으로 가야 할 이유는 없지 않소?"

완고하기로 이름난 마사노리 역시 안색을 바꾸면서 결코 양보하려

하지 않았다.

"무슨 말을 하는 거요. 원래 나는 키요스의 주인, 이 오와리를 영유하고 있는 마사노리가 어째서 뒤쪽으로 가야 한다는 말이오? 마땅히 산자에몬三左衛門(테루마사) 님이 나에게 양보해야 합니다."

"점점 더 이상한 말씀을 하시는군. 귀하는 영지가 인접해 있으므로 지리에 밝아 진격하기에 용이할 것이오. 그런데도 지리에 어두운 나더러 돌아가라고 하다니 무사로서는 있을 수 없는 일……"

"말을 삼가시오! 무사로서 있을 수 없는 일이라니, 그냥 들어넘길 수 없는 소리요."

양쪽 모두 완강하여 양보할 기색이 보이지 않았다. 참다못해 혼다 타다카츠가 개입했다.

4

"두 분 모두 잠시 기다리시오."

혼다 타다카츠는 과연 전투라면 노련했다.

"참으로 용감한 말씀이라 저도 오랜만에 피가 끓는 것 같군요. 그러나 지금까지 시일을 끌며 주군만 기다리고 있던 터인데, 드디어 진격을 하게 되었다고 해서 이렇게 다투기까지 할 것은 없지 않겠소. 어떻습니까, 나에게 일임하면?"

"아니, 괜히 다투고 있는 것은 아니오. 선봉에게 자리를 양보하라고 하니 승낙할 수 없는 것은 당연한 일 아니오?"

테루마사가 정색을 하고 몸을 앞으로 내밀었다. 타다카츠가 손을 들어 제지했다.

"굳이 귀하에게 선봉을 양보하라는 말씀은 아니오. 사에몬노다이부 님은 영지와 가까워 배나 뗏목을 준비하기 쉬울 것이오. 그러므로 여기서는 도쿠가와 가문의 사위인 산자에몬 님에게 상류의 카와다 방면을 양보하면 어떨까요?"

"아니 될 말씀이오. 그렇다면 귀하는 이 마사노리를 따돌리고 산자에몬 님 편에 가세하겠다는 말씀이오?"

"그렇지는 않소. 다투기만 하면 소용없는 일, 귀하는 하류의 오고세를 건너 후방에서 진격하기로 하고, 귀하가 건넌 뒤 봉화를 올리면 그것을 신호로 양쪽에서 호응하여 공격하자는 말입니다."

"으음."

"그렇게 하면 누가 앞장서는 것도 아니고, 일거에 기후를 칠 수 있다고 생각하는데요."

인간이란 일단 주술이 풀리면 지금까지의 자기와는 전혀 다른 사람처럼 되는 모양이었다. 선봉 다툼은 타다카츠의 중재로, 하류를 건넌 일대가 횃불을 올리기까지 공격을 삼간다는 선에서 마무리되었다.

하류의 오고세를 건넌 것은 후쿠시마 마사노리를 선봉으로 해, 호소카와 타다오키, 카토 요시아키, 타나카 요시마사, 토도 타카토라, 나카무라 카즈히데, 하치스카 토요카츠, 쿄고쿠 타가토모, 이코마 카즈마사…… 여기에 이이, 혼다의 군사가 가세한 1만 6,000명.

상류의 카와다에서 앞쪽으로 나설 군사는 이케다 테루마사를 선봉으로 해, 아사노 요시나가, 야마노우치 카즈토요, 아리마 토요우지, 히토츠야나기 나오모리, 토가와 미치야스戶川達安 등 약 1만 8,000명.

8월 21일 첫새벽부터 행동을 개시하여 이들 군사는 키소가와의 왼쪽 기슭으로 진격해나갔다. 다만 타나카 요시마사와 나카무라 카즈히데는 하구로羽黑 부근으로 진격해 이누야마 성에 있는 서군 이시카와 사다키요에 대비했다.

미츠나리에게 이러한 동군의 움직임이 보고된 것은 군사들이 키소가와를 건너기 시작했을 무렵이었다.

한편, 기후 성에서는 가신 타쿠미 토모마사가 농성을 주장했다.

"유감스럽게도 적의 군사가 너무 많습니다. 우리는 농성하여 지부쇼유를 비롯해 미노 방면의 본대가 도착할 때를 기다려야 합니다."

히데노부는 그 말을 들으려 하지 않았다. 그는 노부나가의 적손으로 태어났으면서도 전략과 전술에서는 흔히 세상에서 말하는 못난 3대손에 지나지 않았다.

"농성을 하면 세상에서 비웃는다고 생각지 않나. 더구나 나가 싸우는 것이 조부님 때부터의 우리 가풍이야."

스스로 본진을 엔마도閻魔堂 앞 카와테무라川手村에 설치하고 사토 마사히데佐藤方秀, 타쿠미 토모마사, 도도 츠나이에 등과 미츠나리가 원군으로 보낸 카와세 사마노스케 등을 딸려 병력의 반인 3,200명 정도를 니카노新加納와 요네노米野 사이에 배치하고 밤을 맞이했다.

5

날이 밝으면 8월 22일.

이미 가을 바람이 불기 시작한 키소가와 상류의 토카구치渡河口, 카와다 부근은 양군의 포진을 방해하는 한 가닥 안개도 피어오르지 않았다. 날이 새기 전부터 강을 사이에 두고 늘어선 동서 양군의 깃발이 선명하게 휘날리고 있었다.

먼저 총격을 가한 것은 서군의 오다 진영이었다.

공격하는 쪽과 당하는 쪽은 심리적 부담이 서로 다르다. 그때까지 동군의 선봉 이케다 군은 전투를 개시할 의사가 없었다. 그들은 하류 오고세 방면으로 향한 후쿠시마 군으로부터 도하 준비가 끝났다는 봉홧

불이 오르기를 기다렸다가 일제히 강을 건널 생각이었다.

그런데 전면 오다 군은 첫새벽부터 총격을 가해왔을 뿐만 아니라, 응전하지 않으면 곧 강을 건너려는 기색이었다.

"생각보다 적의 사기가 높습니다. 이대로 기다리면 불리합니다."

이케다 테루마사 앞으로 가신 이키 타다마사伊木忠正가 달려와 응전하기를 청했다. 테루마사도 처음에는 승낙하지 않았다.

"우리가 먼저 건너면 후쿠시마 님이 귀찮아. 잠시 기다리도록."

적의 발포를 눈앞에서 보면 아군도 전마戰魔에 사로잡힌다. 전투 역시 군중심리가 지배하는 테두리에서 벗어날 수 없었다.

아직은 결코 몸이 위험에 빠질 위치에 있지 않았다. 서군과의 사이에는 키소가와 물줄기가 가로놓여 있어 유탄流彈은 헛되이 허공에서 작렬할 뿐이었다. 그러나 엎드려 적을 노리고 있는 사람들의 이성은 폭발점에 다다라 있었다.

"이대로 있으면 명령을 어기고 건너는 자가 나타날 것입니다. 상대가 강을 건너기 시작하면 가만히 있을 수 없습니다."

다시 이키 타다마사가 재촉하는 바람에 이케다 테루마사도 그만 승낙할 마음이 들었다.

"좋아. 적이 도전했기 때문에 뒤로 물러설 수 없었다고 즉시 사자를 보내도록."

명령을 내리는 것과 동시에 응전을 시작했다.

일단 명령이 내려지자 주위는 순식간에 신들린 자들의 다툼장으로 바뀌어버렸다.

이키 타다마사 군사가 맨 먼저 상류에 말을 진입시켰다. 이어서 히토츠야나기 나오모리 군사가 건너편 코묘 사光明寺를 목표로 비스듬히 강을 건너기 시작했다. 호리오 타다우지 군사가 그 뒤를 따랐을 때는 이미 건너편의 사격도 필사적이었다.

처음에는 모두들 총탄을 피하기 위해 말을 타지 않고 말머리에 몸을 꼭 붙인 채 건넜다. 그러나 어느 틈에 사나운 질타와 노성을 터뜨리며 말을 탄 채 건너기 시작했다.

이케다 테루마사도 지휘채를 휘두르면서 물 속에 뛰어들었다. 아사노 요시나가도 눈에 핏발을 세우고 강을 건넜다. 강기슭에서는 총탄과 인마의 고함소리가 교차하고 쓰러지는 자가 속출했다. 히토츠야나기 나오모리의 노신 오츠카 곤다유大塚權太夫가 기슭에 쓰러지고, 오다 쪽 타케치 젠베에武市善兵衛와 이누마 코칸페이飯沼小勘平 등도 도강을 막으려다 쓰러졌다.

이미 후쿠시마 마사노리와의 약속 따위는 염두에도 없었다. 아리마, 야마노우치, 마츠시타松下, 토가와 등의 군사가 앞다투어 도강하여 창을 꼬나들고 오다 군 측면을 공격하기 시작했다.

평화를 위해서는 남다른 노력의 축적이 필요하다. 그러나 일단 전투가 벌어지면 그 노력은 순식간에 공허한 아수라장으로 돌변한다.

서군인 오다 쪽이 동군의 도강을 막지 못하고 퇴각하기 시작한 것은 아직 정오가 되기 전이었다.

6

하류로 향한 후쿠시마 마사노리 등의 군사는 22일 해질녘까지 서군의 스기우라 고자에몬, 모리 카몬이 수비하던 타케가바나 성을 함락하고 카사마츠笠松 서북쪽에 있는 타로太郎 제방까지 진격하여 야영할 준비를 하고 있었다. 그들은 아직 상류로 진격한 이케다 등의 군사가 도강했다는 사실을 모르고 있었다.

타케가바나 성에서는 마사노리와 구면인 모리 카몬과 카지카와 산

쥬로梶川三十郎를 불러 항복받았다. 그리고는 혼자서도 완강히 저항하는 스기우라 고자에몬과 사시巳時(오전 10시)부터 신시申時(오후 4시)까지 싸워 이를 전멸시켰다. 동군은 사기충천했다.

"여기서 밤을 보내고 내일 아침 일찍 기후로 향하겠소. 이이와 혼다 두 분은 타케가바나 성의 승리를 즉시 에도에 알려주시오."

마사노리는 이렇게 지시했다.

"우리 위치를 상류 군사에게 알려야겠어. 내일은 드디어 기후 공격이 시작되니까."

그리고는 부근 촌락에 불을 지르라고 명했다. 방화로 아무것도 모르는 민가가 타올라 봉화 대신 어두워지는 하늘을 태우기 시작했다.

"이케다 산자에몬 테루마사 님의 사자가 도착했습니다."

그 무렵 모닥불을 누비고 달려와 보고하는 병사의 말에 마사노리는 고개를 갸웃했다.

"뭣이, 산자에몬 님으로부터? 이 시각에 웬일일까, 어서 안내하라."

차질이 생겨 도강 지점까지 나가지 못했다면 곧 원군을 보내야겠다고 자문자답自問自答하면서 성급하게 결상에서 일어났다. 그런데 사자는 오늘 아침 이미 상류에서는 강을 건너 요네노에서 싸우고 기후에 육박했다, 언짢게 여기지 말라는 말을 전하는 게 아닌가.

"뭣이, 나와의 약속을 어기고 건넜다는 말이냐?"

"아니, 적의 도전을 받았기 때문에 부득이한 일이었습니다."

"산자에몬 녀석, 배신했구나!"

난세 무장의 노기는 때로는 싸우는 개처럼 단순했다. 물론 성격 나름이기는 하지만. 선봉을 명령받고 남에게 선수를 빼앗기면 그 명예가 훼손된다. 명예는 그대로 녹봉에 연결되고 세상, 곧 부하나 백성들에게도 위신이 깎인다. 그러므로 결코 무리가 아니었다.

"좋아, 그렇다면 우리도 각오를 새롭게 해야 한다. 곧 장수들을 불러

모아 즉시 행동을 개시하겠어. 그렇다! 사자는 돌아가 산자에몬 님에게 전하라. 내일 새벽 우리 두 사람이 결투를 벌일 것이라고."

"결투라고 말씀하시면?"

"후쿠시마 마사노리의 위신이 서지 않는다, 산자에몬 님에게 목을 씻고 기다리라고 전하라."

사자는 어이가 없는 듯 그대로 돌아갔다.

마사노리의 분노는 가라앉지 않았다.

"히데요리 님을 위해 선봉을 자원했는데 선수를 빼앗겼다. 장수들에게 체면이 서지 않아. 나이다이진에게 무력으로 경시당할 바에는 차라리 이 마사노리는 죽는 편을 택하겠다."

이때 하류로 향하고 있던 장수들이 연락을 받고 속속 모여들었다.

7

전쟁터에서는 누구나 약간씩은 이성을 잃은 상태에 빠진다. 이케다 테루마사가 약속을 어기고 일찍 강을 건넜다고 해서 하류로 향하던 군사가 지장을 받는 것은 아니었다. 아니, 그 반대로 전세는 오히려 동군에게 아주 유리하게 전개되고 있었다……

마사노리의 진지로 달려온 장수들은 모두 약속이나 한 듯이 노기를 띠고 있었다. 무공武功이란 이름의 폭력이 이토록 크게 사람의 마음을 지배하던 시대였다……

"걸어온 싸움에는 응하지 않을 수 없소. 여러 장수들에게는 폐를 끼치지 않을 것이오. 이 마사노리는 산자에몬과 결투를 할 것이니, 모두들 이해하시오."

"아니, 잠깐."

카토 요시아키 역시 얼굴이 빨갛게 되어 맨 먼저 주먹을 휘두르면서 입을 열었다.

"상류 쪽 장수들이 우리를 속이고 먼저 기후 성을 공격한다면 우리는 한 걸음 더 나갑시다. 지금부터 즉시 오가키 성으로 진격하는 것이 어떻겠소?"

전쟁터에서 공을 다투는 장수들의 사나운 기질은 바로 이런 것. 그런만큼 이 맹수들을 실수 없이 지휘하려면 얼마나 큰 위압이 필요한지 상상할 수 있다.

이시다 미츠나리는 과연 맹수로 변한 전쟁터의 장수들을 지휘할 수 있을까……?

이 자리에서 카토 요시아키의 주장을 모두 찬성했다면 과연 기후 성을 예정대로 공략할 수 있었을까? 조선에서의 전투도 이러한 폐해의 누적이 전군의 목적을 언제나 위태롭게 이끌어갔던 터지만……

"과연 그런 방법도 있겠소."

이미 결투를 각오하고 있는 마사노리는 당장 카토 요시아키의 주장에 찬성할 기색이었다.

"잠깐."

사람들이 모두 찬성할 것 같은 태도를 보였을 때 호소카와 타다오키가 가로막았다.

"카토 님의 말씀은 지당합니다마는, 그렇게 되면 일부러 고전苦戰의 길을 걷게 될 것이오. 나에게 다른 생각이 있소."

"허어, 어떤 생각인지 말씀해보시오."

"지금 이 자리에서는 만에 하나라도 전체적인 결속이 흐트러진 것처럼 보여서는 안 됩니다."

"그러나 기후는 별로 대수로운 적이 아니오."

"아니, 이 타다오키는 기후가 아니라, 나이다이진을 문제 삼고 있소.

나이다이진의 출진이 늦어지는 것은 우리의 결속 여부를 은근히 걱정하고 있기 때문일지도 모릅니다. 그러므로 산자에몬 님의 말을 일단 믿고 우리도 기후로 급행해야 할 것이오."

이 한마디가 모두를 침묵하게 만들었다.

'이에야스가 그들의 결속을 걱정하여 출진을 지연시키고 있다……'

이야기를 듣고 보니 충분히 모두의 마음을 울리는 말이었다.

"그렇다면 밤을 새워 기후로 진격하자는 말이오?"

"그렇게 해서 깨끗이 기후를 함락시켜야만 서전緒戰의 의미가 천명되는 것 아니겠소?"

타다오키는 과연 생각이 깊었다.

"좋소이다, 그렇게 합시다! 산자에몬에 대한 인사는 그 뒤에 하기로 하겠소."

마사노리가 동의하고, 각 부대는 다시 출전 준비를 시작했다.

8

후쿠시마 등이 거느린 하류의 군사가 기후를 향해 철야로 행군을 시작했을 무렵——일단 성안으로 철수한 기후의 오다 히데노부는 아군의 패전 보고에 타쿠미 토모마사, 도도 츠나이에 등의 노신들과 함께 격앙된 표정으로 대책을 강구하고 있었다.

키요스 성에 모인 장수들은 이에야스가 출진할 때까지는 절대로 키소가와를 건너 공격해오지 않는다, 그동안 오가키 성에 있는 미츠나리가 모리 테루모토를 맞이하여 진격해온다, 그러면 기후 성은 서군의 본진이 되어 대군을 거느린 오와리 공격의 근거지가 된다……

이렇게 믿고 있을 때 돌연 동군이 도강해왔다. 기후 오다 히데노부의 낭패는 여간 아니었다.

"타케가바나 성을 적에게 넘기다니 이 얼마나 나태한 일인가…… 내일은 그 수치를 씻고 조부님 때부터의 용맹을 더럽히지 말라."

내일 아침을 기해 적은 앞뒤에서 공격해올 터. 그러나 어떤 일이 있어도 이를 물리쳐야 한다는 것이 히데노부의 의견이었다.

타쿠미 토모마사는 묵묵히 히데노부의 말을 듣고 나서 침울한 표정으로 입을 열었다.

"황송합니다마는, 성에서 나가 싸우는 데는 찬성할 수 없습니다."

"뭐, 그렇다면 농성하면서 적을 기다리자는 말인가?"

"그렇습니다…… 우리 가문의 군사만이 아니라 즈이류지야마에 있는 이시다 원병까지도 성안에 들여놓고, 공격하는 적을 당분간 상대하지 않는다…… 그러면 두 가지 유리한 면이 있습니다."

"말해보라. 왜 잔뜩 겁을 먹고 농성해야 하는지 그 이유를."

"예. 첫째는 기후 성이 함락되지 않는 한 나이다이진은 에도를 출발하지 않습니다."

"이유를 모르겠다. 어째서 이 성이 떨어지지 않으면 이에야스가 출진하지 않는다는 말인가?"

일단 입을 연 타쿠미 토모마사는 더 이상 주저하지 않았다. 그는 내심 주군이 서군 편을 들게 되어 가문의 위기를 초래했다고 후회하고 있었다. 그는 아직까지 이에야스가 에도를 떠나지 않는 이유를 나름대로 짐작하고 있었다.

"황송합니다마는, 나이다이진은 출진을 서둘렀다가 여러 장수와 함께 이 기후 성에 갇힐 것을 가장 경계하고 있지 않나 합니다. 그러므로 장수들이 기후를 버리고 오가키로 옮기기를 기다렸다가 토카이東海와 토센東山 두 가도로 진격해옵니다. 따라서 우리 가문이 건재하면 나이다이진은 에도를 떠나지 않습니다. 나이다이진이 없는 동군이라면 그

다지 우려할 것은 없다고 생각합니다."

"으음. 그럼 유리한 점 두번째는?"

"나이다이진이 에도에서 떠나지 않는다면 지부쇼유의 손에 의해 모리, 우키타 군사는 쉽게 원군을 보낼 수 있습니다…… 그러므로 농성을 하여 적을 초조하게 만드는 것이 최선책이라고……"

마침내 히데노부의 화가 폭발했다.

"듣기 싫어! 그대는 겁에 질려 두 가지 이점을 말하고 있으나 좀더 큰 것을 간과하고 있어. 그렇게 되면 오다 가문의 명예는 어떻게 되는가. 모리와 우키타의 도움 없이는 아무것도 못한다는 답이 나와. 미노와 오와리 두 영지의 소유를 주장할 수 없게 되는 거야."

히데노부는 아직도 서군의 승리를 확신하고, 토모마사는 동군의 우세를 믿고 있었다. 결국 두 사람의 의견은 일치될 수 없었다.

"이런 중요한 일의 지휘는 내가 직접 맡는다. 모두 성에서 나가 외곽을 수비하며 적을 격퇴하도록 하라!"

9

타쿠미 토모마사도 도도 츠나이에도 히데노부가 격앙하는 데는 그대로 따를 수밖에 없었다.

그 이튿날인 23일, 날이 밝기 시작해 여섯 점(오전 6시)이 되었을 때. 어젯밤 아키나이마치商町 어귀에 있는 뽕나무밭까지 와서 한숨 돌리고 있던 후쿠시마 군은 그대로 성 밑으로 공격해들어갔다.

남쪽을 바라보니 이케다 테루마사 군 역시 용기백배하여 뒤쪽을 공격하려고 행동을 개시하고 있었다.

마사노리는 그곳으로 사자를 보내 어제의 약속 위반을 힐문했다. 그러나 이미 예상하고 있던 이케다 테루마사는 보기 좋게 마사노리의 분노를 받아넘겼다.

"후쿠시마 님과 결투를 하다니 당치도 않은 말씀이오. 우리는 적의 도전을 받아 강을 건넜을 뿐 부득이한 일이었소. 오늘은 후쿠시마 님이 앞쪽으로 가십시오. 우리는 뒤쪽으로 만족하리다."

양자간의 다툼이 도리어 양군을 분발케 하는 출발점이 되었다. 한쪽은 명예를 걸고 고집스럽게 공을 다투는 침입자, 다른 쪽은 농성을 생각하며 방어하려는 자, 이 양자의 균형은 사기라는 면에서도 처음부터 커다란 차이가 있었다.

새로운 협정에 따라 후쿠시마, 카토, 호소카와의 군사는 우츠보야마 치靭屋町에서 나나마가리 입구로 돌진했다. 아사노 요시나가는 이시다 쪽 원군인 카시하라 히코에몬樫原彦右衛門, 카시하라 나이젠樫原內膳, 카와세 사마노스케, 마츠다 시게다유松田重太夫 등 약 2,000의 병력이 지키는 즈이류지야마 성채를 공격했다.

원래 아이즈 근처까지 진출했다가 성과 없이 돌아온 동군 장수들이었다. 어떤 의미에서는 오랫동안 울분을 참아온 불만과 분노가 돌파구를 발견한 오늘의 맹공이라 할 수 있었다. 먼저 즈이류지야마 성채가 함락되고, 이어 이나바야마稻葉山 산성도 떨어졌다.

첫번째 방어선이 호소카와 군의 공격을 받았을 무렵 오다 군의 타쿠미 토모마사는 후쿠시마 군의 마츠다 시모우사松田下總의 저격으로 상처를 입었다. 후쿠시마와 호소카와 양군이 성벽을 넘어들어가 두번째 성을 공격하고 안에서 성문을 열어 군사들이 모두 쳐들어간 것은 정오가 지나서였다. 그리고 후쿠시마, 호소카와, 카토의 순으로 본성에 돌입한 것은 1각(2시간) 남짓 지났을 때였다.

그 옛날 사이토 도산齋藤道三이 유리한 지형 때문에 선택하고, 노부나가가 천하포무天下布武의 기치를 들고 축성한 이 유명한 성도 오늘

떼지어 덤벼든 사냥개에게 물어뜯긴 한 마리의 꿩에 지나지 않았다.

후쿠시마, 호소카와, 카토의 순으로 본성에 육박했을 때, 뒤쪽에서 진격해온 이케다 테루마사는 느닷없이 성에 불을 지르고 깃발을 본성 안으로 던졌다. 그리고는 승전의 함성을 지르게 했다.

"맨 처음 쳐들어온 것은 이케다 군!"

성문이 부서지고 군사들은 물밀듯이 쳐들어갔다. 항복하는 자, 전사하는 자, 자결하는 자, 도망치는 자…… 어느 시대의 어느 전쟁에서나 공통되는 지옥도地獄圖였다.

"오다 히데노부는 어디 있느냐!"

"기후 츄나곤은 어디 갔느냐……"

"비굴하게 숨었느냐, 어서 나오너라."

활활 타오르는 화염 위에 어느 틈에 비가 내리기 시작하더니 점점 더 빗발은 굵어졌다. 그 비를 뚫고 성에서 성곽으로, 성곽에서 전각으로 뛰어다니는 것은 모두 칼을 꼬나든 침입군, 오다 군의 모습은 거의 보이지 않았다.

이때 정원 마취목馬醉木 아래서 갑옷 차림의 무사가 삿갓을 쳐들고 나왔다. 쫓겨다니던 오다 히데노부가 항복하러 나오는 모습이었다.

10

어떤 의미에서 전쟁의 승패는 전술과 전략 외에 인간생활의 모든 면을 감안한 미묘한 계산에서 나오는 것이라 할 수 있다.

이에야스의 계산과 오다 히데노부의 계산은 차원이 달랐다. 히데노부에게는 눈앞에 육박해오는 적은 보이지만, 무엇이 그 적을 뒷받침하고 있으며, 무엇에 고무되어 있는지를 간파하는 힘이 전혀 없었다.

한쪽에는 이기지 않으면 이에야스가 출진하지 않는다는 정신적인 배수진이 있었다. 다른 한쪽은 무공을 서두르면서도 언제나 배후에 있는 미츠나리의 무력한 지원을 기다리는 나약한 장수들이었다.

히데노부가 좀더 정밀하게 계산할 수 있는 사람이었다면, 그는 두 사람의 차이를 깨닫고 노신들의 의견을 받아들여 허영을 버리고 실속을 차렸을 터. 스물한 살인 히데노부는 젊은 혈기만 믿고 허영을 택했다. 그 결과 노부나가 이래 유명한 성을 하루도 지탱하지 못하고 빗속에서 삿갓을 벗고 적 앞에 무릎을 꿇지 않을 수 없게 되었다.

"기후의 츄나곤 히데노부, 본성을 건네겠소."

그 용모가 조부 노부나가를 너무나 닮았기 때문에 선두 이케다 테루마사도 후쿠시마 마사노리도 덤벼들려는 자기편 군사들을 억제하고 숨을 죽였다.

"본성은 틀림없이 우리가 접수하겠소. 그런데 츄나곤은 앞으로 어떻게 할 생각이오?"

이케다 테루마사는 히데노부를 알고 있는 만큼 목소리를 떨었다.

후쿠시마 마사노리는 테루마사 이상으로 감정이 격한 맹장, 아직도 흥분을 가라앉히지 못하고 입술을 떨기만 할 뿐 말을 건네지 못했다.

"나이다이진의 처분대로……라고 말하고 싶으나……"

"말하고 싶으나 어떻게 하겠다는 것이오?"

"처분에 맡기겠다고 하고 싶으나…… 무사의 몸으로……"

그 다음은 깔린 목소리여서 알아들을 수 없었다.

"자결하겠다는 말이오?"

"그렇소."

그때 여기저기서 부상한 자들이 히데노부 주위에 몰려와 땅에 무릎을 꿇었다. 그 수는 전부 합해 서른 명도 되지 않았다. 아마도 본성에서 살아남은 자의 전부인 듯.

"싸움을 중지하라. 전투가 끝났다고 전군에 포고하라."

마사노리는 비로소 큰 소리로 말했다. 그리고 성큼성큼 앞으로 나와 말했다.

"자결이라니, 성급한 생각이오."

마사노리의 어조는 아버지가 자식을 꾸짖는 것 같았다.

"이번 전투는 모두 이시지쇼와 오교쇼의 야심에서 나온 모략 때문이었소. 츄나곤 님은 아직 젊어 보기 좋게 농락당했을 뿐. 그것을 아신다면 자결까지는 ……"

"그렇더라도 이런 치욕을 당했으니……"

마사노리는 그 말에는 대답하지 않았다.

"비가 억수로 퍼붓는군. 처마 밑에 걸상을 갖다놓아라."

마사노리는 이렇게 명하며 이케다 테루마사를 재촉하여 비를 피했다. 이때 혼다 타다카츠와 이이 나오마사도 달려왔다.

모두 이 젊은 성주의 얼굴을 보고 노부나가를 떠올렸기 때문. 조금 전까지만 해도 미친 듯이 날뛰던 살인자에서 연민과 무상감에 젖은 인간의 표정으로 돌아와 있었다. 그런 의미에서 인간은 또한 신과 가까운 탈바꿈의 묘미를 지닌 생물이었다.

"츄나곤 님에게도 걸상을."

이케다 테루마사가 작은 소리로 말했다.

11

걸상에 앉은 뒤에도 오다 히데노부는 계속 부들부들 떨고 있었다. 용모는 할아버지를 꼭 닮았으나 담력의 크기, 단련의 차이는 숨길 수 없었다. 지금도 눈앞의 굴욕감만이 뇌리에 있을 뿐 오다 가문의 존속이라는 먼 장래의 일 같은 것은 생각할 여유조차 없는지도 몰랐다.

"전쟁의 승패는 병가상사兵家常事……"

드디어 마사노리가 묘한 말을 꺼냈다. 눈앞의 오다 히데노부를 보다 못해 내뱉은 그의 탈선이었다.

"자결은 단념하시고, 성을 인도한 후 잠시 근신하십시오."

이미 히데노부는 자결할 용기마저 잃고 있었다. 이러한 그에게 설득은 생각에 따라서는 우스운 일, 그러나 아무도 웃는 사람은 없었다.

"잘 생각해보시오. 조부님과 나이다이진은 킷포시吉法師와 타케치요竹千代 시대부터 형제와 다름없는 사이, 그 적손인 츄나곤이시므로 이 마사노리가 맹세코 나이다이진에게 구명을 청하겠소."

"……"

"아시겠지요. 성급한 생각으로 가문의 명예를 더럽히지 마시도록."

여기까지 말하고 마사노리는 다시 호의적인 시선을 보냈다.

"그것마저 고통스러우시면 일단 코야산高野山으로 난을 피하십시오. 그러면 나이다이진도 더 이상 추궁하지 않을 것입니다. 소란이 진정된 뒤 중재에 나서겠습니다…… 그렇게 하는 것이 좋겠습니다."

코야산이란 말을 듣고 비로소 히데노부는 고개를 들고 이케다, 이이, 혼다를 번갈아 바라보았다. 그리고 누구의 얼굴에서도 마사노리 이상의 증오를 발견하지 못했는지 말없이 단도로 손을 가져갔다.

"자결하시면 안 됩니다……"

"알겠소."

중얼거리듯 말하고 단도를 뽑아 스스로 자기 상투를 잘랐다.

"코야산에 가리다. 뒷일을 부탁하오."

마사노리는 안도하며 건네주는 상투를 받아들었다.

"그것이 좋겠습니다."

그리고는 모두에게 보여주었다.

"혼다님, 이이님, 이 뜻을 곧 에도에 보고하십시오."

"알겠습니다."

그런 뒤 누가 먼저 이 성에 들어왔는지 이케다와 후쿠시마 사이에 언쟁이 있었으나, 혼다 타다카츠의 발언으로 타협이 이루어졌다.

"앞뒤에서 동시에 공격하여 이 성을 함락시킨 것으로 합시다."

두 가문에서 깃발 두 개씩을 군사들에게 들려 내걸도록 하고 오다 군을 대신하여 성을 수비하기로 했다.

동서 양군 사이에 벌어진 첫 전투는 동군의 압승으로 끝나고, 사기가 충천한 동군은 쏟아지는 빗속에서 더욱 무섭게 오가키 성을 노려보며 밤을 맞이했다. 에도에 있는 이에야스가 휘두르는 보이지 않는 지휘채가 무라코시 모스케 나오요시의 키요스 도착 나흘째 되는 날, 적의 중요한 전선의 거점인 기후 성을 보기 좋게 함락시켰다……

보이지 않는 지휘채

1

기후 성 함락은 오가키에 있던 미츠나리에게는 이루 말할 수 없는 큰 충격이었다. 그의 수하에서도 선발된 사람들이 나가 즈이류지야마 성채를 수비하고 있었기 때문에, 아무리 불리한 조건이 겹친다 해도 사흘이나 닷새 동안은 끄떡도 하지 않을 것이라 생각하고 있었다. 그런데 적이 키소가와 동쪽으로 이동하기 시작했다는 보고와 강을 건넜다는 보고, 함락되었다는 보고가 손을 쓸 새도 없이 한 가닥 실처럼 이어져 들어왔다.

그 놀라움 때문에 그저 망연자실하고 있을 정도로 투지가 없는 미츠나리는 물론 아니었다. 아니, 거꾸로 이 첫 싸움의 차질이 미츠나리를 미츠나리다운 자세로 돌아가게 했다고 해도 좋았다.

'내가 너무 우습게 보았다!'

이렇게 생각하는 동시에, 이제는 누구의 도움이 없더라도 자신의 뜻을 관철하지 않으면 안 될 입장에 놓였음을 자각했다. 여전히 모리 테루모토는 출진하려는 기색이 없었다. 그리고 서군 장수들의 기회주의

적인 움직임은 수시로 드러나고 있었다.

　이제 미츠나리는 지금까지 견지하고 있던 너그러운 체하는 책략과는 손을 끊고, 싫더라도 정면으로 나서지 않으면 안 되었다.

　'나 자신에 대한 반감 따위가 다 뭐란 말이냐!'

　처음부터 이에야스와 미츠나리의 1 대 1 싸움이었다…… 새삼스럽게 이런 생각을 하게 되었다.

　미츠나리는 모든 주저를 끊어버리고 타루이垂井에 있는 시마즈 요시히로를 불러 명했다.

　"귀하는 스노마타墨俣(오가키에서 15리)에 나가 곧바로 미노 가도의 동서를 장악하시오."

　요시히로는 이시다 미츠나리보다 나이도 훨씬 위였고, 조선에서는 크게 용맹을 떨친 맹장.

　"그럼, 귀하는 어디로 출진하시겠소?"

　전투라면 자기가 훨씬 더 경험이 많다……는 표정으로 물었다.

　"나는 코니시 님과 함께 오가키 성에서 나가 사와타리澤渡에 진을 치고 고도合渡로 진격시켜 나카센도中山道를 막도록 하겠소. 귀하는 철저히 강 동쪽을 감시하시오."

　미츠나리가 강압적으로 말했다.

　시마즈 요시히로도 이미 마음속으로는 미츠나리에게 좋지 않은 감정을 품고 있었다. 미츠나리가 명령하는 위치에 서는 순간 그 감정이 더욱 현저하게 느껴졌다.

　"그러나 귀하와 나, 그리고 코니시 님만으로는 토카이도와 나카센도의 적을 방어하기 어려울 텐데요."

　"걱정하지 마시오. 이세 방면에 있는 우키타 군 일만이 이제 오가키에 도착할 시각이 되었소."

　"흥……"

시마즈 요시히로는 짤막하게 코웃음을 치더니 고개를 끄덕이고는 스노마타로 향했다.

그 무렵에는 벌써 강줄기를 따라 쿠로다 나가마사, 토도 타카토라, 타나카 요시마사 등의 동군이 은밀히 행동을 개시하고 있었다.

22일 밤을 새워가며 후쿠시마 군과 함께 기후로 향한 쿠로다, 토도, 타나카의 군사가 이른 새벽 기후에 도착했을 때, 선봉인 후쿠시마, 이케다 양군의 장비와 병사들이 혼잡을 이루고 있어 거의 군사들을 전진시킬 수 없었다.

그러한 상황에 맞닥뜨린 그들 또한 팔짱을 끼고 먼지나 뒤집어쓰고 있을 인물이 아니었다.

"좋아, 강변에 진을 치고 오가키에서 오는 원군을 무찌르겠다."

그들은 그대로 기후를 오른쪽으로 끼고 고도 부근으로 진출했다. 그리고는 뜻하지 않게 미츠나리 군과 나가라가와를 사이에 두고 동서에서 마주치게 되었다……

2

고도가와合渡川(나가라가와) 건너에는 이시다 미츠나리의 부장 마이효고舞兵庫, 모리 큐베에森九兵衛, 스기에 칸베에杉江勘兵衛 등이 급파되어 있었다. 그러나 군사는 고작 1,000명 남짓, 더구나 그들은 이미 불리한 기후의 전황을 알고 있었다.

이에 비해 쿠로다, 토도, 타나카의 군사는 기후 공격의 공을 이케다, 후쿠시마, 호소카와 등의 군사에게 빼앗겼다는 분한 마음이 있었다. 말할 나위 없이 그들의 배후에서는 이에야스의 눈이 빛나고 있었다. 지금 이 기회를 맞아 기후 공격에 나섰던 장수들에게 뒤지는 싸움을 하면 체면이 서지 않는다.

"좋아, 강을 건너 이시다 군을 무찌르겠다."

맨 먼저 이렇게 외치고 말을 달리려 한 것은 상류 쪽으로 향한 타나카 요시마사였다. 그 뒤를 따르는 군사는 고작 18기였다. 강줄기에는 안개가 짙게 끼어 아군의 인원수를 건너편에서 알 수 없는 대신, 이쪽에서도 적의 대비 상태를 알 수 없었다. 더구나 강이 얼마나 깊은지도 알 수 없었다.

"무모한 일입니다. 우선 말을 멈추십시오."

물속에 발을 들여놓은 말의 고삐를 붙들고 요시마사를 간한 것은 미야가와 토사宮川土佐였다.

"보십시오. 열여덟 기밖에 도착하지 않았습니다. 이런 소수 병력으로는 강을 건너도 싸움이 되지 않습니다. 후속부대를 기다리십시오."

"말리지 마라! 적은 우리 병력을 알지 못한다. 이런 경우에는 기습 공격이 제일이야."

"아니, 위험합니다! 만약 주군이 깊이 들어갔다가 물에 떠내려가시면 어떻게 하겠습니까?"

타나카 요시마사는 이를 갈면서 말고삐를 잡은 하인 사부로에몬三郎右衛門에게 턱으로 지시했다.

"사부로에몬, 네가 강에 들어가 살펴보도록 해라. 네가 찾아낸 얕은 곳으로 나도 따라서 건너겠다."

하인은 천천히 고개를 흔들었다.

"보통 강이라면 도보로도 건널 수 있으나 이렇게 큰 강은……"

"뭣이, 너까지 주저한다는 말이냐! 얕은 곳을 찾아내는 것은 하인의 소임이야. 어서 건너라."

요시마사는 이미 완전히 전쟁터의 심리에 사로잡혀 있었다. 사부로에몬이 이번에는 대담한 미소를 떠올리고 고개를 끄덕였다.

"제가 잘 알지도 못하는 이 강에 섣불리 뛰어들었다가 실패라도 하면 부끄러운 일이고, 또 중요한 전투를 앞두고 아군의 사기를 떨어뜨리지 않을까 해 사양했습니다마는, 거듭 말씀하시니 들어가겠습니다."

말을 마치기가 무섭게 강으로 들어갔다.

"좋아, 하인이기는 하나 생각이 깊은 녀석이군. 나도 뒤따르겠다."

이때 중신 사카모토 이즈미坂本和泉가 6기 남짓한 인원을 거느리고 도착했다.

"미야가와 님, 기다리십시오. 주군의 칼을 무디게 해서는 안 됩니다. 서두르지 않으면 쿠로다 군에게 선수를 빼앗깁니다."

토사를 제지하고 요시마사 곁으로 달려왔다.

"어서 진격하십시오."

20기 남짓한 병력으로 강에 뛰어들었다.

타나카 요시마사의 움직임에 쿠로다 나가마사도 뒤질세라 적진 가까운 미나토湊 마을 상류 쪽으로 말을 몰았다.

이에야스는 아직 에도에 머물면서 움직이지 않았다. 하지만 그의 지휘채는 이상한 힘으로 전선의 장병을 움직이고 있었다.

강 건너 이시다 군, 곧 마이 효고의 진중이 갑자기 소란해진 것은 이때부터였다. 강 상류의 산과 산 사이의 공기가 안개 사이로 뚜렷하게 푸른 띠를 이루고 아침을 부르고 있었다……

3

"이 강의 선봉은 쿠로다 카이노카미!"

강 한가운데서 젊은 나가마사가 큰 소리로 외쳤다. 그와 때를 맞추듯 그보다 약간 상류 쪽에서 강을 건너던 갑옷 차림의 무사가 도전하듯 소리질렀다.

"오늘의 선봉은 쿠로다 가문의 가신 고토 마타베에 모토츠구後藤又兵衛基次로다."

전투에도 분명히 음과 양의 두 면이 있다. 일단 공격당하는 쪽에 서면 알지 못하는 사이에 수동적으로 되어 음기陰氣가 전군을 감싸지만, 공격하는 쪽이 되면 많은 양기陽氣가 양기를 불러 병졸에 이르기까지 활기에 넘치게 된다.

이미 그 무렵 타나카 요시마사의 일단은 강을 건너 구미茱萸 들판에 도착해 있었다.

"우리가 먼저 강을 건넜다. 사부로에몬, 그대는 안내를 잘했어! 이제 너에게 성姓을 내리겠다. 오늘부터 고도合渡 사부로에몬이라 일컫도록 하라."

"예, 감사합니다."

사부로에몬은 뛸 듯이 기뻐하며 다시 요시마사의 말고삐를 잡고 하류를 향해 말 머리를 돌렸다. 그때는 쿠로다 군도, 또 그보다 하류에서 강을 건너던 토도 타카토라의 군사도 이미 전진을 향해 곧장 말을 달리고 있었다.

이렇게 기선을 제압당한 이시다 군은 각각 용맹을 자랑하던 장수들이지만 수세守勢의 불리함을 피할 수 없었다.

마이 효고는 말할 나위 없고, 원래 이나바 잇테츠稻葉一鐵의 가신으로 아네가와姉川 전투에서 용맹을 떨쳤던 스기에 칸베에도 전투에는 노련했다. 그러나 누가 누구에게 대항해야 할 것인지 분별할 겨를조차 없었다. 이러한 서군에게 동군의 세 부대가 일제히 공격해왔다.

이시다 군은 겨우 1,000명…… 이에 비해 잇따라 강을 건너오는 동군의 수는 미지수였다. 기후의 전황 여하에 따라서는 다시 얼마나 더 많은 후속부대가 몰려올 것인가……? 그 불안은 공격하는 쪽의 양기에 비례하여 더욱 가중될 수밖에 없었다.

이시다 군은 점점 밀리기 시작했다. 밀고 들어오는 자와 밀리는 자의 심리적 차이…… 이러한 상황 속에서 전투장 분위기에 가장 크게 영향을 주는 총성이 동군 쪽에서는 계속 늘어가는 데 비해 서군 쪽에서는 점점 드물어졌다.

이와 함께 장수 중에서 가장 용맹을 떨쳤던 아네가와 전투의 용장 스기에 칸베에의 전사 소식이 전해졌다.

9척이나 되는 붉은 자루가 달린 스기에 칸베에의 창은 그것을 꼬나 들고 있기만 해도 아군의 사기에 반석 같은 무게를 더해주었다. 이러한 칸베에도 창자루까지 붉게 물들 무렵, 타나카 군의 니시무라 고에몬西村五右衛門에게 도전을 받았다.

"귀하는 이름 있는 장수로 보이는데, 몸을 돌리시오. 나와 함께 창을 겨뤄봅시다."

전쟁터에서는 피로를 풀 겨를이 없다. 불러세웠는데 그대로 물러서는 것도 난세의 무장으로는 용서받지 받지 못할 치욕이었다.

"나는 스기에 칸베에. 그대는 누구요?"

"타나카 요시마사의 가신 니시무라 고에몬."

"좋다, 이 창을 받아랏."

스기에 칸베에는 실제로는 창끝이 늘어질 정도로 피로하여 정식으로 싸울 수는 없었다. 그러나 언제나 자신만만한 붉은 창, 그 창을 칸베에는 느닷없이 고에몬을 향해 던졌다.

"오오……"

고에몬은 창을 받으라는 상대의 말에 크게 고개를 끄덕였다. 바로 이 순간이 생사의 갈림길이었다.

"윙!"

날카로운 소리를 내며 날아온 창은 고개를 끄덕인 니시무라 고에몬의 투구를 스치고 머리 위에 상처를 낸 후 뒤로 날아갔다. 그와 동시에 고에몬의 창이 칸베에의 옆구리를 꿰뚫었다……

4

개개인의 행운과 불운의 그물은 전쟁터에도 쳐져 있었다.

스기에 칸베에가 목숨을 걸고 던진 창에 정확하게 찔렸다면 니시무라 고에몬은 소리도 지르지 못하고 말에서 떨어져 목숨을 잃었을 터. 그러나 약간 머리를 움직여 끄덕였을 뿐인데, 이 움직임을 전후하여 완전히 운명이 뒤바뀌고 말았다.

창을 던지고 나서 맨손이 된 칸베에는 대항하려고 내지른 고에몬의 창끝에 스스로 몸을 던지듯이 찔렸다.

"스기에 칸베에가 전사했다!"

"칸베에 정도나 되는 용장이……"

스기에 칸베에의 전사는 자칫 무너지려 하고 있던 이시다 군의 패배를 결정적인 것으로 만들었다.

이 용장의 전사는 또한 타나카 군, 쿠로다 군의 선두 다툼을 유발하고, 고도가와 하류를 건넌 토도 타카토라를 단숨에 아카사카赤坂까지 진격시켰다.

아카사카와 오가키는 아주 가까운 거리에 있었다. 동군이 아카사카까지 진격하면, 일단 오가키 성을 나와 스노마타에 진을 치고 있는 시마즈 요시히로도, 사와타리에 나와 있는 이시다 미츠나리의 본대도 급히 오가키 성으로 철수해야 한다.

자칫 퇴로를 차단당할 수 있다는 불안 때문인데, 물론 토도 타카토라는 이를 노리고 있었다.

"고도에서는 타나카와 쿠로다에게 선수를 빼앗겼다. 아카사카는 내 손으로······."

토도 군이 당황하는 이시다 군의 퇴로를 비스듬히 차단하여 아카사카를 향해 진격해나갔다. 이 무렵, 사와타리의 미츠나리와 스노마타의 시마즈 요시히로도 이미 이 결전에서는 승산이 없음을 깨닫고 퇴각하기 시작했다.

이들 서군의 퇴각보고는 더더욱 동군의 진격 속도를 빠르게 하는 결과가 되었다······

전황의 움직임이 개개인의 행운과 불운을 엮어나가면서 일단 크게 움직이기 시작하면, 그것은 밀어닥치는 태풍이나 홍수와 같은 거센 '기세'로 사람들을 휩싼다. 공격하는 자도 퇴각하는 자도 왜 이렇게 되었는지 생각할 겨를조차 없게 된다.

"토도 군이 아카사카로 향했다."

"뒤져서는 안 된다. 오늘밤의 야영지는 아카사카다."

타나카와 쿠로다 양군이 로쿠가와呂久川(이비가와揖斐川)에 육박하여 아카사카로 진로를 돌렸을 때, 이미 그 앞의 이시다 지대支隊는 수많은 사상자를 내고 사라진 뒤였다.

기후 성을 함락한 후쿠시마, 아사노, 이케다, 호소카와의 군사 또한 여유만만하게 그들을 따라 진격을 계속했다.

24일, 동군은 오가키를 왼쪽에 둔 아카사카에 집결하여 그 승전을 당당하게 에도에 보고했다.

돌이켜보면 참으로 기묘한 전투였다. 일단 움직이기 시작하면 이와 같은 실력을 가진 도요토미 가문의 은혜를 입은 장수들이, 불과 5일 전까지만 해도 이에야스가 오지 않으면 싸울 수 없다는 착각에 빠져 갖가지 말다툼을 벌이고 있었다······

장수들은 눈에 보이지 않는 지휘채에 따라 행동을 일으켰다. 그리고 지금 그 지휘채는 이들에게 불퇴전의 자신감을 갖게 하였다.

'우리들만으로도 충분히 이길 수 있는 싸움이 아닌가……'

도대체 이 지휘채의 불가사의함은 어디서 비롯되는 것일까……?

5

이 지휘채를 이에야스의 타산이라고 한다면 그의 노회함은 그야말로 신기神技——

드디어 도쿠가와 가문의 병력은 아무 손실 없이 도요토미 가문의 구신만을 교묘히 부려 오가키 성 앞까지 아군을 진출시켰다. 이로써 오와리는 전쟁터에서 벗어나고 미노의 대부분도 수중에 넣었다.

이렇게 변한 상황 속에 이시다 군은 이미 '이세 방면의 전투'라는 한가한 소리나 하고 있을 수만은 없는 입장이었다.

미츠나리 한 사람에 대한 증오를 불태우고 있는 도요토미 가문의 무단파가 이를 갈며 눈앞에 모두 모였다. 미츠나리는 싫더라도 서군의 총력을 오가키에 집결시키지 않을 수 없게 되었다.

물론 그렇게 하는 데는 시일이 필요했다.

어떻게 오사카에 있는 모리 테루모토를 불러낼 것인가?

에치젠의 오타니 요시츠구大谷吉繼˙ 군사는 언제 도착할 것인가?

아니, 그보다 모리 히데모토를 총대장으로 한 킷카와 히로이에, 안코쿠지 에케이, 나츠카 마사이에, 쵸소카베 모리치카 등의 3만 군사가 이세 방면에서 되돌아온다면 그 군량은? 음료수는……?

아카사카에 있는 동군과 대치한 채 그 체제를 정비하지 않고 섣불리 결전을 벌여서는 안 될 터……

이렇게 계산해보니, 양군의 운명이 결정되는 것은 9월 중순쯤이라는 결론이 나왔다.

이에야스는 이런 상황까지 세밀하게 계산한 듯, 9월 1일 에도를 출발하겠다고 알려왔다.

이번 전투에 임하는 이에야스의 태도를 노회하다고 본다면 정말 더할 나위 없이 노회하다고 할 수 있었다. 그는 에도에서 출발하는 시일만을 계산한 것이 아니었다.

드디어 출진하게 되었을 때 그 진용──도쿠가와 가문의 중요한 가신들은 모두 히데타다에게 딸려 나카센도로 보내고 자신은 소수의 군사만을 이끌고 토카이도로 향했다.

이 진용으로 보면, 도요토미 가문의 구신만으로 미츠나리를 무찌르려는 속셈인 듯…… 아니, 사실 이에야스는 그렇게 하려 하고 있었다.

나카센도는 토카이도와는 비교가 되지 않을 정도로 길이 험했다. 진격에 시일이 걸릴 것은 뻔한 일. 따라서 이에야스가 전쟁터에 도착했다고 하여 나카센도로 오는 히데타다 군…… 아니, 실질적인 도쿠가와 군이 과연 때를 맞추어 도착할지 의문이었다.

이러한 점을 꿰뚫고 있는 이에야스, 도요토미 가문의 구신들에게 싸우게 하여 그들이 자신을 갖게 된 뒤 출진한다. 뿐만 아니라 자기 가문의 군사는 전혀 손실을 입지 않고 도요토미 가문의 구신들만 희생시켜 천하를 장악하려 하고 있다……

교활하다고 하면 이처럼 교활한 전략도 없을 터.

그러나 이에야스의 행동과 심리 사이에 이에 대한 자책감은 전혀 없었다. 적어도 도쿠가와 가문의 군사는──

'천하를 맡는다……'

이러한 이에야스의 사상으로 다져진 소중한 군대였다. 따라서 이 군사가 도착하기 전에 자웅을 결판낼 수 있다면 당연히 그렇게 해야 한다. 그리고 결판낼 수 없는 사태가 초래되었을 때, 히데타다의 도착을 기다렸다가 더욱 강력하게 일전을 벌여 평화를 이루는, 비원 달성에 대비하는 태도야말로 책임 있는 자의 준비였다.

'상대는 사람이 아니다. 하늘이고, 신불이다.'

그런 자신감에 뒷받침되어 진출해오는 이에야스를 위해 아카사카 역참 남쪽 5정町 거리인 오카야마岡山(뒷날의 카츠야마勝山) 정상에 진지를 쌓기 시작한 것은 9월 초순.

동군의 사기는 나날이 드높아갔다……

6

9월 1일, 이에야스의 에도 성 출발을 앞두고 책력을 살펴본 이시카와 휴가노카미石川日向守는 급히 이에야스 앞으로 나왔다.

"오늘 출발은 삼가십시오."

"허어, 어째서인가?"

"예, 오늘의 방위를 보니 서쪽이 막혀 있습니다. 서쪽으로 출진하시는 첫날에 서쪽이 막혔다면 생각해보아야 할 문제입니다."

이에야스는 웃으면서 대답했다.

"그렇다면 좋은 징조일세. 그 막혀 있는 서쪽을 트려는 것이니."

물론 손을 써야 할 대책은 한 달 동안 에도 성에 머무르면서 철저하게 강구해놓았다.

다테 마사무네에게는 경거망동을 삼가게 하고, 모리 일족과의 교섭은 쿠로다 나가마사를 통해 비밀리에 계속하고 있었다. 큐슈의 카토 키요마사에게도 연락을 취했고, 카가의 마에다 토시나가는 이미 행동을 일으켜 다이쇼지 성大聖寺城을 점령했다.

칸토 다이묘들에게는 아직 자신은 에도에 있다고 알리고, 만약 우에스기 카게카츠가 쳐들어오면 대번에 출격해 무찌를 것이라고 했다.

이러한 면밀한 준비는 에도에 인질로 있는 마에다 토시이에前田利家의 미망인 호슌인芳春院에게까지 미치고 있었다. 이에야스는 직접 붓을 들어 다음과 같은 서신을 호슌인의 측근인 무라이 분고노카미村井豊後守에게 보냈다.

이번에 히젠 님(토시나가)이 카가의 다이쇼지에서 전공을 세웠다는 통보가 왔습니다. 지극한 충절이라 생각하고 매우 만족스럽게 생각하고 있습니다. 그 밖에도 홋코쿠에 한해서는 정벌하시는 대로 소유토록 하겠습니다. 이 뜻을 호슌인 님도 알고 계시고, 여러 차례 말씀도 드렸습니다. 귀하도 수고가 많으십니다. 머지않아 쿄토와 오사카 방면이 평정될 것이니 그때는 호슌인 님을 맞이하러 오십시오.
8월 26일 이에야스
무라이 분고노카미 귀하
덧붙입니다마는, 오랫동안 붓을 들지 않았으나 너무나 흡족하여 직접 자필로써 말씀 드립니다.

이 또한 호슌인을 안심시키고 토시나가를 이용하기 위해서라고 생각하면 참으로 어이없는 공치사라 할 수도 있다. 그러나 노부나가 시대부터의 토시이에 부인…… 몇 세대를 함께 살아온 사람에 대한 우정이라 생각하면 극히 자연스러운 인정의 발로라 해석할 수도 있다.

또한 기후 성을 함락하고 다시 오가키 성 근처까지 진출하여 그 진퇴를 물어온 이케다 테루마사에게는 다음과 같은 서신을 보냈다.

기후 성을 조속히 함락시킨 전공에 대해서는 무어라 글로써는 다 말할 수가 없소. 츄나곤(히데타다)에게는 우선 나카센도를 통해 밀고 올라가라고 지시했소. 우리는 이 길(토카이도)로 진출하겠소. 소홀함 없도록 움직이는 것이 중요합니다. 우리를 기다려주기 바라오.

8월 27일 이에야스

요시다 지쥬侍從°(이케다 테루마사) 귀하

9월 1일 에도를 출발한 이에야스는 다시 토도, 쿠로다, 타나카, 히토츠야나기 네 사람에게 출발을 알리는 동시에 자기가 도착할 때까지 전투를 삼가라고 전언했다.

지난번에는 빨리 공격하라고 하고, 결전이 임박한 지금 자기가 도착할 때까지 기다리라고 한다. 이 역시 자기만 생각하는 교활함이라 할 수도 있으나, 그만큼 신중하다고 해야 할 터였다. 이에야스는 그들만으로는 서군의 총병력과 싸울 힘이 없다고 보고 있었다……

7

이에야스가 거느리고 출발한 병력은 3만 2,700여 명이었다. 1일 밤, 카나가와神奈川에 묵으면서 앞서 말한 서신을 토도, 쿠로다, 타나카, 히토츠야나기 등의 장수에게 보냈다.

2일 후지사와藤澤에서 숙박.

3일에는 오다와라에서 숙박, 이때 코바야카와 히데아키의 사자가 나가이 나오카츠를 찾아왔다.

코바야카와 히데아키가 이미 이에야스에게 마음을 기울이고 있다는 것은 이에야스도 잘 알고 있었다. 물론 그 자신의 의사라기보다 백모 코다이인高臺院(네네寧寧)의 지시에 따른 것임이 분명했다.

이에야스는 히데아키의 사자를 접견하지 않았다.

"그런 자의 말은 믿은 수 없다. 굳이 만날 필요도 없다."

이에야스의 이러한 태도는 언뜻 냉담하게 생각되기도 한다. 그러나 지금 그를 상대하면 이 일이 서군에게 알려질 우려가 있고, 아군이 의지하게 되는 불리함이 있다. 이런 재빠른 계산 역시 오랜 경험에 의한 것이었다.

이어 카토 요시아키의 사자가 왔다. 그는 이에야스가 직접 만났다. 요시아키는 이누야마 성을 수비하고 있었다. 이대로 계속 수비할 것인지 아니면 진출할 것인지를 문의해왔다.

"우리가 도착할 때를 기다렸다가 움직이는 것이 좋겠다."

이렇게 말해 사자를 돌려보냈다.

4일 미시마三島에 도착한 이에야스는 우마지루시馬印°를 먼저 아츠타熱田에 보내고 거기서 기다리라고 명했다. 별도로 군사를 딸리지 않고 병졸이 그대로 우마지루시를 가지고 아츠타로 향했다.

5일 세이켄 사淸見寺에서 숙박.

6일 시마다島田에서 숙박.

7일 나카이즈미中泉에서 숙박.

8일 시라스카白須賀에서 숙박. 선봉 토도 타카토라가 찾아와 밤중까지 이에야스와 밀담을 나누고 새벽이 되기 전에 돌아갔다. 코바야카와 히데아키로부터 다시 사자가 왔다. 이번에도 이에야스는 만나지 않았다. 나가이 나오카츠에게 적당히 말해 돌려보내게 했다.

9일 오카자키에서 숙박.

10일 아츠타에서 숙박. 이날 서쪽 해변의 4, 5개소에서 화재가 있었다. 서군에 속해 있던 수군水軍 쿠키 오스미노카미九鬼大隅守가 불을 질렀다고 했다. 아츠타에서 5, 6정 떨어진 앞바다에 보랏빛 바탕에 흰 오동나무 그림의 장막을 친 큰 배 한 척이 떠 있었다. 쿠키 오스미노카미는 이에야스가 나타날 때를 기다려 뜻을 바꾸려 한 듯. 이에야스는 우마지루시를 가지고 먼저 출발한 병졸과 만나면서 그 배를 곁눈으로 보기는 했으나 아무 조처도 하지 않았다.

11일 키요스에 도착해서 숙박.

12일에도 키요스에서 숙박.

토도 타카토라가 다시 전선에서 말을 달려 찾아온 것은 이날 저녁 무렵이었다.

타카토라가 이에야스와 처음 만난 것은 히데요시의 명으로 이에야스의 저택을 우치노內野의 쥬라쿠聚樂 저택 안에 세울 때였다. 그때부터 이들 두 사람은 후다이의 주종主從 못지않게 친밀감을 더해왔다. 이 타카토라가 도요토미 가문이 기른 장수들의 동정에 대해서는 군감인 혼다 타다카츠나 이이 나오마사보다 훨씬 더 잘 알고 있었다.

그날도 타카토라는 밤이 깊어서야 돌아갔다. 그때야 비로소 이에야스는 혼다와 이이를 불렀다.

8

이이 나오마사와 혼다 타다카츠는 이에야스와 타카토라의 밀담이 너무 오래 걸렸기 때문에 약간 불만스러운 표정이었다.

'우리보다 토도 사도노카미를 더 믿고 계시는 것이 아닐까.'

두 사람이 이에야스 앞에 불려갔을 때는 이미 성곽까지도 잠이 든 듯 정적이 감돌고 있었다.

"밤이 깊은 모양이군."

"예. 빨리 달려오면서 잠을 쫓느라 혼이 났습니다."

타다카츠는 사양 않고 이에야스 앞에 책상다리를 하고 앉았다.

"토도 사도노카미는 서군 장수들의 배신을 지나치게 믿고 있는 것 같습니다."

따끔하게 한마디 할 생각으로 비아냥거렸다.

이에야스는 쓴웃음을 떠올리며 동석해 있는 나오카츠에게 말했다.

"아무도 가까이 오지 못하도록 하게."

그리고는 옆에 놓인 촛대의 심지를 직접 잘랐다.

"일본 전체가 우리 쪽으로 돌아서게 하는 것이 나의 이상이었는데, 아직 덕이 모자라는지 그렇게 되지 않는군."

"주군!"

타다카츠는 이것이 이에야스의 반격이라 생각한 듯.

"츄나곤(히데타다) 님의 도착은 언제쯤이 될까요?"

"아마도 상당한 시일이 걸릴 거야."

이에야스는 고개를 갸웃한 채 이이 나오마사를 향했다.

"나오마사, 자네는 어떻게 생각하나?"

그리고는 무뚝뚝하게 말했다.

"역시 히데타다의 도착을 기다렸다가 싸울 작정인가?"

나오마사보다 먼저 타다카츠—

"그럼, 주군께서는 나카센도에서 츄나곤 님이 도착하시기 전에 공격하시렵니까?"

당치도 않다는 타다카츠의 어조였다.

"츄나곤 님이 도착하신 뒤라면 적은 대군을 보고 전의가 반감될 것입니다. 그 이전에 공격한다면, 불난 데 부채질하는 것과 같다고 생각하는데 어떻습니까?"

"좀 기다리게, 타다카츠. 나는 나오마사에게 묻고 있는 것이야. 나오마사도 나카센도에서 오는 아군을 기다릴 생각이냐고."

"말씀 드리겠습니다."

이이 나오마사는 타다카츠의 의견을 알았기 때문에 약간 경직된 몸을 앞으로 내밀었다.

"저는 혼다 님과 의견이 다릅니다. 기다리던 주군이 도착하셨다……
그런데도 불구하고 곧바로 공격하지 않는다……고 하면 주군의 생각
에 의심을 품어 아군의 보조가 흐트러집니다. 즉시 행동으로 옮기는 것
이 당연하다고 생각합니다."

"하지만 그것은 불난 데 부채질을……"

다시 타다카츠가 입을 열려 하는데 나오마사—

"불타는 것은 적이 아니라 아군이라고 이 나오마사는 보고 있습니
다. 그러므로 주군이 도착하셨다는 말에 깜짝 놀라고 있을 때 속전속결
하는 것이 좋을 듯합니다."

이에야스는 잠자코 고개를 끄덕였다. 양쪽 모두 이에야스의 깊은 생
각을 꿰뚫어보지는 못하고 있었다.

도쿠가와 가문의 힘으로 얻은 승리는 힘으로 세상을 압박할 수는 있
다. 그러나 평화의 길을 위한 도리로써 장래를 내다보는 길은 되지 못
한다. 진정한 도리와 권도權道는 어느 경우에나 있게 마련.

"좋아, 곧바로 전투를 시작하기로 하세."

이에야스가 말했다. 히데타다의 도움 없이도 이길 수 있는 전쟁이라
면 그렇게 해서 이겨도 좋다. 이에야스는 이미 신불로부터 천하를 위임
받고 나와 있다……

9

"주군의 결정이시라면 어쩔 수 없습니다. 그러나 토도 사도노카미의
진언에 의한 것이라면 재고하시기 바랍니다."

아직도 타다카츠는 마음이 개운치 않았다.

토도 타카토라는 쿠로다 나가마사와 함께 은근히 서군 내부와 연락을 취하고 있었다. 만일 그들의 연락 결과로 적을 얕보는 경우가 발생한다면 큰일이라는 타다카츠의 염려인 듯했다.

이에야스도 타다카츠의 염려를 잘 알고 있었다.

"염려하지 말게, 타다카츠. 적의 내응 따위는 별로 계산에 넣고 있지 않아."

"그렇다면 츄나곤 님의 도착을 기다려 만반의 준비를 갖추는 것이 유리하다고……"

거듭되는 말에 이에야스 또한 그들이 가진 전략의 수준으로 안목을 낮추어 설명할 수밖에 없었다. 타다카츠나 나오마사조차 설득하지 못한다면 철석같은 결속을 이룰 수 없다고 생각했기 때문이다.

"타다카츠, 그대는 말일세, 나와 츄나곤 중에 누가 더 중요하다고 생각하는가?"

"아니 그게 무슨 말씀이십니까. 주군이 계시고 나서야 도쿠가와 가문도…… 그런 질문을 하시다니 뜻밖입니다."

"그렇지 않아. 나는 이미 육십을 바라보고 있으나 츄나곤은 이제부터일세. 내가 전사하더라도 츄나곤은 살아남아 훗날의 평화를 다져야해. 내가 먼저 싸우는 것은 천명을 받드는 일임을 모르겠나?"

"하지만, 그런……"

"내 말을 들어보게. 알겠나……? 나 혼자 싸워서 불리를 초래한다해도 궤멸당할 정도로 어리석은 짓은 하지 않아."

"그야 주군이시라면……"

"일단 불리할 때 나는 진퇴에 익숙해 있어. 그리고 나 혼자 싸워 이긴다면 도쿠가와 군 주력은 고스란히 남아 있게 될 것 아닌가. 그 이점을 그대는 생각해본 적이 있나?"

"……"

"세상에서는 나를 보고 교활하다고 할 테지. 도쿠가와 군은 그대로 있고 도요토미의 은혜를 입은 장수들만 싸우게 했다고 말일세…… 그런 비난도 물론 각오하고 있네."

그러면서 이에야스는 이이 나오마사에게 시선을 옮겼다.

"그 점에서 그대들과 이 이에야스의 생각에는 약간의 차이가 있네…… 이번 전쟁은 말이지, 이기는 것만으로 모든 일이 끝날 전쟁은 아니야."

"전쟁에 이기는 것만으로는……?"

"그렇다니까."

이에야스는 크게 고개를 끄덕였다.

"승리한 뒤에 천하의 난폭자들을 꼼짝 못하게 할 여력을 남길 수 있느냐 없느냐…… 그 여력을 이 이에야스나 츄나곤이 단단히 장악하고 있지 않다면 이 전쟁의 뒤처리는 조선과의 전쟁 때보다 더 나쁜 결과를 초래할 것이야."

"과연 그렇군요!"

비로소 타다카츠는 한숨을 쉬었다.

"알겠나, 타다카츠? 큰 전쟁 뒤에 타이코가 기른 무장들까지 사분오열四分五裂되지 않았더냐…… 그러나 다행히 내가 있었어. 그런데도 천하는 이와 같은 전쟁을 하지 않으면 다스릴 수 없는 꼴이 되었어…… 알겠나, 이번 전쟁에서는 나까지도 한쪽 대장이 되었어. 지금 섣불리 싸워 일본 전체가 도토리 키 재기처럼 모두 비슷한 세력으로 전락하면 어떻게 되겠나. 오다 우다이진織田右大臣(오다 노부나가)의 고심도 타이코의 노고도 내 생애의 비원도 모두 물거품…… 내가 참으로 평화를 원하는 자라면 츄나곤에게 여력을 남겨주고 노구를 채찍질하여 진두에 선다! 그런 각오를 하지 않으면 안 돼. 아니, 그렇게 하지 않으면 신불이 용서하지 않아. 이 모두 훗날의 천하 태평을 위해서일세."

10

이미 타다카츠도 나오마사도 더 할 말이 없었다.

과연 이번 전투는 예사 전투가 아니었다. 조선과의 전쟁 때는 아직 국내에 이에야스라는 여력이 남아 있었다. 그런데 이번에는 국내의 큰 세력이 양분되어 싸우고 있다.

용과 호랑이 모두 상처를 입고 각각 영지로 돌아가 할거하게 된다면, 그것은 바로 노부나가 출현 이전의 난세로 되돌아가는 일. 그렇게 중요한 때인 만큼 자기보다 앞날이 더 많은 히데타다를 남기고 이에야스가 스스로 진두에 서겠다고 한다……

그 말은 평생을 무인으로 일관한 타다카츠도, 아직 원숙의 경지와는 거리가 먼 나오마사도 대번에 알아들을 수 있었다.

"참으로 죄송스럽습니다. 그 말씀을 듣고 보니 저 같은 사람은 자진하여 말 앞에 주검을 내던질 각오를 하지 않을 수 없습니다. 그러시면, 즉시 출진하시겠습니까?"

타다카츠의 말에 이어 이이 나오마사도 벌떡 일어났다.

"모두에게 그 뜻을 전하겠습니다."

"그렇게 하게. 토도 사도에게도 그렇게 말했네. 오늘 하루는 감기 때문에 인마를 모두 쉬게 했으나 내일 십삼일에는 기후에 들어가고 십사일에는 전선에 도착한다고 알리도록 하게."

이렇게 하여 이에야스의 속전은 결정되고, 예정대로 그들은 이튿날 키요스를 출발하여 기후에 도착했다.

기후에서 이에야스는 항복한 오다 가문의 중신 모모 츠나이에의 집에 묵었다. 그리고 호쿠리쿠北陸 가도에 있는 니와 나가시게丹羽長重와 히지카타 카츠히사土方雄久에게 서신을 보내, 나가시게나 아오키 카즈노리青木一矩에게 마에다 토시나가와 강화하도록 조치했다. 히지

카타 카츠히사는 지난날 히타치常陸의 오타太田에 유배되어 있는 것을 이에야스가 은밀히 풀어주고 북쪽에 사자로 보냈다.

이튿날에는 약간 길을 우회하여 오가키와 가까운 도강 지점을 피해 아카사카 역참 남쪽의 오카야마에 도착했다.

"지금 저 성에는 우키타 츄나곤 히데이에, 코니시 셋츠노카미 유키나가, 이시다 지부쇼유 외에 후쿠하라 우마노스케福原右馬助도 함께 있습니다."

이에야스는 나오마사의 보고에 근엄한 표정으로 고개를 끄덕였다. 그리고는 오가키 성 쪽으로 금빛 부채의 우마지루시를 비롯하여 문장이 새겨진 큰 깃발 일곱 개, 흰 바탕의 좁고 긴 천 두 개, 오리카케折掛° 20개를 세우게 했다.

이미 밤중에 출발한 총포대와 순찰병 등은 이에야스보다 한발 앞서 도착하여 진지 전후를 삼엄하게 경계하고 있었다.

이 이에야스의 도착은 서군에게 어떤 영향을 주었던 것일까……? 당연히 오가키 성에서도 이 오카야마의 진영은 바라보일 터. 아니, 그들은 이에야스가 도착하기 전부터 주위 일대에 크게 날개를 펼쳐 보인 동군의 사기를 탐지했을 터였다.

사키카이도先海道 북쪽 산에는 카토 요시아키, 카나모리 나가치카, 쿠로다 나가마사, 토도 타카토라, 츠츠이 사다츠구가 진을 치고, 히루이晝井 마을에는 호소카와 타다오키가, 이 마을의 동쪽 오하카大墓에는 후쿠시마 마사노리. 카츠야마 북쪽에는 이이 나오마사, 혼다 타다카츠, 쿄고쿠 타카토모. 니시마키카타西牧方에는 호리오 타다우지, 야마노우치 카즈토요, 아사노 요시나가. 아라오荒尾 마을에는 이케다 테루마사, 이케다 나가요시. 나가마츠長松 마을에는 히토츠야나기 나오모리. 히가시마키노東牧野에는 나카무라 카즈타다, 나카무라 카즈사카, 아리마 노리요리. 이소베미야磯部宮에는 타나카 요시마사…… 그 밖에 한없이 날개를 펼치고 있는 동군의 포진…… 드디어 그 지휘관이 모습을 나타냈으므로 서군의 동요는 결코 적지않을 터였다.

11

이시다 미츠나리는 오사카를 떠날 때—

"비록 열 명의 이에야스가 오더라도 절대로 겁낼 것 없다."

이렇게 호언장담했다. 물론 아군의 사기를 진작시키는 의미도 있었으나, 그렇다고 결코 말만은 아니었다.

내심으로는 이에야스가 언제 눈앞에 나타날 것인가 항상 경계하면서, 실제 그런 일이 일어나지 않도록 노심초사勞心焦思하고 있었다.

우에스기 카게카츠, 사타케 요시노부, 사나다 마사유키 등이 동쪽에 있으면서 도전하는 한 이에야스는 서쪽에 오지 못한다. 그동안에 모리 테루모토를 끌어내어 동군을 혼란에 빠뜨린다…… 이것은 그의 희망이었으며, 작전의 기본이기도 했다. 그는 동군이 갑자기 행동을 개시하여 기후를 공격하고 아카사카에 육박했을 때도 당황은 했으나, 이것이 보이지 않는 곳에서 흔들어대는 이에야스의 지휘채라고는 생각도 하지 못했다.

그 미츠나리의 생각을 뒷받침하듯 아카사카와 그 주변까지 진출한 동군은 진격을 중지했다.

8월 24일부터 오늘, 곧 9월 14일까지의 20일 동안의 정지 기간.

"이에야스는 오지 않는다!"

미츠나리의 희망적 관측을 더욱 깊게 해주었다.

'동군의 무장들은 우에스기, 사타케, 사나다 등이 전투를 개시했기 때문에 이에야스가 에도에서 떠날 수 없다는 것을 알고 그 약점을 눈치

채지 못하게 하려고 여기까지 진출해왔음이 분명하다……'

이에야스가 흔드는 '보이지 않는 지휘채'는 보기 좋게 미츠나리를 이렇게 믿게 만들었다.

그런데 오늘에 이르러 에도에 있어야 할 이에야스의 우마지루시가 갑자기 오카야마에 세워졌다. 오가키 성 안의 의견은 당연히 둘로 갈라졌다.

"저것은 가짜 우마지루시임이 틀림없다."

"그러고 보니 카나모리 호인金森法印의 흰 깃발이 이에야스의 것과 비슷해."

"어쨌든 척후를 내보내야겠어."

그리고 그것이 진짜 이에야스의 우마지루시임을 알았을 때 성안의 공기는 순식간에 가을 서리처럼 얼어붙었다.

돌이켜보면 얼마나 정보 수집에 소홀했는지. 이에야스의 에도 출발은 9월 1일──그러한 사실을 14일, 눈앞에 우마지루시가 세워질 때까지 전혀 몰랐다니……

어째서 아카사카까지 진격해왔으면서도 동군은 느닷없이 전투를 중지한 것일까?

원인은 전투에 익숙지 못한 탓만도 아니었다. 서군의 결속이 아직 완전치 못하다……는 불안이 미츠나리 정도나 되는 사람의 예민한 감각마저 흐리게 했던 것에 불과했다.

"이에야스가 분명합니다."

척후가 이런 보고를 했을 때 미츠나리 앞에 혈색이 변한 사람들이 속속 모여들었다.

이미 싫든 좋든 결전의 때는 목전에 다가와 있었다.

농성이냐, 야습이냐?

아니면 공격해나가 야전으로 승부를 결정지을 것이냐?

오가키 성주 이토 모리마사伊藤盛正는 말할 나위도 없고, 우키타 히데이에, 코니시 유키나가의 두 장수에 이어 시마즈 요시히로도 한 일자로 굳게 입을 다물고 나타났다.

그러나—

여기서 작전회의에 대해 기록하기 전에 작자는 일단 붓을 서군의 배치와 각각의 내정 묘사로 돌리지 않으면 안 되겠다.

동군이 아카사카 주변에 집결한 8월 24일부터 9월 14일인 오늘에 이르는 동안 서군에는 어떤 움직임과 변화가 있었던 것일까……?

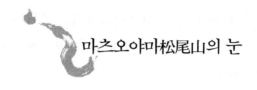

마츠오야마松尾山의 눈

1

마츠오야마는 세키가하라關ヶ原 서남쪽, 마츠오 마을에서 남으로 향해 언덕길을 1킬로미터 정도 올라간 곳에 있는 290미터쯤 되는 산이었다. 그 위에 오다 노부나가織田信長가 아사이 나가마사淺井長政와 싸웠을 때 후와 카와치노카미 미츠하루不破河內守光治에게 쌓게 했던 성채가 남아 있었다.

정상에 있는 평지는 동서 10간, 남북 12간의 좁은 빈터였고, 그 중턱에도 몇 군데 평탄한 곳이 있었다.

마츠오야마 정상에 올라 사방을 둘러보면 세키가하라와 그 주변이 가장 잘 바라보였다. 동쪽으로는 모모쿠바리야마桃配山(나중에 이에야스의 진지), 북쪽으로는 텐마야마天滿山(코니시 유키나가의 진지)가 보이고, 타루이에서 세키가하라를 지나 서쪽으로 통하는 가로와 그 양쪽에 펼쳐진 평지를 내려다보기에는 최상의 장소였다.

그 마츠오야마에 9월 14일, 오가키 성에서 미츠나리 등과 더불어 작전회의를 하고 배치를 받아야 할 코바야카와 히데아키가 진지를 정하고 8,000군사와 더불어 올라왔다.

코바야카와 히데아키는 코다이인에게 양육된 그녀의 조카로 후시미 성 공격 때는 형 키노시타 카츠토시木下勝俊가 성안에 있다는 이유로 토리이 모토타다에게 농성을 제의했다가 거절당한 바 있었다.

히데아키는 아직 24세로서, 모리 테루모토가 오지 않는 한 서군의 총수인 우키타 히데이에보다는 다섯 살 아래지만 직위는 다 같이 츄나곤이었다. 그러나 다섯 살이란 차이 때문에 우키타의 지휘을 받아야 한다는 것은 그의 자부심과 젊음이 용서치 않았다. 그럴 뿐만 아니라 히데아키는 미츠나리를 증오하고 있었다.

조선에서 씩씩하게 싸웠으나 지나친 만용이었다는 미츠나리의 비판으로 영지를 빼앗기고—

"대장의 그릇이 되지 못한다."

히데요시로부터 심하게 꾸중을 받은 굴욕감, 그 일이 20대 초에 있었던 만큼 뼈에 사무쳐 잊을 수 없었다. 그때 사태를 원만히 해결해준 것이 히데요시의 죽음과 이에야스의 중재였다.

히데아키는 오늘까지 몇 번이나 이에야스에게 밀사를 보내 자기가 미츠나리보다 훨씬 더 이에야스에게 호감을 가졌다는 뜻을 알려왔다. 그러나 이에야스로부터는 후시미 공격 때처럼 직접적으로는 확실한 반응이 없었다.

"나이다이진은 나를 경계하고 있다."

이러한 감정은 외곬인 젊은이로서는 말할 나위 없는 울적함이고 또 불만이었다.

코다이인은 이에야스의 편을 들지 않으면 천하의 평화도 도요토미 가문의 존속도 있을 수 없다. 그렇게 되면 타이코의 진정한 희망에 역행하는 일, 이에야스와 연락을 계속 유지하도록…… 만날 때마다 이런 말을 했다. 젊은 히데아키로서는 그 진의까지는 알지 못했다.

"코다이인 님은 나에게는 어머니와도 같은 분……"

이 코다이인에게 가장 큰 굴욕을 준 것은 요도 부인…… 그리고 미츠나리는 이 요도 부인 쪽 인물이라는 점을 생각하면 미츠나리에 대한 증오가 이중으로 쌓이고, 또한 자신이 이에야스의 신뢰를 받지 못하는 데서 오는 불만과 고독도 배가했다.

히데아키는 우키타 히데이에가 이세 방면으로 출진하면서 불렀으나 그 권유에 따르지 않았다. 8월 17일 오미로 가 이시베에 머물렀다.

히데아키의 허무감은 점점 깊어져, 가능하다면 어느 편에도 가담하지 않고 이 싸움을 비웃으며 관망하고 싶었다. 이러할 때 8월 28일, 이에야스의 편을 들고 있는 우인友人 아사노 요시나가와 쿠로다 나가마사의 서신이 전해졌다.

그 서신이 다시 히데아키의 행동에 목표를 정해주었다……

2

아사노 요시나가와 쿠로다 나가마사가 연서한 그 서신에는 히데아키가 이에야스 편에 서는 것을 기정사실로 여기면서 다음과 같이 씌어 있었다.

"(전략) 지난번에도 서신을 보낸 일이 있습니다마는, 센도 아미山道阿彌로부터 우리에게 거듭 서신을 보내라는 요청을 받았습니다. 귀하가 어디 계시건 이 기회에 충절을 보이는 것이 긴요합니다. 이삼 일 안에 나이다이진이 진지에 도착할 것이니, 그 전에 마음을 정하시도록 하십시오. 오만도코로(코다이인) 님에게 속히 알려드려야 할 우리들이므로 속히 회답 주시기 바랍니다. 자세한 것은 구두로 말씀해주시기 바라며, 삼가 글을 올립니다."

이 서신은 아사노와 쿠로다 두 사람이 아카사카의 진지에서 이시베, 스즈카鈴鹿를 거쳐 오미, 에치가와愛知川의 타카미야高宮에 머물면서 병을 요양한다는 구실로 사냥을 나간 히데아키에게 전달되었다.

그 글에 담겨 있는 내용은 아사노와 쿠로다 두 사람도 또한 히데아키를 자기편으로 믿는다는 말 외에도 '오만도코로 님에게 속히 알려드려야 할 우리들……' 임을 고하고 있었다. 이 점이 가장 히데아키의 마음을 움직였다.

그 서신의 내용이 갖는 의미는—

"코다이인의 마음을 편하게 해주려는 우리이기에 말하는데, 이에야스의 도착도 눈앞에 닥쳤으므로 그 전에 거취를 분명히 정하도록."

이렇게 해석되었고, 이에야스는 코다이인의 뜻을 받아 미츠나리를 정벌한다는 생각을 전제로 하고 있었다.

코다이인과 이에야스가 같은 생각에 입각해 있다는 사실은 전혀 의심할 바 없었다. 그러므로 우리 두 사람도 충절을 다하고 있으니 귀하도 코다이인에게 충절을 보이라는 의미.

이 서신을 받고 난 뒤 코바야카와 히데아키는 지금까지 이에야스가 상대도 해주지 않아 답답하던 불만의 안개가 이상하게도 말끔히 가셨다. 이에야스의 편을 드는 것이 아니라, 이에야스가 코다이인과 히데아키의 편을 들어 싸운다, 그러므로 히데아키! 좀더 꿋꿋해지라고 격려하는 의미로 받아들여졌다.

자신이 서야 할 위치에 대한 발상의 전환인 이 주객전도主客顚倒는 젊은 히데아키에게 감돌던 의혹의 구름을 거두어버렸다. 물론 그렇다고 해 지금까지 미츠나리나 우키타 히데이에 편임을 가장해온 그로서는 곧바로 기치를 선명히 하여 동군 쪽에 가담할 수는 없었다.

만약 서군이 히데아키의 이러한 심경의 변화를 알면 전력을 기울여 코바야카와 군을 쳐부술 터. 이와 같은 전후 사정을 생각할 때, 양군의 결전이 박두하면 그가 의거할 진지는 마츠오야마밖에 없었다.

마츠오야마에 진을 치고 있다가 기회를 보아 아사노, 쿠로다를 매개로 하여 동군에 합류한다.

"만일 동군이 불리하여 패주할 때는 산에서 내려가지 않고 그대로 방관하고 있으면 된다."

히데아키가 마츠오야마에 진을 쳤다는 소식이 전해지자 서군 쪽에서는 유언비어流言蜚語가 난무했다.

"킨고金吾 츄나곤은 싸울 의사가 없는 것 같아."

"아니, 이미 이에야스와 내통하고 있는지도 몰라."

오가키 성에서는 즉시 히데아키에게 사자를 보냈다. 모두 기다리고 있으므로 즉시 성안으로 들어와 작전회의에 참석하라고. 그러나 히데아키는 응하지 않았다.

"겨우 병이 나아 여기까지 왔으나, 세상의 뜬소문도 있고 여러 가지 혐의를 받고 있는 몸이기도 하다. 우선 동군과 일전을 벌여 여러분의 의혹을 푼 뒤에 가서 뵙겠다."

3

우선 동군과 일전을 벌이고 나서 오가키 성 작전회의에 참가하겠다는 회답은, 그렇지 않아도 이에야스의 도착을 알고 농성이냐 야전이냐로 논의를 거듭하고 있던 사람들을 크게 동요시켰다.

코바야카와 군 8,000은 결코 적은 병력이 아니었다. 이 병력이 전장에 도착하지 않아 내일 전투에 동원되지 않는다면 차라리 문제는 간단했다. 그러나 이미 도착해 있었다. 더구나 히데아키가 무엇을 생각하고 무엇을 바라고 있는지 잘 알 수 없는 상황이었으니 서군으로서는 그 이상의 불안도 없었다.

싸울 의사가 있느냐 없느냐에 대한 불안만이 아니었다. 만일 히데아
키가 전투 도중에 적으로 돌아서면 어떻게 될 것인가? 목덜미에 칼날
을 들이댄 것 같은 불안이었다.

"그대로 내버려둘 수 없다."

오타니 교부大谷刑部(요시츠구)가 걱정되어, 직접 히데아키의 진영으
로 찾아간 것은 14일 밤이 깊어서였다.

과묵한 요시츠구라 미츠나리 앞에서는 많은 말을 하지 않았다. 그러
나 그 결의는 확고했다. 이미 완전히 시력을 잃은 몸에 채찍질을 하며
마츠오야마를 향해 가마를 타고 올라갔다.

히데아키에게 배신할 기색이 보인다면 그 자리에서 찌를 생각이었
다. 다행히 병 때문에 얼굴을 붕대로 감고 있었다. 상대가 표정으로 눈
치챌 우려는 없었다.

이에야스 도착이 사실이 아니라면 물론 요시츠구도 이런 결심을 하
지는 않았을 터였다. 그러나 이에야스는 벌써 눈앞에 다가와 있었고,
반대로 모리 테루모토는 나오지 않았다…… 따라서 코바야카와 히데
아키의 본심을 확인하지 않고는 섣불리 전투를 벌일 수도 없었다.

요시츠구는 우선 미츠나리에게 서약서를 쓰게 하고 작전회의에 참
석한 장수들의 연서連署를 받아가지고 갔다.

그 서약서에는 다음 네 가지 조항이 씌어 있었다.

1. 이번에 충의를 다한다면 히데요리 공이 15세가 될 때까지 칸파
쿠 직을 히데아키 님에게 양도한다.

1. 쿄토를 정비할 비용으로 반슈播州 지방을 양도한다. 물론 치쿠
젠筑前과 치쿠고筑後 두 지방은 이전 그대로 둔다.

1. 고슈江州에 10만 석, 그리고 카로家老°이나바 타쿠미稻葉內匠

와 히라오카 우시에몬平岡牛右衛門에게 히데요리 공으로부터 각각 10만 석을 하사한다.

1. 선물로 당장 금화 300장을 이나바와 히라오카에게 증여한다.

서명한 사람은 우키타 히데이에, 코니시 유키나가, 나츠카 마사이에, 이시다 미츠나리, 안코쿠지 에케이, 그리고 오타니 요시츠구 등 다섯 명이었다. 물론 이 제안은 실행할 수 있느냐의 여부보다 어떻게 하면 허무적인 한 사람의 응석받이를 이 자리에서만이라도 달랠 수 있을까 하는 생각에서 나온 미끼였다.

오타니 요시츠구로서는 안타까운 마음, 이대로는 전투를 할 수 없는, 어떻게든 손을 써야 하는 다급한 실정이었다.

요시츠구는 무사히 새로 만든 초소를 지나 히데아키의 진영에 도착했다. 그러나 나타난 것은 예상했던 대로 히데아키 자신이 아니라 이나바와 히라오카 두 중신이었다.

4

"킨고 님을 만나고 싶소. 직접 이 서약서를 건네려 하오."

오타니 요시츠구가 이렇게 말하자 이나바 타쿠미노카미 마사나리稻葉內匠頭正成는 히라오카 우시에몬 요리카츠平岡牛右衛門賴勝를 돌아보며 말했다.

"사실은 우리를 무섭게 꾸짖고 겨우 잠이 드셨습니다마는."

이나바의 말에 이어 히라오카 요리카츠가 덧붙였다.

"요즘 병환 때문인지는 몰라도 술을 드시면 거칠어지셔서 여간 걱정스럽지 않습니다."

오타니 요시츠구는 그들에게 자신과 히데아키를 만나게 할 생각이 없음을 곧 알아차렸다. 그렇다고 이대로 물러가면 상대의 마음은 더욱 서군으로부터 멀어질 뿐이었다.

"그럼, 아직 감기가 쾌유되지 않으셨다는 말씀이오?"

"예. 세상에서 여러 말이 나돌고 있어, 마음에 걸리시는지 조금만 열이 내리면 말을 타고 사냥을 나가십니다. 그래서 다시 병이 도지는 일이 되풀이되고 있습니다."

"그러면 이번 전투의 지휘는 두 분이 하시게 됩니까?"

"예. 아니…… 그렇게 되면 사기에도 영향을 끼치므로, 어쨌든 오늘은 정양을 하시라고 권했습니다."

"그렇다면 일부러 깨우실 수는 없겠군요. 작전회의 결과는 이미 통보한 줄 압니다마는, 그 뒤에 오사카의 마시타 님에게서 급히 연락이 왔기에……."

"아니, 마시타 님으로부터…… 어떤 연락이?"

"드디어 모리 테루마사가 히데요리 공을 동반하고 내일 오사카에서 출발한다는 연락이었소."

요시츠구의 이 말은 완전한 거짓이었다. 북쪽에 와 있는 그는 오사카의 자세한 사정은 알지 못했으나, 모리 테루모토가 오지 않으리라는 추측은 하고 있었다.

어떤 책략가가 어떤 순서로 퍼뜨린 소문인지는 알 수 없으나, 오사카 성안에서는 지금 한 가지 기괴한 소문이 사람들의 입에서 입으로 퍼지고 있었다. 마시타 나가모리가 은밀히 이에야스와 내통하고 있다는 소문이었다.

'전혀 있을 수 없는 일은 아니다……'

오타니 요시츠구는 이렇게 생각하고 있었다.

마시타 나가모리는 미츠나리만큼 철저히 이에야스를 증오하고 있지는 않았다. 단지 미츠나리의 강요에 이끌려 자신도 모르게 깊이 관여하게 된 것이 마시타 나가모리의 입장이었다. 이에야스 쪽에 은밀히 시선을 보낼 수 있는 일이었다.

그러나 이런 소문이 오사카 성안에 퍼졌다는 것은 서군에게는 치명상이 될 수밖에 없었다. 에케이의 권유에 따라 서군의 총수로 추대되어 진퇴양난進退兩難에 빠져 있는 모리 테루모토가 이 소문을 무시하고 오사카 성을 떠난다는 것은 생각지도 못할 일이기 때문이다.

만약 히데요리를 데리고 오사카 성을 떠난 뒤 마시타 나가모리가 반기를 드는 일이라도 생기면 히데요리는 어떻게 될 것인가?

오사카 성에 눌러 있으면 죽은 타이코의 유아遺兒이지만, 성을 나서면 아무 힘도 없는 여덟 살의 소년. 오사카 성이나 사와야마 성이 함락되면 그야말로 성도 하나 갖지 못한 유랑하는 고아로 전락한다. 따라서 마시타 나가모리가 내응한다는 소문은 모리 테루모토의 발을 오사카 성에 묶어놓는 결정적인 의미를 갖는다……

5

'테루모토는 결국 나오지 않을 것이다……'

오타니 요시츠구가 이런 사정을 알면서도 거짓말을 한 것은 코바야카와의 노신들이 과연 테루모토와 연락을 취하고 있는지 탐색하려는 의도에서였다.

요시츠구는 테루모토가 내일 출발한다는 말을 하고 온 신경을 집중하여 상대의 반응을 기다렸다.

"그렇습니까? 그럼, 모리 츄나곤 님도 드디어 출진하시는군요."

듣기에 따라서는——

'그럴 리가 없다.'

부정하는 말로 받아들일 수 있고, 실제로 놀라는 것 같기도 했다.

"그래서 이 서약서를 가지고 왔습니다마는, 뵐 수가 없다니 도리가 없군요. 두 분이 보셨다가 일어나시거든 전달해주시오."

요시츠구는 가지고 온 꾸러미를 조용히 이나바 마사나리 앞에 내놓았다. 글 가운데는 이나바와 히라오카 두 사람에게 10만 석씩을 주겠다는 미끼가 있다. 그 미끼에 대해 어떤 관심을 보일까……?

"그럼, 읽어보겠습니다."

"그렇게 하시지요."

이나바가 이번에는 분명히 놀랐다. 그리고 읽어본 서신을 묵묵히 히라오카 요리카츠의 손에 건넸다.

"허어, 히데요리 님이 십오 세가 되실 때까지 칸파쿠의 직함을 우리 주군에게……"

요시츠구는 그 말을 일부러 가볍게 받아넘겼다.

"어쨌든 킨고 님은 히데요리 공의 혈육이므로 아무도 이에 대해 이의를 가질 사람은 없습니다."

히라오카 요리카츠가 가볍게 웃는 것 같았다.

"승리한 뒤의 이야기이지만…… 좌우간 고마운 서약서이니 결코 주군에게 소홀함이 없게끔 하겠습니다."

요시츠구는 이 말만으로도 예리한 비수로 가슴이 찔린 듯한 느낌이었다.

"승리한 뒤의 이야기……"

코바야카와의 노신들은 서군의 승리를 이미 위태롭게 보고 있었다. 은연중에 그 불안이 입 밖으로 나왔다. 따라서 웬만큼 전국이 호전되지 않는 한 이 산꼭대기에서 기회를 보고 있겠다는 뜻으로 해석해야 할 것이었다.

"그럼, 용무가 끝났으므로 하산하겠소. 아무튼 킨고 님은 아직 젊으십니다. 부디 노신들께서 가볍게 행동하시지 않도록 주의해주시오."

"그 점은 이미 잘 알고 있습니다."

"만약 여기서 노신들이 거취를 그르치게 만들면 히데요리 공까지 포로가 되어 도요토미 가문을 망친 것은 킨고 님이라는 비난을 받게 될 것이오. 내일은 작전회의 결정대로 반드시 산에서 내려가 용전하시기 바라오."

"예. 지금까지 나돈 뜬소문의 치욕을 씻을 때는 지금이라고 주군도 누누이 말씀하고 계십니다. 어쨌든 내일 싸움을 눈여겨보십시오."

"그 말을 듣고 안심했소이다. 자, 그럼 이만."

이렇게 말하고 요시츠구는 부축을 받고 일어났으나, 마음속은 그 대답과는 반대였다.

'아무래도 내가 죽을 때가 온 모양이다……'

그가 우려했던 대로 미츠나리에게는 실전을 통제할 신망이 없었다.

요시츠구가 가마에 오른 뒤 노신 두 사람은 되돌아와 이번에는 소리 내어 웃었다.

"주군을 칸파쿠로 추대하면 모리와 이시다는 무엇이 될 생각일까."

그러면서 나란히 히데아키 앞으로 갔다.

6

히데아키는 아직도 술을 마시고 있었다.

그에게 오늘은 도저히 편히 잠을 잘 수 있는 날이 되지 못했다. 후시미에서는 토리이 모토타다의 말에 화가 나서 그만 자진하여 한쪽을 공격하겠다고 자청했으나 그 심중은 무겁기만 했다.

코다이인은 걸핏하면 이에야스와 연락을 끊지 말라고 했다. 히데요시의 본심은 일본 통일과 천하 평화에 있었다, 그 뜻을 이을 사람은 이에야스…… 이에야스야말로 히데요시의 위업을 살릴 진실한 후계자라고 만날 때마다 설교했다.

처음에는 히데아키도 순순히 귀를 기울였다. 그러나 이에야스가 별로 히데아키를 가까이하려 하지 않고, 반대로 미츠나리나 히데이에 쪽의 말을 보다 많이 듣고 있는 사이 미로에 빠지게 되었으며, 깊은 허무감을 품게 되었다.

'코다이인의 말을 모두 진리라 생각해도 좋을 것인가……?'

아니, 그 이전에 히데요시의 본심은 과연 코다이인이 말하듯이 일본 통일과 천하의 평화라는 고매한 희망으로 일관되어 있었을까. 그렇지 않다. 자신의 출세와 영달을 위해 움직여왔을 뿐. 코다이인은 자기 남편이기 때문에 미화시켜 고귀한 것인 양 착각하고 있다.

이런 입장에서 살피면, 이에야스라고 해서 히데요시와 그리 큰 차이가 있을 리 없다. 이에야스는 히데요시보다 겸손했다. 참을성 있고 끈기가 있는 대신 음험하게 천하의 권력을 자기 쪽에 끌어들이려 꾀하고 있다…… 다만 그뿐인데도 자기만이 깨끗한 마음으로 이에야스를 돕는 것은 무의미한 일이 아닐까……?

히데아키는 한때 이에야스와 코다이인의 사이에 대해서도 의심을 품었다. 요도 부인이 은밀히 오노 슈리와 밀통하고 있었듯이, 코다이인 또한 이에야스와 무슨 일이 있는 것은 아닐까 하고……

그러나 이 의심에 관한 한 지금은 자신의 상상이 잘못되었음을 확신하고 있었다.

'과연 인간은 코다이인이 말하듯이 아름답고 높은 이상을 추구하며 살아가는 것일까?'

그러나 인간 불신에 대한 의혹은 아직 사라지지 않고 있었다.

이러한 히데아키 앞에 히라오카 요리카츠와 이나바 마사나리가 미츠나리 등이 서명한 서약서를 가지고 나타났다.

"교부는 돌아갔나?"

"예. 이런 것을 놓고 갔습니다."

서약서를 받아들고 히데아키는 씁쓸하게 웃었다.

"이것이 인간의 정체야. 보았나, 이 어마어마한 그림의 떡을."

"예. 더욱 당황하고 있는 증거라 생각합니다."

"흥."

히데아키는 다시 한 번 웃고 서약서를 그 자리에서 내던졌다.

"미츠나리에게는 이미 군비도 없어. 지갑이 바닥난 거야. 그래서 마시타에게도 가진 것을 모두 내놓으라고 강요하고 있다더군."

"예. 그래서 그런지 나가모리가 나이다이진과 내통하려 한다는 소문이 돌고 있습니다."

"소문만이 아니겠지. 인간이란 자기가 발가벗겨지면 남도 벗기고 싶어지게 마련. 코다이인 님의 가장 나쁜 버릇도 바로 그것이지만……"

히데아키는 허공을 바라보는 먼눈으로 중얼거리듯 말했다.

"그분도 모든 것을 벗어버리고 오사카 성에서 나오셨어. 그 뒤 하는 말씀은 모두 고매한 이상뿐이야……"

7

히데아키가 코다이인에 대해 비난 비슷하게 말하는 것은 보기 드문 일이었다. 그런 만큼 이나바 마사나리도 히라오카 요리카츠도 불안한 듯 눈을 끔벅거렸다. 지금 히데아키의 마음이 바뀐다면 그야말로 수습할 수 없는 혼란을 초래할 터. 이미 그들은 아사노, 쿠로다 두 장수에게 서신의 취지는 분명 승낙했다는 뜻의 회답을 했다……

"그건 그렇고, 교부에게 우리 생각이 간파당하지는 않았겠지?"

두 사람은 자신 있게 고개를 끄덕였다.

"예. 그 점에 대해서는 충분히 주의했습니다."

"교부에게 간파당하면 언제 서군으로부터 발포가 있을지 몰라. 여기서는 동군보다 서군이 더 무서워."

"주군!"

이나바 마사나리는 막사 안을 둘러보고 목소리를 낮추었다.

"그런 일은 주군의 가슴 깊숙이……"

"하하하…… 입 밖에 내지 말라는 뜻이군. 좋아, 알겠어. 그러나저러나 세상이란 추한 거야."

"그럴지도 모릅니다마는……"

"한쪽에서는 이처럼 되지도 않고 될 수도 없는 미끼를 들이대고, 다른 쪽에서는 이긴다고…… 편을 들라고 독촉하고 있어."

"주군!"

"하하하…… 이미 운명은 결정되었어. 천하를 누가 손에 넣건 거기서 사는 인간들이 이처럼 추해서야 아름답게도 깨끗하게도 될 턱이 없지. 누가 손에 넣건 흙탕은 흙탕이야."

"이제 술은 그만 드시지요."

"술 말인가. 그렇게 싫어하지들 말게. 술뿐이야. 마시면 반드시 취하게 해주는 것은……"

"아닙니다. 행동으로 옮기시면 반드시 운이 열릴 것이므로……"

"하하하…… 우선 한잔 들게. 코바야카와 히데아키는 한 단계 높은 데에 있어."

"이 진지 말씀입니까?"

"진지만이 아니야. 흙탕과 흙탕의 싸움이므로 이기는 쪽 편을 들겠어. 세상에서는 나를 비웃을 테지만 나는 도리어 세상을 비웃겠어."

그러면서 마사나리에게 잔을 건네고 직접 술을 따랐다.

"마시고 우시에몬에게 잔을 돌리게. 알겠나, 누가 천하를 쥐더라도 별 차이가 없다면 미쳤다고 지는 쪽 편을 든단 말인가…… 나는 스즈카 토게에서 매사냥을 하면서 인간의 어리석음을 깨달았어."

"예. 잘 마셨습니다."

히데아키는 오타니 교부가 돌아갔다는 말을 듣고 갑자기 취기가 오른 듯. 그리고 취기는 그의 본성에 싸움을 도발해오고 있는 듯.

'아름답게 살고 싶다!'

이렇게 바라면서도 점점 인생의 치욕스러운 면에 눈길을 빼앗기는 젊은이가 한번은 거치지 않으면 안 될 회의의 벌판에 선 것이었다. 그는 지금 그 벌판에서 이기심을 이끌고 마츠오야마에 오르고 있었다. 믿는 것은 이에야스도 미츠나리도 아니었다. 아니, 그 자신마저 조소하면서 이번 전쟁의 승부를 바라보고 있었다.

"어리석은 인간들의 춤이다……"

양쪽이 맞붙게 되면 하늘을 향해 큰 소리로 웃으면서 산에서 내려오고 싶은 심정이었다……

8

"주군, 이 정도에서 잔을 거두시지요. 다음 작전회의를 위해 오가키 성에서 다시 사람이 올라올지도 모릅니다."

히라오카 요리카츠가 받은 잔을 엎었다. 히데아키는 뜻밖에도 순순히 응했다.

"알겠네, 그렇게 하세. 그건 그렇고, 히데요리 님이 그대들에게 고슈에서 십만 석씩 주시겠다는데…… 구미가 당기지 않나? 하하하……"

"농담은 삼가십시오. 저희들에게 십만 석씩은커녕 지부쇼유 자신의 영지조차 위험한 형편입니다."

"하하하…… 노하지 말게, 타쿠미. 인간이란 묘한 계산을 한다는 뜻으로 한 말이야. 오미 땅에 그런 여유 있는 쌀이 어디 있겠나. 없는 쌀까지 주겠다고 하다니, 자기는 벌거숭이가 되는 도리밖에 없지. 하하하…… 그런 계산을 하는 자가 나를 가리켜 어리석다, 대장 그릇이 못 된다고 갖은 소리를 다 하며 타이코 전하에게 헐뜯었어."

역시 히데아키는 아직까지 조선과 전쟁할 때 당한 불쾌감을, 그 원한을 떨쳐버리지 못하고 있었다.

그는 잔을 소반 위에 엎어놓고, 취기로 휘청거리며 일어났다.

"다시 한 번 진지를 돌아보고 자겠어. 같이 가세."

"순시라면 저희 두 사람이……"

자신의 존재를 노신들에게 과시하려는 열등감에 뒷받침된 듯.

"그렇지 않아. 어리석은 대장이 현명한 대장을 비웃어주려면 면밀한 준비가 필요한 것일세."

비틀거리면서 장막 밖으로 나가 측근무사들을 질타했다.

"이 정도로는 모닥불이 부족해. 더 많이 피우도록 하라. 킨고 츄나곤 히데아키의 전의를 나타내기에 충분할 정도로…… 오늘밤엔 철야로 하늘을 불태우도록 하라."

손에 든 채찍으로 책문을 치면서 동쪽 봉우리로 돌아갔다.

"저것은 뭐냐? 저 움직임은……"

길을 따라 북쪽으로 이동하는 일단의 불 그림자를 응시했다.

"이동하는 군사가 있다. 적인지 아군인지 곧 척후를 내보내라."

그리고는 다시 빈정대듯 웃었다.

"적인지 아군인지…… 괜한 말을 하고 있군. 나에게는 적도 아군도 없으니까. 하하하……"

"쉿. 농담이 지나치십니다."

"좋아, 누구의 군사인지 그것만 확인하면 된다. 그 주변에 별로 많은 군사를 둘 수는 없을 거야."

그 말에 이나바 마사나리가 즉시 척후를 내보냈다. 아직 히데아키는 깨닫지 못하고 있었으나, 그것은 산을 내려간 오타니 요시츠구가 히데아키의 거취에 의문을 품고 경계하기 위해 가도 연변 산기슭에 진을 치게 한 그의 부장 와키자카脇坂, 쿠츠키朽木, 오가와小川, 아카자赤座 등이었다.

마츠오야마에 진을 친 한 회의주의자의 진퇴가 쌍날을 가진 창이 되어 동서 양군의 진영을 노려보는 무시무시한 태풍의 눈이 되었다.

"좋아, 됐어. 다음 일은 내가 알 바 아니야. 어느 쪽이 어떻게 싸우는지 어리석은 대장이 묵묵히 지켜볼 것이다. 하하하…… 자, 그만 돌아가 쉬도록 하자."

그 무렵 구름이 걷혀 별이 보이던 하늘이 다시 어두워지며, 가는 비를 뿌리기 시작했다. 아무래도 내일은 짙게 안개가 낀 채 날이 밝을 것 같은 세키가하라 부근의 날씨였다……

이시다 풀

1

오타니 요시츠구가 코바야카와 히데아키를 설득하기 위해 은밀히 마츠오야마로 향하고 있을 무렵 ——

오가키 성 안에서는 적의 반응을 살피러 갔던 전초부대가 상당한 상처를 입은 채 어둠을 뚫고 돌아와 술렁거리고 있었다.

성주는 이토 모리마사. 모리마사는 동군의 장수들이 아카사카에 진을 쳤을 때부터 적과의 내통을 두려워하여 성읍에 사는 주요 상인들로부터 인질을 징발하여 성에 들여놓고 있었다.

이들 인질이 이에야스의 도착을 알고 무사들 이상으로 당황한 것은 말할 나위도 없었다. 개중에는 어차피 죽을 것이라면 이 성에 불을 지르고…… 이런 말을 하는 사람도 있었다.

"적정敵情을 살피면서, 가능하면 한번 혼을 내주어 아군의 사기를 높이지 않으면 안 된다!"

미츠나리가 역전의 노장 시마 사콘島左近˚에게 전초전을 명할 수밖에 없을 정도로 급박한 사태였다. 시마 사콘은 오늘과 같은 날을 위해 미츠나리가 2만 석이라는 많은 녹봉을 주고 고용한 츠츠이 가문의 떠돌이무사였다. 당시 병법으로는 일본에서 첫째라는 야규 세키슈사이 무네요시柳生石舟齋宗嚴와도 친교가 있고, 야전에서는 작전의 달인이라는 소문이 높았다.

그 시마 사콘이 같은 이시다 가문의 노신 가모 빗츄蒲生備中와 함께 동군의 나카무라 군에게 도발하여 전초전에서 호각지세互角之勢로 싸우고 돌아왔으나, 성안의 불안은 사라지지 않았다.

"전멸시키겠다고 호언장담하며 떠나더니 저렇게 많은 부상자를 내고 돌아오다니."

"이런 상태라면 농성을 하게 될 거야."

"마을이 불탔는데 우리는 여기서 타죽게 된다는 말인가. 시마 사콘, 가모 빗츄라면 이시다 가문의 두 날개라고 할 무사 대장인데도 이 모양이라니……"

"나이다이진의 모략에 보기 좋게 걸려든 거야."

"그런 것 같아. 나이다이진은 지금 오슈에서 우에스기 군과 싸우고 있어. 그리고 사타케, 사나다가 군사를 거느리고 공격해갔기 때문에 이곳에 올 수 없다고 방심하고 있었던 거야."

"이거, 큰일났는걸."

이러한 혼란 속에서 우키타 히데이에와 코니시 유키나가 등이 혈안이 되어 부산스럽게 드나들었다. 인질이 된 상인들의 불안과 당황은 그대로 군사들에게도 전염되어갔다.

"작전회의에서는 어떤 결정을 내렸을까. 농성인가 아니면 성에서 나가 싸우자는 것인가?"

"떠들 것 없어. 우리가 떠든다고 무슨 소용이 있겠나. 좌우간 군사수는 우리가 많지 않은가."

"그렇다면 혹시 내일은 전투가 벌어지지 않을지도 몰라. 아직 에도 츄나곤 히데타다의 깃발은 보이지 않으니까."

이러한 긴장 속에서 서군의 작전회의에서는 '야전'을 결정했다.

농성한다는 것은 처음부터 무리였다.

첫째로 마츠오야마에 올라간 코바야카와 히데아키가 산에서 내려와 성에 들 낌새가 없었고, 나츠카 마사이에와 안코쿠지 에케이도 난구산 南宮山에 진을 치고 관망하고 있는 눈치였다.

이러한 혼잡 속에 시마즈 요시히로의 대리로 조카 시마즈 토요히사 島津豊久가 말을 달려 찾아온 것은 이미 날이 저물었을 때였다. 그는 모 닥불 사이를 누비고 현관 앞에 나타나, 붉은 도깨비 같은 표정으로 소 리쳤다.

"시마즈 토요히사, 지부쇼유 님에게 할말이 있어서 왔소."

2

시마즈 군은 가도 북쪽에 오타니, 우키타, 코니시 등과 함께 옆으로 나란히 텐마야마 북쪽 진지를 할당받고 있었다. 토요히사가 달려왔다 는 말을 듣고 미츠나리는 곧바로 그를 큰방에 안내하도록 했다.

그 방에서는 전초전을 치르고 돌아온 시마 사콘과 가모 빗츄를 둘러 싸고 이시다 군의 이동을 상의하고 있는 중이었다.

농성이 불가능하다면 이시다 군 또한 오늘 밤 안으로 성에서 나가 야 전에 대비하지 않으면 안 되었다. 그 장소는 세키가하라에서 홋코쿠 가 도를 따라가다가 코이케小池, 코세키小關 방향으로 벗어난 시마즈 군 보다 더욱 북쪽이 될 것이었다.

"오오, 시마즈 님이시군. 어서 이리 가까이."

새삼스럽게 무슨 일일까 수상히 여기며 마주보았다. 30세인 토요히사는 갑옷자락 끄는 소리를 내며 미츠나리 앞에 앉았다.

"내일을 기하여 야전에 승부를 거시겠다는 말을 들었습니다마는, 이제는 움직일 수 없는 일입니까?"

"그렇소."

미츠나리는 토요히사가 무슨 말을 하려고 왔는지 아직 알아차리지 못하여 흘끗 시마 사콘을 돌아보았다.

"오늘 밤 안으로 배치를 끝내고 내일 운명을 걸겠소…… 세키가하라는 동군보다 우리가 더 지리에 밝은 곳, 적이 오가키 성을 공격하는 동안 반드시 섬멸할 기회를 잡을 것이오."

"그럼, 적이 움직이지 않는 한 아군은 기다리고 있을 것입니까?"

"어림도 없는 일……"

옆에서 시마 사콘이 끼여들었다.

"전쟁이란 살아 있는 것, 움직이지 않으면 유인하는 방법도 있고 그대로 휘젓는 방법도 있소. 그런데 시마즈 님에게는 다른 묘안이라도 있다는 말씀이오?"

시마즈 토요히사는 날카롭게 시마 사콘을 일별했을 뿐 그에게는 대답하지 않았다.

"지금까지 우리 정보는 그야말로 언어도단言語道斷입니다."

"언어도단이라니요?"

미츠나리의 표정이 순식간에 굳어졌다. 말은 부드러웠으나 경우에 따라서는 용서치 않겠다는 기색이었다.

"우리는 당연히 나이다이진이 올 것을 예상하고 있었어야 했는데도 불구하고…… 어제까지만 해도 우에스기나 사타케와 싸울 것이라 믿고 있었소. 어리석기 짝이 없는 일! 보기 좋게 나이다이진에게 허를 찔린 것입니다."

이번에는 미츠나리가 대답하지 않았다. 사실은 미츠나리도 동군의 장수들이 아카사카까지 와서 무언가를 은근히 기다리는 기색임을 알지 못했을 정도로 둔감하지는 않았다. 그러나 그러한 말을 입 밖에 낼 수는 없었다.

"이에야스가 온다……"

이렇게 말하면 그렇지 않아도 보조가 맞지 않는 서군 장수들의 속셈이 어떤 형태로 표면화될지…… 두려웠던 것이다.

"전투에서 작전은 적의 기선을 제압하는 데 있다고 우리는 늘 명심해왔소. 그런데 이 기선을 보기 좋게 나이다이진에게 제압당하고 말았소. 지금 선수를 되찾지 못한다면 전군의 사기에 큰 영향을 끼친다고 생각하는데 어떻게 보십니까?"

"그렇다면 귀하의 생각은?"

"야습입니다. 오늘 밤 안으로 야습을 감행하여 나이다이진을 이 전쟁터에서 몰아낸다…… 이것말고는 선수를 되찾을 방법이 없어요."

토요히사는 시선을 미츠나리의 이마에 못박고 다그치듯 말했다.

3

미츠나리는 곧바로 대답하지 않았다. 가능한 일이라면 미츠나리로서도 야습에 반대할 리 없었다.

시마즈 토요히사의 과감한 제안에 과연 서군 장수들이 동의할 정도로 격렬한 전의를 나타낼 것인지……?

무엇보다 미츠나리가 의외로 생각하는 것은, 어떤 일이 있어도 모리 테루모토를 이 전쟁터에 끌어들이겠다고 장담한 에케이가 나츠카 마사이에와 함께 난구산에 진을 치고 기회주의적인 태도를 취하기 시작한 일이었다.

에케이가 몸을 사리기 시작했다면 당연히 그 배후에서 킷카와 히로이에나 테루모토의 대리로 출진해 있는 모리 히데모토의 뜻이 작용하고 있다고 생각할 수밖에 없었다. 그뿐 아니라, 나츠카 마사이에가 에케이와 접근하고 있는 것은 오사카에 있는 마시타 나가모리의 내통 운운하는 소문과도 관련 있다는 생각을 떨쳐버릴 수 없었다.

코바야카와 히데아키를 믿지 못해 처음부터 제외시킨다면, 지금 미츠나리와 같이 물불을 가리지 않고 싸우리라고 기대할 수 있는 사람은 오타니 요시츠구말고는 우키타 히데이에와 코니시 유키나가 정도라 해도 좋았다.

이런 상황에서 어떻게 야습을 감행할 수 있을 것인가. 시마즈 토요히사의 헌책은 눈물이 날 만큼 고마웠으나 미츠나리로서는 그에 부응할 자신이 없었다……

"어떻습니까. 나이다이진은 오늘 도착했을 뿐이고, 다른 군사들도 전초전을 치른 뒤여서 방심하고 있을 것입니다. 그렇다면 오늘 밤이 선수를 뺏기 위한 절호의 기회라 생각합니다마는."

토요히사가 다시 낯을 찌푸리고 말했다.

"지나친 조바심이오."

또다시 시마 사콘이 입을 열었다.

"아니, 선수를 빼앗을 절호의 기회인데 조바심이란 말이오?"

"그렇소. 원래 기습이란 소수로써 다수에 대항할 때 쓰는 부득이한 수단. 지금 우리는 동군을 능가하는 병력을 보유하고 있소. 그렇거늘 무엇 때문에 기습하여 위험을 자초한다는 말이오?"

"무슨 말씀을 하시는 거요!"

토요히사는 이마에 핏대를 세웠다.

"우리도 전술을 모르는 사람은 아니오. 여기 오기까지 충분히 적정을 정찰하기도 했소. 오늘 저녁의 소규모 전투 후 적은 일단 마음을 놓고 느긋하게 휴식하고 있다는 것을 알고 있어 하는 말이오. 지금 당장 야습을 감행하면 오카야마에 있는 나이다이진 본진은 순식간에 벌집을 쑤셔놓은 듯이 큰 혼란에 빠집니다. 재고하시기 바랍니다."

토요히사는 말하면서 다시 시마 사콘을 무시하고 미츠나리에게 대들려는 듯한 시선을 보냈다.

미츠나리는 점잖게 고개를 끄덕였다.

"귀하의 충정은 마음깊이 스며듭니다. 그러나……"

입을 열면서 저도 모르게 눈물이 흐를 것 같았다.

이미 처음 결의대로 누가 편을 들지 않더라도 미츠나리만은 결단코 사나이의 고집을 관철시키려고 결심했다. 그러나 무의식중에 인정이란 바람에 흔들렸다.

'타이코가 살아 계셨더라면 나도 큐슈를 다스리며 좀더 큰 위력을 발휘할 수 있었을 텐데……'

"일단 작전회의에서 결정을 보아 각각 배치를 끝냈는데…… 지금 명령이 바뀐다면 도리어 불만을 터뜨리는 자가 나올 것이므로 오늘 밤 야습은……"

미츠나리는 토요히사로부터 고개를 돌렸다.

4

미츠나리의 심상치 않은 표정을 깨닫고 토요히사는 깜짝 놀라 다음 말을 삼켰다.

미츠나리는 야습의 성공을 위태롭게 보고 있는 듯. 그렇다면 시마즈 군사만으로 결행할 것인데 그래도 좋겠느냐고 다짐을 받으려다…… 싸늘한 이성의 제지를 받았다.

'미츠나리는 지휘자로서 자신의 명령이 이행되지 않을 것을 두려워 하고 있다.'

그렇다면 시마즈 군만이 불덩어리가 된다는 것은 도리어 우스운 일. 야습으로 적을 교란시킨다 해도 뒤따르는 자가 없다면 그 다음에는 어떻게도 할 수 없다.

"그러면 모든 것을 내일의 야전에 거시겠습니까?"

"그렇게 결정하고 이미 배치가 끝났으니…… 어쨌든 시마즈 님의 전의는 훌륭하오! 이 미츠나리는 깊이 감동했소이다."

토요히사는 그 다음 말은 듣고 있지 않았다.

"그럼, 이만 돌아가겠소!"

시마즈 토요히사는 흘끗 시마 사콘을 노려보고 전신에 불만을 드러내며 사라졌다.

"주군!"

잠시 후 사콘이 나직이 웃었다.

"좋은 기회를 놓쳤다고 생각하십니까?"

"그대는 어떻게 생각하나?"

"과연 시마즈! 그 정도의 아군이 일만 명만 있다면…… 그것이 안타깝습니다."

미츠나리는 손을 내저으며 사콘을 제지했다.

"그대도 야습을 하고 싶었겠지?"

"그렇습니다!"

"내일은, 내일은…… 날씨가 갤까?"

"개지 않으면 안 됩니다. 날씨가 좋으면 승리! 그 밖의 일은 생각하지 마십시오."

"아니, 나는 전혀 걱정하지 않아. 나는 내가 믿는 일에 목숨을 걸 뿐이야."

시마 사콘은 다시 한 번 나직이 웃고 등잔에 기름을 부었다.

"인간이란 원래 겁이 많은 모양입니다."

"정말 그래."

"그런 주제에 탐욕스럽고…… 그 욕심에 고집이란 테를 둘렀을 때는 아주 강해집니다."

"하하하…… 그런데 말이야, 그 고집이란 테가 점점 느슨해지는 것만 같아."

"큰 욕심보다는 우선 몸의 안전을…… 물론 이것도 욕심의 하나임에는 틀림없습니다마는. 참, 야규 세키슈사이柳生石舟齋가 재미있는 서신을 보내왔습니다."

"야규 타지마柳生但馬는 이에야스 쪽에서 일하고 있다고?"

"아니, 야규 세키슈사이에게는 세상에서 흔히 말하는 적과 아군이라는 개념이 없습니다. 드디어 결전의 날이 다가왔는데 지는 경우에는 잘 부탁한다고 했습니다."

"뭐, 지는 경우에는……?"

"예. 그 대신 이기면 자기가 맡겠다고. 그 사나이는 욕심보다 고집이 앞서 있습니다. 말하자면 주군도 그런 분의 하나입니다만……"

"욕심보다도 고집이란 말인가……?"

"예. 그 고집 또한 일종의 욕심인지도 모릅니다마는."

이때 노신 마이 효고가 들어왔다.

"준비가 끝났습니다. 즉시 출발을."

"좋아. 그럼, 우선 사쿠베에부터 먼저 가게."

이 말에 미츠나리와 같은 복장을 하고 그 자리에 있던 우지이에 사쿠베에氏家作兵衛가 목례를 하고 방을 나섰다. 말할 나위도 없이 미츠나리의 카게무샤影武者°……

성안 여기저기서 떠들썩한 인마 소리가 나면서 시끄러워졌다.

5

오사카를 떠나 이곳 오가키에 온 뒤 미츠나리의 심경은 몇 번이나 변했다. 아니, 변했다기보다 봄날의 새싹처럼 쑥쑥 자랐다……고 표현하는 편이 정확할지 모른다.

처음에는 잘 읽을 수 없던 사람들의 마음이 지금은 확실하게 자기 거울에 비쳐졌다.

그는 지난날 우에스기 가문의 나오에 야마시로노카미, 모리 가문과 인연 있는 안코쿠지 에케이 두 사람만 장악하면 충분히 이에야스를 당황하게 할 수 있다고 믿었다. 그리고 이 두 사람을 장악하기 위해서는 우선 오타니 요시츠구를 끌어들이는 것이 중요하다고 생각하고 이를 실행했다. 오타니 요시츠구만은 아직 그의 신뢰를 배신하지 않았다. 그러나 다른 인물은 모두 그의 생각과는 달랐다.

그에게 '인물'을 알아보는 눈이 없었다고 하면 그만이겠으나…… 처음에 그는 제후들에게 이렇게 호언장담했다.

"열 명의 이에야스가 온다고 해도 그 자리에서 물리치겠다."

이렇게 말한 것은 결코 단순한 선전만이 아니었다. 인간이란 욕망 앞에서는 어린아이처럼 무력한 것…… 이런 인간관人間觀에 입각하면 이에야스의 조롱鳥籠에 있는 미끼보다 자신의 미끼가 몇 배 더 매력 있는 고급스러운 것.

우에스기에게는 칸토 8주를 미끼로 던지고, 모리에게는 싯세이執政°의 미끼를 던진다. 부교들은 오타니 요시츠구가 감시하도록 하고, 오다 히데노부는 미노와 오와리 두 영지를 미끼로 던져 낚는다. 코니시 유키나가에게는 카토 키요마사라는 숙적이 있고, 우키타 히데이에에게는 킨키近畿에 침범, 영지를 갖겠다는 꿈이 있다.

미츠나리 자신만 노골적으로 야심을 드러내지 않는다면 모두를 충

분히 조종할 수 있다는 계산······

그런데 뚜껑을 열고 보니 그 계산은 차차 무너져갔다. 인간이 욕망 이외의 것으로 움직이기 때문이 아니라, 그 욕망의 규모가 그의 상상을 배신했다. 그가 생각하고 있던 만큼 인간은 욕망 때문에 큰 위험을 시도하는 생물이 아니었다.

미끼에 낚이는 약점은 모두 가지고 있으면서도 모험 앞에서는 그야 말로 겁쟁이 그 자체였다. 그가 이러한 자기 계산의 잘못을 깨닫게 된 것은 지난 10일경이었다······

이미 적은 아카사카까지 진출했으면서도 가만히 멈춘 채 움직임을 자제하고 있었다.

그는 이러한 적의 태도를 거꾸로 해석하여, 그들이 오가키 성을 공격하지 않고 대번에 자신의 본거지인 사와야마 성으로 향할 것이라 착각하고 급히 사와야마 성으로 밀행했다.

적은 여전히 움직이지 않았다. 그때 사와야마에서 느낀 소름끼치는 공포는 아직도 그의 뇌리에 박혀 있었다.

'이에야스에게 속았다!'

그들은 이에야스의 도착을 기다리고 있다! 이 사실을 깨달았을 때는 솔직히 온몸의 털이 곤두섰다.

이에야스가 온다는 것은 우에스기 카게카츠가 예상과는 달리 그가 던진 미끼에 걸려들지 않았다는 증거······

그 공포 이후 미츠나리는 한 가지 사실을 깨달았다. 그러나 이 깨달음은 그에게 밝은 길을 걷도록 방향을 돌리게 하는 것이 아니었다. 오히려 그의 과오가 이 세상에서는 고칠 수 없는, 인간으로서 가장 큰 과오였다고 깨우쳐주는 절망의 깨달음이었다······

지금 미츠나리는 카게무샤를 먼저 보내고 다시 한 번 그 일을 천천히 반추하고 있었다······

6

'우에스기 카게카츠는 미끼에 걸리지 않고, 모리 테루모토는 자신의 안전을 위해 성에서 나오려 하지 않는다……'

어째서 그런 것일까?

자신이 던진 미끼의 매력이 그들에게 모험을 강요할 만한 값어치가 없어진 원인은 어디에 있을까……?

처음에는 모두 용기백배하여 일어섰던 그들이 아닌가……

미츠나리가 단지 범속한 야심가였다면, 자기와 이에야스의 차이가 이렇게 만든 것이라고 간단히 해석했을 터. 그렇다면 미츠나리는 평범하고 어리석은 자 이상의 경거망동하는 자로 전락한다. 처음부터 이에야스 전력의 우세함을 잘 알면서 시도한 일이었다……

미츠나리가 슬픈 깨달음을 얻은 것은 그 순간이었다.

'나는 인간을 너무 우습게 여긴 게 아닐까……?'

이 의문은 의문인 동시에 뼈아픈 반성이기도 했다.

그는 인간이란 미끼로 움직이는 것이라 냉엄하게 계산하고 마음으로부터 상대를 존중한 일이 없다는 사실을 깨달았다……

'히데요리는?'

타이코의 유아로서 사랑스럽기는 하다. 연민을 느끼고 동정은 하고 있으나, 더없이 소중한 존재라고는 믿어지지 않았다.

'요도 부인은……?'

현명하고 기질이 강한 하나의 여성에 지나지 않는다. 그녀의 눈에는 나도 오노 슈리와 같은 남자로 보일 터.

이렇게 생각을 더듬어나가는데, 우에스기 카게카츠도 모리 테루모토도 결코 제1급 인물로는 보이지 않았다. 우키타와 코시니에 이르러서는 단지 이용가치밖에 없는 흔해빠진 인간……으로만 생각되었다.

신의가 두터운 오타니 요시츠구의 성품만은 남몰래 존경하고 있었고, 시마즈 요시히로의 전투력에는 더 없는 경외심을 품고 있었다.

가만히 생각해보면 몇 안 되는 그 존경할 만한 인물만이 지금도 자기를 진심으로 떠받치고 있다는 사실을 깨달았다…… 곧, 그가 믿고 있던 사람들은 그를 돕고, 그가 마음으로 멸시한 자들은 모조리 그를 배신하고 있다는 사실을 깨달았다……

'내가 큰 과오를 저지르고 있는 모양이다……'

사람에게는 모두 저마다의 장점이 있다. 거기에 눈이 미치지 못하여 남의 단점과 자신의 장점을 비교하는 데서 상대에 대한 불신과 멸시를 키워나갔다면……?

이런 생각을 하는 미츠나리의 눈에 떠오르는 것은 일곱 장수에게 쫓겨 후시미 성으로 도망쳐들어갔을 때 이에야스가 보인 태도였다.

'그래, 그때 이에야스는 진심으로 나를 감싸며 일곱 장수를 꾸짖었다……'

그 꾸중을 들은 일곱 장수가 지금은 앞장서서 이에야스를 위해 일하고 있다……

미츠나리는 깜짝 놀라 스스로를 부끄러워했다.

모리 테루모토에게도 우에스기 카게카츠에게도 그는 사람을 개입시켜 책략을 부리고 있었을 뿐, 직접 만나 진정을 털어놓지는 않았다. 오타니 요시츠구에게 그랬던 것처럼 어째서 그들을 존중하면서 설득하려 하지 않았던 것일까……

이러한 미츠나리의 태도가 오늘날 그들에게 자신의 실력을 의심하게 만들어 몸을 도사리게 한 최대의 원인이 되어 있지 않은가……

'신뢰를 얻지 못하면 배신을 당한다……'

미츠나리가 이러한 사실을 깨달았을 때 이미 주위의 사정은 무서운 결빙 상태에 들어가 있었다……

7

미츠나리의 성장은 동시에 지금까지 그가 가졌던 신념을 뿌리째 뒤
흔들어놓는 바람이 되었다. 지난날 그는 자신의 재치를 예지라 자랑하
고, 자신의 책략을 파탄이 없는 현명하고 치밀한 의지의 발로라 자부하
고 있었다. 그런데 자신의 내부적 성장이 그 가치 판단의 기준을 크게
뒤바꾸고 말았다.

그는 인간으로서 너무 미숙했다. 인간이라면 누구나 가지고 있는 장
점을 살리도록 하여 활용했어야 하는데 멸시하여 이를 막아버리는 불
신의 길을 걷고 말았다. 그가 이를 깨닫고 급히 마시타 나가모리에게
진정을 토로한 장문의 서신을 보낸 것은 이에야스가 나타나기 이틀 전
인 9월 12일의 일이었다.

그 서신은 나가모리에게 전해지지 않고 동군의 손에 넘어갔다──그
는 이 서신에서 자신의 가식을 버렸다.

솔직하게 오가키 성의 혼란을 전하고, 나츠카 마사이에도 안코쿠지
에케이도 난구산에 머물면서 싸우려 하기보다는 자기 몸의 안전만 도
모하고 있다고 썼다. 지금까지의 도도하던 태도를 버리고, 아군은 적을
두려워하고 있으며, 논에 나가 군량을 베어와야 할 터인데도 그렇게 하
지 않아 일일이 오미에서 쌀을 가져오고 있다고도 했다.

적의 처자(인질)를 다섯, 아니 셋만 처형했더라도 아군의 사기는 다
져져 적에게 내응할 생각을 하는 자가 나타나지 않았을 터. 오즈의 쿄
고쿠 타카츠구의 경우는 동생이 동군에서 활동하고 있으므로 엄벌에
처하지 않으면 군기가 문란해질 것이라고 넋두리하고, 또 코바야카와
히데아키의 진퇴를 우려한 나머지 나가모리 자신도 이미 가진 금은과
쌀을 모두 토해내야 할 마지막 때라는 말도 썼다.

의지할 수 있는 것은 우키타 히데이에와 시마즈 요시히로, 코니시 셋

츠노카미 정도이고, 이대로 가면 아군 안에 반드시 '의외의 일(내응자)'이 생길 것은 뻔한 일이라고도 썼다. 미츠나리의 서신 중에서 이처럼 적나라하게 자기 고뇌를 고백한 것은 달리 없을 터.

'실패였다!'

분명히 깨닫고 있으면서도 뜻을 바꿀 수도, 화의를 도모할 수도 없게 된 절박한 비극에 빠진 인간의 고뇌가 아무것도 모르고 싸울 수 있는 자의 몇 배에 달한다는 사실이 구구절절 나타나 있었다. 물론 그 서신에서도 마지막에는 모리 테루모토의 출진을 촉구했다. 그러나 테루모토가 올 것으로는 생각지 않고, 나가모리가 이 서신을 읽고 미츠나리와 생사를 같이할 마음을 굳힐 것으로도 생각지 않았다. 그저 무언가를 쓰지 않고는 견딜 수 없었다……

그로부터 이틀 후인 오늘 미츠나리는 마침내 이에야스를 눈앞에 맞이했다……

'전투에는 마음을 비우고 임하겠다.'

미츠나리는 촛대의 불똥 자르는 것도 잊어버리고 가부좌를 틀고 앉은 채 미동도 하지 않았다. 지금은 승리도 패배도 생각 밖이었다. 다만 최후의 일각까지 자라고 바뀔 자신의 성장 결과를 확인하고 싶을 뿐이었다.

'누가 어떻게 싸우는가?'

이에 대해서도 미츠나리는 제삼자의 입장에서 흥미 있었다. 이에야스가 어떻게 공격하고 도요토미 가문의 은혜를 입은 장수들이 어떻게 움직이는가도 보고 싶었다. 누가 내응하고, 누가 망설이며, 누가 용감하게 싸우는가? 그러한 것들은 이미 어떻게 이길 것이냐 하는 것에만 마음을 기울였던 지난날의 집념과는 크게 거리를 둔 해탈자의 객관으로 변하고 있었다. 그 가운데서 단 하나—

"이 싸움은 인간관人間觀의 싸움이었다. 남을 멸시한 자신과 남을 활용할 줄 알았던 이에야스의……"

미츠나리로서는 부끄럽기 짝이 없는 뉘우침……

8

오가키 성 안은 차차 조용해졌다. 가을비가 쓸쓸히 처마를 적시며 내리기 시작했다.

장수들은 거의 성에서 나간 듯. 아마도 횃불도 들지 않고 말에 재갈을 물린 밤의 이동은 이 비 때문에 더욱 어려움을 겪을 것이었다. 세키가하라 부근의 도로는 그렇게 진흙탕이 되지 않겠지만, 새로운 야진野陣은 그대로 진흙밭이 될 우려가 있었다.

'비마저도 나를 버리는가……'

미츠나리는 문득 처마에서 떨어지는 빗소리에 귀를 기울이는 자신을 조롱했다. 어느 틈에 공포도 초조도 사라지고 스스로도 이상하게 여겨질 정도로 비장감에서 벗어나 있었다. 저녁 무렵부터 이 성에서 결정한 내일의 전투에 대한 작전이 남의 일처럼 확실하게 떠올랐다.

이에야스는 굳이 진로를 비밀에 부치려 하지 않았다. 그는 미츠나리쪽의 저항 여하에 관계없이 세키가하라를 그대로 지나 서쪽으로 진로를 잡으려 하고 있었다.

이에 대한 서군의 대비책은 그들의 진로를 막아 우선 처음에는 남북에서, 다음에는 동서에서 이중으로 협공하는 것. 이러한 미츠나리 쪽의 포진에는 전혀 결함이 없어 보인다.

문제는 그 결함 없는 포진이 그대로 차질 없이 실행되어 훌륭하게 싸워나갈 수 있을까 하는 데 달려 있었다. 만약 일사불란하게 이루어진다면 내일 밤에는 피아간의 상황이 역전되어 있을 터.

이에야스 쪽 선봉은 오세키大關와 야마나카山中 사이에서 섬멸된다. 남쪽에서 코바야카와 군과 오타니 요시츠구의 부장들에게 진로가 차단되고, 북쪽으로부터는 오타니, 우키타, 코니시, 시마즈, 이시다 등이 잇따라 급습을 감행한다. 그러면 진로가 막힌 이에야스 군은 그만 정상적인 진격을 단념하고 물러가는 수밖에 없다. 그러나 이때는 보기 좋게 퇴로가 차단되어 있을 것이다.

적을 세키가하라에 유인하여, 난구산에서 타루이와 후츄府中의 선을 따라 모리 히데모토를 비롯하여 킷카와, 에케이, 쵸소카베 등이 대군을 이끌고 공격하면 이에야스 군은 완전히 독 안에 든 쥐가 된다.

이번에는 동서에서 총공격을 가한다. 병력에는 부족함이 없다. 사기 여하에 따라서는 내일 밤쯤에는 이미 이에야스는 이 세상에서 사라질 것이다……는 작전이었다.

동군의 총 병력은 7만 5,000으로 추산되고 있으나, 서군은 집계된 것만도 10만 8,000이 넘는다. 따라서 사기가 엇비슷하다고 하면 개가는 당연히 미츠나리가 올리게 될 터.

미츠나리는 다시 웃었다.

'후세의 역사가는 무어라고 기록할까……?'

아마도 천하를 가름하는 큰 전투라고 기록할 것이다. 병력만 보아도 문자 그대로 전례가 없는 대규모다.

'그러나……'

미츠나리는 고개를 내저었다. 결과를 생각해서는 안 되는 것……

미츠나리는 시동을 불러 오가키 성에 7,500의 병력을 거느리고 남아 있기로 한 후쿠하라 나가타카福原長堯를 불러오게 했다.

나가타카가 왔을 때.

"비가 점점 거세지는 모양인데, 장수들의 출발은 끝났나?"

이렇게 물으면서 자신의 마음이 차차 맑아짐을 깨달았다.

9

결국 인간은 죽는 순간까지 무언가를 하나씩 배우며 성장하고, 성장하면서 배워나가는 모양이다. 다만 반드시 필요할 때만 성장하는 것은 아니라는 기이한 면이 있었다.

지금 미츠나리는 자신이 일이 있을 때마다 이에야스를 적대시하고 반항했던 것과는 전혀 다른 경지에 들어 있었다. 병력이나 술책을 그대로 '힘'이라 믿고 행동한 어리석은 자신의 과거를 스스로 가엾게 여기고 있었다.

현재 그가 아군으로 치는 10만 8,000명이, 만약 사기에서 이에야스 쪽 절반에도 미치지 못한다면, 단지 전력의 반감만이 아니었다. 인간이 일으키는 소요와 불편의 싹 10만 8,000, 귀한 식량 10만 8,000명분을 소비하는 5만 4,000이 된다…… 아니, 5만 4,000명분의 힘밖에 갖지 못한 인간 10만 8,000명이 모이면 그 불평과 욕망 때문에 생기는 소요는 걷잡을 수 없을 만큼 방대한 것으로 자라난다.

과거의 미츠나리는 이런 계산을 하지 못했다.

그는 질을 택하지 않고 인간 자체를 존중하지 않았으며 오직 술책으로만 사람을 모아들였다. 그런 의미에서 그의 희망은 달성되었다.

적군 7만 5,000에 대해 아군 10만 8,000……

이 가운데 진정으로 믿을 수 있는 병력은 얼마나 될 것인가……?

이에 대한 계산은 이미 죽은 자식의 나이를 세는 것 이상으로 어리석은 일이었다.

미츠나리는 후쿠하라 나가타카의 표정에도 내일의 전투에 대한 불안감이 떠오른 것을 보았다.

"이 비는 아침에는 갤 비야."

그래서 미소를 띠고 말하지 않을 수 없었다.

"이동 중에 고생스럽기는 하겠지만."

"예. 저도 날씨가 갤 것이라 생각합니다. 비가 개지 않아 적의 진공이 늦어지면 우리 고생이 더 심해질 뿐입니다."

"모두 성에서 출발하기는 했겠지?"

"그렇습니다. 우선 이시다 군, 그 다음 시마즈 군, 이어서 코니시 군, 그리고 우키타 군의 순서로 성을 출발했습니다. 아직까지는 비가 그리 심하지 않기 때문에……"

"그렇다면 안심이 되는군. 그럼, 나도 출발하겠어."

"하지만 이 빗속에……"

나가타카는 미츠나리가 비를 피하다가 새벽에 떠날 거라 생각했던 모양이었다.

"이미 침소 준비는 끝냈습니다마는."

그는 작은 소리로 말했다.

"후쿠하라."

미츠나리는 여전히 미소를 지우지 않고 말했다.

"이 미츠나리가 미덥지 못한 사람이었겠지, 지금까지는?"

"예? 그게 무슨 말씀입니까?"

"알아듣지 못했다면 그것으로 좋아. 그러나 오늘은 모두에게 마지막으로 사과를 하러 다녀야겠어."

"사과…… 말씀입니까?"

"사과…… 그래. 다른 말로 하면 독전督戰…… 좌우간 장수들의 진지로 찾아가 이에야스가 세키가하라에 와서 횃불을 올리면 지체 없이 공격하도록 부탁하는 것이 내 역할이야."

미츠나리가 한 이 말의 뜻이 후쿠하라 나가카타에게 그대로 통한 것 같지는 않았다.

미츠나리는 이미 나츠카 마사이에와 안코쿠지 에케이를 만나고 왔

192

다. 따라서 이제부터 찾아가려는 것은 코바야카와 히데아키와 오타니 요시츠구의 진영이었다.

'새삼스럽게 무엇 때문에⋯⋯?'

그러한 나가타카의 시선을 받으면서 미츠나리는 자리에서 일어나 가을비 속으로 묵묵히 말을 몰았다⋯⋯

동군의 진격

1

코바야카와 히데아키의 진영을 찾아간 이시다 미츠나리는 히데아키의 노신 히라오카 요리카츠와 만나 내일의 전략을 고하고, 봉화를 신호로 동군의 앞뒤를 치도록 굳게 약속했다. 그리고 야마나카 마을에 있는 오타니 요시츠구의 야진野陣으로 향할 무렵에야 겨우 빗줄기는 가늘어지기 시작했다.

이미 자시子時(오후 12시)가 지났으나 오가키를 떠난 군사들은 아직 행진 중이었다. 맨 먼저 오가키를 출발해 홋코쿠 가도를 따라 코세키 마을로 향한 이시다 군이 아홉 점 반(오전 1시)에 세키가하라 역참을 지나 진지에 도착했을 때는 여덟 점 반(오전 3시)이 되어 있었다.

미츠나리 자신은 코세키 마을 북쪽 사사오笹尾에 진을 쳤는데, 그 오른쪽에는 오다 노부타카織田信高, 이토 모리마사, 키시다 타다우지岸田忠氏, 그리고 히데요리 휘하인 황색 호로母衣° 무리가 늘어서고, 시마 사콘과 가모 빗츄는 이들 장수들의 전위로 울타리 전면에 활과 총포 부대와 함께 매복했다.

다시 그 오른쪽 1정 반쯤 되는 곳에 시마즈 부대가 있었는데, 그들이 코이케 마을에서 동남쪽을 향해 진을 친 것은 일곱 점(오전 4시)이 지나서였다.

코니시 유키나가 군은 시마즈 군과 오른쪽으로 접하여 테라타니가와寺谷川를 바라보고 텐마야마 북쪽 기슭을 배경으로 하여 시마즈 부대와 전후하여 배치를 끝냈다. 그 오른쪽의 우키타 군과 오타니 군은 나카센도를 확보해야 하는 중요한 임무 때문에 날이 밝을 때까지 부산스런 인마의 움직임이 그치지 않았다.

와키자카 야스하루脇坂安治, 쿠츠키 모토츠나朽木元綱, 오가와 스케타다小川祐忠, 아카자 나오야스赤座直保 등은 그 병력을 오타니의 진지와 나카센도 사이에 있는 평야에 배치했다. 이는 코바야카와 히데아키의 배신에 대비하기 위해서라는 것은 이미 기록한 바 있다. 오가키로부터 가장 멀리 떨어진 진지로 거리는 약 40리.

그동안 성을 나올 때부터 내리기 시작한 비가 진지에 도착할 때까지도 그치지 않았기 때문에, 적의 눈에 띄지 않으려는 심야의 진군은 이루 말할 수 없을 만큼 어려웠다.

음력 9월 15일…… 밤새 싸늘한 가을비를 맞아 새벽 추위가 더욱 살을 파고들었다. 그러나 뜻밖에도 사기는 왕성했다. 전군이 서둘러 오가키 성에서 나온 것은 성안에 배신자가 생길 것 같은 분위기 때문이 아니었을까…… 이렇게 억측하는 자도 없지 않았으나 대부분은 승리를 확신하여 활기에 넘쳐 있었다.

밤중에 포진을 끝내고 펼쳐놓은 그물 안으로 들어오는 적을 포획하여 섬멸한다……는 작전을 모두가 납득했을 뿐 아니라, 아군이 동군보다 3만 이상 많다는 안도감이 그들에게 용기를 북돋고 있었다.

그러나저러나 비는 서군에게 어디까지나 짓궂기만 한 선물이었다. 그들이 겨우 진지에 당도하여 시름을 놓았을 때 비가 그치기는 했으나,

이는 동군의 진출을 돕는 결과가 되었다.

이에야스는 오카야마 진지에서 비 그치는 소리에 잠에서 깨었다. 아니, 빗소리가 그친 뒤의 정적이 오랜만에 전쟁터에 나온 노장의 잠을 깨웠다.

이에야스는 일어나 머리맡의 지도에 손을 뻗으며 귀를 기울였다. 어젯밤 작전회의의 결정에 따라 이미 전군은 움직이고 있었다.

성큼성큼 망대에 나가보니 여기저기 모닥불이 밝혀져 있고, 끌려나온 말 울음소리가 아직도 덜 밝은 어둠 속에서 들려오고 있었다. 그 소리에 59세인 이에야스의 피가 젊은이처럼 용솟음쳤다.

"변변치 못하게!"

이에야스는 쓸쓸히 웃고는 다시 지도 앞으로 돌아왔다.

2

어렸을 적부터 수없이 많은 전투를 경험해왔기 때문에, 전투는 저주스럽고, 그래서 피해야 한다는 생각은 하고 있었다. 그러나 전쟁터에 서면 새로운 흥분이 전신에 넘친다.

'도대체 어찌된 일일까……?'

솔직히 키요스 성에 도착했을 때 이에야스는 건강에 전혀 자신이 없었다. 그의 의학 지식으로는, 오는 동안 가마에서 흔들린 탓이었을 터이지만, 중풍에 걸린 것 같아 견딜 수 없었다.

뚱뚱한 몸집이 여기저기 마비되어 몸 전체가 나른해지고 때로 혀가 굳어지는 것 같기도 했다. 키요스에 도착하여 새벽까지 장수들을 만나고 나서 자리에 들었을 때 아찔하게 현기증이 일었다.

'때가 왔구나!'

그 순간의 소름돋는 긴장을 이에야스는 지금도 분명히 기억하고 있다. 중풍이 발병하면 전신불수 아니면 반신불수가 된다. 그 때문에 혀가 움직이지 않게 되거나 증세가 더욱 좋지 않아 필담도 할 수 없게 되면 문자 그대로 폐인.

10년 전의 이에야스였다면 아마 그날 밤 당황하여 큰 소리로 사람을 불렀을 터였다. 그러나 지금의 이에야스는 자기 자신도 놀랄 만큼 당황하지 않았다.

'모든 것을 신불에게 맡겼다!'

이제 인간으로서 할 일은 다했다. 그러나 그 이상의 어떤 것이 크게 인간을 지배하고 있다…… 타케다 신겐은 미카타가하라三方ヶ原에서 나에게 크게 이긴 뒤 어째서 후에후키가와笛吹川 기슭에서 쓰러져야만 했을까? 이런 일은 다른 사람에게서만 일어나지 않는다. 언젠가 한 번은 나에게도 찾아온다.

'찾아올 때는 찾아오는 대로 최선을 다할 것……'

이런 각오가 언제부터인지 모르게 마음속에 자리잡고 있었던 듯.

'때가 왔구나!'

이런 생각과 함께 움직이지 않고 안정된 상태를 유지했다.

히데타다는 다른 길로 오고 있으나, 그 동생인 타다요시忠吉˚는 지금 자기 곁에 함께 있다. 반신불수 정도라면 충분히 지휘할 수 있다.

스스로 이런 계산을 하면서 아무에게도 말하지 않고 이타사카 보쿠사이만을 불러 자신이 처방한 만병원萬病圓을 먹고 쉬었다. 만약 이때 당황하여 소동을 벌였다면 피로해진 혈관이 터져 그야말로 큰일을 앞두고 일어나지도 못했을지 모른다. 그토록 냉정한 이에야스였으나 전쟁터에 서면 전혀 새로운 흥분이 되살아나고는 했다.

어제 저녁에도 그는 장수들과 술잔을 나누면서 나카무라 군과 시마사콘 등의 첫 접전을 관전하고 있었다.

조망하듯 관전하고 있으면 군사의 움직임보다 거기서 소용돌이치는 분위기를, 승패도 사기도 전략의 잘잘못도 손에 쥘듯이 알 수 있었다. 이상한 일이다.

나카무라 군의 나카무라 카즈사카는 이에야스에게 와 있었기 때문에 카즈우지가 지휘하고 있었다. 그가 시마 사콘의 유인에 넘어가 깊숙이 들어가기 시작했다.

"위험하다…… 빨리 물러나도록 하라. 지금까지의 전투는 훌륭했다. 더 이상 깊이 들어가면 안 된다……"

혼다 타다카츠를 보내 카즈우지에게 군사를 후퇴케 했다. 사실 이에야스가 이처럼 진막 2층에서 관전하지 않았다면 나카무라 군의 희생은 3배나 5배에 달했을 터였다. 전쟁터에 서면 이에야스의 육감은 이성을 초월해 움직이기 시작한다.

'오늘은 아군에게 활기가 있다……'

3

이에야스는 지도를 들여다보면서 오카치와 오이에라는 두 시녀가 들고 온 식사를 끝낸 뒤 곧바로 갑옷을 입고 진막을 나갔다. 진막 앞에는 검정색 시한四半°에 금색으로 '오五' 자를 새긴 하타사시모노旗差物°를 꽂은 츠카이반使番°들이 말 머리를 나란히 하고 기다리고 있었다.

이 츠카이반이 전쟁터에서는 중요한 기능을 한다. 각각 이에야스의 명령을 받고 말을 달려 앞서나간 부대에게 그 명령을 전하는 역할로, 때로는 통신대가 되고 때로는 참모가 되며 때로는 이에야스의 정찰대라는 기능을 담당했다. 그런 만큼 신중한 인선을 거쳐 선발한 우수한 자들이었다.

안도 나오츠구安藤直次, 나루세 마사나리成瀬正成, 죠 오리베城織部, 하지카노 덴에몬初鹿野傳右衛門, 요네자와 세이에몬米澤淸右衛門, 오구리 타다마사小栗忠政, 마키노 스케에몬牧野助右衛門, 핫토리 곤다유服部權太夫, 아베 하치로에몬阿部八郎右衛門, 오츠카 헤이에몬大塚平右衛門, 오쿠보 스케자에몬大久保助左衛門, 야마모토 신고자에몬山本新五左衛門, 요코타 진에몬横田甚右衛門, 오가사와라 지에몬小笠原治右衛門, 야마가미 고에몬山上郷右衛門, 카토 키자에몬加藤喜左衛門, 시마다 지헤에몬島田治兵衛, 니시오 토베에몬西尾藤兵衛, 나카자와 치카라中澤主税, 호사카 킨에몬保坂金右衛門, 사나다 오키노카미眞田隱岐守, 마미야 사에몬間宮左衛門, 오구리 츄자에몬小栗忠左衛門 등 23기가 이에야스의 수족이 될 츠카이반이었다.

모두 훗날 도쿠가와 가문의 초석이 되어 일한 사람들이다.

이에야스는 성큼성큼 그들 앞으로 걸어가 안도 나오츠구와 나루세 마사나리에게 가볍게 물었다.

"적의 배치는 이 지도와 달라진 것이 없겠지?"

세 사람은 모닥불 곁에 지도를 펼쳐놓고 꼼꼼하게 검토했다. 오가키 성을 떠난 서군 행선지를 척후를 내보내 빗속에서 낱낱이 확인시켜 기입했지만, 혹시 착오가 있으면 츠카이반이 이에야스의 명을 받고 나갔을 때 적진도 아군의 진지도 찾지 못하는 경우가 발생한다.

"틀림없습니다. 이대로입니다."

"좋아. 그렇다면 지금쯤은 각기 적을 추격하여 아오노가하라青野ヶ原로 출발했겠군."

어느 적을 누가 상대할지는 이미 지난밤 작전회의 때 합의되어 있었다. 따라서 본진 주위에 있던 야마노우치, 아리마, 토도, 쿄고쿠, 후쿠시마, 타나카 등이 선발로 나가고, 그 밖의 장수들도 속속 행동을 개시하고 있을 터. 날이 밝았을 때는 각각 적의 전면에 나가 있어 당장이라도 전투를 벌일 태세를 갖추고 있을 터였다.

"예. 실수 없이 연락도 했습니다."

"좋아. 그럼 말을 끌어오도록."

대화는 불과 몇 마디였다. 진막 안에는 아직 코쇼들조차 모습을 나타내지 않았다. 그들은 숙소로 돌아가 서둘러 갑옷으로 갈아입고 있을 것이었다.

이에야스는 말을 끌어오게 하여 뚱뚱한 몸으로 훌쩍 올라탔다. 그 모습에 나루세도 안도도 깜짝 놀랐다.

이에야스는 평상복인 코소데小袖° 위에 갑옷의 허리 부분만 입고 있었다. 그 위에 소매가 넓은 검정 하오리羽織°를 걸치고 색칠을 한 삿갓을 썼을 뿐인 가벼운 차림이 아닌가.

"아, 주군! 어디로 출전하시는 것입니까?"

당황하면서 나루세 마사나리가 물었다.

"적이 있는 쪽일세."

이에야스는 이렇게 말하고는 말을 달렸다.

어떤 하타모토旗本°가 소리쳤다.

"출전이다! 깃발! 창! 총포!"

이럴 때의 호흡은 30대 이에야스의 기백 그대로였다.

4

이에야스는 나카센도를 달리면서 타루이에 도착할 때까지 멈추려 하지 않았다. 기수가 먼저 따라오고 창을 든 군사들이 달려왔다.

이미 시각은 여덟 점 반(오전 3시)에 가까웠다. 이에야스는 다시 사방으로 츠카이반을 내보냈다. 말을 달리지 못하게 하고 정해진 위치에 도착해 거기서 날이 밝을 때까지 기다리라고 했다.

명령을 내렸을 때, 맨 우익으로 전진한 쿠로다 나가마사의 부대에서 케야 타케히사毛屋武久가 달려와, 홋코쿠 가도 오른쪽에 포진한 이시다 군 앞까지 진군을 끝냈다고 보고했다.

보고를 듣고 나서 이에야스가 말 위에서 물었다.

"어떤가, 그대가 보기에 적의 병력은?"

"적은……"

케야 타케히사는 가슴을 떡 펴고 대답했다.

"이만 내외라 보고 있습니다."

"뭐, 이만 내외……? 다른 사람들은 모두 십만에서 십사오만일 것이라고 하는데."

케야 타케히사는 횃불 속에서 빙긋이 웃었다.

"십만 이상이라 해도 산 위의 적이므로 평지 전투에는 도움이 되지 않습니다. 자기편이 불리하면 산에서 내려오지 않고 농성할 것입니다. 따라서 날이 밝는 것과 동시에 움직일 적은 고작 이만 내외……라고 생각합니다."

이에야스는 안장을 두드리며 웃었다.

"하하하…… 그 계산이 옳다. 이만과 칠만이라면 승리는 우리의 것. 어서 가자."

이에야스는 아직 누구에게도 말하지 않았으나, 타루이의 왼쪽 난구 산에 진을 치고 있는 킷카와 히로이에나 모리 히데모토의 군사는 섣불리 움직이지 않을 것이라 보고 있었다.

쿠로다 나가마사의 아버지 죠스이如水가—

"미츠나리 편을 들었다가는 모리 가문의 제사는 그칠 날이 없을 것이오."

킷카와 히로이에에게 자주 이런 말을 해왔고, 그래서 히로이에도 히데모토도 은밀히 이에야스에게 마음을 보내고 있음을 잘 알고 있었다. 그들은 테루모토의 이번 결정에 크게 불만을 품고 있었다.

그렇다고 이에 대한 대비를 게을리 하지는 않았다. 이케다 테루마사와 아사노 요시나가, 그리고 스루가, 토토우미, 미카와의 군사들로 하여금 철저히 감시하도록 해놓았다.

이미 이케다 테루마사도 아사노 요시마사도 타루이에 도착하여 진을 치고 있었다. 그러나 거리에는 아직 여러 부대의 군사가 서쪽을 향해 부산스럽게 움직이고 있었다.

이에야스가 다시 서쪽으로 나가 나카센도와 홋코쿠 가도가 교차하는 세키가하라 부근의 모모쿠바리야마桃配山에 도착했을 때는 서서히 날이 밝아오고 있었다.

이미 비는 그쳤다. 그러나 곧 심한 안개가 끼었다. 부근에 짙게 낀 안개는 가랑비라 해도 좋을 정도였다. 이마와 얼굴을 닦아도 곧 다시 젖었다.

본진이 결정된 뒤 이에야스는 곧바로 각 부대에 감찰관을 보냈다.

코바야카와 히데아키는 이미 이에야스 편에 설 것으로 보고 오쿠다이라 사다하루奧平貞治를 파견했다. 미츠나리 쪽으로서는 예상도 하지 못한 일이었을 터였다.

선봉 1번대 후쿠시마 마사노리 등의 진지에는 이타미 효고伊丹兵庫, 무라코시 나오요시, 카와무라 스케자에몬河村助左衛門을 보내고, 호소카와 등의 2번대에는 코사카 스케로쿠小坂助六, 아마코 쥬로尼子十郎, 이나쿠마 시게자에몬稻熊重左衛門, 카네마츠 마타시로兼松又四郎를 보냈으며, 이이 나오마사 등의 3번대에는 사쿠마 야스마사佐久間安政, 사쿠마 마고로쿠佐久間孫六, 후나코시 고로에몬舟越五郎衛門이 배속되었다. 이 감찰관은 츠카이반을 통해 전하는 이에야스의 명령이 어떻게 실행되는가를 엄하게 감시한다……

5

감찰관 배속이 정해졌을 무렵에는 본진 전열도 정비되어 있었다.

모모쿠바리야마에는 해가 그려진, 일곱 개의 금빛 살 부채에 은빛 키리사키切割°를 단 큰 우마지루시를 세우고, 그 앞에 겐지源氏°의 흰 깃발 열둘을 세웠다. 그리고 이에야스의 걸상 곁에는 네 폭 반의 흰 천에 '염리예토厭離穢土 흔구정토欣求淨土'란 여덟 자를 쓴 큰 기를 휘날리게 했다.

돌이켜보면 이 '염리예토 흔구정토'의 깃발을 처음 내건 것은 이에야스가 열아홉 살 때였다.

이마가와 요시모토今川義元의 선봉으로 오타카 성大高城에 있다가 요시모토가 덴가쿠하자마田樂狹間에서 쓰러진 뒤 비로소 오카자키의 땅을 밟고 다이쥬 사大樹寺로 피신했을 때.

"상심하셨을 것은 당연한 일이지만 여기서 무너지면 안 됩니다. 이 세상을 정토로 만들기 위해 용기를 내어 싸우십시오."

토요登譽 선사가 이렇게 말하면서 준 깃발에 이 여덟 글자가 있었다. 이에야스는 그것을 평생의 교훈으로 삼고 전쟁터에 임했다.

'과연 흔구정토의 전투가 될 것인가?'

이에야스가 싸울 때마다 자신에게 묻는 말이었고, 용기의 원천이기도 했다. 열아홉 살에 세웠던 그 깃발은 현재 59세인 이에야스에게 똑같은 물음을 던지고 있다…… 다만 그때는 10여 명이 세웠던 이 깃발이 지금은 1만 명이 넘는 하타모토들의 어린진魚鱗陣에 의해 당당하게 지켜지고 있는데……

앞에는 오쿠다이라 노부마사奧平信昌, 마키노 야스나리牧野康成, 오쿠보 타다스케大久保忠佐, 코리키 키요나가高力淸長, 니와 우지츠구丹羽氏次, 나이토 노부나리內藤信成 등의 정예가 섰다.

다음 세 부대는 중앙에 마츠다이라 시게카츠松平重勝, 마츠다이라 치카마사松平親正, 미즈노 타다타카水野忠高. 오른쪽에 사카이 시게타다酒井重忠, 나가이 나오카츠永井直勝, 아오야마 타다나리青山忠成. 왼쪽에 니시오 요시츠구西尾吉次, 아베 마사츠구阿部政次, 사카이 타다토시酒井忠利 등 아홉 명이었다. 후군에는 혼다 야스토시本多康俊, 혼다 시게마사本多重政를 두고 이들을 유격대가 돕고 있었다.

이에야스의 말 앞에는 사이고 이에사다西鄕家貞가 임시로 무사들의 부교로 배치되고, 본진의 쇼기다이床几代°로는 혼다 마사노부의 아들 마사즈미가 선발되었다.

유격대에는 사카이 이에츠구酒井家次, 혼다 타다마사本多忠政, 안도 나가마츠安藤長松, 마츠다이라 타다아키松平忠明, 코리키 마사츠구高力正次, 카미야 타다후치神谷忠緣, 야마모토 요리시게山本賴重, 이나가키 나가시게稻垣長重 등이 속하고, 카나모리 호인 나가치카金森法印長近, 엔도 요시타카遠藤慶隆 등 몇몇 다이묘는 후군인 두 혼다의 지휘 아래 배속되었다.

아마도 깃발이 말을 할 수 있다면 ──

"용케도 이렇게까지!"

몇 번이나 감탄했을 것이다.

이에야스는 다시 지도를 펼쳤다. 그리고 쇼기다이인 혼다 마사즈미에게 진지에 도착하는 대로 그 이름 위에 붉은 색으로 동그라미 표시를 하게 했다.

세키가하라 제1번대는 후쿠시마 마사노리의 노신 후쿠시마 탄바福島丹波가 니시오세키西大關에 있으면서 묘진明神 숲을 배경으로 진을 쳐 서군인 우키타 히데이에의 텐마天滿 진지와 대치하고, 이어 카토 요시아키, 츠츠이 사다츠구, 타나카 요시마사, 토도 타카토라, 쿄고쿠 타카토모 등이 나카센도의 남북으로 나뉘어 포진을 끝냈다.

제2번대는 호소카와 타다오키, 이나바 사다미치稻葉貞通, 테라사와 히로타카, 히토츠야나기 나오모리, 토가와 미치야스戶川達安, 우키타 나오모리宇喜多直盛 등이 나카센도 북쪽에 진을 치고, 쿠로다 나가마사, 카토 사다야스加藤貞泰, 타케나카 시게카도竹中重門는 이시다 군의 사사오, 코이케와 텐마야마의 적진을 향해 진을 쳤다.

제3번대는 히데타다의 동생 마츠다이라 타다요시松平忠吉를 장수로 하는 하타모토 부대로서 혼다 타다카츠, 이이 나오마사가 좌우에서 돕는 대형을 이루고 본진의 정면에 포진을 끝냈다……

6

이들은 그대로 세키가하라를 돌파하여 미츠나리의 본거지인 사와야마 성을 치고 다시 멀리 오사카를 향해 진군하는 진형으로, 전혀 그 의도를 적에게 숨기려 하지 않았다.

물론 돌파할 수 없을 경우의 대비도 충분히 해놓고 있었다. 오가키 성을 확보하기 위해 니시오 미츠노리西尾光敎, 미즈노 카츠나리, 츠가루 타메노부津輕爲信, 마츠다이라 야스나가松平康長를 남겨두었고, 아카사카, 오카야마의 수비는 호리오 타다우지에게 맡겼다.

이에야스가 가장 고심한 것은 말할 나위 없이 후방인 난구산을 수비케 할 장수였다. 이곳이 약하면 킷카와, 에케이를 포함한 모리 군의 생각이 어떻게 바뀔지 알 수 없었다.

이에야스는 타루이 서남쪽 고쇼노御所野에 배치한 이케다 테루모토, 그리고 역참 서쪽 이치리즈카一里塚에 배치를 끝낸 아사노 요시나가를 지휘채로 가리키며 물었다.

"차질 없겠지?"

쇼기다이에게 물었다.

"염려 없습니다. 아사노의 진지와 이어지는 노카미野上 마을에 이르는 가도에는 나카무라 카즈사카, 코이데 요시타츠小出吉辰, 이코마 카즈마사生駒一政, 하치스카 토요카츠, 야마노우치 카즈토요, 아리마 토요우지, 미즈노 키요타다水野淸忠, 스즈키 시게요시鈴木重愛…… 등이 돌아보고 있습니다."

이에야스는 크게 고개를 끄덕이고 지도를 말도록 했다.

지도상으로는 동군이 일부러 나아가 적의 포위망에 들어간 형태였다. 서군은 동군을 그물 안에 넣어 압박하려 하고 있었다. 그대로 압박되면 동군은 전멸하고, 서쪽 정면이 돌파되면 서군은 미츠나리의 본거지인 사와야마 성이 뚫려 수습할 수 없는 혼란에 빠진다.

이것은 어디까지나 배치상으로 본 양군의 태세.

미츠나리도 이러한 도면을 보고 눈을 빛내며 ─

"포위는 끝났다!"

회심의 미소를 떠올리고 있을지 모른다.

이렇게 하여 양쪽 모두 속셈을 가진 작전으로부터 드디어 천변만화千變萬化하는 생생한 전투로 바뀌고 있었다.

안개는 더욱 짙어졌다. 그렇게 보이는 것은 날이 점점 밝아오기 때문. 촉촉이 이슬을 머금고 짓밟힌 가을 풀이 쓸쓸한 땅 위에서 누렇게 물들어가고 있었다.

"아룁니다!"

어깨까지 흠뻑 젖은 무사가 이에야스 앞에 한쪽 무릎을 꿇었다. 이에야스는 그 무사를 뚫어지게 바라보았다.

"이나 즈쇼伊奈圖書로군. 무슨 일인가?"

"아군의 깃발 위로 백로가 날아 조용히 적 쪽으로 갔습니다. 백로는 상서로운 새! 오늘 전투는 반드시 승리할 것입니다."

"좋아, 하타모토들에게 그 말을 전하게."

이에야스는 전투란 묘한 것이라고 문득 생각했다. 냉정하게 생각하면 인간이란 9할 9푼까지 승패를 예상할 수 있는 능력을 가지고 있다. 그런데도 불구하고 양쪽은 서로 자기가 이긴다는 이상한 계산에 말려들어 불필요한 피를 흘린다. 더구나 강인한 사나이들이 백로 한 마리에 희비의 감정을 느끼면서도 전혀 이상하게 생각지 않는다.

'이 수수께끼를 풀면 인간의 정체도 알 수 있을 텐데……'

전쟁이 이상한 것이 아니라 전쟁을 하는 인간이 이상하다…… 이렇게 생각하면서도 한쪽으로는 치밀하게 본진으로부터 각 부대와의 거리를 가슴속에서 계산하고 있었다.

이에야스 역시 그 이상한 수수께끼를 몸에 지니고 싸우는 사람으로 변하고 있었다……

7

이 모모쿠바리야마에 있는 이에야스의 본진으로부터 —

이시다 미츠나리가 있는 사사오까지는 28정.

코바야카와 히데아키가 있는 마츠오야마까지는 10리 3정.

이이 나오마사가 있는 이바라茨原까지는 15정.

혼다 타다카츠가 있는 츠즈라가이케十九女ヶ池까지는 16정.

토도, 탄바가 있는 후지가와藤川까지는 29정.

그리고 후방에는 —

이케다 테루마사가 있는 타루이까지는 32정.

모리, 킷카와吉川가 있는 난구산까지는 10리.

호리오 타다우지가 있는 아카사카까지는 10리 12정.

전쟁터에서 정확하게 전황을 장악하고 그때그때의 변화에 대응하기 위해 지휘자는 특히 치밀하게 그 거리를 뇌리에 새겨두지 않으면 안 된다. 진격을 명하거나 퇴각을 명할 경우, 또 원군을 보낼 때도 지형과 거리를 무시한다면, 실행할 수 없는 명령으로 부하를 괴롭히고 희생을 키우기 때문이다.

이에야스는 날아가는 백로를 기뻐하는 인간의 치졸함에 쓴웃음을 지으면서도, 한편으로는 기억하고 있는 거리를 반추하고 있었다.

'역시 먹이를 노리는 매가 되어 있군······'

이렇게 짙게 안개가 끼었으므로 아마 적도 아군도 전혀 시야가 보이지 않을 터. 그렇다면 사기가 충천한 부대부터 안개를 헤치고 서서히 행동을 개시하고 있을 터였다.

벌써 시각은 여섯 점 반(오전 7시)이 가까웠다. 날씨가 개었다면 양쪽의 기치가 바람에 나부끼고 병기가 햇빛을 받아 눈부실 터. 아직도 주위는 뚜렷하지 않았다. 겨우 모리 일족이 진을 치고 있는 난구산 위 깃발이 흠뻑 안개를 머금은 채 움직이지 않고 있었다.

이에야스가 걸상에서 일어났다.

"츠카이반 세 명. 코쇼만으로도 좋아, 말을 끌어오라."

그대로 모모쿠바리야마를 내려와 16정 떨어진 츠즈라가이케에 있는 혼다 타다카츠의 진지로 갔다.

타다카츠가 깜짝 놀라 이에야스를 맞이했다.

"타다카츠, 난구산의 동태를 살폈는가?"

"예. 전혀 움직이는 기색이 없습니다."

"그대가 보기에도 그렇던가?"

"난구산에서는 움직임이 보이지 않고 지부쇼유의 선봉이 움직이기 시작한 것 같습니다."

"지부쇼유가 움직인다 해도 난구산에서 움직이지 않으면 협공할 수 없을 거야. 어떤가, 모리나 킷카와가 산에서 내려올 것 같나?"

혼다 타다카츠는 뻔한 일인데도 일부러 여기까지 물으러 온 이에야스가 얄미웠다.

'조심성이 많은 분이야'

이런 생각이 드는 한편 격려하러 왔다……고도 생각했다.

"지금 내려오지 않으면 오전 전투에 참가하지 못합니다. 혹시 내려온다고 해도 이케다나 아사노가 기다렸다는 듯이 공격할 것입니다."

"그래? 그럼 나는 본진을 전진시키겠어."

이에야스는 츠카이반 오구리 타다마사를 돌아보았다.

"흰 깃발 열둘을 세키가하라 동쪽 끝까지 전진시키도록 하라."

그리고는 약간 고개를 기울이고 생각하다가 말을 이었다.

"참, 여기까지 십육 정이었어…… 좋아…… 정확하게 십이 정 전진시키도록 쇼기다이에게 전하라. 깃발이 전진하거든 모모쿠바리야마 대열을 그대로 이동시키고 나서 싸우도록 한다."

"알겠습니다."

"후후후."

혼다 타다카츠가 웃었다.

'아직 젊으셔! 드디어 진두에 나섰어.'

8

원래 모모쿠바리야마 본진은 양군이 배치된 거의 중간에 있어, 동군을 지휘하면서 적의 동향을 살피기에는 지형적으로 유리한 장소였다. 이곳에 견고하게 진을 쳐놓으면 우선 총대장인 이에야스의 신변에는 위험이 없었다. 더구나 여기서는 배후에 있는 난구산의 모리 부대도,

왼쪽 전방에 있는 마츠오야마의 코바야카와 부대도 충분히 감시할 수 있었다.

그런데 이에야스는 본진을 즉시 이 모모쿠바리야마에서 세키가하라 동쪽 끝까지 전진시키라고 명했다. 생각하기에 따라서는 경솔하다고 도 할 수 있고 조급하다고도 할 수 있는 명령이었다.

50여 번이나 이에야스와 함께 전쟁터를 누벼온 혼다 타다카츠, 그의 눈에는 이 명령이 이에야스의 결의를 알 수 있는 단서가 되었을 뿐, 무모하고 경솔하게는 비치지 않았다.

'과연 주군답다……'

아니, 주군이라 불리는 신분이 되기 전부터 이에야스가 가졌던 면모를 뜻하지 않게 드러낸 것이라 할 수 있었다.

이에야스의 생애는 인내로 일관되고 그 통치는 결코 급격한 것이 아니었다. 차분히 앉아 사방을 노려보면서 참을성 있는 점진주의로 일관해왔다. 그러나 전쟁터에서 이에야스는 문자 그대로 맹장. 심사숙고는 전쟁터에 나가기 전의 준비, 일단 전쟁터에 나서면 때로는 완전히 무모하게 보일 만큼 신출귀몰神出鬼沒한 행동을 한다.

'오늘은 철두철미徹頭徹尾하게 자신이 먼저 싸움을 걸 모양이다.'

일단 모모쿠바리야마에 진을 쳤다는 것은 이미 적에게도 알려져 있었다. 그런데 진을 미리 전진시켜서 안개가 걷혀 전투가 시작되려 할 때—

"아, 벌써 나왔다!"

적의 척후로 하여금 간담을 서늘하게 만들 생각인 듯했다.

진흙탕 진지를 이 안개 속에서 전진 이동시키고 있는 것은 피아간에 오직 이에야스뿐일 것.

'주군답다……'

타다카츠의 미소는 그러한 이에야스에 대한 선물이었으며, 그 결단의 이면에 숨어 있는 늙을 줄 모르는 기백에 대한 감탄이었다.

"주군, 오늘 전투에서 가장 눈부신 활약을 하는 것은 누구일까요?"

타다카츠는 안개 속에서 걸상에 앉아 전진해오는 하타모토를 기다리면서 무언가를 응시하고 있는 듯한 이에야스에게 다시 말을 걸었다.

이에야스는 홀끗 타다카츠를 돌아보았다.

"흥."

그리고는 작게 콧소리를 냈을 뿐이었다.

"적 가운데는 노련한 시마즈 요시히로……라고 생각됩니다마는."

이에야스는 이에 대해서는 대답하려 하지 않았다. 전처럼 다시 한 번 고개를 끄덕이기는 했으나 조소하듯 엷은 웃음을 떠올렸다.

"오전 중에 승부가 나겠지."

사이를 두었다가 내뱉듯이 말했다.

"때야! 오늘 승부의 열쇠를 쥐고 있는 것은. 어젯밤부터의 행동으로 오후에는 피로가 심해져. 군사가 피로해진 쪽이 패하는 거야."

타다카츠는 웃으면서 목례를 하고 자기 진지로 돌아갔다. 이미 본진의 선봉이 속속 안개를 뚫고 도착하고 있었다. 앞으로 조금만 있으면 진용이 정비되고, 진용이 정비되면 전투를 시작할 때.

이에야스는 여전히 걸상에 앉은 채 허공을 노려보고 있었다.

일촉즉발—觸卽發의 기회를 어디서 잡을까, 보이지 않는 먹이 앞에 몸을 도사리고 있는 맹호의 눈이고 자세였다……

혼다 마사즈미가 전진 완료 보고를 하러 온 것은 그 직후였다.

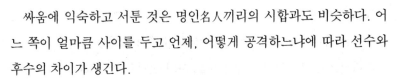
점화

1

싸움에 익숙하고 서툰 것은 명인名人끼리의 시합과도 비슷하다. 어느 쪽이 얼마큼 사이를 두고 언제, 어떻게 공격하느냐에 따라 선수와 후수의 차이가 생긴다.

이에야스는 본진의 대형이 갖춰진 순간 츠카이반 오구리 타다마사를 급히 이이 나오마사의 진영으로 보냈다.

이이 나오마사는 혼다 타다카츠와 병행하는 형태로 나카센도 바로 오른쪽에 진출해 있었다. 이 이이와 말 머리를 나란히 하고 있는 것이 이이의 사위이자 이에야스의 넷째아들인 마츠다이라 시모츠케노카미 타다요시松平下野守忠吉였다.

타다요시는 부슈武州 오시忍의 10만 석 성주로 오늘이 첫 출전이었다. 이 때문에 장인이 되는 나오마사가 도와주기 위해 나란히 진을 치고 있었다.

나오마사가 왔을 때 이에야스는 우렁찬 목소리로 물었다.

"효부노타유, 시각은?"

"안개가 걷히기 시작했습니다. 거의 진시辰時(오전 8시)가 되었을 것입니다."

"좋아, 시작!"

주고받은 말은 단지 그뿐. 그러나 나오마사는 그것만으로도 말하지 않은 모든 내용을 알 수 있었다.

"알겠습니다. 그럼……"

나오마사가 달려갔다.

오늘도 선봉 후쿠시마 사에몬노다이부 마사노리福島左衛門大夫正則의 진지에는 콩볶듯 하는 총성이 한 번 들렸다. 양군을 통틀어 오늘의 첫 총성으로, 혼다 타다카츠의 전면인 후지가와 기슭까지 진출해 있던 후쿠시마 마사노리가 그 오른쪽 전방의 텐마야마에 있는 서군의 장수 우키타 히데이에의 진지를 향해 발포한 것이었다. 그 무렵의 발포는 예전의 카부라야鏑矢°에 해당한다.

"공격할 테다. 준비되었느냐?"

이렇게 알리는 신호였다.

그 소리에 이어 —

"와아!"

양쪽 진영에서 함성이 터지고 소라고둥이 울렸다.

그러나 양쪽 진영 모두 걷혔다가는 다시 시야를 가리는 안개의 방해로 그 이상은 움직이려 하지 않았다. 움직이면 당연히 백병전. 아직 안개가 짙기 때문에 망설이고 있었다.

이때 그 안개 속을 뚫고 질풍처럼 달려나간 불과 2, 30기의 일대가 있었다. 이이 군과 마츠다이라 군 사이에서 달려나간 그 일대는 앞에서 진군하는 동군의 쿄고쿠와 토도의 진지 옆을 질주하여 맨 앞 후쿠시마 부대 오른쪽으로 나왔다.

"누구냐! 멈춰라!"

조금 전에 제1탄을 쏜 후쿠시마 군 중에서 카니 사이조可兒才藏가 뛰어나가 그 앞을 가로막았다.

"오늘의 선봉은 우리 주군인 후쿠시마 사에몬노다이부로 정해져 있다. 아직 전투가 시작되기도 전에 앞서 나가다니, 용서할 수 없다. 한 사람도 지나가서는 안 된다."

카니 사이조는 후쿠시마 군 가운데서도 이름난 용사였다.

"오오, 사에몬노다이부 님의 가신인가? 우리는 앞서 나가려는 것이 아니야."

"그렇게 말하는 그대는 누군가? 깃발은 이이 가문인 것 같은데."

"그렇다. 나는 이이 효부 나오마사. 마츠다이라 시모츠케노카미 타다요시를 수행하여 이곳을 지나고 있다."

"비록 누구라 해도 싸움이 시작되기 전에는 통과시킬 수 없다. 굳이 지나가겠거든 우리 선봉이 나간 뒤에 가라."

선봉다툼은 무장의 위신을 건 경쟁이었다. 카니 사이조는 얼굴을 일그러뜨리고 외치면서 느닷없이 칼을 뽑아 이이 앞을 막아섰다.

2

기후 공략 때도 약속을 지키지 않고 오다 군에게 선제공격을 가했다고 하여 이케다 테루마사에게 결투를 신청했던 후쿠시마 마사노리. 그런 사람의 가신인 만큼 카니 사이조도 몸을 던져 이이 나오마사와 마츠다이라 타다요시 일행을 저지할 각오인 듯했다.

"이것 참 딱한 노릇이로군. 그대는 이렇게 적은 인원으로 우리가 앞질러나갈 수 있다고 생각하나? 잘 알고 있을 텐데. 타다요시 님은 오늘이 첫 출전, 아직 전쟁터를 모르는 젊은 분이므로 내가 직접 모시고 적진의 배치를 보여드리려고 하는 것이야. 이런 척후의 일까지 막아 아군에게 불리함을 초래하면 어떻게 하겠나. 공연히 막지 말고 우리를 지나가게 하고 곧 그대들도 공을 세우도록 하라."

나오마사의 이 한마디는 상대의 항변을 누르는 힘이 있었다.

"그럼, 선봉에 서려는 것이 아니라 단지 척후일 뿐이란 말이지?"

"인원수를 보게. 이런 적은 인원으로 귀중한 타다요시 님에게 어떻게 싸움을 권할 수 있겠나?"

"그 말을 믿겠다. 지나가라."

"그럼, 실례!"

말하기가 바쁘게 나오마사와 타다요시 일행은 후쿠시마 군 선두를 빠져나가 후지가와 부근에서 크게 오른쪽으로 선회했다. 아마 후쿠시마 마사나리도 그 선봉에 선 노신 후쿠시마 탄바도 나오마사와 타다요시의 의도를 깨닫지 못했을 터였다.

그들은 오른쪽으로 방향을 돌려 서군의 우키타 군과 대치하고 있는 아군의 카토 요시아키와 츠츠이 사다츠구의 야진 사이를 빠져나갔다. 이어 다시 눈 깜짝할 사이에 타나카 요시마사 군 선두를 가로질러 오늘 전투에서 가장 강적으로 지목되는 시마즈 군 한가운데를 향해 말을 달렸다.

그 무렵에는 아군의 후쿠시마 군도―

"선봉을 빼앗겼다!"

서둘러 우키타 군에게 공격을 가하기 시작했다. 선두 30기가 빠져나간 뒤를 이어 이이 군, 마츠다이라 군의 주력이―

"주군의 뒤를 따르자!"

"주군을 공격받게 할 수는 없다!"

눈을 부릅뜨고 전진하기 시작했기 때문이다.

이이 나오마사는 시마즈 군 앞에 이르렀을 때에야 비로소 고삐를 당기고 타다요시에게 말했다.

"시모츠케노카미 님, 주군은 무력으로 일본에서 제일가는 분. 타이코도 손을 대지 못했지요. 그 아들이신 시모츠케노카미 님과 우리가 도요토미 가문 사람에게 선봉을 빼앗겨서는 안 됩니다. 전면의 적은 그 용명勇名을 조선에서까지 날린 서부 일본 제일의 용장 시마즈 요시히로입니다. 그를 무찌르지 못하면 체면이 서지 않습니다."

"알겠소. 힘껏 싸워 보이겠소."

이 진출에는 세 가지 면에서 큰 의미가 있었다.

그들이 이렇게 아군 사이로 질주하지 않았다면 개전의 시기는 헛되이 흘러갔을 터…… 둘째로, 안개가 걷혔을 때 동군의 진영이 바뀌어, 적에게 주는 심리적 효과가 크다. 이미 이에야스는 모모쿠바리야마에 없었고, 도쿠가와 군 최정예 부대 역시 순식간에 시마즈 군 전면에 나타났다는 신속 과감한 기동력의 효과…… 그리고 셋째로, 이에야스가 최강의 적이라 여기는 시마즈 군 전면에 처음 출전하는 아들을 내세웠다는 무서운 결의의 선포.

이이, 마츠다이라 양군의 이 거사로 전쟁터는 대번에 불을 뿜는 활화산으로 변모했다……

3

시마즈 군 선봉은 효고노카미 요시히로의 조카 시마즈 토요히사. 그때 이미 대장인 요시히로는 66세, 이에야스보다 7년 연상으로 보통사람 같으면 야전의 어려움을 견디지 못할 노령이었다.

"이이와 마츠다이라 타다요시가 공격을 감행했습니다."

이런 보고를 받고도 오직 한마디.

"그런가."

이렇게 대답했을 뿐 굳이 일어서려고도 하지 않았다.

시마즈의 진지는 테라타니가와와 홋코쿠 가도 사이에 있었다. 요시히로는 약간 높은 언덕에 깔아놓은 멍석 위에 겹쳐놓은 융단 자리에 앉아 반쯤 눈을 감고 좌선을 하고 있었다.

전방 몇 정 거리에 있는 토요히사의 진지에서는 벌써 징을 치면서 군사를 출동시키고 있었다. 공격해오는데 응전하지 않을 수 없었다.

요시히로는 그 소리를 듣고 있는지 아닌지 모를 조용한 자세로 좌선을 계속하고 있었다. 이날 그의 복장은 처음부터 가벼운 차림이었다. 십자 문장이 있는 진바오리陣羽織°에 두 자 두 치의 칼을 차고 준비시킨 흰 깃발을 세우게 했을 뿐 무슨 생각을 하는지 측근들도 알 수 없는 조용한 자세였다.

이미 안개는 걷혀 있었다. 아니, 걷히기 전에 그 역시 이에야스와 똑같은 말을 두세 번 물었다.

"난구산 깃발이 움직이느냐?"

그리고 움직이는 기색이 없음을 확인하고는—

"난구산 깃발이 움직이지 않는다면……"

이렇게 말한 것이 마지막, 그 후부터는 마치 승방에라도 든 듯 좌선을 시작했다. 물론 요시히로나 되는 맹장이 처음부터 무턱대고 앉아 있었을 리는 없다.

그는 조카 토요히사를 미츠나리에게 보내 어젯밤 이에야스의 본진에 야습하기를 권했다. 다시 오늘 새벽 쵸쥬인 모리아츠長壽院盛淳와 모리 카쿠에몬 모토후사毛利覺右衛門元房를 은밀히 미츠나리의 진영으로 보내, 마츠오야마에 있는 코바야카와 히데아키에 대한 선제 공격을 헌책했다. 그러나 역시 미츠나리는 받아들이지 않았다……

코바야카와 히데아키의 배신은 이미 의심할 여지가 없다……고 요시히로는 내다보고 있었다. 양쪽이 서군의 포위망 내에서 혼전에 빠졌을 때, 만약 마츠오야마의 코바야카와 히데아키에게 아군의 배후를 공격당하면 지금까지의 전투는 모두 무위로 돌아갈 수밖에 없었다.

"코바야카와 군을 완전히 주벌하지 못한다 해도 책략을 써서 그만이라도 죽이고 나서 엄중히 감시하면 안심하고 싸울 수 있다."

이렇게 진언했으나 미츠나리는 허락하지 않았다.

이제 와서 그처럼 아군을 의심해서는 안 된다고. 그보다는 전황이 서군 쪽에 유리해지면 히데아키도 반드시 내려와 싸울 것이므로 부디 용감히 싸워달라고……

전쟁터에 익숙한 요시히로의 판단으로는 이런 상태에서는 위험하여 싸울 수 없었다. 포위진형은 갖추었으나 동쪽을 담당해야 할 모리 군과 서쪽을 담당할 마츠오야마의 코바야카와 군을 믿지 못한다면 밑 빠진 독에 물을 붓는 것처럼 헛수고일 뿐이었다.

시마즈 요시히로는 어이없이 상대의 편을 들게 되었다고 내심 후회하고 있는지도 모른다.

이럴 때 이에야스 직속의 최정예 부대가 안개를 뚫고 갑자기 싸움을 걸어왔다……

4

요시히로는 이에야스의 속셈을 잘 알고 있었다.

맨 처음 안개 속에 나타난 시마즈 군의 전면에 있는 적은 오카자키 성주 타나카 효부노타유 요시마사田中兵部大輔吉政였다. 타나카 군의 태세는 시마즈 군과 그 오른쪽의 서군 코니시 군을 반반씩 노려보고 있었다.

그 배후에는 카토 사다야스, 호소카와 타다오키, 이나바 사다미치, 테라사와 히로타카, 히토츠야나기 나오모리, 토가와 미치야스, 우키타 나오모리와 횡대로 열을 지어 깃발을 나란히 하고 있었다. 이는 시마즈 군에 대비한 타나카 요시마사의 후군이라기보다는 그 왼쪽의 이시다 군을 겨냥하는 기색이 짙었다. 더구나 그 동쪽 아이가와相川 앞에 쿠로다 나가마사와 타케나카 시게카도가 진출하여 분명히 이시다 군에게 싸움을 거는 태세를 취하고 있었다.

'그렇다면 이에야스는…… 이 요시히로의 진짜 상대로는 누구를 내세울 작정일까?'

전투가 시작되는 동시에 적극적인 양동 작전을 계획하고 있는 듯.

그 추측은 정확하게 들어맞았다. 아마도 이에야스 측근 중에서는 이이와 혼다의 두 군사가 가장 정예일 터. 그 한쪽의 용장 이이 나오마사가 맨 먼저 시마즈 군에게 도전해왔다……

이이 나오마사가 이에야스의 아들로 처음 출전하는 마츠다이라 타다요시와 함께 나타났다는 것은 의외인 동시에 괄목할 만한 일이기도 했다.

'과연 이에야스다!'

그 결의에 감탄하는 동시에 전신에 소름이 끼치기도 했다.

첫 출전은 언제나 두 가지 점에서 미지수이다. 전투에 익숙지 못한 젊은이이기 때문에 두려울 것이 없는…… 경우와, 첫 출전을 장식하려고 젊은 혈기에 무슨 일을 할지 모르는, 전혀 예측할 수 없는 사나움의 수수께끼가 바로 그것이다.

물론 조카 시마즈 토요히사도 30세의 한창 나이, 전쟁터에서는 남에게 뒤지지 않는 사람이다. 따라서 요란하게 징을 울렸으나 그 뒤 곧바로 총을 쏘지는 않았다. 충분히 사정거리 안으로 적을 끌어들여 발포할 모양이었다.

'아직은 움직일 수 없다……'

조용히 앉은 채 요시히로는 다음에 나타날 적의 변화를 기다리고 있었다.

"보고 드립니다! 마츠다이라, 이이 양군 뒤에서 호소카와, 카토, 이나바 세 부대가 합세하여 아군 쪽으로 움직이기 시작했습니다."

"그럼, 타나카 효부의 군사는?"

"예, 아군 앞을 가로질러 이시다 군 쪽으로 향하고 있습니다."

요시히로는 가볍게 고개를 끄덕였다.

역시 이에야스는 보통내기가 아니었다. 처음 태세는 그럴듯하게 유동하고 변화하는 것처럼 보이게 했다. 당연히 이시다 군을 공격할 것으로 생각했던 호소카와, 카토, 이나바의 세 부대가 자기 쪽으로 방향을 돌리고, 자기에게 향할 줄 알았던 타나카 요시마사는 시마즈 군을 가로질러 이시다 군 쪽으로 향하고 있다……

그렇다면 호소카와나 카토와 나란히 있던 히토츠야나기나 토다, 우키타(나오모리) 등은 분명 코니시 유키나가를 공격할 것이다.

'아직은 움직일 때가 아니다……'

오늘 전투에서 오가키의 농성을 생각한 듯한 코니시 유키나가가 어떻게 움직이느냐도 요시히로에게는 큰 관심사였다. 코니시 유키나가의 의견도 미츠나리에게 한마디로 거부당하고 말았다. 이에 대한 불만이, 승산이 없다고 보면 얼른 진지를 버릴 것 같은 생각이 들었다. 조선과의 전쟁 이후 그가 싸우는 모습을 보아온 요시히로로서는 그런 생각을 할 수밖에 없었다……

전투가 시작된 지 반 각(1시간)이 지났다. 그러나 시마즈 요시히로는 아직 미동도 하지 않고 있다. 이런 요시히로에 비해 정반대의 성격을 가진 후쿠시마 마사노리, 그는 이미 우키타 군을 향해 맹렬한 백병전에 돌입하려 하고 있는데도……

5

오늘 전투의 주도권은 무슨 일이 있어도 자기가 장악해야 한다고 후쿠시마 마사노리는 결심하고 있었다.

이번 전투에서 그 자신이 얼마나 공을 세울 수 있는가? 그 결과는 그대로 도요토미 가문의 장래와 운명에 영향을 준다. 만일 그 활약이 도쿠가와 가문의 장수들에게 뒤진다면 '후쿠시마 마사노리'의 체면도 발언권도 축소될 뿐이었다.

그런 각오로 직접 최전선에 나서는 동시에 후쿠시마 마사노리는 소후에 호사이祖父江法齋를 척후 책임자로 삼아 적 사이를 다람쥐처럼 누비면서 정보를 수집하게 했다.

누가 어느 방향으로, 어느 시각에 진을 쳤는가?

누구로부터 누구에게로 누구를 사자로 보냈는가?

소후에 호사이는 때로는 서군의 사자가 배설한 대변까지 일일이 손으로 만져보아, 그 온도로 왕복시각을 알아내어 보고하는 등 척후 활동에 정확성을 기했다.

그러한 사전 준비와 함께 맨 먼저 발포하며 싸울 기회를 노리고 있을 때 이이 나오마사와 마츠다이라 타다요시에게 선수를 빼앗겼다. 물론 그도 나오마사와 타다요시의 선봉이 무엇을 의미하는지 모를 정도로 이성을 잃고 있지는 않았다.

그는 카니 사이조로부터 나오마사가 타다요시를 동반하고 척후로 나갔다는 보고를 들었을 때—

"그것이 어떻게 척후란 말이냐!"

걸상을 걸어차고 벌떡 일어났다. 머리카락이 하늘을 찌른다는 말이 꼭 들어맞는 마사노리의 격분이었다.

"그것은…… 그것은 적에게보다 우리에 대한 도전이다. 빨리 전투를 시작하라는 독촉이야."

그의 야진은 오세키까지 진출하여 관문인 묘진 신사와 숲을 배경으로 진을 쳤던 것인데, 격분하여 그 자리에서 뛰어나간 뒤 다시는 돌아오지 않았다.

"말을 끌어오너라! 소라고둥을 울려라. 그리고 전위인 탄바 진영으로 사람을 보내라."

소리치고는 아직 갑옷도 입지 않은 단쿠로 효에團九郞兵衛에게 말을 끌게 하여 그대로 노신 후쿠시마 탄바의 진영으로 달렸다. 츠카이반과 대장이 같이 진지에 도착한다는 마사노리 식 진두지휘였다.

큰 파문을 일으키고 진출한 이이 나오마사와 마츠다이라 타다요시가 시마즈 군 전면에 나타나 함성을 질렀을 무렵, 후쿠시마 군 또한 투구를 깊이 눌러쓰고 우키타 히데이에가 지키는 텐마야마 전위를 향해 돌격을 감행했다. 후쿠시마 마사노리를 선두로 하여 중신인 후쿠시마 탄바, 후쿠시마 호키福島伯耆, 나가오 하야토長尾隼人, 그리고 마사노리에게 맡겨져 종군하고 있는 요도淀 부인의 총신 오노 하루나가大野治長도 가담하고 있었다.

갑옷도 입을 틈이 없이 맨 먼저 마사노리의 말을 끌고 달려간 단쿠로 효에가 이날 전투에서 사실상 최초로 공을 세웠다. 그 정도였으므로 그 출격의 모습은 상상하고도 남음이 있다. 잇따라 적진에 돌입해 이번에는 오노 하루나가가 창을 휘두르며 우키타의 군사 카와치 시치에몬河內七右衛門과 싸워 그를 죽였다.

그렇다고 쉽게 궤멸할 우키타 군도 아니었다. 총병력 2만 여…… 위풍당당하게 텐마야마 기슭을 메우고 있는 대부대였다.

성급한 후쿠시마 군의 돌격에 처음에는 약간 당황하던 우키타 군도 즉시 29세의 히데이에가 직접 깃발을 앞세우고 진두에 서서 선봉의 다섯 부대를 지휘하기 시작했다.

6

전쟁터의 심리란 상식으로는 알 수 없다. 그 알 수 없는 심리의 폭발을 충분히 계산에 넣지 않고는 훌륭한 지휘를 하지 못한다. 어쨌든 이이 나오마사를 내보낸 이에야스의 도발은 성공했다.

이에야스는 오늘 전투의 열쇠를 인간 체력의 한계라 생각하고 있었다. 어젯밤부터 거의 잠을 이루지 못한 채 싸우는 전투……

그것도 동군과 서군 사이에는 상당한 차이가 있었다. 동군은 잠시 아카사카 주위에 머물면서 때를 기다리는 태세를 취할 수 있었다. 그에 비해 서군은 이에야스의 출현으로 급히 작전을 변경하여 성을 공격하는 전투를 피하고 급거 세키가하라로 이동해왔다. 그동안의 움직임을 검토하면, 군사의 피로는 훨씬 더 무리를 한 서군 쪽이 심했다.

이에야스는 상대의 피로가 회복되기 전에 싸움을 거는 것이 유리하다고 생각했다. 이보다 더 중요한 것은 평지 싸움의 양상이 그대로 난구산과 마츠오야마의 거취를 결정짓게 된다는 사실이었다.

그들은 이에야스에게 내응하려는 기색을 보이고는 있었다. 그러나 동시에 동군에 패색이 짙을 경우 즉시 산에서 내려와 이에야스를 공격할 의사도 가지고 있었다. 그처럼 위험한 관전자가 이 세키가하라 동서의 입구를 장악하고 있었다. 따라서 동서 양군의 전쟁터라 생각하는 것은 잘못이었다. 그야말로 오늘날(쇼와昭和)의 세계와 마찬가지로 동서와 중립의 삼파전이었다. 패색이 짙을 때는 그렇게 보인 쪽이 모두를 적으로 돌려 싸워야 하는 비운을 짊어져야 한다.

이와 같은 전쟁터에서 저돌적으로 공격해들어간 후쿠시마 군은 과연 마츠오야마에 있는 관전자의 눈에 어떻게 비쳐졌을까?

후쿠시마 군의 공격을 받은 우키타 히데이에는 부장인 혼다 마사시게本多正重, 아카시 타케노리明石全登, 오사후네 지헤에長船治兵衛, 우키타 타로자에몬宇喜多太郎左衛門, 노부하라 토사延原土佐 등을 질타하며, 젊은 혈기로 맹렬한 반격을 감행했다. 죽이는 자, 죽임을 당하는 자, 물러가는 자, 공격하는 자…… 얼마 동안 우키타 깃발과 후쿠시마 깃발이 뒤얽혀 일진일퇴를 되풀이했다.

이윽고 우키타 깃발이 우세해졌다. 무섭게 쏘아대고 찌르면서 텐마야마 기슭에서 테라타니가와 방향으로 후쿠시마 군이 밀리기 시작했다. 이러한 전황에 동군의 카토 요시아키와 츠츠이 사다츠구 양군이 움직이기 시작했다. 주변 배치도, 진퇴도 참으로 교묘했다. 이들이 우키타 군 이웃에 진을 치고 있는 코니시 유키나가 군을 공격했더라면 후쿠시마 군은 5, 6정 정도의 후퇴로는 끝나지 않았을지도 모른다.

후쿠시마 마사노리는 다시 진두에 뛰어나와 쉰 목소리로 외쳤다.

"오늘 선봉으로 나섰으면서도 물러서다니 이 얼마나 얼빠진 짓이냐! 돌아서라! 돌아서지 않는 비겁자는 이 마사노리가 처형하겠다."

이 호령으로 일단 주춤했던 후쿠시마 군은 다시 공세를 취했다.

전투를 시작한 지 반 각이 지난 무렵(오전 9시), 하늘은 잔뜩 흐려 있었으나 이미 안개는 그들의 방해가 되지 않았다……

7

나카센도와 가장 가까운 위치에서 후쿠시마 군과 우키타 군이 일진일퇴의 전투를 계속하고 있을 때, 북쪽 사사오에 진을 치고 있는 서군의 이시다 군은 어떤 전투를 벌이고 있었을까?

사사오가 홋코쿠 가도 북쪽에 위치하고, 쿠로다 나가마사 군과 타케나카 시게카도 군이 처음부터 이를 노리고 있다는 사실은 이미 말한 바와 같다. 그리고 또한 타나카 요시마사가 시마즈 군 앞을 지나 이시다 군 쪽으로 진격했다는 것도 앞서 말했다.

이시다 미츠나리는 자신이 위치한 사사오의 본진과 전위부대인 시마 사콘 카츠타케島左近勝猛, 가모 빗츄 사토이에蒲生備中鄕舍 사이에 이중으로 방책을 두르고, 시마와 가모 두 장수를 그 방책의 전면에 배치하였다. 이 방책은 적의 내습에 대비한다는 의미만이 아니라, 여기에 총포를 장치해 그 명중률을 높이려는 준비이기도 했다.

여기서도 동군은 이웃에 진을 친 시마즈 군과 이이 군 사이에서 전투가 시작되었을 때, 즉시 타나카 요시마사에 이어 이코마 카즈마사와 카나모리 나가치카로 하여금 이시다 군을 공격하도록 했다.

최초의 전투는 이시다 군의 선봉인 시마와 가모 양군과 동군의 타케나카, 타나카, 이코마, 카나모리 등 네 장수 사이에서 벌어졌다. 쿠로다 나가마사만은 이때까지 전열에 가담하지 않고 있었다.

미츠나리에 대한 쿠로다 나가마사의 증오는 심각할 정도였다. 나가마사도 어렸을 때는 히데요시 곁에 있으면서 네네 부인과도 가까웠다. 그러나 33세인 나가마사와 41세인 미츠나리는 연령의 차이도 있지만, 젊어서부터 사사건건 감정의 대립을 거듭해온 사이였다.

두 사람 모두 타이코가 키운 사람인데도 나가마사의 눈에 비친 미츠나리는 음험하고 방자한 사나이였다. 그들은 조선 전쟁 때 대립했으며, 돌아와서도 반목했다. 그리고 드디어 지금은 적으로 갈려 전쟁터에서 마주치게 되었다. 나가마사가 일부러 아이가와 북쪽으로 떨어져서 진을 친 것은 깊은 생각이 있어서였다.

이시다 군의 이중방책에서 쏘아대는 총포에 정면으로 노출되면 희생이 크다. 나가마사는 마음속으로 미츠나리의 전법을 조소하고 있었을 것이 분명하다.

"싸움에서야 너와 나의 능력과 경험에는 엄청난 차이가 있다."

나가마사는 어젯밤 우수한 총포대 15명을 선발하여 엄명을 내렸다.

"어떤 일이 있어도 내 곁에서 떠나면 안 된다. 가까이 있으면서 내 지휘에 따라야 한다."

그리고 오늘 새벽 전투가 시작될 때까지 이시다 진영을 계속 노려보고 있었다.

전면에 이중 방책을 구축한 이시다 진영은 오른쪽 홋코쿠 가도에는 요시츠구의 아들 오타니 다이가쿠大谷大學와 히데요리의 하타모토로 오사카 성에서 데려온 활과 총포대, 황색 호로 부대를 두었고, 북방은 아이가와야마相川山까지 삼엄한 경계를 펴고 있었다.

미츠나리가 히데요리의 하타모토를 가까이 둔 것도 나가마사에게는 무엄한 짓으로 생각되었다.

'만일의 경우에는 홋코쿠 가도로 도주할 모양……'

놓치지 않을 것이다, 반드시 그 목은 내가 자르겠다…… 이런 기백으로 나가마사는 전면에서 양군 사이에 총격전이 벌어지자, 아이가와 북쪽에서 은밀히 행동을 개시해 이시다 군 측면으로 돌아갔다……

8

이시다 군의 선봉 시마 사콘 카츠타케와 가모 사토이에는 모두 오늘의 전투를 위해 미츠나리가 녹봉을 아끼지 않고 고용한 맹장.

시마 카츠타케에게는 2만 석, 가모 사토이에에게는 1만 석.

시마 카츠타케는 이에야스가 병법의 스승으로 삼은 야규 세키슈사이 무네요시와 교우가 깊었다. 가모 사토이에는 전에 가모 우지사토蒲生氏郷를 섬기던 때의 용맹이 높이 평가되어 우지사토가 가모라는 성을 내린 강인한 인물. 그들은 전쟁터에서 미츠나리의 양팔이라기보다 오히려 스승이라고 해도 좋았다.

시마와 가모는 맨 처음 공격해오는 적은 별로 문제 삼지 않았다. 타나카 요시마사 부자도, 이코마와 카나모리도 가볍게 응수해가면서 이중 방책으로 유인하여 총포로 전멸시킬 작정이었다.

쿠로다 나가마사는 이러한 그들의 의도를 충분히 간파하고 있었다. 그러므로 멀리 오른쪽으로 우회하여 갑자기 아오츠카靑塚에 있는 시마다 군 왼쪽 측면을 치려고 했다.

"아직 쏘지 마라. 그리고 내 곁에서 떠나지 마라. 나에게서 떠나 적장의 목을 베었다고 해도 전공으로 인정하지 않겠다."

아이가와 건너에서 시마 군에 접근했을 때 15명 총포대 중에서 책임자 시로이시 쇼베에白石庄兵衛와 칸 로쿠노스케菅六之助를 불렀다.

"총포는 지금 얼마나 있느냐?"

"예, 백오십 자루 정도는 됩니다."

"좋아, 오십 자루를 골라 시마 본대를 노려라. 한 방으로 반드시 한 사람을 쓰러뜨릴 각오로 덤벼라."

이때 시마 사콘 카츠타케는 전면의 얕은 해자에서 공격해들어가다가는 물러나고, 물러났다가는 다시 공격하는 타나카 요시마사 군의 집요한 작전에 미소를 띤 채 응전하고 있었다. 이 아오츠카 왼쪽은 아이가와 상류와 거리를 두고 이부키伊吹 산줄기의 험준한 산이 연이어 있어 그 방면에서 적이 쳐들어오리라고는 생각지 않았다.

"탕탕탕."

그때 천지를 뒤흔드는 총성이 울렸다.

"앗!"

순간 시마 카츠타케는 허공으로 치솟다가 그 자리에 고꾸라졌다.

쿠로다 군의 위치에서 자세한 상황은 알 수 없었다. 그러나 총포대의 책임자 칸 로쿠노스케가 쏜 한 방이 명중된 것만은 분명했다.

갑자기 시마 군 진영이 떠들썩해졌다. 사람들이 좌로 우로 달리고 이

읔고 부상한 시마 카츠타케를 들어올린 일단이 다음 사격을 경계하면서 방책 한가운데로 물러가는 모습이 보였다.

"지금이다, 돌격하라!"

쿠로다 군은 함성을 지르면서 쳐들어갔다. 아니, 그보다 이 뜻하지 않은 적의 혼란에 사기가 오른 타나카, 타케나카, 이코마, 카나모리의 군사가 일제히 방책 앞의 얕은 해자를 건너기 시작했다.

시마 군과 나란히 있던 가모 군도 독자적으로는 대항할 수 없게 되었다. 그들 역시 서서히 방책 쪽으로 후퇴했다. 동시에 안에서 대기하고 있던 미츠나리 본대와 장수 마이 효고의 군사가 시마, 가모 군과 교대하기 위해 급히 전면으로 이동했다.

그 무렵부터 드디어 세키가하라의 풍운은 위급을 고하고, 전투는 상대의 작전을 탐색하는 서전에서 마침내 실력으로 밀어붙이는 중반전으로 돌입했다……

전쟁의 짓궂음

1

이시다 미츠나리에게 시마 사콘 카츠타케의 부상은 더할 나위 없이 큰 타격이었다. 미츠나리는 어떤 가신보다 더 사콘 카츠타케를 신뢰했다. 때로는 사부의 예로 대하기도 했다. 그런데 전투가 시작되자마자 쿠로다의 총탄에 쓰러져버렸다……

이 시마 사콘 카츠타케는 그 부상을 계기로 하여 이 전쟁터에서도 전사戰史에서도 홀연히 모습을 감추고 말았다. 이에 대해서는 여러 설이 있다. 그는 이후에도 미츠나리를 도와 싸웠다는 사람도 있고 총을 맞았을 때는 살았으나 얼마 후 죽었다는 사람도 있는가 하면 끝까지 살아 어딘가로 잠적했다는 사람도 있다……

어쨌든 그의 유아遺兒는 그 후 옛 친구인 야규 세키슈사이 무네요시의 적손嫡孫이자 비슈尾州 야규 가문의 시조 토시요시利嚴의 아내가 되어 검도의 성인으로 일컬어지는 렌야사이連也齋와 죠류사이 토시카타如流齋利方 형제를 낳았으므로, 그 자신은 홀연히 전쟁터에서 사라졌다 해도 핏줄은 세상에 남은 것이다……

그건 그렇고, 시마 사콘 카츠타케의 부상으로 아연실색하고 있는 이시다 미츠나리에게 잇따라 불길한 정보가 들어왔다. 서군의 한 주력을 이루는 코니시 유키나가 군이 거의 전의다운 전의를 나타내지 않고, 이 때문에 이웃해 있는 시마즈 요시히로, 시마즈 토요히사 두 사람도 수세를 취하고 움직이지 않는다는 보고였다.

코니시 셋츠노카미 유키나가는 후원군을 합해 7,000에 가까운 병력으로 전쟁터에 나가 있었다. 당연히 이시다 군, 우키타 군과 마찬가지로 분전이 기대되는 서군의 주력부대.

동군 테라사와, 히토츠야나기, 토가와, 우키타(나오모리) 네 부대의 공격을 선봉이 열심히 방어하고 있었다. 그러나 정작 중요한 유키나가의 본대에서는 전혀 전의를 찾아볼 수 없었다.

물론 유키나가는 이 정도의 동군에게 겁을 먹을 만큼 비겁한 장수는 아니었다. 조선에서는 카토 키요마사와 함께 선봉으로 공을 다투던 지략과 용기가 출중한 인물이었다. 어쩌면 오가키 성에서 농성하면서 모리 테루모토의 도착을 기다리자는 주장이 미츠나리에 의해 거부당한 일에 불만을 품고 처음부터 싸울 생각이 없었는지도 모른다.

미츠나리는 공격해오는 동군 앞으로 직접 말을 몰면서 전령을 사방으로 내보냈다.

"드디어 싸울 때가 됐다. 급히 공격해나가라."

첫번째 사자는 시마즈 토요히사에게, 두번째 사자는 코니시 유키나가, 세번째 사자는 오타니 요시츠구, 네번째 사자는 코바야카와 히데아키에게……

그 무렵에는 시바이柴井에 진을 치고 있던 동군의 토도와 쿄고쿠 군도 군사를 전진시켜 오타니 요시츠구, 키노시타 요리츠구木下賴繼 등의 부대를 향해 발포하고 있었다.

토도 타카토라는 후쿠시마 마사노리처럼 당장 육박전에 돌입하지는 않았다. 쌍방이 서로 활과 총포를 쏘아대면서, 그동안에 잇따라 마츠오 야마 밑의 나카센도 왼쪽에 있는 와키자카, 쿠츠키朽木, 오가와小川, 아카자 등의 진영에 밀사를 보내고 있었다. 말할 나위 없이 동군이 유 리함을 말하고 전향을 권하기 위해서였다.

바야흐로 세키가하라는 문제의 난구산과 마츠오야마를 제외하고는 완전히 결전의 소용돌이로 화했다.

각 부대가 일진일퇴하는 우열은 있어도 전체 상황은 아직 미지수였 다. 따라서 작자도 당연히 이 전투에서 승패의 열쇠가 되는 두 개의 산, 마츠오야마와 난구산 상황으로 붓을 돌리지 않을 수 없다……

2

코바야카와 히데아키가 진을 친 마츠오야마는 그가 예상했던 대로 이 결전을 관전하기에는 더할 나위 없이 좋은 전망대였다.

아침 안개가 걷힌 순간부터 양군의 움직임이 손바닥 들여다보듯 잘 보였다. 누가 어느 정도의 사기로 진출하고 누가 어떤 생각으로 진퇴를 감행하고 있느냐 하는 것까지 확실하게 알 수 있었다.

코바야카와 히데아키는 자신의 선견지명先見之明을 크게 자랑하며 안장을 두들기면서 한 차원 밑에 있는 인간들의 무지한 사투死鬪를 조 롱해야 할 것이었다. 그런데 현실은 반드시 그렇지만도 않았다.

쌍방이 호각지세互角之勢로 느껴진다는 사실이 이 중립주의자에게 는 얼마나 짓궂은 선물인가?

벌써 사시巳時(오전 10시)가 지났는데도 그는 아직 어느 쪽이 승리할 것인지 판단할 수가 없었다. 지금 그의 얼굴은 창백하고 이마에는 전쟁 터에 임한 자 이상의 고통으로 인한 진땀이 빛나고 있었다……

바로 눈 아래 진을 친 서군의 와키자카, 쿠츠키, 오가와, 아카자의 군사는 아직도 움직일 기색을 보이지 않았다. 그들은 오타니 요시츠구의 뜻대로 산 위의 히데아키를 감시하고 있었다.

　이 감시는 히데아키도 처음부터 각오한 바였고, 그의 가신들도 이 사실을 충분히 알고 있었다.

　이 감시 외에 지금 그의 신변에는 전혀 예상하지 못했던 또 하나의 감시자가 칼을 품고 나타나 있었다. 그 중 한 사람은 이에야스의 가신 오쿠다이라 토베에 사다하루奧平藤兵衛貞治, 다른 한 사람은 쿠로다 나가마사의 가신 오쿠보 이노스케大久保猪之助였다.

　코바야카와 히데아키는 쿠로다 나가마사의 권유에 따라 백모 코다이인을 배반하는 일은 없을 것이라고 전했다. 따라서 코바야카와 히데아키를 동군과 내응케 하는 중개 책임자는 현재 미츠나리 군을 향해 필사적인 공격을 반복하고 있는 쿠로다 나가마사였다. 그 나가마사가 약속을 어길 경우의 감시자로 자객을 진중에 보낼 줄은, 교활한 이 중립주의자도 미처 생각하지 못했다. 감시하는 자객은 쿠로다 나가마사가 파견한 오쿠보 이노스케만이 아니라 이에야스로부터도 오쿠다이라 토베에 사다하루가 연락관이란 명목으로 들어와 있었다.

　생각하기에 따라서는 짓궂기 짝이 없는 인생의 교훈이라고도 할 수 있었다.

　양군의 사투를 방관하면서 입가에 조소를 띠고 승자 쪽에서 살아남으려 했던 코바야카와 히데아키는 완전히 세 곳으로부터 불신을 받고 칼 앞에서 궁지에 몰린 비참한 쥐와 같은 입장이 되고 말았다. 밑에서는 서군인 와키자카와 쿠츠키 등 오타니의 장수들로부터, 그리고 진지 안에서는 오쿠보 이노스케와 오쿠다이라 토베에로부터……

　그런데도 유유히 전황을 바라보는 현명한 자인 체해야 하는 데에 이중의 고통이 숨어 있었다. 물론 히데아키의 중신 히라오카 우시에몬 요리카츠와 이나바 타쿠미노카미 마사나리는 그 두 사람을 히데아키 곁에 있도록 하지는 않았으나 장막 밖으로 몰아낼 수도 없었다.

히데아키와 마찬가지로 아래서 벌어지는 전황을 바라보고 있던 두 사람 중에서 쿠로다 가문의 오쿠보 이노스케가 혈안이 되어 히데아키 옆으로 다가오려 한 것은 넉 점 반(오전 11시) 무렵이었다.

3

불청객 두 사람 중에서는 쿠로다 나가마사로부터 파견된 오쿠보 이노스케가 더 성미가 급한 모양이었다.

이에야스가 파견한 오쿠다이라 토베에 사다하루는 속을 알 수 없는 망연한 표정으로, 코바야카와 히데아키가 당연히 동군의 편을 들 줄 믿고 있는 듯했다. 어쩌면 그렇게 해서 안심시켜놓고, 만일의 경우에는 덤벼들어 한칼에 벨 생각인지도 모른다. 이 경우 이에야스로서도 인선에 신중을 기했을 것이니까……

쿠로다 가문의 오쿠보 이노스케는 공교롭게도 전부터 코바야카와 히데아키를 잘 알고 있었다. 히데아키가 추천하여 쿠로다 나가마사에게 보냈다고 해도 될 인물이었다. 그런 만큼 그는 이중으로 책임을 느끼고 있었다. 히데아키가 동군에 내응하지 않는다면, 직접 평지 싸움의 승패에 관계될 뿐 아니라, 쿠로다 나가마사가 승리하더라도 이에야스를 비롯한 동군 장수들에 대해 체면이 서지 않는다. 이 초조감이 그를 느닷없이 히데아키 옆으로 달려오게 했다.

"이게 무슨 짓이오?"

당황하며 이노스케의 갑옷 소매를 붙잡은 것은 코바야카와 가문의 가신 히라오카 요리카츠였다.

"손을 놓으시오. 킨고 님에게 따져야겠소."

"할 이야기가 있거든 우리가 전하겠소. 안색을 바꾸고 어떻게 하겠다는 것이오?"

"어찌 안색을 바꾸지 않을 수 있단 말이오."

말을 전하지 않더라도 그 목소리는 장막 한 장을 사이에 두고 있는 히데아키에게 그대로 들렸다. 오쿠보 이노스케도 이 점을 감안하고 떠들었을 터.

"이대로 가면 전투는 정오를 지날 것이오. 어째서 킨고 님은 공격해 나가지 않습니까? 지금이야말로 산에서 내려가 오타니 군을 무찌르고 승부를 결정할 절호의 기회, 그런데도 이처럼 관전만 한다면 우리 주군인 쿠로다 나가마사 님을 속인 것이 되지 않소?"

"조용히 하시오. 여기는 진중이오!"

"아니, 말리지 마시오. 나도 무사요. 킨고 님의 약속이 거짓이라면 뻔뻔스럽게 살아 돌아갈 수 없소. 손을 놓으시오. 따져야겠소."

"진정하시오. 누가 약속을 어겼다는 말이오. 공격할 때가 오면 주군을 대신해 이 히라오카 우시에몬이 알려드리겠소."

과연 히라오카 요리카츠는 미츠나리가 10만 석을 주고 낚으려 했을 정도의 인물, 갑자기 앞으로 돌아가 이노스케의 가슴을 치듯이 하며 막아섰다.

"그렇더라도 이대로 시각을……"

"잠자코 계시오!"

요리카츠는 크게 가슴을 쳤다.

"공격해나갈 때는 누구의 지시가 없어도 공격할 것이오. 이 요리카츠에게 맡기시오."

이때에 이르러 비로소 또 하나의 감시자가 입을 열었다.

"오쿠보 님, 가신에게 맡기는 것이 좋겠습니다."

그러면서 오쿠다이라 사다하루는 빙긋이 웃었다.

"훌륭한 가신이 계십니다. 설마 카이노카미甲斐守(쿠로다)나 나이다 이진을 속이지는 않겠지요. 하하하……"

이 경우 어느 쪽에 더 협박의 효과가 있는지는 알 수 없었다. 그러나 그 말을 듣고 있는 코바야카와 히데아키의 입장이 비참하다는 것은 잘 알 수 있었다……

사실 그는 부들부들 떨면서 전쟁터를 노려보고 있었다……

4

"오쿠다이라 님까지 그렇게 말씀한다면 맡기겠소."

오쿠보 이노스케는 이렇게 말했으나 그것으로 입을 다물 사나이가 아니었다.

"나는 수많은 쿠로다 가신 중에서 이 역할을 그대가 아니면 맡을 수 없다고 하여 뽑혀온 몸이오. 일단 맡기기는 하겠으나 만일의 경우에는 오쿠다이라 님도 그냥 두지 않겠소."

이에 이르면 이미 양자가 서로 말을 맞추고 히데아키에게 협박을 하는 것이라 해도 좋았다.

"허허허……"

오쿠다이라 사다하루가 웃었다.

"나 역시 마찬가지요. 전쟁터에 있었으면 지금쯤은 장수의 목 다섯이나 열은 베었을 것이오. 그런데도 이렇게 한가히 구경만 하다니. 따라서 만일의 경우에는 그냥 물러갈 사나이가 아니오."

이런 협박자가 동군에서 파견되었으리라고는 서군의 지장인 오타니 요시츠구도 이시다 미츠나리도 깨닫지 못했다.

혹시 서군에서 먼저 히데아키의 측근에 감시자를 보냈더라면 어떻게 되었을까……?

아니, 여기서는 요시츠구나 미츠나리의 실수를 탓하기보다 가장 현명하게 기회주의로 돌아섰다고 생각한 중립주의자가 사실은 얼마나 짓궂게 비참한 맛을 보았는가를 기록하는 것만으로 족할 일이다.

그러면─

같은 시각에 난구산과 그 부근의 상황은 어떠했을까?

난구산 꼭대기에는 타루이를 북쪽으로 바라보며 킷카와 히로이에, 모리 히데모토, 시시도 나리무네宍戶就宗, 후쿠하라 히로토시福原弘俊 순으로 포진해 있었다. 그 동쪽 산기슭에는 나츠카 마사이에, 안코쿠지 에케이, 쵸소카베 모리치카가 옆으로 이어 있었다.

산 위의 킷카와와 모리, 모리의 가신들이 전혀 움직이지 않은 것은 말할 나위 없었다. 동군 쪽에서는 이미 이케다 테루마사와 아사노 요시나가가 산기슭의 나츠카, 에케이, 쵸소카베의 진지를 향해 서서히 진출하고 있었다.

이러한 상황 속에 가장 초조해진 것은 안코쿠지 에케이였다. 그의 막사에는 이미 몇 번이나 미츠나리로부터 독촉하는 사자가 다녀갔다. 그에게 싸움을 독촉하기보다 봉화를 보고 어째서 킷카와나 모리가 움직이지 않느냐는 책망이었다. 당연한 책망이었다. 원래 미츠나리가 이 일을 결행한 것은 에케이가 책임지고 모리를 움직이겠다고 장담했기 때문이다.

에케이는 그날 아침 직접 난구산의 본진으로 히데모토를 찾아갔다. 그때까지도 그는 자신감을 가지고 있었다.

전쟁터에서는 평시에는 생각할 수 없는 전쟁터의 심리가 작용한다. 젊은 히데모토는 전투가 시작되면 응전하지 않을 수 없다. 일단 응전하게 되면 그 다음은 언덕길을 내려가는 수레바퀴. 패배했을 때의 비참한 모습을 상상하는 것만으로…… 아니, 쏟아져내리는 불똥을 털어버리지 않을 수 없게 되어 전력을 다하게 된다고……

히데모토는 에케이를 보자 묘하게도 축 늘어진 모습으로 말했다.

"나는 아직 모리 전군을 지휘하기에는 너무 젊소. 그러므로 지휘는 모두 킷카와 히로이에에게 맡기려 하오."

에케이의 큰 고민은 여기서부터 시작되었다.

5

공복을 참고 있던 자가 눈앞에 있는 진수성찬을 보고도 먹을 수 없게 되었을 때 얼마나 초조해질까?

이날 아침의 에케이가 바로 그러했다. 더구나 그의 경우는 잔뜩 차려진 성찬의 값을 마음껏 비싸게 불러 미츠나리에게 팔려고 하다가 도리어 이 음식에 배반당한 느낌이었다.

모리 군을 난구산 위에 진치게 한 것도 실은 그였다. 그는 비록 테루모토가 나오지 않더라도 이번 전투의 승패를 결정짓는 것은 모리 군이라 판단하고 있었다. 물론 이에야스가 쉽게 진출하리라고는 생각지 않았으며, 비록 온다고 해도 진다고는 생각지 않았다.

'싸우겠다면 싸워주마……'

그런 자신감을 가지고 가능한 한 그는 미츠나리를 초조하게 만들어야 한다고 생각했다. 그러기 위해서는 협소한 오가키 성에 들어가거나 서둘러 동군의 아카사카를 공격하여 귀중한 성찬의 값을 손상시켜서는 안 되었다. 그는 이번 전투의 승패를 결정하는 모리 군이라는 진수성찬을 보기 좋게 난구산에 쌓아올렸다.

어떤 의미에서는 성공을 거두었다. 미츠나리는 초조감을 감추지 못했고, 서군의 장수들도 산꼭대기를 쳐다보며 새삼스럽게 모리 군의 위대함을 깨달았다.

에케이는 전후 모리 테루모토의 권위를 한층 높여줄 작정이었다.

"과연 에케이로다!"

저절로 이런 말을 하게끔 할 작정이었다. 그렇게 되면 당연히 그 자신의 지위 또한 정치 승려이면서도 장수의 그릇, 장수이면서도 뛰어난 성자聖者로 추앙될 것이었다.

그런데 이 진수성찬이 이미 준비되어 실제로 제공되어야 할 오늘 아침에 이르러 ──

"나는 군사를 킷카와에게 맡기겠다."

킷카와 히로이에는 처음부터 에케이에게는 버거운 상대, 모리 일족 중에서는 이에야스 쪽과 친한 복룡伏龍이 아니었던가……

"당치도 않은 말씀을 하시는군요. 주군이 오늘 진중에 계시는 것은 단지 츄나곤(테루모토) 님의 대리로서만이 아니라, 돌아가신 타이코 전하의 유아이신 히데요리 님의 대리를 겸한 서군의 총수 아니십니까? 그런데도 결전이 임박한 지금에 이르러 군사를 킷카와에게 맡기시겠다니 도리가 아닙니다. 만약 이 때문에 패배하는 일이 생기면 그야말로 주군 스스로의 자살이 아니고 무엇입니까. 히데모토는 비겁하게도 남에게 지휘를 맡기고 그대로 적의 손에 떨어져 처형당한다…… 이런 치욕을 당하면 어떻게 되겠습니까?"

능변은 에케이 스스로 자랑스럽게 여기는 재능이었다. 이치에 몰린 히데모토는 두말없이 출격을 수락했다.

"과연 내가 실언했소. 곧 군사를 출동시켜 동군의 배후를 치겠소."

"당연히 그렇게 하셔야 합니다. 이미 이에야스는 세키가하라에 나와 있습니다. 주군이 배후를 공격하고 킹고 츄나곤이 마츠오야마에서 측면을 공격한다…… 이렇게 하면 오늘의 승리는 결정됩니다."

이론적으로는 에케이의 말 그대로여서 추호의 잘못도 없었다.

그러나 이 올바른 이론은 전혀 실천되지 않았다. 마츠오야마의 코바야카와 히데아키도 산에서 내려오지 않고 난구산의 히데모토도 움직이지 않았다. 도리어 자기들 눈앞에 이케다 테루마사와 아사노 요시나가의 군사가 진격하여 드디어 발포하기 시작했다.

'이럴 리가 없다…… 이럴 리가……'

에케이는 혈색을 바꾸고 걸상에서 일어났다.

6

세상에 '입만 살아 있는 사람'이라는 말이 있다. 안코쿠지 에케이 정도나 되는 인물이 그런 사람이라고 하면 너무 가혹한 표현일 듯. 그의 안목과 계산, 그리고 모리 가문에 대한 성의와 도요토미 가문에 대한 호의도 모두 훌륭하여 별로 탓할 점이 없었다. 그런데도 불구하고 오늘날까지의 그의 노력도 권위도 이케다, 아사노 양군의 발포로 순식간에 수포로 돌아가려 하고 있었다.

이렇게 얄궂은 처지에 놓이게 된 원인은 어디에 그 뿌리를 두고 있는 것일까?

아니, 그 원인을 알 수 있을 정도라면 당황하며 걸상을 차고 일어나 이웃해 있는 나츠카 마사이에의 진지로 달려가지는 않았을 터.

그는 원래 나츠카 마사이에 따위는 대수롭게 여기지 않았다. 종래의 360평 1단보段步를 300평 1단보로 변경시켜 일본 영토를 넓혔다는 계산상의 잔재주는 부릴 수 있어도, 인간으로서나 무장으로서는 이류나 삼류밖에 안 된다고 생각했다. 그는 이러한 나츠카 마사이에한테 달려가 빨리 히데모토에게 산을 내려가도록 권하라고 간청했다.

에케이의 위기는 당연히 마사이에의 위기, 이를 거부할 까닭이 없었다. 마사이에는 즉시 가신 코니시 지자에몬小西治左衛門을 산으로 올려보냈다.

히데모토는 이때에도 여전히 기가 죽어 있었다. 그도 결코 에케이를 속인 것은 아니었다. 그는 곧바로 전군을 하산시키라는 뜻을 킷카와 히로이에에게 전했다. 킷카와 히로이에가 이를 거절했다. 그 이유 또한 정연했다.

"우리는 오가키 성 부근에서 동군을 방어하기로 약속되어 있었소. 미츠나리는 그 약속을 깨고 자신의 거성인 사와야마를 지키려고 멋대로 세키가하라로 나갔소…… 우리가 알지 못하는 전투에 어찌 소중한 군사를 죽일 수 있단 말이오."

말을 듣고 보니 사실이 그랬다. 전군이 세키가하라에 나가 싸우기로 결정하는 자리에 모리 일족은 참석하지 않았다.

"명목뿐인 총대장, 그러나 이 총대장에게조차 상의하지 않고 싸우는 전투에 우리 군사를 죽일 수는 없소."

이 말에는 히데모토도 대답할 말이 없었다.

그러한 입장에 처해 있는 히데모토에게 나츠카 마사이에의 사자는 다시 간곡하게 호소했다.

"우리는 모두 귀하를 믿고 전투에 임했는데 이대로 내버려두시겠습니까? 이미 아사노, 이케다 양군과 백병전에 돌입해 있습니다."

히데모토는 점점 신경질적인 얼굴이 되어 막사 안을 왔다갔다하다가 그대로 훌쩍 밖으로 나갔다. 코니시 지자에몬은 그 뒤를 쫓으려다가 그만두었다.

'누군가를 부르러 갔는지도 모른다……'

너무 서두르다가 분노하게 해서는 안 된다고 자중했다.

히데모토는 막사에서 나와 아직도 젖어 있는 산 위의 풀을 밟으며 걸어다녔다. 하늘은 쳐다보지 않고 발 밑만 노려보면서…… 그리고 밖에 나올 때와 같은 보조로 다시 막사 안으로 돌아왔다.

"알겠다. 지금 군사들에게 도시락을 먹이고 나서 즉시 산을 내려가 겠으니 그렇게 전하라."

"아니, 도시락을?"

"그래. 그런 뒤에 곧 내려가겠다……"

이것이 나중에 '재상님의 빈 도시락' 이라는 소문을 남긴, 히데모토 가 고심 끝에 던진 대답이었다.

7

살아 있는 인간의 움직임은 시시각각 변한다. 타산과 감정의 파도가 미리 정해놓은 결정이나 약속의 둑을 넘어 움직이기 때문이다.

모리 히데모토는 미츠나리에게는 호감을 갖지 않았으나, 도요토미 가문을 위해 일할 의사는 충분히 있었다. 따라서 안코쿠지 에케이로부 터 설득받았을 때까지만 해도 산을 내려갈 생각이 있었다. 그러나…… 나츠카 마사이에의 사자가 왔을 때는 이미 그럴 마음이 없어져 있었다. 그 자신이 아무리 설친다 해도 킷카와 히로이에를 비롯한 중신들이 움 직이려 하지 않을 것을 알았기 때문이다.

사실 움직일 리 없었다. 킷카와 히로이에는 히데모토 몰래 후쿠하라 히로토시, 시시도 나리무네 등 모리 가문의 중신들과 상의해, 이미 전 날 밤에 이이 나오마사, 혼다 타다카츠, 후쿠시마 마사노리, 쿠로다 나 가마사 네 사람에게 화의를 제의하고 서약서를 보내놓았다.

그 서약서는 현재 이이 나오마사의 수중에 있었다. 나오마사가 그것 을 어떻게 이에야스에게 전달했을까…… 그것까지는 알 수 없었으나,

모리 일족이 산에서 내려와 공격을 가하지 않는 한 이 방면에 있는 동군의 주력인 이케다 테루마사나 아사노 요시나가는 난구산을 공격하지 않으리라는 것만은 알 수 있었다.

서약서는 킷카와 히로이에가 히데모토에게 한 말과 같았다.

"미츠나리는 약속을 어기면서 오가키 성에서 세키가하라에 진출하고, 자기 거성인 사와야마만을 염려하여 우리도 알지 못하는 싸움을 꾀하고 있소. 따라서 앞으로 모리로서는 싸울 의사도 책임도 없소."

처음부터 이에야스의 편이 되려고 했던 킷카와 히로이에가 모리 가문의 존속을 위해 고심 끝에 생각해낸 비책이었을 터. 그리고 이에 대해서는 히데모토도 벌써 어렴풋이 알고 있었다. 그래서 '재상의 빈 도시락'이라는 괴로운 변명이 나왔다.

나츠카 마사이에의 사자는 더 이상 아무 말도 못하고 산을 내려왔다. 이번에는 산 위에서 히데모토의 사자가 에케이와 나츠카의 진지를 찾아왔다. 물론 킷카와 히로이에의 의견에 따라 파견되었을 터.

"나는 산을 내려갈 생각으로 지시를 내리고 있으나, 킷카와도 후쿠하라도 시시도도 움직이려는 기색이 없소. 무슨 이유에서인지 나로서는 알 수 없소. 이 이상 폐를 끼치면 미안한 일이므로 상황을 보아 자유로 진퇴를 결정하시오……"

세상에 이보다 더 냉혹한 절연장이 또 있을까.

히데모토는 그들의 군사를 통솔하는 지휘자여야 했는데……

안코쿠지 에케이의 머리에 그려져 있던 자신감에 찬 야심도野心圖는 마지막에 이르러 결국 킷카와 히로이에의 타산적인 채찍에 의해 찢기고 말았다……

그때 벌써 적은 목전에 박두하여 심한 총격을 퍼붓고 있었다.

당황하기는 나츠카 마사이에나 쵸소카베 모리치카도 마찬가지였다. 그들은 이미 쳐들어온 적이 때때로 산 위의 기색을 살피면서 공격의 고삐를 늦추고 있다는 사실조차 깨달을 여유가 없었다.

이 무렵 공격자는 아직 산 위에 있는 모리 군의 거취를 알지 못해 가진 실력을 모두 발휘한 맹공으로 옮기지는 않았으니……

8

강한 자가 이기게 마련……인 전쟁터에서 강한 자가 싸우지 않는다면 승패를 재는 잣대는 어떻게 되는 것일까……?

바야흐로 정오를 맞이하려 하고 있는 지금, 이 세키가하라를 꽉 메운 난전亂戰 속에서 도대체 누구와 누가 그러한 일을 생각할 수 있는 입장에 있는 것일까?

어쨌든 마른풀을 피로 물들인 살육과 광기의 이 전쟁터에서 정상적인 이성을 가진 자가 모리나 코바야카와 외에도 몇 명은 분명히 있을 것이었다.

그 가운데 한 사람이 지금 진중에서 묵묵히 좌선을 계속하고 있는 시마즈 요시히로, 또 한 사람은 아직 전쟁터로 나가지 않은 코니시 유키나가였다.

시마즈 요시히로는 무엇을 생각하고 있는 것일까?

그 후에도 계속 미츠나리로부터 독촉하는 사자가 왔으나 그 자신은 일절 대응하지 않았다. 조카 토요히사나 중신들이 찾아와도 거의 입을 열지 않았다.

어쩌면 그 역시 난구산의 킷카와나 모리가 움직이지 않는 한 꼼짝도 않을 각오를 하고 있는 것일까?

그러나 킷카와나 모리의 입장과 시마즈 요시히로가 처한 입장 사이에는 너무도 큰 차이가 있었다. 킷카와나 모리는 산에서 내려가지 않는 한 전혀 희생당하지 않고 전쟁 그 자체를 방관할 수 있지만, 시마즈 요시히로의 경우는 그렇지 않았다.

요시히로는 이미 전화戰火의 소용돌이 한가운데에 있었다. 그 자신의 움직임 여하에 관계없이 그의 군사는 잇따라 상처를 입어 쓰러지고 감소되기는 할지언정 증원되지는 않을 터였다. 따라서 그대로 앉아 있는 한 당연히 그는 무저항인 채로 공격을 받아 목숨을 떨구지 않을 수 없게 될 것이다.

그럼에도 불구하고 여전히 요시히로는 앉아만 있었다……

저항하지 않고 죽는다고 해서 시마즈 가문이 무사하다거나 다른 자가 돕는 경우는 물론 생각할 수도 없었다. 그의 부하는 분전하고 있었다. 과감하게 공격했다가는 물러나고 물러났다가는 공격했다.

이런 상태라면 요시히로는 묵묵히 입을 다문 채 충성스런 부하들이 죽어가는 모습을 외면하고 있다고밖에 할 수 없었다.

무슨 생각을 하고……?

코니시 유키나가 역시 미츠나리가 크게 기대했던 전력을 발휘하려는 노력을 전혀 하고 있지 않았다.

그의 뒤에는 산이 있다.

그의 오른쪽도 산이다.

전면에는 적이 가득하고, 왼쪽은 위에 말한 시마즈의 진지.

그렇다면 코니시 유키나가 그는 무슨 생각으로 혼자 깊숙이 틀어박혀 있는 것일까?

퇴각하려면 할 수 있는 전쟁터라면 몰라도, 계속 산 쪽으로 밀리고 있어 전력이 소모되고 있을 뿐이다. 미츠나리에게 오가키에서 농성하자고 한 제의를 거부당한 불만이 있기 때문이라고 하더라도 지금 그의 대처는 너무 기개가 없다고 해야 했다.

무엇이 그의 강한 면을 봉쇄한 것일까?

어쨌든 전쟁터의 얄궂음은 아직도 수없이 많을 것 같다.

그러나 이미 시각은 정오에 가까웠다.

이 정도에서 붓을 다시 돌려, 이 전쟁터의 승패를 결정할 열쇠의 행방을 찾아보지 않으면 안 될 듯하다……

벌써 자기 체력의 한계에 도달하여 진흙을 움켜쥐고 쓰러지는 사람이 속출하고 있었다……

 승패의 열쇠

1

이에야스는 그 후 본진을 두 번 전진시켰다.

세키가하라 동쪽 끝에서 다시 중앙 진지로 결상을 옮겨놓게 하고 왼쪽 마츠오야마에 있는 코바야카와 군을 노려보듯 하면서 ——

"저 산 위의 애송이는 아직 그대로 있느냐?"

혼다 마사즈미에게 꾸짖듯이 말을 걸었을 때 그 이마에는 불끈 힘줄이 솟아 있었다.

"예. 지금 쿠로다 카이노카미의 진중에서 오오토 로쿠자에몬大音六左衛門이란 자를 보내 다시 독촉을……"

"오오토란 어떤 자냐?"

"이전에 킨고 님을 모시던 자입니다. 킨고 님이 움직일 때까지 감시하는 임무를 띠고……"

"흥."

그리고 잠시 후 다시 소리쳤다.

"지금 시각은?"

"예, 정오입니다."

"에잇, 애송이 녀석이……"

애송이란 코바야카와 히데아키를 가리키는 말이었다. 이에야스는 이렇게 내뱉듯이 말하고 벌떡 걸상에서 일어나 오른손 손톱을 심하게 깨물기 시작했다.

"주군께서 손톱을 깨물기 시작하거든 멀리 떨어져라. 언제 칼을 뽑을지 모른다."

혼다 타다카츠가 늘 농담처럼 말하던, 이에야스가 젊었을 때 진중에서 하던 버릇이었다.

사실 이에야스는 오늘 전투의 대세가 정오에 결정된다고 말했다. 그때까지면 군사들의 체력이 한계에 도달한다고. 그러나 지상에서는 그 한계에 도달해가고 있는데 아침부터 관전만 하고 있는 마츠오야마의 코바야카와 군은 아직껏 산에서 내려올 기색을 보이지 않았다.

이미 이시다 군도 퇴각하고 있고 우키타 군도 혼란에 빠져 있었다. 지금 코바야카와 군이 산을 내려와 오타니 군의 측면을 찌른다면 서군은 대번에 무너진다…… 그것을 알고 있는 만큼 이에야스는 여간 초조하지 않았다.

코바야카와 히데아키 옆에는 오쿠다이라 사다하루와 오쿠보 이노스케가 딸려 있어 열심히 내응하도록 권하고 있을 터. 여기에 다시 쿠로다 나가마사 진영에서 오오토 로쿠자에몬을 파견했다고 하니 이제 코바야카와 군이 산을 내려오는 것도 시간문제……라고 생각은 하고 있었다. 그러나 이렇게 지체하여 점점 더 많아지고 있는 아군의 희생이 이에야스로서는 참을 수 없었다.

"애송이 녀석…… 왜 이렇게 결단을 내리지 못하는가."

이에야스는 입술을 일그러뜨리고 손톱을 깨물면서 걸상 주위를 빙빙 돌았다.

혼다 마사즈미는 그러한 현상을 막아보려는 듯—

"아직 난구산에 보낸 척후가 돌아오지 않았느냐?"

이에야스의 관심을 난구산의 모리 히데모토에게 돌리려고 하면서 커다랗게 소리쳤다.

"예. 지금 막 돌아왔습니다."

얼른 걸상 앞으로 달려온 것은 쿠보시마 마고베에久保島孫兵衛라는 본진의 척후였다.

"어떠냐, 모리의 거동이?"

"수상한 자가 에케이와 나츠카의 진지로 계속 왕래하고 있습니다."

혼다 마사즈미는 깜짝 놀라 이에야스를 돌아보았다. 난구산의 기색도 수상하다……고 하면 이에야스의 심기가 더욱 험악해질 것 같아 여간 조마조마하지 않았다……

아니나 다를까 이에야스는 딱 걸음을 멈췄다.

"모리의 거동이 수상하다는 말이지?"

"예. 계속 산 밑으로 사자가 왕복하고 있습니다."

"으음. 모두 애송이 녀석이 움직이지 않기 때문이야."

그러나 이에야스는 곧 냉정한 표정으로 돌아와 걸상에 앉았다. 중요한 때라 생각하고 자중했음이 틀림없다. 마사즈미는 마음을 놓았다.

2

"마고베에, 좀 기다려."

이에야스는 걸상에 앉아 허공을 노려본 채 일어서려 하는 쿠보시마 마고베에를 불러세웠다.

혼다 마사즈미는 숨을 죽이고 이에야스를 쳐다보고 있었다. 그로서도 이에야스가 지금 걱정하고 있는 것을 잘 알고 있었기 때문이다.

코바야카와 히데아키가 아직도 산에서 내려와 내응하지 않는 것은 히데아키의 우유부단優柔不斷한 성격 때문. 그러나 이 때문에—

"킨고 님이 움직이지 않는 것은 동군의 전황이 좋지 않기 때문."

이렇게 생각하며 난구산의 모리 일족이 착각을 일으킬 우려는 충분히 있었다. 이렇게 판단한다면 그들이 에케이나 미츠나리의 독촉을 받고 산에서 내려올 우려가 전혀 없지도 않았다.

코바야카와가 하산하면 이에야스를 위해 싸우는 것이 되지만, 모리 히데모토가 난구산에서 내려올 경우는 분명히 미츠나리의 간청을 받아들여 이에야스의 배후를 치는 것이 된다. 만약 모리 히데모토가 먼저 하산하면 코바야카와 히데아키도 쿠로다 나가마사와의 약속 따위는 무시하고 세 명의 감시자를 죽인 뒤 적으로 돌아선다는, 동군으로서는 최악의 사태에 직면하게 된다.

이에야스는 그것을 민감하게 계산하고—

'난처하게 됐다!'

이렇게 생각했을 것이 틀림없다.

"분명히 모리 쪽에서 사자를 보냈다는 말이지?"

"예."

"좋아! 마고베에, 후세 마고베에布施孫兵衛에게 가서 더 이상 참을 수 없으니 산에 있는 애송이를 향해 발사하라고 일러라."

후세 마고베에는 쿠보시마 마고베에와 같은 이름을 가진, 이에야스의 본진에서 솜씨를 자랑하는 총포대의 우두머리였다.

"그러면, 저 산에 있는 킨고 님을 겨냥하는 것입니까?"

"멍청한 녀석. 겁을 주라는 거야. 죽은 말은 소용이 없어."

"예."

"잠깐, 마고베에. 그렇지…… 우리 총포만으로는 위협이 부족해. 후쿠시마에게 가서 양쪽 진영의 깃발을 세우고 사격하라고 해라."

"알겠습니다."

"말할 나위도 없는 일이지만, 응사하거든 용서하지 마라. 후쿠시마 군에게 잇따라 즉시 공격하라고 해라."

"그렇게 하겠습니다."

"마사즈미!"

"예."

"마고베에게 말을 주어라. 코바야시 겐자에몬小林源左衛門이 선사한 그 밤색 말을. 마고베에는 타고 갔다가 후세가 발포하거든 애송이 녀석의 동향을 잘 살피고 즉시 이리 달려오너라. 놀라서 하산하는지 아니면 놀라는 기색도 없는지. 그것을 보고 마음을 정하겠다."

혼다 마사즈미는 마고베에와 같이 말을 매어놓은 곳으로 달려갔다. 그리고 명령받은 대로 밤색 말을 그에게 주고 달려가는 모습을 보고 나서 이에야스 곁으로 돌아왔다.

"쿠보시마 마고베에가 떠났습니다."

이에야스는 가만히 고개를 끄덕였을 뿐 또다시 신경질적으로 손톱을 깨물기 시작했다. 온몸의 신경을 집중하여 눈에 보이지 않는 모든 것을 읽어내려 하는 쉰아홉 살의 이에야스의 투지가 전쟁터에 그대로 반영된 살기등등殺氣騰騰한 모습이었다……

3

전쟁터에서의 계산은 평시 생각과는 전혀 다른 이질적인 것. 평시의 생각을 전쟁터에 가지고 오면 그대로 우유부단이 되고 겁먹는 것이 된다. 거꾸로 전쟁터의 '결단'으로 평상시의 일에 임하면 구제받을 수 없는 폭군이라는 낙인이 찍힐 터.

노부나가가 그 대표적인 본보기였다. 전쟁터에서는 이에야스도 결코 노부나가에 뒤지지 않는 결단을 가진 맹장이었다.

만약 마츠오야마를 향해 발포하더라도 코바야카와 히데아키가 움직이지 않는다면 이에야스는 자기 하타모토들에게 원호하도록 하면서 혼다 타다카츠와 후쿠시마 마사노리에게 명하여 대번에 이를 공략하게 할 생각이었다.

아니, 그러한 결단이 ──

'지금이 절호의 기회!'

이렇게 판단한 순간 본능적으로 계산되고, 이 계산이 그대로 명령으로 나오는 것이 전쟁터에서 이에야스의 성격이었다. 그러한 이에야스의 '결단'은 하타모토인 쿠보시마 마고베에의 몸에도 배어 있었다.

이에야스는 마고베에가 타고 달리는 자기 말의 속도와 발포대까지의 거리, 후쿠시마 군의 위치를 계산하고 있을 것이 분명했다. 그러한 사실을 잘 알고 있는 쿠보시마 마고베에는 말이 총포대에 도달하는 것과 동시에 말 위에서 소리쳤다.

"마고베에, 마고베에!"

"왜 그러나, 마고베에?"

"마츠오야마야. 총포대 스무 명을 데려와."

"마츠오야마? 알겠어."

"주군이 손톱을 깨물고 계셔."

그리고는 벌써 질풍처럼 후쿠시마 마사노리의 진지를 향해 달렸다.

두 사람의 대화는 오늘날 시간으로 30초도 되지 않았다. 이 대화만으로도 의사가 통하고 사기가 진작되는 것이 하타모토의 강점이었다.

후쿠시마 본진에 도착해서는 그렇게 쉽게 되지 않을 터. 마사노리를 만나 우선 이에야스의 명령을 전하지 않으면 안 된다. 더구나 그 말 한

마디에 따라 마사노부는 승낙도 하고 등을 돌리기도 하는 까다로운 인물이었다. 후쿠시마 마사노리는 전쟁터나 평시에도 '마사노리의 면목'을 같은 비중으로 완고하게 가슴에 간직하고 있었다.

그러나 이 경우에는 뜻밖에도 빨리 결정이 났다. 마사노리가 히데아키에게 무섭게 화를 내고 있었기 때문이다.

"알았어, 쏘라고 하셨단 말이지. 홋타를, 칸자에몬을 불러라!"

총포대 우두머리 홋타 칸자에몬堀田勘左衛門이 나타났을 때는 이미 하타모토 후세 마고베에도 화승총의 화약 냄새를 풍기면서 달려왔다.

"총포 스무 자루를 마츠오야마 본진을 향해 발사한다. 어서 가라."

당시 총포대의 갑옷은 쇠가죽 몇 장을 붙여 옻칠을 한 것인데, 엎드리면 머리를 보호하는 사방 다섯 치 정도의 조준대를 겸한 철판이 가슴에 달려 있었다. 물론 머리에도 남만철에 칠을 한 삿갓을 쓰고 있었다. 따라서 적의 탄환은 두려울 것이 없고, 칼이나 창의 습격에도 동체가 양단될 우려는 없었다.

그런 만큼 40명의 총포대는 딱정벌레처럼 슬금슬금 대열에서 이탈하여 산 위를 향해 횡대로 포진했다.

"열 자루씩 쏘아라!"

후세 마고베에와 홋타 칸자에몬이 떡 버티고 서서 명령했다.

4

"탕탕탕."

"탕탕탕."

10자루씩 10돈쭝의 탄환을 두 번 발사했을 때 주위의 경계심은 이 총소리에 집중되었다.

"탕탕탕."

"탕탕탕."

마츠오야마에 있는 코바야카와 본진을 향해 발사된 총성임을 알았을 때 후쿠시마 군은 물론 토도 군도 서군의 오타니, 토다, 아카자, 쿠츠키, 오가와, 와키자카 등 여러 부대에서도 옷깃을 여미는 듯했다.

총성은 네 차례로 끝났다. 물론 이에야스는 여전히 본진에서 손톱을 깨물면서 시간의 흐름을 재고 있었다. 평지에서 혼전을 거듭하고 있는 백중세의 균형을 어떻게 깨뜨리느냐 하는 기로의 순간이었다.

보이지 않는 눈으로 가마를 타고 지휘하는 오타니 요시츠구 등은 모든 신경을 다음 작전에 집중시키고 정지해 있을 터. 아니, 이 총성을 듣고 그 이상으로 당황한 것은 마츠오야마의 본진일 터였다.

코바야카와 히데아키는 걸상에서 벌떡 일어났으나 당장에는 아무 말도 하지 않았다. 그가 표방한 중립주의가 얼마나 비참한지는 그 옆에 이미 세 사람의 감시자가 분노를 참고 달려왔다는 것만으로 충분히 알 수 있었다.

이때 이에야스의 결의를 알리는 총성이 들렸다.

"주군, 드디어 공격해나갈 때가 온 모양입니다."

히라오카 요리카츠가 떨리는 목소리로 말하는 것과 장막 하나를 사이에 두고 있던 오쿠다이라 사다하루가 큰 소리로 웃은 것은 동시의 일이었다.

"하하하. 우리 주군도 하타모토를 움직일 생각이 드신 것 같군. 어쨌든 아직 삼만의 하타모토는 싸우지 않고 고스란히 남아 있으니까."

쿠로다 가문에서 파견된 오오토 로쿠자에몬과 오쿠보 이노스케는 웃는 대신 혀를 찼다.

"드디어 나이다이진을 분노케 했군."

"어떻게 할 작정일까, 이 사태를."

코바야카와 히데아키가 히라오카 요리카츠에게 심하게 말을 더듬으며 명한 것은 이로부터 얼마 후였다.

"츠……츠……츠카이반을 보내라…… 지……지금이다."

"그러시면, 드디어 나이다이진과 일전을 벌이시겠습니까?"

히라오카 요리카츠보다 먼저 오쿠다이라 사다하루가 물었다. 그러나 요리카츠도 이 빈정거리는 말에는 대꾸하지 못했다.

"알겠습니다. 츠카이반을!"

드디어 마츠오야마의 방관자는 영리한 이기주의의 자리에서 진흙탕 속으로 굴러떨어지지 않을 수 없게 되었다. 이나바 마사나리가 달려와 히라오카 요리카츠와 함께 단호히 츠카이반에게 명했다.

"일제히 하산하여 오타니 군을 공격하라."

그동안 코바야카와 히데아키는 선 채로 있으면서 한마디도 하지 않았다. 결단이 늦어진 것을 후회하고 있는 것일까? 아니면 아직 승부의 귀추를 판단하지 못하고 있는 것일까? 어쨌든 이마에는 콩알 같은 땀방울이 맺혀 있었다.

이때 히데아키의 선봉인 마츠노 슈메松野主馬가 새파랗게 질린 얼굴로 달려왔다.

"주군! 아군을 배반하고 오타니 군을 공격하라고 하시다니…… 그것이 진심입니까? 이렇게 하시고도 주군의 무사도가 서겠습니까?

5

"배반이라니 말이 지나치지 않소?"

히라오카 요리카츠가 당황해 막았다. 마츠노 슈메는 굽히지 않았다.

"천만의 말씀. 어젯밤 오타니 님이 일부러 찾아오셨을 때 여러분은 무어라고 했습니까? 봉화가 오르는 즉시 하산하여 나이다이진의 진지를 공격하겠다고 했소. 그런데 오타니 군을 습격하다니…… 그런 표리부동한 태도로 나오면 주군은 후세에까지도 웃음거리가 될 것이오. 주군! 재고하시기 바랍니다.”

느닷없이 슈메는 히데아키 앞에 무릎을 꿇었다.

“말을 삼가시오, 마츠노 님. 배반이 아니오. 처음부터……”

히라오카가 다시 입을 열었으나 곧 제지당했다.

“잠자코 계시오. 귀하에게 말하는 것이 아니오. 주군!”

마츠노 슈메는 히데아키의 갑옷을 붙들고 무섭게 흔들었다.

“주군은 타이코 전하의 은혜를 입은 무인으로서 영예로운 코바야카와 가문을 계승하신 분…… 그런데…… 배반을 하시다니 부끄럽습니다. 하다못해 이 산에 가만히 계시기라도 하는 것이……”

여기까지 말했을 때였다.

“고얀 녀석!”

히데아키가 미친 듯이 마츠노 슈메의 가슴을 걷어찼다.

“앗……”

슈메가 비틀거렸다.

“네가 무엇을 안다는 말이냐. 코바야카와 가문이 무엇이고, 타이코가 무엇이란 말이냐! 모두 자신만 생각하고 전쟁을 되풀이해온 단순한 욕심쟁이들일 뿐이야. 이 히데아키는 좀더 옳게 살아보겠다. 명령을 어긴다면 처형할 것이다.”

히데아키로서는 걷잡을 수 없는 자기 본심을 토해내는 외침이었다.

“마츠노 님, 여기는 진중이오. 진중에서의 간언은 간언이 되지 않소. 군율을 문란하게 해서 어쩌겠다는 거요?”

사태의 추이라는 것은 기묘하다. 마츠노 슈메가 이런 저항을 하지 않았다면 코바야카와 히데아키는 자기 감정을 견뎌내지 못했을 터.

그는 산에서 내려가 싸워야 한다⋯⋯는 생각은 가지고 있었다. 그러나 아직 전의가 타오르지 않아 안타까워하고 있었다. 그런데 마츠노의 저항으로 대번에 전의에 불이 붙었다.

'가신들 중에도 마츠노와 같은 생각을 가진 자는 있을 터⋯⋯'

이런 생각만 해도 그는 자신을 갈기갈기 찢어버리고 싶을 정도로 허무한 분노를 터뜨릴 수 있는 인간이었다.

"우효에! 슈메를 끌어내라. 군율을 무엇으로 아느냐."

"이렇게까지 말씀 드리는데도⋯⋯"

"마츠노 님, 주군의 명령이오."

무라카미 우효에村上右兵衛가 당황하며 마츠노 슈메를 막사에서 데리고 나갔다. 그대로 두면 히데아키는 정말 칼을 뽑을지도 몰랐다.

슈메가 끌려나가자 히데아키는 발을 구르며 명령했다.

"소라고둥을 울려라! 그리고 말을 끌어오너라! 다시는 돌아오지 않을 것이다. 일거에 오타니 군을 짓밟고 우키타의 배후를 치겠다."

히데아키는 비로소 자기 마음의 모순을 떨어버리고 정말 공격하겠다는 결심을 굳혔다.

선두의 총포대가 총구를 산밑의 오타니 군을 향해 발사하기 시작한 것은 그로부터 얼마 후의 일이었다. 마츠오야마에는 정오가 되어서야 비로소 양쪽을 모두 놀라게 하는 함성이 터져나왔다⋯⋯

6

마츠노 슈메는 무라카미 우효에의 타이름을 받고 자기 진지로 돌아왔다. 그리고는 그대로 군사를 이끌고 하산했으나, 그만은 오타니 군을 향해 발포하지 않았다. 그는 전투가 끝난 뒤 곧바로 쿄토의 쿠로타니黑

谷에 돌아가 쿠마가이 나오자네熊谷直實의 고사故事에 따라 은거했다. 그러나 이러한 한 개인의 행위 따위는 세키가하라 전투의 승패에 아무런 영향도 끼칠 수 없었다.

코바야카와 군은 600자루의 총포를 가지고 있었다. 더구나 그것은 다른 부대처럼 빗속에서 이동할 필요가 없었기 때문에 화승과 화약이 전혀 젖지 않았다. 그 우세한 총포대가 총구를 나란히 하고 일제 사격을 했기 때문에 허를 찔린 오타니 군의 혼란은 극심했다.

아군이 적으로 돌아섰을 뿐 아니라, 그 적이 가장 우수한 무기를 가지고 오타니 요시츠구의 하타모토를 공격했다. 오타니 요시츠구는 이때 코바야카와 군의 총포대 수와 같은 수인 600명의 군사를 거느리고 나카센도 북쪽에 있었다.

그는 이에야스 쪽에서 마츠오야마에 총구를 돌려 발포했다는 것을 알았을 때부터 ——

'이제는 히데아키가 배신하겠구나……'

히데아키의 입장도 가련하다…… 이렇게 생각하고 있었다.

원래 인간이 짊어지고 있는 운명의 짐은 별로 큰 차이가 없다. 자신이 문둥병이란 고질병을 짊어지고 전쟁터에 나서지 않을 수 없게 된 것처럼 히데아키 또한 히데요리와 이에야스, 요도 부인과 코다이인, 미츠나리와 모리 일족 사이에서 고통스럽게 올가미에 얽혀 있다고.

그런데 히데아키가 자기 본진을 향해 공격해오면서 그 이성이 대번에 분노로 변했다. 생각하기에 따라서는 오타니 요시츠구나 되는 무장도 이 중요한 결전장에서 코바야카와 히데아키 때문에 전력이 봉쇄되어 전혀 움직일 수 없었다고 할 수 있다. 의심하면서도 믿으려 하고 믿으면서도 의심을 버리지 못하고. 그것이 최종적으로 몇 배나 되는 병력으로 자신을 짓밟아오는 적이 될 줄이야……

아무리 생각해도 승산이 없고, 승산이 없는 만큼 원통함은 각별했다. 히데아키만 없었다면 요시츠구는 병든 몸으로도 이에야스의 본진에 쳐들어가 최후의 일전을 화려하게 장식할 수 있었을 텐데…… 아니, 처음부터 그렇게 할 생각으로 미츠나리의 우정에 목숨을 버리기로 각오했던 요시츠구……

오늘의 전투는 눈에 보이지 않는 그의 육체와 마찬가지로 한 번도 그의 뜻대로 공세를 취하도록 만들지 않았다. 그가 공세로 바꾸면 히데아키가 배신한다…… 히데아키를 배신하지 않게 하려면 아직 움직여서는 안 된다……고.

'자중했다가 움직이지도 못한 채 히데아키의 먹이가 되다니……'

이러한 생각과 함께 그의 분노가 불을 뿜기 시작했다.

오타니 요시츠구는 사방을 터놓은 가마에 올라 명주 코소데小袖 위에 흰 능직 비단에 먹으로 나비 떼를 그린 요로이히타타레鎧直垂°를 입고 붉은 하이다테佩楯°에 붉은 얼굴 가리개를 하고 있었다. 갑옷과 투구를 일부러 착용하지 않고 여느 때와 같이 연황색 명주로 머리를 싸고 있었다.

그러한 머리를 갸웃하고—

"킨고의 기치는 어디 있느냐?"

근시에게 묻는 그 목소리는 귀기鬼氣 그 자체였다……

7

"예. 지금 곧바로 산에서 내려와 공격해오고 있습니다."

대답한 것은 요시츠구가 장님이 된 이후 그의 눈과 촉각이 되어 잠시도 곁을 떠나지 않은 유아사 고스케湯淺五助의 목소리였다.

"온다는 말이지, 킨고가."

요시츠구는 얼굴 가리개 속에서 이를 갈았다.

"모두에게 전하라. 무도한 히데아키의 목을 베지 못하면 나의 원한 은 저승에까지 남는다. 다른 부대는 상관하지 마라. 창끝을 나란히 하 고 히데아키의 깃발을 향해 쳐들어간다."

가마를 두드리고 명령하면서, 요시츠구는 비로소 자신의 적이 누구 인지 확실히 깨달았다는 생각이 들었다.

그가 진심으로 증오하는 것은 이에야스도 아니고 동군의 장수들도 아니었다. 이 세상을 뒤덮고 있는 어리석은 무지와 불신이었다. 어젯밤 에도 일부러 산에 올라가 신의를 다했는데 히데아키의 중신들은 음험 하게도 자기를 속였다.

"알겠습니다."

고스케는 기세 있게 가마 곁을 떠났다. 적의 사격은 맹렬하기 짝이 없었으나 아군은 지금까지 응사하지 않고 있었다.

오타니 군은 요시츠구의 본진 외에 히라츠카 이나바노카미 타메히 로平塚因幡守爲廣와 토다 무사시노카미 시게마사戶田武藏守重政 부자, 그리고 요시츠구의 두 아들인 오타니 다이가쿠大谷大學와 키노시타 요 리츠구木下賴繼가 다섯 부대로 나뉘어 포진하고 있었다.

총포의 수는 다섯 부대를 합쳐 모두 400자루 가까이 되지만, 각 부대 에 분산되어 있기 때문에 600자루를 앞세운 맹공 앞에서 함부로 응사 할 수 없었다.

요시츠구는 가마에서 귀에 모든 신경을 모으고 유아사 고스케가 돌 아오기를 기다리고 있었다.

"고스케, 다녀왔습니다."

"전했느냐?"

"예. 이미 히라츠카 이나바노카미 님, 토다 무사시노카미 님이 좌우 에서 코바야카와의 하타모토를 향해 진격하기 시작했습니다."

"알겠다. 움직이기 시작했다면 너는 내 곁을 떠나지 마라."

"알고 있습니다."

"싸우다 죽을 것이다! 만약 적이 내 가마 앞으로 육박하거든 곧 내게 신호를 보내라."

"예."

"머뭇거리다 때를 놓치면 안 된다. 내가 할복하는 것과 동시에 카이샤쿠介錯°하고 절대로 목을 적에게 넘기지 마라."

표정이 없는 얼굴……이라기보다 눈도 코도 없는 얼굴에 붉은 얼굴 가리개가 을씨년스러울 정도로 부각되어 보였다. 그 안에서 스며나오는 희미한 살기가 고스케의 가슴에 송곳처럼 꽂혔다.

"탕탕."

아군의 응사가 시작되었다.

"가깝구나, 거리는?"

"예. 지금의 그 응사와 함께 이나바노카미가 돌진하여……"

여기까지 말했을 때였다.

"와아!"

천지를 뒤흔드는 함성이 그의 말끝을 앗아갔다. 아군도 함성을 질렀을 테지만 세키가하라를 가득 메운 다른 부대도 일제히 새로운 사태의 전개에 눈을 돌린 듯.

"코바야카와 군말고도 공격해오는 자가 있느냐?"

"예. 토도, 쿄고쿠 군사가 앞장섰습니다."

"그 다음에는?"

"하치스카, 야마노우치, 아리마가 뒤따르고 있습니다."

"아군은? 아들들은 무얼 하고 있느냐?"

"곧장 코바야카와 군을 향해 쳐들어가고 있습니다."

"그래, 맞부딪쳤느냐?"

"예. 아, 코바야카와 군이 물러가고 있습니다. 아군이 우세합니다."

"좋다, 가마를 전진시켜라. 빨리!"

8

전쟁터는 처절한 백병전으로 화했다. 오타니 요시츠구에게 시력이 있었다면 틀림없이 회심의 미소를 띠고 무릎을 쳤을 터였다.

히라츠카 타메히로는 십자창을 휘두르며 떼지어오는 적을 쓰러뜨리면서 아수라처럼 돌진하고 있었다. 토다 시게마사도 선두에 나서서 그가 자랑으로 여기는 칼을 휘두르고 있었다. 오타니 다이가쿠와 키노시타 요리츠구는 아버지의 심경을 알고 있으므로 처음부터 살아서 돌아올 생각은 하고 있지 않을 것이었다.

코바야카와 군이 맹공을 당해 퇴각하기 시작하면서 토도 군도 진격을 중지했다.

"다섯 정…… 다섯 정 정도 코바야카와 군이 물러갔습니다."

"좋아, 함성을 지르며 가마를 한 정 정도 전진시켜라."

요시츠구는 쌍방의 함성 속에서 전쟁터의 양상을 판단하고 명령을 내렸다.

"가까이 오는 적이 있거든 가마와 너만 남고 모두 덤벼라! 그러면 반드시 히데아키는 젊은 혈기를 못 이겨 맨 앞으로 나올 것이다."

"앗! 말씀하신 대로 킨고의 깃발이 후퇴하는 자들을 막았습니다."

"그럴 것이다. 다음에는 직접 그가 앞장설 것이다…… 어떠냐, 그런 기색이 보이지 않느냐?"

"후퇴를 멈추었습니다. 앗, 킨고가 지휘채를 휘두르며 측근을 꾸짖고 있습니다."

"그럴 테지. 이 가마를 좀더 앞으로……"

"앗. 적이 반……반격하기 시작했습니다. 서서히 적이 반격해오고 있습니다!"

유아사 고스케는 크게 손을 흔들었다. 요시츠구의 가마가 명령과는 달리 약간 물러나려 했기 때문이다.

"물러나지 마라, 고스케."

요시츠구가 낌새를 느끼고 가마를 두드렸다.

"다섯 정을 물러간 적이라면 반격한다 해도 고작 한 정 정도일 것. 함성을 질러라. 징을 쳐라. 밀고 들어가라. 반격하라는 말이다."

바로 이때였다.

"와아!"

새로운 함성이 눈먼 요시츠구의 귓전을 때린 것은……

"저것은, 저 함성은……?"

그러나 고스케는 그대로 고할 수 없었다.

그는 분명히 보았다. 일단 진격을 멈추었던 토도 군 본대에서 타카토라의 깃발이 크게 좌우로 네댓 번 흔들렸다.

'무슨 신호임이 분명한데……?'

이렇게 생각은 했으나 고스케는 그 의미를 알 수 없었다. 토도 군 왼쪽 전면에는 코바야카와 군에 대비하여 움직이지 않고 있던 와키자카 야스하루, 오가와 스케타다, 아카자 나오야스, 쿠츠키 모토츠나 등 오타니 휘하의 네 부대가 침묵을 지키며 대기하고 있었다.

"지금 그 함성은 무엇이냐, 고스케?"

"예……예. 와키자카, 쿠츠키 등의……"

"뭣이, 와키자카와 쿠츠키도 코바야카와 군을 공격하고 있느냐?"

"예…… 그……그……그런데……"

"그런데 어쨌다는 말이냐?"

"그런데, 토도의 깃발이 신호하자 무기를 거꾸로……"

"무슨 소리냐! 확실하게 말해라."

"예. 아군에게, 우리 쪽으로…… 쳐들어오고 있습니다."

순간 오타니 요시츠구의 몸과 혀는 얼어붙은 듯이 움직이지 않았다. 그가 코바야카와 군을 감시하기 위해 배치했던 부대까지 끝내 아군을 배반하리라고는……

"와아!"

다시 새로운 함성이 천지를 뒤흔들었다……

9

오타니 요시츠구로서는 그 이상 아무것도 물을 필요가 없었다. 와키자카, 쿠츠키, 오가와, 아카자의 병력은 합쳐서 5,000…… 이것이 토도 타카토라의 신호에 따라 600 남짓한 자신의 하타모토를 공격하기 위해 움직였다면 어떻게 손을 쓸 방법이 없었다……

이에야스의 본진에 쳐들어가는 것도 불가능하고, 코바야카와 히데아키의 목에 걸었던 집념도 한낱 꿈이 되고 만다.

이런 계산은 요시츠구만이 아니라 가마 곁에 있는 유아사 고스케도 정확히 알고 있었다. 그 역시 숨을 죽이고 침묵을 지키고 있었다.

"고스케…… 고스케, 거기 있느냐?"

잠시 후 손으로 더듬듯이 하며 부르는 요시츠구.

"예……예…… 옆에 있습니다."

대답하기는 했으나 그 목소리는 절망하여 울고 있다는 것을 알 수 있었다.

"이제, 승패는 결정된 것 같다……"

요시츠구는 뜻밖에도 태연하게 중얼거렸다.

"네가 본 아군의 모습을 말해보아라. 공격해들어간 무사시와 이나바
는 어떻게 되었느냐?"

"예……예. 그런데 어느 틈에……"

"혼전 중에 모습이 보이지 않게 되었느냐?"

"예……예."

"좋아, 가마를 후퇴시켜라. 네 판단에 따라 조금만."

"알겠습니다. 한두 정 정도……"

손을 들어 지시하다가 다시 고스케의 입에서 비명과도 같은 소리가
흘러나왔다.

"앗!"

"무엇이냐?"

"예, 토다 무사시노카미 님이 전사하셨습니다."

"보았느냐?"

"예."

대답은 했으나 고스케가 본 것은 토다 시게마사가 전사하는 모습이
아니라, 그 목을 베어 자랑스럽게 쳐들고 달려가는 일단의 모습이었다.
물론 그때는 누구에게 죽었는지 알 수 없었지만, 오다 카와치노카미 노
부나리織田河內守信成의 가신 야마자키 겐타로山崎源太郎의 창에 찔리
고도 그 주인 노부나리와 싸우다가 겐타로에게 목이 잘렸다.

이미 적은 코바야카와 군, 오가와 군, 오타니 군과 뒤섞여 크게 혼전
을 벌이고 있다는 증거였다.

"고스케, 다시 퇴각한다면 졌다는 말이냐?"

"아직은……"

"히라츠카 이나바의 모습은 안 보이느냐?"

"예, 어디에도……"

고스케는 대답하면서 크게 고개를 흔들어 눈물을 뿌렸다.

전세가 절대적으로 불리해졌을 경우에는 히라츠카 이나바노카미 타메히로가 우선 고스케에게 알리러 온다…… 그런 뒤 주군 요시츠구를 카이샤쿠하기로 고스케와 타메히로 사이에 약속이 되어 있었는데, 그 타메히로가 끝내 모습을 나타내지 않고 있었다.

그럴 수밖에 없었다. 이미 타메히로도 코바야카와 히데아키의 측근 요코타 코한스케横田小半助의 창에 찔려, 그를 죽이기는 했으나 지친 나머지 오가와 스케타다의 가신 카시이 쇼베에樫井庄兵衛에게 자기 목과 자랑하던 십자창을 내주고 이 세상을 떠났다……

"주위가 조용해졌구나. 아이들은 무얼 하고 있느냐?"

"예. 다이가쿠 님, 야마시로 님 두 분이 살아남은 자들을 모아 논둑에서 무언가 지시를 내리고 계십니다."

고스케가 대답했다. 비로소 요시츠구는 조용히 말했다.

"가마를 멈추어라."

10

이미 오타니 요시츠구는 모든 것이 끝났음을 분명히 알았다.

이 얼마나 참담한 요시츠구의 생애인가. 갑자기 주위가 조용해졌다고 느낀 것은 벌써 오타니 군이 전멸, 모두의 창끝이 우키타 군에게 향해졌기 때문일까? 아니면 요시츠구의 육체에서 청각이 사라져버렸기 때문인지도 모른다.

"고스케……"

요시츠구는 그 어느 쪽인가를 확인하려고 귀를 기울이다가 문득 그 집념을 포기해버렸다.

왠지 모르게 전신에 엷은 햇살이 비쳐오는 듯한 느낌. 그것은 어디까지나 '왠지 모르게……' 였다.

예전에는 타이코의 날개 아래 촉망받는, 태양이 그를 위해 중천에 떠 있는 듯 의기양양한 나날이 계속되었다. 그러다가 문둥병에 걸린 뒤 하루아침에 늦가을의 석양과 같은 속도로 그를 어둠 속으로 끌어내렸다. 그 어둠 속에서도 항상 청렴과 신의로 일관해왔다고 자부하는데도 행운의 빛은 조금도 그를 비쳐주지 않았다.

미츠나리의 우정에 보답해 죽을 생각을 하게 된 것도 지금 생각하면 마음속에 절망의 손길이 뻗쳐 있었기 때문인지도 모른다. 어쨌든 그는 처음에 행운의 잔치에 초대받아 화려한 자리에 있다가 지금은 영원히 빛을 볼 수 없는 어둠의 심연으로 들어와버렸다……

'이 불운의 길잡이는 누구일까……?'

불교에서 말하는 인과응보因果應報, 전생의 사리를 초월한 악연惡緣에 뿌리내리고 있었던 것일까……

앞서 미츠나리는 그의 옆자리에 앉아 문둥병에 걸린 사람이 입을 대었던 찻잔의 차를 아무렇지도 않은 듯이 마셨다…… 모두 그와 더불어 차 모임에 동석하는 것마저 극도로 꺼렸는데도……

그때 마음에 스며들었던 기쁨이 요시츠구를 오늘 이 자리에 내세운 큰 원인이 되었는지도 모른다.

'그렇다면…… 이 모든 것이 다 생에 대한 집착이 부주의한 데서 오는 보답이었다고도 할 수 있으나……'

오늘의 요시츠구는 이제 모든 것이 끝났다고 느낀 순간 이상할 정도로 담담하게 그 집착의 테두리 밖에 설 수 있었다. 순간 어디서인지 모르게 엷은 빛이 비쳐오는 듯한 느낌.

"고스케, 햇빛이 비치는 것 같구나."

"예……예. 그러나 또 가랑비가 내리기 시작했습니다."

"좋아, 그 빛을 받으면서 삶을 마감하겠다. 카이샤쿠를 부탁한다."

"알……알……알겠습니다."

"앞서 말한 대로 목은 진흙 속 깊숙이 묻어 남의 손에 넘어가지 않도록 하라."

"예…… 예."

"자신의 추한 모습을 남에게 보이고 싶지 않다……는 이유에서만이 아니야, 알겠느냐. 추한 것을 보여 남을 불쾌하게 만들면 좋지 않아…… 그건 피하고 싶어."

"예…… 예."

"그럼, 쳐라."

이렇게 말한 얼굴도 표정도 없는 오타니 요시츠구는 손을 더듬어 칼집에서 단도를 빼들었다.

"잠잠해졌어. 전투가 끝난 거야."

아직 사방에서 콩 볶듯이 울려퍼지는 총소리 속에서 조용히 칼끝을 자기 배에 찔렀다……

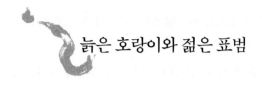

늙은 호랑이와 젊은 표범

1

　오타니 요시츠구의 목은 다시 내리기 시작한 가을비 속에서 아사노 고스케의 손에 잘렸다. 그 무렵, 이미 전투의 승패는 완전히 결말이 나 있었다.

　고스케가 카이샤쿠한 목은 그 자리에 있던 미우라 키다유三浦喜太夫가 하오리에 싸가지고 사라졌다. 그러나 이 키다유도 아사노 고스케도 그 후 모두 적에게, 적진에서 죽었다. 요시츠구의 목이 어디 어느 진흙 속에 묻혔는지 모르는 가운데 전투는 다음 국면으로 넘어갔다.

　마츠오야마에서 하산한 코바야카와 군과, 토도 타카토라의 권유를 받아들여 동군 쪽으로 돌아선 와키자카 야스하루, 쿠츠키 모토츠나, 오가와 스케타다, 아카자 나오야스 등의 부대는 그대로 텐마야마의 우키타 군 진영으로 쇄도했다. 이어 그들은 그 북쪽에 있는 코니시 유키나가의 잔류부대를 공격했다.

　그 무렵에는 가장 북쪽에 진을 쳤던 이시다 군도 역시 멀리 진격해 나간 토도, 쿄고쿠 군을 비롯한 오다 우라쿠織田有樂, 타케나카 시게카도, 요시다 시게카츠吉田重勝, 사쿠마 야스마사, 카나모리 나가치카, 이코마 카즈마사 등 앞다투어 가세한 동군의 마지막 공격으로 순식간에 아이가와야마에서 이부키야마 방면으로 무너지듯 흩어졌다.

처음부터 움직이지 않았던 이시다 군 옆의 시마즈 군 앞은 동서 양군이 어지럽게 뒤섞이는 난전亂戰으로 일변했다.

이미 움직이고 움직이지 않고는 문제되지 않았다. 누가 맨 먼저 오늘 이 전쟁터의 늙은 맹호 시마즈 요시히로의 목을 노리느냐 하는 것이 문제였다.

66세라고는 하나 시마즈 요시히로는 아직 기력으로도 장정을 능가했다. 이러한 그가 처음부터 움직이지 않았다고 하는 것은 아마도 그 체력을 조금도 허비하지 않으려는 전쟁터에서 다진 조심성이었다.

"보고 드립니다. 드디어 서군은 대패하고 이부키야마로 퇴각하고 있습니다. 우리 진지 앞을 지나는 것은 패잔병들뿐입니다."

카와카미 사쿄노스케川上左京亮의 보고.

"시각은?"

시마즈 요시히로는 때를 물었다.

"이미 미시未時(오후 2시)가 되었을 것입니다."

"좋아, 말을 준비하라."

아군의 진지 앞을 지나는 패잔병은 모두 서군뿐……이라는 보고를 듣고야 비로소 일어난 시마즈 요시히로, 그 각오는 알 만했다.

물론 고스란히 남아 있기는 해도 2,000에도 미치지 못하는 시마즈 군. 이길 가능성은 전혀 없었다. 그런 것은 처음부터 너무나 잘 알고 있었을 터였다.

"으음. 감쪽같이 미츠나리에게 속아넘어갔어."

말이 준비되자 요시히로는 훌쩍 올라타고, 지금까지 앉아 있던 장소 오른쪽의 작은 언덕으로 올라갔다.

과연 하타모토의 보고대로 패잔병이 왼쪽 이부키야마를 향해 떼지어 달아나고 있었다. 한 사람도 돌아서서 싸우는 자가 없었다.

"츄쇼中書와 모리아츠盛淳를 부르도록."

츄쇼란 조카 나카츠카사노타유 토요히사中務大輔豊久, 모리아츠는 쵸쥬인 모리아츠長壽院盛淳였다. 두 사람이 나타날 때까지 요시히로는 5, 6정 앞으로 육박한 이에야스 본진을 노려보고 있었다.

날이 개었다면 승리를 자랑하는 이에야스의 금부채 우마지루시가 바로 앞에서 빛나 보였을 터. 가을의 이슬비로 먼지가 나지 않는 대신 무어라 말할 수 없는 적막감이 대기에 스며들어 있었다.

"으음, 전투에서는 누구에게도 지지 않을 생각이었는데……"

이때 토요히사와 쵸쥬인이 흙탕을 튀기며 달려왔다.

2

"츄쇼."

"예."

"적 가운데서 가장 용맹한 자는?"

요시히로의 쏘는 듯한 질문에 조카 토요히사는 한 순간 그 의미를 이해하지 못했다.

"가장 용맹하다는 것은 전공이 으뜸이라는 뜻입니까?"

"그렇지 않아. 지금 현재…… 가장 강해 보이는 자가 누구냐고 묻고 있다……"

"그야 말할 나위 없이 나이다이진의 본진…… 본진의 적은 이이와 혼다 외에는 아직 거의 싸우지 않고 있습니다."

"그래, 알겠다."

요시히로는 고개를 끄덕이고 손을 들어 북쪽을 가리켰다.

"선조 요시토모義朝 공의 패배와 요리토모賴朝° 공의 시치키오치七騎落는 모두 스스로 싸우다 졌으므로 어쩔 수 없는 일. 오늘 전투는 원통하기 짝이 없다. 무사의 몸으로 태어나 조선까지 가서 한 번도 패한 적이 없는 내가 노후에 이르러 오늘의 원한을 남기다니…… 그러나 모두들 용서해주겠지. 나는 이제 나이다이진 진지에 쳐들어가 가장 용맹한 적과 싸우다 전사하겠다……"

요시히로는 문득 지상의 토요히사를 바라보았다. 토요히사가 갑자기 풀 위에서 갑옷의 끈을 풀기 시작했기 때문이다.

"츄쇼, 무얼 하느냐?"

"예. 전사하실 각오라는 말씀을 듣고 그 준비를 하고 있습니다."

"무슨 소리를 하는 게냐! 나는 이제부터 나이다이진 본진으로 쳐들어가 전사……하겠다고 했지 여기서 할복하겠다고는 하지 않았어. 똑바로 듣도록 해라."

"잘못 듣지 않았습니다. 드디어 결사의 각오로 쳐들어가신다…… 따라서 그 전에 갑옷을 바꾸어 입으십시오."

"아니, 무엇 때문에 나와 네가 갑옷을 바꾼다는 말이냐?"

토요히사는 그동안에도 끈을 풀던 손을 멈추지 않았다.

"자, 어서 갈아입으십시오…… 주군이 결사적인 각오로 공격하려는 마당에 우리가 만일 주군을 피신시켜드릴 준비도 없이 전사당하시게 하면 후세까지 웃음거리가 됩니다."

"토요히사, 너는 내 말을 거역하려느냐?"

"거역하려는 것이 아닙니다. 만약 적이 길을 텄을 경우에 대비한 준비입니다."

토요히사는 엷은 웃음을 띠고 풀 위에 갑옷을 놓았다.

"무턱대고 공격했다가 만약 적이 길을 열었을 때 일부러 전사하실 필요는 없습니다. 그때는 이 토요히사가 주군의 갑옷을 입고 방어하겠습니다. 그렇게 하지 않고 싸운다면, 시마즈는 처음부터 질 생각이었다고 할 것입니다."

"으음. 잘도 지껄이는군, 츄쇼 녀석."

"이해되셨거든 어서 서두르십시오."

"하하하……"

요시히로는 갑자기 고개를 쳐들고 뱃속에서부터 나오는 큰 소리로 비 내리는 하늘을 향해 웃음을 터뜨렸다.

"하하하…… 그래. 처음부터 질 생각으로 쳐들어갔다……고 한다면 과연 치욕이야. 좋아, 돌파하겠다는 기백으로 본진을 공격하겠다. 시마즈는 도망치지도 숨지도 않고 어떤 대군과도 당당하게 맞선다…… 그것으로 족한 거야. 와하하하…… 츄쇼 녀석이 그럴듯한 소리를 하는군. 좋아, 그럴 결심으로 싸울 것이다. 그러나 갑옷을 바꾸지는 않겠다. 어서 도로 입어라!"

3

토요히사는 홀끗 요시히로를 쳐다보았으나 의외로 순순히 갑옷을 입기 시작했다. 일단 말을 하면 듣지 않는 요시히로의 강한 성격을 잘 알고 있었기 때문이다.

얼른 갑옷을 입고 나서 이번에는 시치미를 떼고 요시히로 앞으로 두 손을 내밀었다.

"그럼, 약속하신 그 하오리를."

"뭣이, 약속이라고?"

"예. 그 하오리만은 주겠다, 그러나 갑옷은 다시 입으라고."

"츄쇼!"

"예."

"이런 자리에서 잔꾀를 부리면 용서치 않겠다."

"잔꾀……? 이거 놀랐습니다. 이 토요히사에게 만약 조금이라고 잔꾀가 있었다면 비록 제가 죽는 한이 있더라도 주군을 이런 무의미한 전쟁터에는 서시지 않게 했을 것입니다. 제가 어리석기 때문에 주군을 미츠나리에게 속도록 했습니다…… 그 보상을 위해서라도 하오리만은 받아야겠습니다! 아니, 좀더 제 말을 들으십시오. 주군은 전사하겠다고 하십니다. 그러나 저희 입장은 다릅니다."

"어떻게 다르다는 말이냐?"

"주군의 각오가 어떠하든 토요히사나 모리아츠는 주군을 도와 반드시 적중 돌파를 해야 합니다. 만약 그렇지 못하고 주군을 전사하시게 한다면 타다츠네忠恒 도련님에게 나이다이진은 불구대천不俱戴天의 원수…… 그 때문에 후일 화해가 성립되지 않아 가문이 멸망하지 않는다고 누가 보장할 수 있습니까? 이 전투에서 주군을 전사하시게 하느냐, 적중 돌파를 성공시키느냐, 이것이 그대로 시마즈 가문의 흥망이 달린 갈림길…… 그 하오리를 제가 받지 못한다면 이 토요히사는 타다츠네 공을 대할 면목이 없습니다."

시마즈 요시히로는 무서운 눈으로 토요히사를 잔뜩 노려보고 있다가 신음하듯 말했다.

"으음, 거기까지 생각하고 있었다는 말이지."

이슬비에 수염을 적시며 빤히 자기를 쳐다보고 있는 토요히사 앞에 비로소 하오리를 벗어 내밀었다.

"감사히 받겠습니다."

이번에는 왼쪽에서 쵸쥬인 모리아츠가 무릎을 꿇었다.

"그 깃발도 주십시오."

"깃발도?"

"예. 이왕이면 군센軍扇도 주시면 감사하겠습니다."

그 군센은 미츠나리가 오가키 성에서 장수들에게 나누어준 것의 하나였다. 요시히로는 더 이상 아무 말도 하지 않았다. 등에 꽂은 깃발과 군센을 뽑아 모리아츠에게 건네었다.

"좋아, 돌격이다."

허리에 찼던 칼을 쑥 뽑아 높이 쳐들었다. 모두 따랐다. 빗방울은 점점 더 굵어져 빼어든 칼날의 숲 위에 쓸쓸히 떨어져내렸다.

"오오! 와아! 오오!"

조선과의 전쟁 이후 처음 듣는 함성. 동시에 시마즈 군은 세 사람의 '요시히로'를 선두로 이에야스의 본진을 향해 무섭게 쇄도했다.

벌써 서군 거의가 홋코쿠 가도 북쪽에서 이부키야마 방면으로 퇴각했다고 생각하고 있던 동군의 선봉, 뜻하지 않았던 남쪽으로의 역류에 놀라 갑자기 둘로 갈라져 길을 열었다.

앞길을 막고 있던 하타모토들은 사카이, 츠츠이 군이었다. 그들 또한 그 역류가 적인지 아군인지 알 수 없었다.

4

어떠한 경우에도 의표를 찔리면 인간의 두뇌는 혼란에 빠진다.

동군은 느닷없이 남쪽을 향해 아수라처럼 맹렬히 공격해오는 일단의 군사가 열 십자의 둥근 깃발을 휘날리는 시마즈 군임을 깨달을 때까지는 의외로 시간이 걸렸다.

그때 이에야스의 선봉은 이미 홋코쿠 가도 서쪽 테라타니가와 부근까지 진출해 있었다. 시마즈 군으로서는 아주 멋진 적중 돌파였다.

"시마즈다! 아군이 아니라 시마즈 군이다!"

"시마즈 군이 주군의 본진으로 돌격하고 있다!"

일단 상대를 안 다음에는 병력으로는 비교가 되지 않았다. 사실 그때까지 이에야스의 어린진魚鱗陣은 아직 비늘 하나도 손상을 입지 않았다고 해도 좋았다.

"와아!"

함성과 함께 시마즈 군을 에워쌌다. 순간 시마즈 군의 총포가 여기저기서 가도의 앞길을 원호했다. 이미 세키가하라 마을을 눈앞에 두고 있었다.

이시다 군 전면까지 나갔다 돌아온 이이 나오마사의 진지에서, 뜻하지 않은 강적이 행동을 일으켰다. 철수하려 하는 시마즈 군을 향해.

"역시 나타났군요. 시마즈 녀석이 틀림없이 올 줄 알았습니다."

이렇게 말한 것은 이이 나오마사.

"좋아, 요시히로를 공격해서 죽입시다."

별일 아니라는 듯이 말한 것은 첫 출전으로 아직 전투의 무서움을 모르는 이에야스의 넷째아들 마츠다이라 타다요시였다.

타다요시는 나오마사를 따라 이미 전쟁터를 한 바퀴 돌고 왔다. 그것이 이 젊은이를 더욱 대담하게 만든 모양이었다.

"요시히로의 목이라도 베지 못하면 나중에 아버지로부터 꾸중을 들어요."

"서둘러선 안 됩니다. 시마즈 발도대拔刀隊는 뛰어난 용사들."

"아, 잘 알고 있어요."

"우선 세키가하라 남쪽으로. 본진을 어지럽혀서는 안 됩니다."

"그때까지 기다리다 공격하라는 말이오?"

"그렇게 해야 공격하기 좋다는 말씀입니다."

세키가하라 남쪽으로 테라타니가와와 후지가와가 합류해 마키다가와牧田川를 이루고, 그 강가의 길을 마키다 가도라고 했다.

그 마키다 가도에 나왔을 때 단숨에 공격하겠다는 것이 노련한 이이 나오마사의 작전이었다. 나오마사가 말 머리를 나란히 하고 떨어지지 않기 때문에 마츠다이라 타다요시는 할 수 없이 적의 뒤를 쫓아가고 있었다. 그 혼자였다면 쫓아가는 대신 앞을 가로막고 일대 혼전을 벌였을 것이 틀림없다.

그 무렵 본진의 명령을 받은 혼다 타다카츠 군이 함성을 지르며 시마즈 군 후미를 왼쪽에서 공격했다.

"오오, 타다카츠로군. 타다카츠에게 전공을 빼앗길 수 없다."

젊기 때문만은 아니었다. 히데타다와 같은 배에서 태어난 이 동생은 꼼꼼하고 고지식한 형의 성격과는 달리 분개했을 때의 아버지와 같은 거친 무사로, 그 점은 유키 히데야스와 흡사했다. 그는 혼다 군의 함성을 듣기가 바쁘게 갑자기 말에 채찍을 가해 순식간에 시마즈 군의 옆구리를 공격하기 시작했다.

"아뿔싸! 시모츠케 님, 시모츠케 님."

나오마사와 측근이 당황하며 뒤따랐다.

5

그 무렵 시마즈 군이 무찌르고 지나간 부대는 이미 3개 대에 달했다. 맨 처음 허를 찔린 사카이 이에츠구 군은 시마즈 군이 곧바로 이에야스를 공격할 것 같았기 때문에 길을 열어 그 엄호에 나섰다. 니시카이바카西貝墓에서는 츠츠이 사다츠구의 가신 나카보 히다노카미中坊飛驒守 부자 세 사람이 군사를 거느리고 적의 전면을 막아섰다.

자칫 전멸하여 아무도 없는 이부키야마 쪽으로 퇴각할 뻔한 동군 가운데 이 나카보 히다노카미 부자의 분투는 참으로 눈물겨운 것이었다. 결국 히다노카미의 셋째아들 산시로三四郎가 전사하고 위험했던 히다노카미는 구원하러 온 이이와 혼다 양군에 의해 위기를 벗어났다. 또한 후쿠시마 마사유키 군도 돌파당하고 말았다.

최초의 진지 칸다神田로부터 그곳까지는 17정쯤. 마키다 마을의 우토鳥頭 고개로 나서려고 할 때 마츠다이라 타다요시는 나오마사와 떨어져 곧바로 적을 향해 말을 달렸다. 물론 목표는 적의 노장 시마즈 요시히로였다.

요시히로 정도의 맹장을 죽인다면 장수들뿐만 아니라 이에야스에게도 콧대가 높아진다. 평소 '도련님'이라고 어린아이 취급하는 하타모토들에게도 자신의 진면목을 보여주고 싶었다. 달리기 시작한 타다요시의 귀에 제지하는 소리 따위는 들리지 않았다.

타다요시가 노리는 것은 등뒤에 시마즈 깃발을 꽂고 있는 노장⋯⋯ 실은 요시히로가 아니라 쵸쥬인 모리아츠였다. 타다요시는 말을 탄 그 모리아츠의 모습을 보고는 실이 끊어진 연처럼 쫓아갔다.

"꼼짝 마라, 마츠다이라 시모츠케노카미 타다요시가 여기 있다."

아무리 전쟁터에 익숙지 못하다고는 해도 너무 대담한 자기소개.

"뭣이, 마츠다이라 시모츠케노카미라고?"

"그렇다면 나이다이진의 아들이 아닌가?"

가만히 있었다면 철수하기에 바빴을 시마즈 군, 이 말을 듣고는 그냥 물러갈 수 없는 몇몇 용감한 자가 말 머리를 돌려 타다요시를 에워쌌다. 타다요시는 그 중 두 사람을 두말없이 베어버렸다. 그들이 목적이 아니었기 때문에 지체되는 것이 여간 부아를 돋우지 않았다.

"비켜라! 너희들에게는 용무가 없다. 시마즈 요시히로! 말을 돌려라. 도망치려느냐!"

타다요시는 세 사람째 말목을 치고 다시 추격했다.

순간 다음번 기마무사가 내지르는 창을 갑옷의 토시로 받았다.

"스쳐갔다!"

타다요시는 외쳤다.

그러나 죽도竹刀로 하는 연습시합이 아니었다. 오른팔에 달군 쇠에
찔린 듯한 통증이 느껴지고 손에서 힘없이 칼이 떨어졌다.

"마츠이 사부로베에 츠구루松井三郎兵衛繼, 마츠다이라 시모츠케노
카미를 상대하겠소."

말하기가 바쁘게 두번째로 창을 꼬나들고 말을 몰아왔다. 일단 칼을
떨어뜨린 젊은 표범으로서는 절체절명絶體絶命의 순간이었다.

"오냐, 덤비겠느냐!"

이보다 더 난폭한 대응법도 없을 터. 두 팔을 떡 벌리고 적의 창을 안
으려는 듯한 자세로 맞섰다. 창은 종이 한 장의 차이로 왼쪽 옆구리를
스쳤다. 마츠이 사부로베에는 몸 전체를 던져 타다요시의 가슴에 뛰어
들어 안겼다.

두 사람은 말에서 떨어져, 야수들이 서로 물어뜯듯 젖은 풀 위에서
으르렁거리며 뒤얽혔다. 엎치락뒤치락 위에 올라타기도 하고 밑에 깔
리기도 했다. 휙 뒤집혔을 때 젊은 표범은 마츠이 사부로베에에게 깔리
고, 사부로베에의 손에서는 단도가 비를 튀기며 빛났다.

6

타다요시는 자신의 목을 향해 서서히 다가오는 칼날을 보고 이를 뿌
리치려고 정신없이 몸부림쳤다. 그러나 부상당한 팔은 마음대로 움직
여주지 않았다.

타다요시는 상대의 팔꿈치를 잡고 칼끝을 돌리려고 했다. 그러나 버

둥거리면 버둥거릴수록 자기 몸이 진흙 속으로 빠져들어 꼼짝도 할 수
없었다.

"에잇, 이런 데서 죽는다면 말도 안 된다."

마츠이 사부로베에는 완전히 타다요시를 누르고 있었다. 그 역시 서
두르면 서두를수록 손이 미끄러져 목표를 정확히 겨냥할 수 없었다. 물
론 그에게 가세하려는 시마즈 쪽 군사도 가까이에는 없었다.

갑자기 타다요시가 밑에서 소리쳤다.

"오오, 진에몬이냐. 쳐라, 이 녀석을."

타다요시는 이제는 끝장이로구나 하고 절망의 눈을 돌렸을 때 뜻밖
에도 아군의 모습을 발견했다. 아버지의 츠카이반 요코다 진에몬이었
다. 그는 밑에 깔린 사람이 타다요시라는 것을 알아보고는 달려왔다.
그리고 위에 올라타고 있는 마츠이 사부로베에의 목덜미에 손을 대려
했을 때 또 다른 소리가 그를 제지했다.

"진에몬, 깔린 사람은 시모츠케 님이다. 손을 대지 마라."

진에몬은 깜짝 놀라 내밀었던 손을 도로 움츠렸다.

타다요시는 불끈 화가 치밀었다. 쳐다보니 진에몬 옆에 이 역시 츠카
이반인 오구리 다이로쿠 타다마사小栗大六忠政가 싸늘한 표정으로 버
티고 서 있었다.

"다이로쿠! 이 녀석을 쳐라."

타다요시의 말은 못 들은 척 타다마사가 다시 진에몬에게 말했다.

"손을 대면 안 돼, 진에몬."

'도련님'으로 자란 타다요시로서는 이보다 더 괘씸하고 화나는 일도
없었다. 구사일생九死一生의 자기를 눈앞에 두고 아버지의 가신이 손
을 내밀지 않고 있었다. 평소부터 나를 미워하고 있었다.

"부탁하지 않겠다. 누……누……누가 부탁할 줄 아느냐."

혼신의 힘을 다해 몸을 뒤틀었다. 마츠이의 몸이 기우뚱거렸다. 이

미 그때 타다요시는 오구리나 요코다 쪽을 바라볼 여유가 없었다. 기울어지다가 다시 올라타는 상대에게 두세 번 필사적인 저항을 시도하는 것이 고작이었다.

흙탕 속에서 세번째로 새우처럼 튀어올랐을 때.

"앗!"

마츠이 사부로베에가 뒤로 쓰러졌다. 바라보니 그의 목은 이미 동체에 붙어 있지 않았다.

"주군! 무사하십니까?"

겨우 그를 뒤쫓아온 가신 카메이 큐베에龜井九兵衛였다.

"큐베에 도망치지 마라. 오구리 다이로쿠와 요코다 진에몬이……"

이렇게 말했을 때 주위에 두 사람의 모습은 없었다. 뒤따라 철수해온 시마즈 군 일단이 둘러싸고 있었다. 그들은 말도 타지 않고 흙투성이가 되어 있는 이 무사가 마츠다이라 타다요시인 줄 모르기 때문에 덤벼들기는 했지만 집착하지는 않았다. 그들은 조금이라도 빨리 앞서 가는 요시히로를 뒤따르려고 정신이 없었다.

타다요시는 이들 군사와 격투를 벌이면서 아직 입 속에서는 오구리 타다마사에게 심한 분노를 터뜨리고 있었다.

"고얀 놈, 내가 죽도록 내버려두다니……"

죽기는커녕 살아 있는 자기가 아수라처럼 날뛰고 있다는 것을 타다요시는 잊고 있었다……

7

이이 나오마사가 달려왔을 때 타다요시는 아직 흙투성이인 채로 적중에서 날뛰고 있었다. 오른손으로는 칼을 쥘 수 없으므로 왼손으로 자신이 아끼는 칼 사모지左文字를 휘두르고 있었다. 그러나 결코 칼끝이 적을 향하고 있는 것은 아니었다. 물론 전쟁터에서 칼을 가지고 멋을 부리고 있는 것은 아니었다. 어떻게 칼을 쥐고 있는지 자기 자신도 모르고 있었다.

나오마사가 말 위에서 소리쳤다.

"야고에몬, 네 말을 시모츠케 님에게."

"예."

"로쿠타유, 야고에몬과 같이 시모츠케 님을 보호하라."

이이 나오마사는 마음 조이며 지시했다. 나오마사의 측근 쿠마베 야고에몬隅部彌五右衛門이 얼른 말에서 내려 자기 말고삐를 타다요시에게 쥐게 하고, 부토 로쿠타유武藤六太夫가 막무가내로 그를 말 위로 밀어올렸다.

"말을 돌려라! 나는 아직 요시히로를 죽이지 못했다. 쫓아갈 것이다, 요시히로를."

"주군의 명령입니다. 상처를 치료하셔야 합니다."

"닥쳐! 쫓아가겠다. 쫓아가야 한다!"

그러나 두 사람은 말을 듣지 않았다. 얼른 말 머리를 뒤로 향하게 하고 끌기 시작했다.

이이 나오마사는 그 모습을 확인하고 나서 곧바로 요시히로의 뒤를 쫓았다. 벌써 그 주위에는 역시 시마즈 군을 뒤쫓는 혼다 타다카츠의 선봉으로 가득 차 있었다.

나오마사는 그들을 앞질렀다. 혼다 군이 요시히로를 죽였다는 소리를 그는 두 번 들었다. 그러나 처음 것은 요시히로보다 훨씬 젊었고, 두 번째로 벤 목도 요시히로의 것이 아니었다. 어느 쪽이 먼저 죽었는지 확인할 틈은 없었다. 그러나 젊은 쪽의 목은 시마즈 토요히사, 나이가 든 쪽의 목은 쵸쥬인 모리아츠인 듯했다.

앞서 가는 시마즈 군의 수는 점점 줄어들어 고작 80기 정도밖에 남지 않았다. 전투에 익숙한 나오마사로서는 그 중에 요시히로가 있다는 것을 손바닥을 들여다보듯 알 수 있었다. 시마즈 군의 탈출구를 마련하기 위해 나오마사의 배후로 돌아와 있는 자들 역시 전투에 능한 혼다 군에게 전멸당할 것이 분명했다.

나오마사는 정확히 계산하고 있었다. 그리고 가능하면 자기 손으로 요시히로의 목을 잘라, 사위 타다요시가 그 승리의 단서를 첫 전투에서 잡은 것이라고 피력해주고 싶었다.

벌써 앞에는 마키다가와의 나루터. 건너게 하면 이세 가도로 도주할 터. 나오마사는 뒤에서 따라오는, 그가 자랑하는 붉은 호로母衣 부대의 인원수를 확인하고는 말을 강가로 접근시켰다.

주위는 온통 억새가 자라 있는 들판이었다. 시마즈 요시히로인 듯한 인물은 전방 2, 30간 앞에 있었다.

'됐다! 이제는 놓치지 않는다.'

이렇게 생각한 순간.

"탕!"

바로 왼쪽 억새덤불 그늘에서 적의 총포 한 방이 이이 나오마사를 향해 불을 뿜었다.

"앗!"

왼쪽 넓적다리에 불덩어리로 얻어맞은 듯한 통증을 느끼는 순간 말이 곤두섰다. 나오마사의 넓적다리를 관통한 탄환이 그대로 말등에 파고들었다.

"으음."

나오마사는 곤두선 말등에서 떨어져 곧바로 정신을 잃었다.

시마즈 군 카와카미 시로베에川上四郎兵衛의 가신 카시와기 겐조柏木源藏가 노리고 쏜 한 방이었다.

8

나오마사를 뒤따라온 붉은 호로 부대의 무사 몇몇이 깜짝 놀라 나오마사 주위를 경계하며 얼른 그를 부축해 일으켰다. 그리고는 가까이 있는 민가로 옮겼다.

그동안 잠시 정신을 잃었던 나오마사를 일으켜보니 왼쪽 팔꿈치도 부상당해 엄청나게 피가 흐르고 있었다.

급격한 추격은 이로써 멈추어졌다. 이미 주위는 어두워지고, 시마즈 군의 선두는 마키다 방면의 타라야마多羅山를 목표로 실이 이어지듯 안개비를 뚫고 멀어져가고 있었다.

"놓쳤구나."

그러나 분하다거나 안타깝다는 감정과는 전혀 다른 일종의 상쾌한 감정이었다. 쫓는 자도 잘 추격했으나 물러가는 쪽도 또한 비록 적이기는 하지만 훌륭하다고 칭찬할 만한 감투敢鬪였다.

부축을 받고 정신이 든 나오마사는 혼자 크게 고개를 끄덕였다.

"상처는 깊지 않다. 더 이상 쫓지 마라."

엄한 표정으로 말하고 대강 상처를 치료한 뒤 시모츠케노카미 타다요시의 신변이 우려되어 철수했다.

이리하여 결국 늙은 영웅 시마즈 요시히로는 전대미문前代未聞의 전쟁터 이탈에 성공했다. 난구산 밑 구리하라栗原 마을에 있던 쵸소카베 모리치카는 이 상황을 척후로부터 보고받고 이세 가도로 퇴각을 명했다. 이것이 세키가하라 전투의 종말을 고하는 신호가 되었다.

모리치카는 이케다 군과 아사노 군에게 계속 압박을 받으면서도 이때까지 산 위에 있는 모리 군의 거취를 판단하지 못하고 있었다. 그런데 세키가하라에 내보낸 가신 요시다 마고에몬吉田孫右衛門이 시마즈 군의 퇴각으로 서군의 모습을 세키가하라 부근에서는 찾아볼 수 없다는 보고를 해왔다.

같은 무렵 나츠카 마사이에 진지에도 서군이 완패했다는 소식이 전해졌다. 마사이에로부터 미츠나리에게 도보로 연락하러 보낸 사자가 이미 이시다 군 본대는 어디에도 없다는 보고를 했다.

쵸소카베 군이 앞다투어 물러가고 나츠카 군이 무너지기 시작했을 때 짓궂게도 산상의 모리 군이 일제히 함성을 질렀다.

이 함성이 무엇을 의미하는지는 알 수 없었다. 모리 군 중에는 동군의 승리를 기뻐하는 자의 수가 서군이 승리하기를 바라는 자보다 훨씬 많았기 때문에, 이제 전투가 끝났다고 환호한 것인지도 모른다.

물론 함성뿐 군사는 움직이지 않았다.

그 전에 에케이 군도 도주해 이세 가도에 이르는 산길에는 많은 무기와 갑옷이 버려져 있었다. 다만 에케이만은 무슨 생각을 했는지 나중에 혼자 난구산에 있는 히데모토 본진으로 돌아왔다. 패전의 책임을 지고 히데모토와 함께 할복할 생각이었는지도 모른다. 그러나 모리 가문에서는 이미 동군과 화의가 성립되었다고 상대하지 않았다. 그 뒤 에케이는 무장을 풀고 다시 한 사람의 승려로 돌아가 자취를 감췄다.

전쟁터는 수많은 피와 희비를 싸늘하게 감싸면서 저물기 시작했다. 그 어둠 속에서 비에 젖은 이에야스의 금부채 우마지루시가 정연하게 후지가와를 건너 서쪽의 대지臺地를 향해 움직여나갔다……

승자의 진陣

1

케이쵸慶長 5년(1600) 9월 15일 ── 새벽부터 행동을 개시한 동군 총수 이에야스는 예정보다 2각 반(5시간)이 늦은 일곱 점 반(오후 5시)에 세키가하라 전투를 승리로 끝마쳤다.

후지가와 대지로 진지를 옮긴 이에야스는 더 이상 손톱을 깨물지 않았다. 이곳 임시 본진은 오늘 오전까지만 해도 오타니 요시츠구가 미지의 장래를 생각하면서 진을 치고 있던 장소였다.

그 요시츠구는 이제 없다. 아니, 요시츠구만이 아니라 전국에 용맹을 떨친 시마즈 토요히사도, 이시다 미츠나리의 오른팔이었던 시마 사콘 카츠타케도 죽은 것으로 보였다. 아직 보고는 들어오지 않았으나 이시다 미츠나리나 코니시 유키나가도, 그리고 우키타 히데이에와 나츠카 마사이에도 지금은 죽고 싶은 심정으로 산길에서 비를 맞고 있을 것이다.

"모닥불을 피워라. 그런 뒤 적의 목을 확인할 준비를 하도록."

이에야스는 자기 곁에 세워진 '염리예토 흔구정토' 의 깃발을 바라보기가 괴로웠다.

승리한 것이 기쁘지 않을 리 없었다. 패한다는 생각은 해보지도 않았으나 아직 승자라는 느낌은 들지 않았다.

'무엇 때문에 인간은 이처럼 무모한 일을 되풀이하는 것일까……?'

전쟁터에 파견했던 츠카이반이 잇따라 돌아와 각자 맡았던 구역에 대한 양쪽의 정황을 보고했다.

미츠나리의 중신 가모 빗츄와 그 아들 다이젠大膳, 오이노스케大炊助는 모두 전사. 코바야카와 진지에 사자로 갔던 오쿠다이라 사다하루는 오타니 군과 싸우다 전사.

토도 타카토라의 사촌동생 겐바玄蕃 전사.

오다 우라쿠사이 부상.

이이 나오마사 부상.

마츠다이라 시모츠케노카미 타다요시 부상.

이러한 보고들을 무표정하게 들어넘기고 정세를 그르치지 않도록 지시하는 것이 지휘자의 자세였다.

전쟁터에서 맨 먼저 달려온 선봉대장은 쿠로다 나가마사. 나가마사도 왼쪽 손가락을 다쳐 아무렇게나 동여맨 천에 피가 스며나와 있었고, 투구를 벗어 어깨에 걸고 흐트러진 머리에는 흙이 묻어 있었다.

이에야스는 나가마사를 크게 칭찬했다. 칭찬하면서 요시미츠吉光가 만든 와키자시를 허리에서 뽑아 상으로 내렸다.

그 무렵부터 한 인간으로서의 감회를 뿌리치고 겨우 지휘자의 마음을 되찾았다.

"어떨까요, 장수들이 속속 전승을 축하하러 도착하고 있으니 이쯤에서 승리의 함성을 올리면?"

혼다 마사즈미가 이렇게 말했을 때 본진 막사 밖에는 후쿠시마 마사노리, 오다 우라쿠, 오다 카와치노카미 노부나리織田河內守信成, 혼다 타다카츠와 그 차남 나이키 타다토모內記忠朝 등이 속속 모여들고 있었다.

"뭐, 승리의 함성?"

"예. 이미 난구산 아래 적도 괴멸되어 전장에서는 더 이상 적의 그림자를 찾아볼 수 없습니다. 지금까지 사상자 수는 삼만에 가깝고 안장을 얹은 채 방치된 말이 일천 오륙백…… 그야말로 전례가 없는 대승이라 생각합니다마는."

이에야스는 잠자코 쓰고 있던 갈색 비단 두건을 벗었다.

"투구를 가져오너라. 그래, 안이 흰 투구가 좋겠어."

사람들은 서로 얼굴을 마주보았다. 이에야스가 새삼스럽게 투구를 쓰기 시작했기 때문이다.

"전쟁은 이제부터야. 승리의 함성은 오사카에 돌아가 인질로 잡혀 있는 사람들을 무사히 풀어준 뒤…… 알겠나, 이긴 뒤에도 투구 끈을 졸라매야 하는 거야."

익살스러운 것 같으면서도 인정의 기묘함을 다한 그 한마디가 장수들의 가슴을 크게 울렸다.

2

저도 모르게 눈물을 흘리며 우는 자도 있었다. 정상적인 상태를 벗어나 흥분을 계속해온 전쟁터인 만큼 조금만 인정을 건드려도 어린아이처럼 순수한 감정이 되살아난다.

"죄송합니다."

"정말이지, 전쟁은 아직 끝난 게 아니었습니다."

"오사카에는 장수들의 인질이 남아 있어. 내일은 즉시 사와야마로 가지 않으면 안 돼……"

전투에 이기고 나서도 투구 끈을 졸라매야 하다니. 이 얼마나 알기 쉬운 사기의 고무이고 훈계이며 또 경직되어 있는 심기를 풀어주는 묘약이란 말인가. 이러한 미묘한 곳에 장수들을 이끄는 지휘자의 커다란 비결과 고심이 숨겨져 있었다.

조용히 눈물을 닦은 혼다 타다카츠가 얼른 큰 소리로 다음에 도착한 사람의 이름을 불렀다.

"후쿠시마 마사노리 님이 도착했습니다."

타다카츠는 도쿠가와 가문 중에서 가장 원로였다. 그 타다카츠에게 이름이 불리고 이에야스로부터 전공을 칭찬받았다. 그 순간 장수들은 모두 생사를 걸고 싸운 고통을 잊고 이상할 정도로 동심의 세계로 돌아갔다.

"오오, 마사노리 님. 오늘 귀하를 비롯한 여러 장수들의 활약은 이 이에야스의 눈을 놀라게 했소."

이에야스가 몸을 앞으로 내밀면서 말했다. 그 말을 들으면서 마사노리는 타다카츠를 칭찬했다.

"그 중에서도, 나카츠카사中務(혼다 타다카츠) 님의 용맹은 익히 들어 알고 있었으나 정말 놀라웠습니다."

타다카츠는 콧수염을 만지면서 겸손하게 말했다.

"아니, 나와 맞섰던 적이 의외로 약했던 것뿐입니다."

그리고는 소리를 높였다.

"오다 우라쿠사이 님의 도착이오."

오다 우라쿠는 이시다 미츠나리의 중신 가모 빗츄의 목을 부하에게 들려가지고 들어왔다. 카와치노카미 노부나리와 함께였다.

"오오, 노인장, 명성을 떨치셨군요."

이에야스는 지체 없이 부채를 펴서 우라쿠를 부쳐주었다.

"늙은이답지 않게 그만 살생을 했습니다."

"참으로 장합니다. 가모 빗츄는 이 이에야스도 젊었을 때부터 잘 아는 사이였는데 가엾게 됐군요. 목은 노인장에게 드릴 테니 적당히 묻어주시오."

"감사합니다."

"듣자 하니 아드님인 카와치노카미 님은 오타니의 용장 토다 무사시노카미의 목을 베었다고요?"

"예. 그때 무사시노카미를 찌른 창은 투구 왼쪽에서 오른쪽으로 관통했는데 조금도 손상되지 않았습니다."

"허어, 지금 가지고 있는 창이 바로 그것인가요? 카와치노카미 님의 그 창을 어디 좀 봅시다."

노부나리의 손에서 창을 받아들었다.

"셴고 무라마사千子村正가 만든 것이군요."

기뻐하며 창을 되돌려주었다. 각자에게 저마다 다른 말을 하여 모두 과부족이 없는 기쁨을 나누어주었다. 다른 장수들과 똑같은 감정으로는 할 수 없는 일이었다.

이때 혼다 타다카츠의 차남 나이키 타다토모가 너무나 격렬하게 싸운 나머지 칼이 휘어 4, 5치 정도 칼집에 들어가지 않은 것을 그대로 들고 들어왔다.

이에야스는 그도 칭찬했다. 칭찬하면서 만약 패했더라면…… 문득 미츠나리의 얼굴을 떠올렸다.

그때 그의 아들 마츠다이라 시모츠케노카미 타다요시와 이이 나오마사가 붕대를 친친 감은 몸에 창을 지팡이로 삼고 들어왔다. 타다요시의 눈은 아직 불평으로 무섭게 빛나고 있었다.

"아버님, 오구리 다이로쿠는 발칙한 자입니다."

순간 이에야스의 눈썹이 치켜올라갔다.

3

"아버님, 오구리 다이로쿠는……"

또다시 타다요시가 말했을 때 이에야스는 표정을 부드럽게 하고 걸상에서 일어나 이이 나오마사에게 다가갔다.

"효부, 부상했다고 들었는데 심하지는 않은가?"

"예. 아주 가벼운 상처입니다."

"그래? 그렇다면 다행이로군. 마사즈미, 그 약을 가져오게."

타다요시를 무시한 채 혼다 마사즈미에게 자신이 직접 만든 고약을 가져오게 해 건네주었다.

"이 약이 잘 들을 것일세. 몸을 소중히 하게."

"예. 감사합니다."

"잠깐, 내가 이 팔꿈치의 상처에만은 발라주겠네."

목에 매단 붕대를 끄르게 하고 직접 고약을 발라주었다.

"아픈가?"

"아닙니다, 전혀……"

"그래? 다리의 상처도 잘 치료하게."

또다시 누군가가 흐느꼈다.

이에야스는 이이 나오마사의 상처만을 걱정하는 것이 아니었다. 첫 출전한 타다요시가 승전한 날 저녁의 이 분위기를 망치지 않기를 은근히 마음속으로 기원하고 있었다.

"오, 시모츠케도 부상당했느냐?"

이에야스는 비로소 자기 아들 앞에 서서 말을 걸었다. 그런 짐작을 해서인지 이에야스의 시선이 엄한 응시로 변해 있었다.

"아주 가벼운 상처입니다."

타다요시는 분하다는 듯이 나오마사의 어조를 흉내냈다.

"그렇다면 다행이로구나."

이에야스는 그대로 얼른 걸상으로 돌아왔다.

"오구리 타다마사."

그리고는 자기 뒤에 대령해 있는 츠카이반을 턱으로 불렀다.

타다요시는 앉으려던 걸상 앞에 서서 오구리를 노려보았다.

"부르셨습니까?"

오구리 다이로쿠 타다마사는 약간 긴장된 얼굴로 이에야스 앞에 한 쪽 무릎을 꿇었다.

"요코다 진에몬의 보고에 따르면, 너는 시모츠케노카미가 적에게 깔린 것을 보고도 그대로 두라고 했다고?"

"예. 분명히 그랬습니다."

"그 이유를 이 자리에서 모두에게 말하도록 하라."

"알겠습니다."

오구리 타다마사는 절을 하고 나서 말했다.

"시모츠케노카미 님은 오늘이 첫 출전이십니다. 이 첫 출전에서 단기單騎로 앞장서서 말을 달려 시마즈 군의 용장인 마츠이 사부로베에 라는 자와 우선 말 위에서 무섭게 싸우다가 부둥켜안고 말에서 떨어지셨습니다."

"으음, 혼자 앞장서서 달려갔느냐?"

"예. 참으로 용감하게…… 그러나 마츠이 사부로베에의 힘이 더 우세했는지 격투하던 중 밑에 깔려 진흙 속에 갑옷 소매가 빠진 가운데 뒤집으려고 안간힘을 쓰시기에……"

"너는 그대로 보고만 있었다는 말이냐?"

"그렇습니다. 보다못한 요코다 진에몬이 가세하려 해, 밑에 깔린 것은 시모츠케 님이므로 가세하지 말라고 했습니다."

"어째서 제지했느냐, 그 이유는?"

"시모츠케 님은 대장이십니다. 대장이 혼자 앞장서서 달린다고 해도 아군이 언제나 보고 있다고는 할 수 없습니다. 그런 각오를 충분히 하시고 선두에 나섰을 것이라 여겨 제지했습니다."

오구리 타다마사는 당당하게 말했다.

4

이에야스는 흘끗 자기 아들 타다요시를 바라보았다.

타다요시는 아버지가 오구리 타다마사를 문초하기 시작한 것으로 알고 그것 보라는 듯이 예리한 시선을 타다마사에게 던지고 있었다.

"그러니까 다이로쿠는 밑에 깔린 것이 시모츠케노카미이기 때문에 가세하지 말라고 했다는 말이냐?"

"그렇습니다."

"혹시 이름 없는 아군이었다면 어떻게 했겠느냐?"

"물론 가만히 있지 않습니다. 아니, 진에몬이 손을 대기 전에 이 타다마사가 가세했을 것입니다."

"들었느냐, 시모츠케노카미?"

"예."

"오구리 다이로쿠는 밑에 깔린 것이 너라는 것을 알았기 때문에 돕고 싶었지만 참았다고 하는구나."

"돕고 싶었지만 참았다…… 그, 그럴 수가……"

"잠자코 있거라!"

"예……"

"시모츠케노카미, 너는 다이로쿠가 너를 미워해 도와주지 않았다고는 생각지 않을 테지?"

"……"

"그런 생각을 한다면 네게 군사를 맡길 수 없어. 하지만 그런 자는 아닐 것이다. 단지 너는 시마즈 요시히로를 놓친 것이 분해서 다이로쿠에게 대들고 있는 거야."

이에야스는 이렇게 말하고 다시 오구리 다이로쿠를 향했다.

"혼전 중에 정신을 차릴 수 없었을 텐데, 그대의 마음가짐은 참으로 훌륭했다."

"예……?"

이번에는 타다마사의 눈이 휘둥그레졌다.

"밑에 깔린 것이 시모츠케노카미임을 알았을 때 그대도 조마조마했을 것이다. 가세하고 싶었을 거야. 그러나 도와주면 훗날을 위해 좋지 않아. 오늘은 첫 출전, 그런데 도움을 받았다면 시모츠케노카미는 전쟁이 얼마나 무서운지 끝내 모르게 될 테니까."

"예……"

"실수는 결코 작은 것이 아니다. 진정한 전투가 어떤 것인지 알지 못하고 다음 전투에 나선다면 반드시 용병用兵을 잘못하여 많은 부하들에게 눈물을 보이게 된다. 아니, 그것만으로 끝나지 않아. 그 과오가 전군의 승패를 결정하게 될 경우가 적지않다. 전투의 실체를 잘 알고 분별할 수 있어야 하는 것이야. 오늘 그대가 보인 태도는 진정으로 시모츠케를 생각해서 한 일, 정말 훌륭했다."

이렇게 말하고 흘끗 타다요시를 보았다. 타다요시는 깊이 머리를 숙이고 눈물짓고 있었다.

이에야스는 안도했다. 다른 장수들도 모두 이 훈계를 납득한 것 같았다. 그러나 그 이상으로 타다요시가 알아들은 것이 이에야스에게는 더 기뻤다. 이에야스가 전에 장남 노부야스를 잃은 것은 이러한 애틋한 아버지의 진정을 보이지 못한 데에 원인이 있었다……고 늘 후회하고 있었기 때문이다.

이에야스는 그 안도한 표정을 이이 나오마사에게로 향했다.

"효부, 오늘 시모츠케가 보인 그 밖의 활약은 어떠하던가?"

"예. 매의 자식은 역시 매의 자식이었습니다."

나오마사는 대답하면서 빙긋이 웃었다.

"그래, 그대의 눈에도 그렇게 보였다는 말이지. 시모츠케노카미, 이리 가까이 오너라."

이에야스는 타다요시를 앞으로 불렀다.

"손의 상처에 이 아비가 약을 발라주겠다. 붕대를 풀어라."

성난 듯한 목소리로 말하고 턱으로 지시했다.

5

시모츠케노카미 타다요시의 표정이 다시 굳어졌다. 하지만 그것은 더 이상 아버지나 오구리 다이로쿠에 대한 반항이 아니라, 자신이 누구로부터도 미움을 받지 않았다는 지극히 당연한 사실을 알게 된 감동 때문이었다.

이에야스는 오른손 손가락을 다친 아들의 상처로부터 거칠게 헝겊을 걷어냈다. 그리고 검게 말라붙은 핏덩어리 사이에서 다시 새로 치솟는 수유나무 열매 같은 핏방울을 아무 주저 없이 입으로 빨아들이고 고약을 발라주었다.

"효부."

"예."

"매의 자식이 매가 아니라, 그대라는 매 사육사가 훌륭했던 것일세."

이 한마디는 나오마사보다 그 자리에 있던 사람들의 가슴에 더욱 크게 울렸다.

'이유 없이 이긴 것이 아니다……'

손톱을 깨물면서 무섭게 모두를 질타하는 이에야스는 귀신 같았으나 막사의 이에야스는 자상한 한 사람의 인간으로 돌아와 있었다.

비는 아직 그치지 않았다. 전투를 끝내고 밥을 지으려는 군사들은 불을 피울 수 없어 주린 배를 끌어안고 안타까워하고 있을 터였다.

시모츠케노카미와 이이 나오마사가 앞을 다투듯이 임시막사에서 나갔다. 이에야스는 혼다 마사즈미를 불렀다.

"비가 아직 멎지 않았어. 모두에게 생쌀은 먹지 말라고 일러라. 생쌀을 먹으면 배탈이 난다."

"예, 알겠습니다."

"부득이한 경우 쌀을 물에 담갔다가 일 각쯤 지나 먹으라고 해라. 그러면 배탈은 나지 않을 것이다. 그때까지는 비가 멎을지도 모르고."

마사즈미가 이 말을 전하러 나간 뒤 이번에는 무라코시 모스케를 불렀다.

"츄나곤(코바야카와 히데아키)이 아직 안 보이는군. 전에 저지른 잘못이 두려워 오지 않는 모양인데, 그대가 가서 데려오도록."

"알겠습니다."

무라코시 모스케보다도 쿠로다 나가마사가 더 마음을 놓았다. 히데아키에게 오늘의 내용을 교섭한 직접적인 책임자가 쿠로다 나가마사였다. 무라코시 모스케가 데리러 올 줄 알았다면 코바야카와 히데아키는 눈물을 흘렸을지 모른다. 그 역시 오늘의 전투에서 자신이 생각했던 작은 이기심에서 나온 허무감이 얼마나 위험했나를 뼈저리게 깨닫고 있을 것이다. 나중에 안 일이지만, 무라코시 모스케를 맞이한 코바야카와 히데아키는 기쁜 나머지 황금 100장을 그 자리에서 직접 모스케에게 주었다고 한다.

이윽고 모스케의 안내를 받은 히데아키는 본진 앞에서 쿠로다 나가마사에게 인계되어 근신 20명 정도를 데리고 이에야스 앞에 왔다.

빗줄기가 가늘어지기 시작했다.

그러나 오타니 요시츠구가 남기고 간 임시막사의 지붕은 그리 넓지 않았다. 이미 다른 장수들이 도착해 있었기 때문에 히데아키는 임시막사 앞 잔디밭에 서서 인사할 수밖에 없었다.

"킨고 츄나곤 님이 전승을 축하 드리려고 오셨습니다."

쿠로다 나가마사가 이렇게 전했을 때 이에야스는 쓰고 있던 투구의 끈만 풀고 걸상에서 일어났다. 바로 그 순간이었다. 잔디 위에 코바야카와 히데아키가 쓰러지듯 앉은 것이……

6

적어도 츄나곤 지위에 있는 히데아키였다. 다른 장수들의 눈도 있고, 당연히 나이에서 오는 자존심도 있을 것이었다. 이에야스도 투구까지는 벗지 않았으나 끈은 풀고 나온 게 아닌가. 그런데 두 사람의 시선이 마주치는 순간 털썩 잔디밭에 주저앉아 그대로 두 손을 짚었다.

"츄나곤 님, 전쟁터라 투구를 쓴 채로 나왔으니 나무라지 마시오."

이에야스가 변명하듯 말했으나 히데아키의 귀에는 그 말조차 들리지 않았다.

"저는…… 저는…… 불초한 탓으로 적으로 돌아서서…… 앞서 후시미 성 공격에도 가담하는 등 죄가 적지않습니다…… 이런 일 저런일…… 용서해주십시오."

조심스럽게 말한 뒤 다시 생각났다는 듯이 엎드렸다.

"이……이번의 승리를 크게 축하 드립니다."

이에야스는 웃지 않았다. 우습기보다 가여운 마음이 들어 누가 웃는 자가 있으면 꾸짖겠다는 생각까지 했을 정도였다.

"아니, 사과할 것은 없소. 오늘의 큰공은 참으로 훌륭했소이다. 앞으로 원한 같은 것 있을 리 없으니 안심하시오."

"감사합니다. 그런데……"

"그런데……?"

"내일 사와야마 공격 때 저를 선봉대장에 맡겨주셨으면 합니다."

히데아키는 지금까지 자신이 불손했던 것에 대해 양심의 보답을 하고 싶었던 듯.

"그것 참 반가운 제안이군요…… 그러나 아직 작전회의도 끝나지 않은 형편이라 그 가부는 나중에 츠카이반을 통해 전해드리리다. 우선 물러가 쉬도록 하시오."

"예. 감사합니다……"

위신도 남의 이목도 개의치 않고 정직하게 토로한 젊은이의 공포와 환희의 모습이었다.

히데아키가 물러간 뒤 후쿠시마 마사노리는 쿠로다 나가마사를 돌아보고 혀를 찼다.

"킨고 님은 츄나곤, 그 신분도 잊고 잔디밭에 꿇어앉아 두 손을 짚다니 얼마나 우스운 노릇인지 모르겠군요."

나가마사도 웃으면서 대답했다.

"마치 매와 꿩이 만난 것 같아요."

"귀하가 후하게 말씀한 것이오. 사실은 독수리와 꿩 정도로 차이가 났소."

이에야스는 그 말을 못 들은 체하고 천천히 걸상으로 돌아가 비로소 지휘채를 놓았다.

"비가 그칠 것 같아. 그대들도 식사를 하도록."

이렇게 말하고 칸막이한 막사의 야전 식당으로 들어갔다.

식당에서 조금 떨어진 곳에 대나무를 걸치고 종이를 발라 지붕으로 삼은 이에야스의 식탁이 마련되어 있었다. 냄비 둘에 물통이 세 개, 물을 끓이기 위한 주전자가 하나 있었다. 아까부터 요리사 두 사람과 하인 다섯이 1정쯤 떨어진 골짜기에 내려가 열심히 물을 길어다 준비하고 있었다.

고작 3,000석 정도의 장수 야진에도 이보다 훌륭한 요리실이 있다. 도시락 통에는 겨우 3인분밖에 들어가지 않을 듯했다. 그러나 이렇게 식사할 수 있는 것도 승리했기 때문, 이에야스는 합장을 하면서 도시락 뚜껑을 열었다.

7

'빗줄기가 가늘어졌다. 이대로 가면 곧 그칠 것이다……'

이에야스는 젓가락을 놀리면서 새삼스럽게 산으로 달아난 이시다 미츠나리의 신상을 생각하지 않을 수 없었다.

미츠나리는 과연 오늘의 싸움이 이렇게 될 줄 예측하고 있었을까? 지금쯤은 바위에 발부리가 채이고 가시에 찔리며 풀을 뜯어 허기를 달래면서 어둠 속을 헤매고 있을 것 아닌가……?

적으로서 가증스럽기보다 인간으로서 그의 미숙에 혀를 차고 싶을 만큼 가엾은 생각이 들었다.

이에야스는 몇 번이나 기회를 주었다.

조선에서 전군이 철수했을 때는 일부러 장수들을 하카타까지 마중하러 보냈고, 마에다 토시이에와 숨막히는 교섭을 벌이는 동안에도 반성할 기회는 여러 번 있었다. 그 기회를 굳이 잡으려 하지 않고 결국 일곱 장수에게 쫓겨 오사카를 버리지 않으면 안 되었다.

일곱 장수가 후시미에 추격해왔을 때도 이에야스는 품안에 든 궁한 새를 나무라지 않았다……

'그런데도 미츠나리는 한 번도 돌아보려 하지 않았다……'

스스로 비극의 나락으로 빠져드는 발걸음을 늦추지 않고, 소중한 아군을 모두 끌어안고 그 나락으로 뛰어들었다.

'미츠나리가 계산을 그르친 원인은 어디 있었을까……?'

아군 장수들은 전투에 이겼기 때문에 코바야카와 히데아키를 가볍게 조소했다. 하지만 그와 같은 입장에 놓인다면 누가 과연 가슴을 떡 펴고 이에야스 앞에 나섰을 것인가.

'만약 미츠나리가 생포되어왔다면 어떤 태도로……'

문득 이런 생각을 했을 때 판자 하나를 사이에 둔 옆방에서 누군가를 나무라고 있는 호소카와 타다오키의 목소리가 들렸다.

"지금 저녁을 드시는 중이오. 그런데도 기다릴 수 없다는 말이오?"

"아니, 기다릴 수 없다는 것은 아닙니다. 다만 한시라도 빨리 사죄 드리지 않으면 마음이 편치 않습니다…… 그래서 이 뜻을 전해주시도록 부탁 드리는 것입니다."

상대의 목소리는 기억에 없었다.

그러나…… 두 사람의 대화에서 누군가가 호소카와 타다오키에게 안내를 부탁한다는 것만은 알 수 있었다.

"아침부터 계속 싸우다보니 도중에 식사하실 틈이 있었을 리 없소. 저녁을 끝내신 후에 사죄 드릴 기회가 있을 것이니 잠시 저기서 기다리시오."

"부탁입니다. 엣츄 님이 말씀 드리면 나이다이진 님도 허락하실 것입니다. 우리는 오타니 교부 휘하에 있으면서도 와키자카 나카츠카사 脇坂中務(야스하루) 님과 함께 오타니 군으로부터 우키타 군으로 달려가 조금은 우리 심중을 나타낸 줄로 믿고 있습니다. 그 점을 특히 잘 말씀 드려 분노를 푸시도록……"

듣고 있던 이에야스는 쿠츠키 모토츠나인 듯하다고 생각했다. 쿠츠키 모토츠나라면 토도 타카토라의 신호에 따라 아군에 내응한 와키자카, 오가와, 아카자 등의 일파였다.

"알겠소. 좌우간 식사를 하신 후에……"

다시 난처한 듯이 말하는 호소카와 타다오키에게 이에야스는 불쌍한 생각이 들어 판자 너머로 말을 걸지 않을 수 없었다.

"엣츄 님, 누구요?"

8

이에야스의 말을 듣고 타다오키도 가만히 있을 수 없었다. 그는 판자 옆으로 가서 한쪽 무릎을 꿇었다.

"쿠츠키 카와치노카미 님입니다. 적이 되었던 것을 후회하여, 나이다이진 님에게 사죄할 수 있는 기회를 주선해달라고 합니다."

"허어, 쿠츠키 카와치노카미가……"

이에야스가 쓴웃음을 지으며 말했을 때 이미 쿠츠키 모토츠나는 재빨리 판자를 넘어와 이에야스 앞에 머리를 조아렸다.

승자와 패자가 결정되었을 때 패자 쪽에 선 자를 이처럼 비참한 당황 속으로 몰아넣는 것일까?

"아무쪼록 용서를…… 저는 부득이하여…… 오타니 교부의 권유에 따르기는 했습니다마는, 마음속으로는 결코 적이 될 생각은 없었습니다. 부디 용서하시기를…… 이처럼 부탁 드립니다."

이에야스는 보기가 괴로웠다. 화도 나고 우습기도 하여 어떻게 했으면 좋을지 모를 심경이었다.

'아무리 당황했다고 해도 이처럼 비굴하게……?'

쿠츠키 모토츠나는 이에야스로서는 상상도 할 수 없는 경지에 있는 모양이었다.

"카와치노카미 님!"

보다못해 제지하는 호소카와 타다오키.

"아니, 그냥 두게."

이에야스가 가로막았다.

"카와치."

"예."

"그대 같은 낮은 신분은 속된 말로 표현하면 바람에 흔들리는 풀, 그러니 스스로 자기 일을 결정하지 못할 경우도 있을 것. 그러므로 이 이에야스는 적대시되었다고 해도 아프지도 않고 밉지도 않아."

"예…… 예."

"본래의 영지를 그대로 인정하겠으니, 어서 돌아가 가신들을 안심시키도록."

"고마우신 은덕…… 이 모토츠나…… 이 모토츠나는…… 절대로 잊지 않겠습니다."

"물러가라. 엣츄 님도 수고가 많았소."

상대가 자존심을 가진 인간이었다면 '바람에 흔들리는 풀……' 이라는 말을 들었을 때 격노하거나 얼굴을 붉히거나 어쨌든 가만히 있지 않았을 터였다. 쿠츠키 모토츠나에게는 그러한 기개가 없었다. 물론 기개가 있었다면 오타니 요시츠구를 따라 같이 죽었을 터.

이에야스는 모토츠나가 사라진 뒤 젓가락을 놓고 다시 지휘소로 돌아왔다. 장수들은 이미 각자의 진지로 돌아가고 측근들만 본진에 남아 있었다. 이에야스도 온몸이 마디마디 쑤시는 피로를 느꼈다.

이에야스는 혼다 마사즈미를 돌아보았다.

"아직도 올 사람이 있을까?"

마사즈미는 그 뜻을 잘못 알아듣고 작은 소리로 말했다.

"곧 타케나카 시게카도 님이 마중을……"

이에야스는 표면상 후지가와에 숙박하기로 되어 있었으나, 실은 세키가하라 북쪽에 있는 호유산寶有山의 즈이류젠 사瑞龍禪寺에 묵을 예정이었다.

즈이류젠 사는 타케나카 시게카도의 병참부가 있는 곳으로, 그 부근에서 은밀히 휴식하려면 지붕이 있는 이곳밖에는 비와 이슬을 피할 장소가 없었다. 물론 이 후지가와에는 그의 대리를 둘 것이다. 이에야스의 건강을 염려한 의사 이타사카 보쿠사이의 배려에 의한 것으로 이에야스는 말을 타고 그곳에 가기로 되어 있었다.

"알겠네. 그럼 떠나기로 하세."

이때 또 한 사람이 황급히 구명을 호소하러 달려왔다.

9

이번에 온 것은 히토츠야나기 켄모츠 나오모리가 동반한 오가와 스케타다였다. 오가와 스케타다도 쿠츠키 모토츠나와 마찬가지로 마지막 순간에 오타니 교부를 배반한 사람 중의 하나였다.

"말씀 드립니다. 오가와 스케타다와 저는 인척간, 제발 뵐 수 있도록 주선해달라고 해 심야임에도 불구하고 이렇게 찾아왔습니다."

히토츠야나기 켄모츠의 말에 이어 오가와 스케타다도 걸상 앞에 무릎을 꿇었다. 그리고 장황하게 사죄했다. 그러나 이에야스는 이미 그 말을 듣고 있지 않았다.

'용서해야 할 것인가……?'

오가와 스케타다의 경우는 쿠츠키 모토츠나와 사정이 약간 달랐다. 모토츠나가 오타니 교부를 배신한 것은 그렇다 치더라도 오가와 스케타다는 이시다 미츠나리와도 인척이었다. 따라서 오타니 교부를 오늘과 같은 곤경에 몰아넣은 책임을 조금이라도 느끼는 자라면 잠자코 처분을 기다렸어야 할 것이었다.

"그대는 쿠츠키 모토츠나를 만나고 왔지?"

"예…… 예. 쿠츠키 님은 너그럽게 은덕을 입었다고 했습니다. 저도 앞서의 잘못을 뉘우치고 협력해드렸기 때문에 그와 마찬가지로……"

"스케타다."

"예."

"오타니 교부는 적이기는 하나 훌륭했어."

"예…… 예."

"미츠나리와의 의리를 지키고 그 몸으로 가마에서 전군을 호령했어. 아까운 무장이었다……고 생각지 않나?"

"예…… 예."

이에야스는 잠시 말을 중단하고 스케타다와 켄모츠 나오모리를 잔뜩 노려보았다.

이에야스의 비꼬는 말을 듣고 스케타다보다 히토츠야나기 나오모리 쪽이 더 얼굴이 붉어져 고개를 떨구고 있었다. 수치를 아는 자와 모르는 자의 차이가 너무나 뚜렷하여 고개를 갸웃거릴 정도였다.

'신불은 어째서 이렇게까지 각자 짊어지는 짐에 차이를 두었을까?'

이에야스는 히토츠야나기 나오모리가 가엾은 생각이 들어 이번에도 잠자코 있을 수 없다는 마음이 생겼다.

"스케타다."

"예…… 예."

"그대는 미츠나리와 인척이므로 용서할 수 없는 자이지만, 이번에 켄모츠가 세운 무공을 생각해서 목숨은 살려주겠다."

"감사합니다……"

"아직 그런 인사를 하기에는 일러! 목숨은 살려주겠으나, 신병은 켄모츠에게 맡기겠다. 그렇게 알고 물러가라."

"예…… 정말 감사합니다."

역시 죽일 줄 알았던 듯. 그는 몇 번이나 머리를 조아리고 나서 나오모리의 재촉을 받으면서 물러갔다.

다시 비가 쏟아지기 시작했다. 오늘밤에는 오다가 말다가 할 듯.

이때 연락해놓았던 타케나카 시게카도로부터 마중하러 온 사람들이 들어왔다. 물론 이 사람들은 마중하러 온 상대가 이에야스라는 것은 알지 못했다. 환자가 생겨 야영이 곤란하므로 환자만을 타케나카 병참 즈이류젠 사에 옮겨 휴양하게 한다…… 이렇게 알고 왔다.

"그럼, 준비를."

이에야스는 다시 판자 뒤로 가서 아무도 몰라보도록 유동油桐 기름을 먹인 두건을 깊숙이 눌러쓰고 나타났다.

10

타케나카 시게카도는 히데요시의 군사軍師로 있다가 텐쇼 7년(1579)에 반슈播州의 미키三木 진지에서 죽은 타케나카 한베에 시게하루竹中半兵衛重治의 아들이었다. 그가 아버지를 잃은 것은 일곱 살 무렵으로 그 역시 도요토미 가문의 은혜를 입은 자였다. 이번 전투에는 이에야스 편에 서서 선전했다.

공로가 인정되어 그 후 에도에 상주하게 되었고, 하타모토에 준하는 대우를 받으며 이에야스의 의논 상대가 되었다. 이에야스가 그 인물을 얼마나 높이 평가하고 있는지 상상할 수 있다. 그렇지 않다면 그의 병참에서 숙박할 리 없었다.

마중하러 온 사람 가운데는 도롱이와 삿갓 차림의 시게카도도 있었다. 시게카도만은 자기가 지금부터 즈이류젠 사에 모실 사람이 누구인지 알고 있었다.

환자를 가장한 이에야스는 토리이 신타로 타다마사의 동생 큐고로 나리츠구久五郎成次 이하 젊은이 10여 명과, 역시 변장한 츠카이반 여섯 명을 데리고 비가 내리는 가운데 후지가와의 본진을 나섰다.

말고삐를 잡은 것은 말할 나위도 없이 타케나카 시게카도였다. 전투에 이겼다고는 하나 환자의 정체를 아는 사람들의 배려와 고심은 보통이 아니었다.

아직도 전쟁터에는 어지럽게 시체가 널려 있고 주인을 잃은 말이 사람들의 발소리에 놀라 때때로 앞길을 막으면서 질주했다. 어떤 수풀 속에 어떤 낙오병이 숨어 있을지 알 수 없다. 가는 길은 멀지 않았으나 횃불을 들고 앞서가는 시게카도의 부하들은 큰 소리로 이야기를 주고받으면서 접근하는 자의 유무를 확인하고 지나갔다.

그때 이에야스는 말 위에서 끄덕끄덕 졸 뻔했다. 늦가을 밤 냉기가 도리어 체온을 희미하게나마 느끼게 해 그대로 피로와 이어졌다.

생각해보면 감사하지 않을 수 없는 오늘의 결과였다. 13일까지는 중풍의 재발을 걱정하며 쓰러지는 것이 자기 운명이 아닌가 하고 위험을 느꼈을 정도의 몸이었다. 그러나 모든 것을 잊고 이틀 동안이나 지휘를 했는데도 가벼운 피로를 남겼을 뿐 아무 지장도 없었다.

'틀림없이 신불의 가호가 있었다……'

이에야스는 가볍게 조는 동안 분명 신을 확인하고 부처를 느꼈다.

"염리예토 흔구정토."

그의 희원이 이 한 점을 올바로 보고 있는 한 신불의 손길은 자기를 놓지 않을 터였다…… 그는 비몽사몽간에 할머니와 왕고모 오히사ぉ緋紗와 같이 무심코 염불을 하고 있는 꿈을 꾸고 있었다.

갑자기 말이 고갯길에 접어들었다. 고정되어 있던 안장이 크게 흔들렸다. 이미 절 앞이었다. 후지가와의 임시막사와는 달리 모닥불이 환히 밝혀져 있는 절의 모습은, 낡기는 했으나 고대광실이었다.

"도착했습니다."

시게카도와 토리이 큐고로가 작은 소리로 말하고 다가와 이에야스를 말에서 안아내렸다. 유동기름을 먹인 비옷은 그대로 두고 안의 객실로 갔다. 이미 침구가 깔리고 화로에 빨간 숯불이 담겨 있었다.

"마음에 안 드실지도 모르나 경비는 충분히 하고 있으므로……"

주지와 함께 들어와 말하는 시게카도를 이에야스는 제지했다.

"모두에게 미안하네. 수고가 많았어. 그대들도 물러가 쉬도록."

11

사람들이 나간 뒤에도 이에야스는 아직 갑옷을 벗고 쉬려고 하지 않았다. 토리이 큐고로가 의아하게 여기며 휴식을 권했다.

"다시 두 사람이 찾아올 거야."

이에야스는 웃었다.

얼마 후 그 중의 한 사람이 왔다. 츠카이반 안도 나오츠구였다.

"수고가 많군. 기다리고 있었네."

이에야스의 말에 나오츠구는 다가와 작은 소리로 보고했다.

"모두 출발했습니다."

"좋아. 그럼, 군감은?"

"혼다 님과 이이 님이 상의한 끝에 이이 님이 가시기로 하여 벌써 출발했습니다."

이 대화만으로는 옆에서 듣고 있던 토리이 큐고로는 무슨 말인지 알 수 없었으나, 그것은 이튿날 사와야마를 공격하는 일이었다.

여전히 미츠나리의 행방은 오리무중. 성으로 들어가려 할 것만은 확실하지만…… 따라서 미츠나리가 성에 들어가지 못하도록 서둘러 사와야마 성을 포위해놓을 필요가 있었다.

안도 나오츠구를 코바야카와 히데아키 진영에 파견해 코바야카와, 와키자카, 쿠츠키 등 내응한 부대에게 오늘밤 안으로 출발해 내일 16일에는 사와야마를 포위하도록 했다. 이이 나오마사는 부상한 몸인데도 불구하고 그 군감으로 간 모양이다.

"으음, 효부가 갔다는 말이지. 좋아, 물러가 쉬게."

안도 나오츠구가 나가고 곧바로 쿠로다 나가마사가 들어왔다. 큐고로 나리츠구로서는 쿠로다 나가마사와 이에야스의 문답이 안도와의 대화보다 더 알 수 없었다.

"히데모토가 찾아와 전승을 축하해야 할 것인데도……"

나가마사가 입을 열었다. 이에야스는 이를 가로막듯이 하며 고개를 끄덕였다.

"아버지 테루모토는 오사카에 있네. 아버지에게 화의를 알리고 그 후 인사하러 오는 것이 순서겠지. 그것으로 좋아."

이어서 두세 마디 간단한 말을 주고받았을 뿐 나가마사도 얼른 물러갔다. 나가마사는 난구산의 모리 히데모토와 이에야스 사이의 중재를 맡은 모양이었다.

"큐고로, 이제 끝났어."

쿠로다 나가마사가 물러가고 난 뒤 비로소 이에야스는 토리이 나리츠구를 돌아보고 갑옷을 벗기라고 했다.

"우리가 쳐서 얻은 목의 수는 삼만 이천 남짓이라고 하는구나. 아군도 사천 가까이 죽었어."

"예……?"

큐고로 나리츠구는 이에야스가 한 말의 뜻을 이해하지 못해 물었으나 그 이상 말을 잇지 못했다.

"어떠냐, 대승하지 않았느냐?"

이렇게 묻는 것 같기도 하고, 전쟁터의 허무함을 한탄하고 있는 것처럼도 보였다.

"날이 밝거든 곧 나를 깨워라."

"예."

"모두들 처자를 가진 몸…… 비를 맞게 해서는 불쌍해. 아침 일찍부터 시체를 모아 무덤을 만들고 이 절의 승려들에게 명복을 빌도록 하고 떠나야겠어."

큐고로 나리츠구는 안도의 숨을 쉬었다. 함부로 '대승리' 라는 엉뚱한 대답을 하지 않아 다행이었다.

"나무아미타불…… 나무……"

갑옷을 벗기자 이에야스는 작은 소리로 염불하다가 이윽고 지친 숨소리를 내면서 잠이 들었다.

비는 아직 내리다가는 그치고 그쳤다가는 다시 무섭게 처마를 때리고 있었다……

패자의 마무리

1

9월 16일 아침에도 아직 비는 완전히 걷히지 않았다.

이에야스는 즈이류젠 사에서 눈을 뜨자 곧 후지가와의 임시막사로 돌아와 전쟁터의 정리를 명했다. 그리고 전사자의 무덤을 만들게 한 뒤 정오 무렵 사와야마로 향했다.

사와야마 성은 히코네彦根 동쪽 비와 호琵琶湖를 바라보는 언덕 위에 있었다. 이미 먼저 도착한 코바야카와 히데아키와 와키자카, 쿠츠키, 그리고 타나카 요시마사 등의 군사가 포위하고 있었다.

이에야스는 사와야마 남쪽 노나미野波 마을로 본진을 옮겼다. 이곳 역시 소박한 오두막집으로 가로 2간, 세로 4간 정도인 초가지붕에 입구에는 문도 없었다. 입구 옆에 창이 있고 방안에는 반은 다다미, 반은 짚이 깔려 있었다. 집 밖 잔디밭에 다다미 서른 장 정도를 깔아놓고 있었다. 거기에 오메미에お目見得°이상의 하타모토들이 잇따라 찾아오고 있었다.

활과 총포도 없고, 무기와 깃발을 가진 자도 없었다. 모두 10리나 떨어진 민가에 숙소를 정했다.

　따라서 총대장인 이에야스만이 '염리예토 흔구정토'의 깃발과 함께 야영하는 형태가 되었다. 이에야스는 전쟁터에 나갈 때 야영할 장비는 가져가지 못하게 했다. 그러므로 오토기슈お伽衆°인 젠아미가 혹시 소용될지 몰라 모든 장비를 말 한 마리에 싣고 몰래 따르게 했는데 이것조차 짐을 풀지 않았다. 세키가하라의 승자에게 사와야마 성의 수비대 따위는 문제가 되지 않았다. 그런 이유도 있기는 했으나 이것이 전쟁터에 임한 이에야스의 눈에 보이지 않는 신중성이기도 했다.

　사와야마 성에는 미츠나리의 아버지 오키노카미 마사츠구隱岐守正繼, 형 모쿠노카미 마사즈미木工頭正澄, 그 아들 우콘 토모나리右近朝成, 미츠나리의 아들 하야토노쇼 시게이에隼人正重家, 장인 우키타 시모츠케노카미 요리타다宇喜多下野守賴忠 등이 진을 치고 있었다. 하지만 그 운명은 뻔했다.

　이에야스는 도착과 동시에 사자를 보내 항복을 권유하려 했다. 그런데 오사카에서 원군으로 와 있던 하세가와 군베에 모리토모長谷川郡兵衛守知가 코바야카와 히데아키의 가신 히라오카 요리카츠를 통해 내응해옴으로써 사정이 급변했다.

　먼저 정문이 무너지고 코바야카와 군이 침입했다. 이에 이이 나오마사가 독단적으로 성안에 사자를 보내 농성의 이해득실을 설득했다. 성에서는 즉시 미츠나리의 형 마사즈미가 회답을 보내왔다.

　"나와 아버지 오키노카미, 장인 우키타 시모츠케노카미 세 사람이 성 밖에 나가 자결할 것이니 남은 사람은 살려주시오."

　나오마사는 이를 곧 이에야스에게 보고했다.

　이에야스는 처음부터 공격할 생각이 없었다.

　"그것으로 족하다. 무라코시 모스케에게 성은 인수시키도록 하라."

　이렇게 명한 것이 18일 아침이었다. 이 결정이 아직 전군에 알려지기 전에 코바야카와 군의 정문 침입에 뒤지지 않으려고 타나카 요시마사 일대가 수로水路의 문을 부수고 쳐들어갔다.

모쿠노카미 마사즈미는 이를 갈았다. 계략에 넘어갔다고 생각했다.

무라코시 모스케가 달려왔을 때는 이미 성은 불바다가 되어 있었다. 마사즈미가 성안에 화약을 뿌려 불을 지르고는 일족의 처자를 데리고 텐슈카쿠天守閣°로 올라갔다.

불길에 휩쓸린 텐슈카쿠 위에서는 일족의 자결이 시작되었다. 아내를 죽이고 자식을 죽이고…… 도망쳐다니던 부녀자는 남쪽 벼랑에 이르러 날벌레처럼 몸을 던졌다…… 그것은 이미 어떻게도 손을 쓸 수 없는 지옥도地獄圖였다……

2

후세 사람들이 죠로오치女郎墮 ── 라고 불렀을 정도로, 불길에 쫓기다 남쪽 낭떠러지에서 뛰어내린 부녀자 수는 많았다.

당시 사람들이 「사와야마 구경 춤노래」 중에서 다음과 같은 노래를 유행시킨 이시다 미츠나리의 거성도 순식간에 잿더미로 화했다.

나도 도성 사람이지만
오미 사와야마를 구경하리
정문의 모습을 바라보면
황금 성문에다 여덟 겹 해자
처음부터 놀랍도다
그 모습
문을 들어서서 다시 바라보면

복잡한 구조의 건물에 일곱 개의 문
뒷문을 나와 바라보면
기슭은 호수, 아아 훌륭하도다
좋은 성이여, 훌륭한 성이여
해자를 파고 관문을 세워
관문에 꽃이 피면
이 해자는 꽃으로 뒤덮이네, 뒤덮이네

같은 무렵 오가키 성도 미즈노 카츠나리의 공격을 받아 함락 직전의 위기에 처해 있었다.

이시다 미츠나리가 허공에 그린 모든 계획은 수많은 인명의 희생과 추한 인간의 타산이라는 상처를 남긴 채 소멸해갔다……

이 큰 비극의 주인공 이시다 미츠나리는 세키가하라에서 어디로 피신하여 무엇을 생각하고 있을까……?

15일 밤 미츠나리가 이부키로 도망쳐들어갔을 때만 해도 아직 따르는 자가 20명이 넘었다.

이미 말했듯 15일 밤의 비는 이 패전의 장수와 그를 따르는 자들에게 큰 고통을 주었다. 겨우 그쳤는가 싶으면 다시 전보다 몇 배나 더 세차게 퍼부어 갑옷 안 속살까지 스며들었다. 부하 한 사람이 어느 민가에서 도롱이와 삿갓을 가져다 미츠나리에게 입혔으나 그것으로 견딜 수 있는 비가 아니었다.

16일 밤이 샐 무렵까지 일행은 계속 비를 맞으면서 산속을 헤매었다. 물론 정확히 방향과 길을 정하고 걷는 것은 아니었다. 발견되지 않으려는 목적도 없는 전쟁터 이탈이었다.

지난날 조선과의 전쟁 때는 전쟁터에서 이탈하는 자는 고국에 있는 그 가족까지 처벌하겠다는 푯말을 세웠던 군감 미츠나리, 지금은 자신이 그 이탈자의 위치에 놓았다…… 추위와 굶주림과 피로와 졸음……
모든 고통을 한꺼번에 경험한 날이 샐 무렵에는 이미 의리도 위신도 찾
아볼 수 없게 되었다.

"앞으로 어떻게 하시겠습니까?"

함께 따라온 오바타 스케로쿠로小幡助六郎가 물었다.

"물어볼 것도 없다. 오사카로 가는 거야."

이렇게 대답하고는 자기 자신이 우스워졌다. 이미 사와야마 성은 포
위되어 일족과 처자는 살아 있지 못할 터 ─ 이러한 사실을 알고 있는
또 하나의 미츠나리가 사와야마에 가지 않고 오사카로 가겠다고 말하
도록 했다. 오사카까지 무사히 갈 수 있으리라고는 물론 그 자신도 생
각지 않았다.

"좋아, 여기서 모두 쉬기로 하자."

미츠나리는 더 이상 걸을 수 없다고 하는 대신 이렇게 말하고, 늙은
소나무 뿌리를 발견하고 거기에 걸터앉아 도중에 베어온 벼이삭을 아
무 말도 없이 훑기 시작했다.

이에야스가 금했던 벼이삭에서 훑은 생쌀이 여기서는 미츠나리의
굶주림을 구하는 유일한 식량이었다……

3

미츠나리는 잠시 동안 말없이 생쌀을 씹었다. 그만이 아니라 그를 따
르는 자들도 각각 진지한 표정으로 껍질을 벗기고 있었다.

이상하게도 그들은 누구 하나 자기가 벗긴 생쌀을 미츠나리에게 바
치려 하지 않았다. 인간의 생명이 심한 굶주림 앞에서는 얼마나 이기적
으로 되는지 그 한계를 말해주고 있었다. 처음에는 물론 미츠나리를 지

켜야 한다는 의리 때문에 따라왔으나, 그 의지를 관철시키기 위해서는 우선 살아 있어야만 했다……

미츠나리는 반 홉 정도의 생쌀을 씹어먹고 나서 갑자기 아랫배에 차가운 기운을 느꼈다. 그때가 되어서야 여기저기서 생쌀을 내미는 자가 나타났다.

"자, 드십시오."

"여기에도 있습니다."

미츠나리는 다시 웃음이 치밀었다. 그들은 미츠나리보다 솜씨가 좋아, 배가 부를 만큼 먹지는 못했을 테지만, 심한 굶주림에서는 해방되고 있었던 듯.

'자신의 생명이 보장되면 누구나 착한 사람으로 돌아간다……'

이러한 감개가 비로소 미츠나리에게 이성다운 이성을 되찾게 했다.

'나는 도대체 이제부터 무엇을 하려는 것일까?'

아니 그보다, 도대체 무엇을 할 수 있느냐는 자문이 우선해야 함을 깨달았다.

어디서 누구와 일전을 벌이려면 한 사람이라도 더 많은 편이 좋다. 그러나 남의 눈에 띄지 않게 도망치는 것이 목적이라면 홀가분하게 사방으로 흩어지는 편이 그 목적에 부합된다.

"여기서 헤어지는 게 좋겠다."

미츠나리가 이렇게 말한 것은 아랫배의 찬 기운과 집요한 졸음이 점점 더 심해지기 시작했을 때였다.

빗발은 가늘어졌으나 산에는 안개가 깔려 거의 앞이 보이지 않았다. 그러므로 한 사람 두 사람 갑옷을 벗고 옷차림을 바꾸면 농부도 나무꾼으로도 될 수 있을 것 같았다.

"나는 오사카를 목표로 삼겠다. 오사카 성에는 모리 테루모토가 히데요리 님을 모시고 있다…… 그 앞길을 보살피는 것이 이 미츠나리의 책임…… 이렇게 여럿이 가면 남의 눈에 띄어 목적을 이루기 어렵다. 여기서 일단 헤어졌다가 뜻이 있는 자는 오사카에 모이도록…… 아니, 올 수 없는 자도 있을 터, 그걸 탓하지 않겠다.”

미츠나리는 말을 하는 동안 차차 자신이 가야 할 곳을 알게 되었다. 확실히 자기는, 도착할 수 있느냐의 여부를 떠나 오사카를 목표로 삼아야 한다는 것을……

“주군의 말씀을 모두 알아들었겠지?”

이렇게 말한 것은 와타나베 칸페이渡邊勘平였다. 그는 어디까지나 예외여서 주군 곁을 떠날 수 없다는 듯한 말투였다.

“칸페이, 너도 마찬가지야. 나는 혼자라도 괜찮아. 아니, 혼자가 아니면 도리어 남의 눈에 띄기 쉬워.”

“그……그러시면 안 됩니다.”

“그렇습니다. 주군을 홀로 남기고 저희가 어떻게 떠날 수 있겠습니까? 서너 사람을 택해 수행하도록 하고 나머지는 일단……”

노히라 사부로野平三郎도 맞장구를 치며 입을 열었다.

“안 돼!”

미츠나리가 꾸짖었다.

“나는 혼자가 좋아. 동행은 필요치 않아.”

단호하게 말하며 잊혀져가던 투지가 비로소 불끈 되살아났다.

4

혼자 있으면서 생각하고 싶다…… 이런 작은 소아小我가 아니었다. 세키가하라로 나올 때 미츠나리는 이미 승패를 도외시하고 있었다. 만약 실패나 후회가 있다면, 그 이전의 미츠나리. 그 후의 미츠나리는 좀

316

더 큰 '영원'을 향해 도전하는 마음이었다.

적은 이에야스도 아니고 도요토미 가문의 은혜를 입은 일곱 장수 중의 하나도 아니었다. 하물며 코바야카와 히데아키나 모리 히데모토 같은 사람도 아니었다. 이 세상에 복종할 수 없는 인간의 마지막까지 반항하는 모습을 스스로 확인해두고 싶었다. 그런 의미에서 오타니 요시츠구는 정말 훌륭했다. 그는 자신의 그릇에 어울리게 전쟁터에서 죽음을 택했다.

미츠나리는 전쟁터에서의 죽음을 원치 않았다. 전쟁터에서 죽는다면 평범한 무장밖에 되지 않는다. 그는 상식 밖에서 인간의 적나라한 모습과 세계를 견문하고 싶었다. 상식에서 나오는 비판이나 비난은 이미 하찮은 문제. 모든 산을 제압하고 우뚝 솟은 후지산富士山 높이에서 흰 눈을 안은 맑고 싸늘한 심경으로 하계를 내려다볼 생각이었다.

전쟁터에서 전사하는 것은 당연히 비열한 자기 만족에 지나지 않는다. 전쟁은 아직 끝난 것이 아니었다. 우선 오사카를 목표로 하는 것도 전쟁, 거기서 붙잡히는 것도, 목이 잘리고 효수되는 것도 모두 투쟁의 연속이었다.

그 투쟁의 연속에서 '이시다 미츠나리'라는 사나이가 과연 상대에게 굴복할 것인가?

'나를 굴복시킬 수 있는 것이 있다면, 그것은 무엇일까?'

이를 냉정하게 살피는 것이 미츠나리라는 사나이를 지켜보는 또 하나의 미츠나리가 가진 희망이고 고집이었다. 미츠나리는 그 본성이 뱃속에 들어간 생쌀과 함께 크게 눈을 뜨고 깜박거리기 시작하고 있음을 깨달았다.

"수행하지 말라는 말만으로는 납득할 수 없다……고 생각하는 자가 있으면 말해보아라. 그 이유를 설명해주겠다."

미츠나리의 어조가 단호해 누구도 당장에는 입을 열지 못했다.

"알겠느냐, 나는 이 산속으로 난을 피했어. 굴복을 의미하는 것이 아니다. 살아 있는 한 끝까지 싸우겠다는 맹세를 하기 위해서였어. 그러나…… 적 또한 팔짱만 끼고 있지는 않아. 이곳 지리에 가장 밝고 내 얼굴을 잘 아는 덴페이田兵(타나카 효부노타유 요시마사. 미츠나리는 요시마사를 이렇게 불렀다)가 풀뿌리를 헤쳐서라도 찾아내라는 명령을 받고 이미 사방에 푯말을 세워놓았어."

미츠나리는 말하다 말고 모두가 듣도록 웃었다.

"그 푯말에는 금 일백 장 정도의 상금이 씌어 있을 거야. 너희들과 같이 있으면, 내 목을 노리고 모여드는 농부들을 전쟁터가 아닌데도 베지 않을 수 없어. 아니, 너희들이 죽이게 될 거야…… 무익한 일이야. 그보다 혼자 있으면 지부쇼유라는 것을 깨닫지 못할 테니 그만큼 오사카에 가기가 수월해. 알겠느냐? 먼저 깨달은 사람부터 한 사람씩 떠나라. 다시는 더 말하지 않겠다."

부하들은 서로 얼굴을 마주보고 고개를 끄덕였다. 일단 말을 하면 물러서지 않는 미츠나리……

"그럼, 섭섭하기 짝이 없습니다마는……"

제일 먼저 말하고 일어선 오바타 스케로쿠로 노부요小幡助六郎信世의 얼굴은 비와 눈물로 범벅이 되어 있었다.

5

오바타 스케로쿠로가 떠났다. 이어 뒤따라 일어서는 자가 나타났다. 모두 무한한 감개가 어린 짧은 인사를 남기고 비에 젖은 산길로 사라져 갔다.

미츠나리는 그들에게 일일이 고개를 끄덕여 보이고 미소를 던질 수 있었다. 그 정도로 미츠나리의 의지는 여유와 어우러지고 있었다.

"목숨이 붙어 있으면 다시 뵐 날이……"

"부디 고발하는 자를 조심하시도록……"

"반드시 오사카에서 뵙겠습니다."

인사의 말은 각각 달랐으나 전신에 절망이 스며들어 있다는 점에서는 마찬가지였다.

미츠나리는 문득 이렇게 자문하면서 주위를 둘러보았다.

'혼자 남아 적적하지 않은가……?'

이에 대답하듯 얼굴에 미소가 떠올랐다. 적적하지 않을 뿐 아니라 혼자 남게 되어 안도하고 있었다.

'미츠나리가 걸으려던 길은 처음부터 남을 끌어들이거나 남에게 강요해서는 안 될 길이었다……'

이 사실을 누구보다 잘 알고 있으면서 남을 설득하여 집단과 집단의 싸움에 끌어들인 자신의 입장이 얄궂게 느껴졌다.

비가 그쳤다. 빛은 아직 어디에서도 들어오지 않았다. 안개가 옅어진 증거로, 삼나무 잎에 떨어진 빗방울이 파랗게 빛나고 있었다.

미츠나리는 일어나서야 처음으로 꾸르륵거리는 배의 이상을 깨달았다. 냉기와 생쌀 때문에 배탈이 난 모양이었다.

미츠나리는 저도 모르게 소리 내어 웃었다.

도쿠가와 이에야스를 상대로 천하를 놓고 싸운 서군 총수가 홀로 남게 된 순간 배탈이 났다…… 아니, 어려서부터 우러러보며 자란 이부키야마 여기저기에 엉덩이를 드러내고 설사를 하며 걷는다…… 그 모습을 상상하는 순간 참을 수 없이 우스워졌다.

"말씀 드립니다."

이제는 아무도 없는 줄 알았는데 느닷없이 미츠나리 앞을 가로막는 자가 있었다.

"누구냐?"

"예. 차마 저희들만 떠날 수 없습니다. 저희 세 사람만은…… 부디 모시고 갈 수 있도록 허락해주십시오."

미츠나리는 얼굴을 찌푸리고 그쪽을 보았다.

와타나베 칸페이, 노히라 사부로, 시오노 키요스케鹽野淸介 세 사람이었다. 그들은 일단 서쪽으로 사라지다가 거기서 다시 상의하고 되돌아왔을 터. 상식적으로 말한다면 그들이야말로 주군을 생각하는 정이 두터운 미담의 주인공이라 할 수 있었다.

미츠나리는 웃는 대신 잔뜩 양미간을 모으고 노려보았다.

"이유는 아까 말했다, 오사카에서 만나도록 하자."

"그러나 이런 산중에 주군 혼자만 남기고 떠난다는 것은 저희들의 도리가 아닙니다."

"그렇다면 이 미츠나리를 죽이고 갈 생각이냐?"

"그 무슨…… 당치도 않은 말씀을……"

"죽일 생각은 없다. 홍, 그렇다면 이 미츠나리가 설사하는 모습을 보고 모두 웃고 싶다는 말이냐? 못된 녀석들!"

미츠나리는 숨도 쉬지 않고 꾸짖었다.

6

미츠나리의 무서운 질타가 세 사람에게는 전혀 뜻밖이었다. 전쟁터에서의 배설은 전투가 불리해졌을 경우 누구나 경험하는 일이었다.

'미츠나리는 그것을 수치로 여기고 있다……'

이러한 해석에 뒤따르는 생각은 문관으로 자라 거의 야전을 알지 못한다는 것이었다. 어쩌면 지기 싫어하는 허영 때문에……라고 해석했는지도 모른다.

세 사람은 얼굴을 마주보고 어이없다는 듯 눈을 끔벅거렸다.

"나는 혼자가 되고 싶다고 했어. 그 편이 더 목적에 부합된다고 말하지 않았느냐?"

시오노 키요스케는 가볍게 혀를 찼다.

"그러시면 아무리 부탁 드려도……"

"오사카에서 만나세."

"도리가 없군요. 조심하십시오."

"비록 어떤 일이 있다 해도 주군을 비웃을 마음은……"

와타나베 칸페이는 아직도 단념할 수 없다는 듯이 말했다.

"오사카에서 만나자는 말이다."

"알겠습니다. 그럼, 작별 드리겠습니다."

노히라 사부로가 칸페이를 제지했다.

이때부터 미츠나리는 배가 더 아파 서둘러 세 사람 사이를 뚫고 나갔다. 돌아보고 싶은 마음도 들었다. 손을 흔들며 헤어지는 것이 그들의 의리에 보답하는 자연스런 모습인 듯도 생각되었다. 하지만 그보다 복통에 이어 설사가 쏟아질 것 같아 그럴 틈이 없었다.

"여기에 웃기는 복병이 있었군."

웃으면서 얼른 조릿대 숲으로 들어가 두 다리로 뿌리를 밟아 누르고 돌아보았다. 그때는 이미 세 사람의 모습은 미츠나리의 시야에 들어오지 않았다.

"하하하…… 용서해다오, 세 사람 모두 다. 인간이란 참으로 귀찮은 존재야."

미츠나리는 서둘러 갑옷을 벗고 그 자리에 쭈그리고 앉아 큰 소리로 자기 자신에게 말하기 시작했다.

"먹고는 내보내고, 먹고는 내보낸다…… 그러나 먹지 않을 수 없고 내보내지 않을 수 없다……고 생각하니 잘 나오지 않는군…… 하하하…… 아직도 인생은 내가 모르는 것뿐…… 재미있어! 설사야, 설사야, 마음껏 이 이시다 미츠나리를 조롱해도 좋다."

이미 듣고 있는 것은 산의 정기와 흐르는 안개뿐. 야릇한 안도감이 드디어 시각을 재게 하고 방향을 생각하게 만들었다.

먹어야만 하는 살아 있는 몸, 미츠나리는 이 산에서 벗어나야 했다. 여기에는 생쌀조차 없었다. 산에서 벗어나면 가까이 있는 오미를 목표로 삼을 수밖에 없고, 오미는 아직도 자기를 찾고 있을 타나카 요시마사가 자란 지역이기도 했다.

"난처하게 됐어……"

조릿대 숲에서 나왔을 때 미츠나리가 목표로 하는 곳은 거의 정해져 있었다. 오미의 이카고리伊香郡로 나가 타카노高野 마을로, 거기서 후루하시古橋 마을로——후루하시 마을에 있는 홋케 사法華寺 산슈인三珠院에는 미츠나리의 어렸을 때 스승 젠세츠善說가 살고 있었다.

그 젠세츠가 타나카 요시마사 편을 들 것인지 아니면 미츠나리를 감쌀 것인지, 이제 와서는 그러한 인간의 마음자리도 미츠나리에게는 하나의 흥미로운 미지의 세계였다.

'좋아, 젠세츠를 설득해야겠다……'

발걸음을 재촉하는데 또다시 짓궂게도 설사 기운이 느껴졌다.

7

산에서 헤맨 지 사흘. 미츠나리는 우선 아사이고리淺井郡 쿠사노타니草野谷로 나와 오타니야마에 몸을 숨겼다.

그 부근 여러 마을에는 미츠나리가 예상했던 대로 타나카 요시마사의 푯말이 여봐란듯이 세워져 있었다. 아마도 부하들이 있었다면 이카고리까지 당도하지 못했을 터였다.

긴급 고지사항

1. 이시다 지부, 비젠備前 재상(우키타 히데이에), 시마즈 세 사람을 잡아오는 자에게는 그 상으로 영원히 부역을 면제한다.

1. 위의 세 사람을 생포할 수 없을 때는 베어도 좋으며, 그 상으로 금 100장을 내린다.

1. 골짜기를 빠져나갔을 때는 도주한 경로를 보고할 것. 숨겨주는 자는 본인은 물론이고 그 일족과 마을을 처벌할 것임.

이상과 같이 고지하니 신고하기 바란다.

9월 17일 타나카 효부노타유 요시마사 서명

푯말로 미루어보아 아직 잡히지 않은 것은 시마즈 요시히로와 히데이에, 미츠나리 세 사람이고, 코니시 유키나가와 안코쿠지 에케이는 이미 적의 손에 넘어간 듯.

미츠나리가 단신으로 이카고리 후루하시 마을의 홋케 사에 도착한 것은 18일 밤이었다. 이날 사와야마 성에서는 그의 아버지 오키노카미를 비롯한 일족이 할복하거나 불 속에 뛰어들었음은 이미 말한 바와 같거니와 미츠나리는 물론 이 사실을 알지 못했다.

오랜만에 맑게 갠 하늘에서는 별이 빛났다. 미츠나리가 사찰 경내에 들어섰을 때 꿩이 떼지어 날아갔다.

"누구냐?"

이미 예측하고 있었던 듯, 꿩의 날개소리에 절의 창고에서 고개를 내민 것은 주지 젠세츠였다.

미츠나리는 성큼성큼 다가갔다…… 아니, 가벼운 발걸음으로 다가

간 줄로 알았는데 젠세츠와 시선이 마주치는 순간 갑자기 그 자리에 쓰러져 당장에는 소리도 내지 못했다.

미츠나리를 본 순간 젠세츠의 표정에 무어라 말할 수 없는 괴로운 빛이 떠올랐다.

"아아, 역시……"

"미츠나리요. 젠세츠 님…… 반갑습니다."

젠세츠는 어둠 속에서 미츠나리를 부축하듯이 하고 아무 말 없이 창고의 봉당으로 들어갔다.

"알고 계시는지 모르나, 코앞에 있는 이노쿠치井ノ口 마을에 효부노타유가 출장 나와 있습니다."

"뭐, 이노쿠치 마을에?"

"예. 키노모토木ノ本에서 나가하마長浜 사이에는 개미 한 마리도 얼씬거리지 못할 정도로 삼엄한 경계가 펼쳐져 있습니다…… 아니, 키노모토에서 팔십 리나 되는 츠루가에서도 통행인을 일일이 검문하고 있다고 합니다."

젠세츠는 손을 뒤로 하여 문을 누른 채 올라오라고도 숨으라고도 하지 않았다.

'이 절에는 숨겨줄 수 없다……'

그러한 곤혹감이 온몸에 배어 나와 있었다.

"좌우간 죽부터 좀 주시오. 배탈이 나서…… 고생하고 있소."

미츠나리는 웃는 얼굴을 보였다. 젠세츠는 아직 다른 생각을 하고 있는 것 같았다.

"알고 계시는지요, 오늘 사와야마에서 아버님을 위시하여 부인과 아드님도 모두 자결하셨다는 것을……"

이렇게 말하고야 비로소 깨달았다는 듯 얼른 미츠나리를 화로 옆으로 안아들였다.

8

"으음, 오늘 성이 떨어졌군……"

미츠나리는 화로 옆에서 다시 아프기 시작한 배를 누르며 나직하게 중얼거렸다.

"이상한 일이오. 보지 못해 그런지 내 일로 생각되지 않는군요."

반은 진실이고 반은 거짓이었다. 지난날 일곱 장수에게 쫓겨 품에 뛰어든 미츠나리조차 받아들인 이에야스. 형 모쿠노카미 마사즈미나 그 아들 우콘타유에게는 할복을 강요할지 모르나 부녀자는 무사할 것이다…… 미츠나리는 이런 기대를 가슴 어딘가에 품고 있었다.

"그렇군. 모두 살해되었군……"

"살해된 것이 아닙니다. 텐슈카쿠에 올라가 불을 지르고 당당하게 자결했습니다."

"당당하게 자결……"

미츠나리는 젠세츠의 말에 움찔했다. 젠세츠는 증오하고 있었다. 아니, 아버지와 형과 아들과 아내가 모두 자결했는데도 더러운 도롱이와 삿갓 차림으로 도망쳐다니는 미츠나리, 감정상으로나 도의상으로도 비난하고 있을 것이 분명했다.

미츠나리는 나직이 웃었다.

"그렇군. 과연 미츠나리의 혈육, 잘했군…… 그러나 나는 아직 죽을 수 없소, 젠세츠."

젠세츠는 대답 대신 자기 손으로 쌀을 안친 냄비를 화로 위에 놓고 묵묵히 물을 붓고 있었다.

"혹시 설사약은 없소? 오래 폐를 끼치지는 않겠소. 서둘러 오사카에 가야 할 몸이오."

젠세츠는 고개를 끄덕이고 약을 가지러 갔다. 코야산의 '다라니 풀'

인 듯. 그것을 묵묵히 미츠나리 앞에 내놓고 새삼스럽게 크게 탄식하고는 그 후에는 거의 입을 열지 않았다.

쌀을 끓인 죽은 금세 먹을 수 있게 되었다. 끓은 죽에 식은 된장을 얹어 내놓았을 때 미츠나리의 배에서 꾸르륵 소리가 났다. 미츠나리는 그 소리가 자기를 비난하는 말로 들렸다.

'만약 여기서 마을사람들에게 발각되면?'

숨겨준 자도 모두 같은 죄…… 젠세츠는 지금 그것밖에 생각하지 않는 것 같았다.

"오오, 뱃속이 따뜻해질 것 같군요. 고맙소."

가만히 귀를 기울이고 있는 듯한 젠세츠에게 말했다.

"아무도 모습을 나타내지 않는 것을 보니 잡일을 하는 사람도 동자승도 없는 모양이군요."

"예. 모두 심부름을 보냈습니다."

"내가 올 것 같아서 말이오?"

"예…… 다른 사람의 눈에 띄면 마지막이라 생각되어."

이렇게 말하고 젠세츠는 얼른 합장을 하고 미츠나리에게 부탁했다.

"인정도 모른다고 생각지 마십시오. 여기는 절이므로 누가 찾아올지 모릅니다."

"다 먹거든 떠나라는 말이오?"

"아닙니다. 이 마을에 사는 요지로 타유與次郎太夫를 불러올 것이니 경계가 풀릴 때까지 그 집에……"

"농부인 요지로의 집에 말이오?"

"예…… 요지로 타유만은 지금까지도 주군의 은혜를 늘 고마워하고 있어서 만일의 경우에는 숨겨드릴 수 있느냐고 물었더니……"

"그렇게 하겠다고 하던가요?"

"예. 이 부근에는 그 사람말고는 다른 사람이 없습니다."

미츠나리는 가만히 젓가락을 놓았다.

"좋소, 그 사람을 불러다주시오."

9

젠세츠가 문을 잠그고 나갔다. 미츠나리는 문득 눈을 감고 지붕을 스쳐가는 바람소리에 귀를 기울였다.

오랜만에 죽을 먹고 나니 배에서 다시 꾸르륵 소리가 났다. 그러나 두 그릇 이상 먹는 것은 삼가야 한다고 스스로 타일렀다.

"허어, 벌써 바람이 시즈가타케賤ヶ岳에서 불어오는 모양이군."

생각해보면 이 북오미는 미츠나리의 생애에 여러 가지 꿈과 고통을 안겨주었다. 이 고장에서 태어난 미츠나리는 바로 여기서 히데요시에게 발탁되고, 여기서 출세의 실마리를 잡았다.

시즈가타케를 피로 물들인 히데요시와 시바타 카츠이에柴田勝家의 일전이 히데요시에게 천하를 장악할 기회를 주고 동시에 미츠나리 자신에게도 눈부신 행운의 길을 열어주었다……

그런데 20여 년 후에 다시 이 고장이 그를 불렀다. 황량한 겨울이 가까워졌다는 것을 상기케 하는 시즈가타케의 바람소리를 그의 뇌리에 되살려주려고……

히데요시는 '나니와의 영광은 꿈속의 꿈'이란 지세이辭世°를 남기고 세상을 떠났다. 미츠나리 자신은 이 바람소리를 어떻게 듣고 또 어떻게 보고 떠나야 할 것인가……?

미츠나리는 다시 혼자 나직하게 웃었다.

이미 아버지도 없고 처자도 없다. 생명을 이어온 긴 인생에서 자기만이 홀로 남아 집요한 설사와 대면하고 있다……

'젠세츠에게 칼을 빌려달라고 하면 그는 얼마나 기뻐할까?'

주군은 훌륭하신 분, 일부러 여기까지 피신했으면서도 마을사람의 곤경을 구하려고 깨끗이 자결하셨다…… 이렇게 소문을 내면서 은밀히 무덤도 만들어줄 것이다.

'그러나 나는 그렇게 할 수 없다……'

그러한 안이한 허위를 이 미츠나리가 허용할 수 있겠는가. 나는 싸울 것이다. 생명이 있는 한, 세속을 무시한 진실한 자신과 끝까지 대결해 갈 것이다……

"주군…… 별일 없으십니까?"

문 밖에서 소리가 났다. 젠세츠가 농부 요지로 타유를 데리고 왔다. 미츠나리는 기어가 봉당 문을 열었다.

"아아, 주군……"

요지로는 손에 솜옷 한 벌을 들고 망연히 서 있었다.

남루한 옷차림에 대해 젠세츠가 말한 듯. 그래서 갈아입을 옷을 가져왔을 것이었다.

"어서, 요지로 님."

"예…… 예."

젠세츠와 요지로 두 사람은 미츠나리를 부축해 일으키고 다시 문을 단단히 잠갔다.

"주군, 반갑습니다."

요지로 타유는 농부들 중에서 인망은 있었으나 촌장은 아니었다. 그러므로 만약의 경우를 생각하여 젠세츠가 점찍어두었을 터.

"요지로, 나는 매정한 사나이야. 은혜가 있다면 갚기 바라겠다."

"무슨 말씀을 하십니까. 저는 주군의 곤경을 그대로 보아넘길 자가 아닙니다. 저희 집 뒤꼍은 산으로 이어져 있습니다. 그 산속에 아무도 모르는 바위굴이 있습니다. 도적이나 전쟁을 만났을 때 식량을 숨겨두는 곳인데…… 속히 그리로 옮기십시오."

순진한 요지로 타유는 처음부터 울 작정으로 온 것 같았다.

10

젠세츠는 요지로 타유가 우는 모습을 묵묵히 지켜보고 있었다. 그 눈은 두려움과 불안으로 떨고 있었다.

'요지로 님, 정말 괜찮겠지요?'

입 밖에 낼 수 있는 일이라면 다시 한 번 확실하게 다짐하고 싶었을 터였다. 요지로의 입에서 젠세츠가 부탁했다는 말이 새어나오면 젠세츠만이 아니라 마을사람들도 무사할 수 없었다……

미츠나리는 요지로의 손에서 솜옷을 받아들고 침울한 표정인 채 갈아입기 시작했다.

"고맙다."

이렇게 말해야 한다는 마음이 들었다. 그리고 왈칵 눈물이 쏟아질 것 같기도 했다. 그러나 미츠나리는 그렇게 하지 않았다. 오히려 젠세츠와 요지로 타유의 심적인 움직임을 정확히 파악하는 일에 전념하고 싶었다.

젠세츠의 마음에 담겨 있는 이기심과 후의의 비율은?

요지로 타유의 이성과 감상의 비율은……?

이러한 인간의 모습을 어디까지나 냉철하게 바라보는 것이 앞으로 남은 미츠나리의 인생이 해야 할 일이었다.

'보통사람으로서는 볼 수 없는 세계다……'

적의 손에 잡혀 목이 달아난다 해도 죽이는 자와 죽임을 당하는 자의 공포와 혐오의 미묘한 감정까지 확실히 가슴에 담아두고 싶었다.

"좋아, 준비가 되었으니 어서 가세."

"예……예. 그럼, 주지님에게 뒷문을 열어달라고 할 것이니……"

"그 바위굴은 그대의 집과 멀리 떨어져 있나?"

"삼사 정 정도의 거리입니다마는, 남이 다니지 않는 저희 집의 밭입니다."

"그러면, 거기까지 그대 자신이 음식을 나르겠다는 말인가?"

"예. 가족에게도 알리지 않겠습니다. 만약의 경우엔 저 혼자……"

"어때, 무섭지 않은가?"

미츠나리는 말하고 나서 겁에 질려 있는 젠세츠 쪽을 흘끗 돌아보고 덧붙였다.

"만약의 경우라도 주지님 이름을 대면 안 돼. 절에 찾아가려는 내 모습을 발견하고 그대가 독자적으로 데려왔다고 하게. 아니, 내가 협박하는 바람에 마지못해 안내했다고 하게."

"아닙니다! 절의 이름을 대는 한이 있어도 협박당했다는 말은 입이 찢어져도 하지 않겠습니다. 자, 안내하겠습니다."

미츠나리의 말에 젠세츠는 길게 안도의 한숨을 쉬고 얼른 약을 들고 앞장섰다.

"비상약으로 가져가십시오. 그럼, 부디 무사하시기를."

"하하하…… 폐가 많았소, 젠세츠. 내가 무사히 오사카에 도착하거든 이 절에 일곱 채의 불당을 짓게 하겠소."

"감사합니다."

절의 뒷문은 그대로 산과 이어져 있었다.

문을 여는 순간 바람소리가 더욱 차갑게 느껴지고, 주위에는 별빛이 황량하게 내리비치고 있었다.

'역시 시즈가타케가 가까워졌구나……'

얼마 후 이 고장에 찾아올 겨울 냄새가 벌써 몸에 느껴졌다.

"그럼, 조심해 가십시오."

"건강하게 장수하시오."

이렇게 말하기는 했으나 미츠나리는 두 번 다시 젠세츠를 돌아보려 하지 않았다.

어둠 속에서 조심스럽게 걷는 요지로 타유의 발꿈치와 짚신의 움직임에 모든 신경을 집중시키고 따라갔다.

11

바위굴에 도착할 때까지 미츠나리는 두 번이나 길가에 쭈그리고 앉았다. 지금은 전처럼 배가 뒤틀리지는 않았으나 다리의 피로와 계속되는 설사 기운 때문에 잠시 걷다가 쉬지 않을 수 없었다……

그때마다 요지로 타유는 약간 떨어진 곳에서 주위를 경계했다.

"들개라도 나타나 짖어대면 큰일입니다."

"요지로 타유."

"예…… 예."

"후회하고 있는 것 아닌가? 앞으로 수색이 더욱 강화될 텐데."

"어찌 후회 같은 것을 하겠습니까. 저는 주군에게……"

"큰 은혜를 입었다고 지금도 생각하고 있나?"

"예…… 예."

"나에게 무슨 은혜를 입었다는 말인가?"

"제가 이웃 마을 타쥬로太十郎와 시바야마柴山의 경계 문제로 소송을 제기했을 때 주군은 저를 위해 타쥬로를 징계해주셨습니다."

"그것이 큰 은혜인가?"

"예. 그때 올바른 판결을 내리시지 않았더라면 저의 집은 토지를 모두 잃고 땅 없는 농부로 전락했을 것입니다."

"그래, 올바른 판결이 그토록 큰 은혜란 말인가?"

말을 나누면서 산기슭을 돌아 바위굴 앞에 이르렀을 때 요지로 타유는 무엇을 보았는지 —

"쉿."

미츠나리를 그 자리에 앉히고 급히 2, 30걸음 오동나무 밭으로 뛰어들었다.

"왜 그러나, 누가 있었나?"

"아닙니다. 무슨 소리가 들렸으나 아무것도 보이지 않습니다."

"이 부근에는 남이 다니지 않는다고 했지?"

"예…… 예."

"그럼, 현재 그대의 가족은?"

"데릴사위를 맞아 손자가 둘, 모두 여섯 식구입니다."

그러면서 요지로 타유는 다시 한 번 허리를 펴서 사방을 둘러보고 바위굴 입구를 덮은 거적을 가만히 쳐들었다.

"불빛이 새어나가면 안 되니 이대로 참아주십시오. 여기 짚이 두껍게 깔려 있습니다. 그리고 식사는 반드시 제가 가져올 것이니 절대로 다른 사람을 부르지 마십시오."

"잘 알겠네. 깔개가 푹신해서 좋군. 지옥에서 부처님을 만난다는 것은 이를 두고 하는 말일 거야. 나도 곧 쉬겠네. 그대도 어서 돌아가 가족에게 의심받지 않도록 하게."

"그럼, 주군……"

"수고가 많았어. 잊지 않겠네."

바위굴 안은 길고 널찍하여 다다미 여덟 장이 깔릴 정도였다. 그 왼쪽에 아무렇게나 내동댕이친 것처럼 짚이 잔뜩 깔려 있었다.

요지로가 나간 뒤 미츠나리는 다시 나직한 소리로 웃었다. 이미 그는 비극 속의 사람이 아니라 완전히 그것을 바라보고 있는 방관자가 되어 있었다.

"미츠나리, 이 얼마나 재미있는 일인가……"

자문자답自問自答하고 있을 때, 이번에는 분명히 입구를 가린 거적 가까이에서 흙 무너지는 소리가 들렸다.

"누구냐? 요지로 타유, 아직 거기 있었나?"

12

미츠나리의 물음에 대답이 없었다.

'헛들은 것은 아니다……'

일어서서 밖을 내다보려고 몸을 일으켰을 때 밖에서 싸늘한 바람이 불어왔다. 입구의 거적을 누군가가 쳐들고 들어왔다.

"누구냐?"

미츠나리는 스스로도 뜻밖일 정도로 조용한 목소리로 물었다.

"예…… 예. 요지로 타유의 가족입니다."

"요지로의 가족……이라면, 아들이냐?"

"아니, 사위입니다."

"내가 여기 들어오는 것을 보고 있었나?"

"실은…… 절에서부터 뒤따라왔습니다."

"무엇 때문에?"

"주군에게 부탁이 있어서입니다. 그 전에 이것부터 받아주십시오."

상대는 손으로 더듬어 다가오고 있었다. 이상하게 살기는 느껴지지 않았다.

미츠나리는 볏짚 위에 상반신을 일으킨 채 ─

"여기 있어, 이쪽이야."

"아, 이 손…… 손이 차디차군요. 자, 이것을 받으십시오."

맨 먼저 손에 쥐여준 것은 부드러운 감촉으로 보아 아직도 따뜻한 주먹밥이었다.

"제가 집에 돌아가 만들어왔습니다. 콩고물을 묻혔습니다. 우선 이것 하나를 드시고 나머지는 허리에 꼭 차십시오."

"알겠다. 자네는 자식이 둘이라고?"

"예…… 그리고 이것도 받으십시오."

"아니, 이거 돈이로군."

"예. 만일의 경우 필요하실 것 같아서…… 어서 받으십시오."

"받으라면 받기는 하지만…… 이것을 가지고 떠나라는 말인가?"

"예…… 예. 제발 부탁입니다. 사위로서 이런 말을 하다니 낯이 뜨겁습니다마는, 저의 장인 어른은 더없이 선량한 사람입니다."

"그것은 잘 알고 있으나……"

"저 같은 사람도 신불이 내려준 훌륭한 사위라면서 소중히 여기고 계십니다. 그렇게 착한 장인 어른을 엉뚱한 죄인으로 만들고 싶지 않습니다."

미츠나리는 그만 입을 다물었다. 상대의 목소리가 울먹임으로 변하고 있었다. 거짓말을 하는 것이 아니라, 그는 나름대로 무언가를 깊이 생각하고 있는 듯했다.

"주군, 선량한 장인 어른은 주군을 여기 이렇게 숨기실 생각인 것 같습니다. 이 바위굴을 아무도 모르는 줄 알고…… 이미 제가 알고…… 촌장님도 아시고…… 아니, 식량을 감출 장소를 가지고 있는 사람들은 모두 어디에 이런 바위굴이 있는지 알고 있습니다."

"……"

"그리고 오늘 밤에도 촌장님의 통고가 있었습니다. 아무도 숨기고 있지는 않을 테지만 내일은 혹시나 싶어 관리들을 데리고 각자의 집을 수색하겠다…… 예, 결코 마을사람들을 괴롭히려고 한 말이 아닙니다. 숨겨준 사람이 있거든, 내일 조사할 테니 다른 데로 옮기거나 피신시키는 것이 좋다, 그렇게 하지 않으면 마을 전체가 벌을 받는다……는 의미를 은연중에 풍기는 말입니다."

이렇게 말하고 그는 미츠나리 앞에 앉아 울기 시작했다.

13

미츠나리는 잠자코 있었다. 상대가 하는 말을 끝까지 들어보고 싶었다. 이 농부가 무엇을 생각하고 무엇을 하려 하고 있는가? 이를 안다는 것은 지금의 미츠나리로서는 충분히 산 보람이 될 수 있었다.

"그래서, 이거 큰일났다…… 이대로 있다가는 장인 어른도 제 처자도…… 아니, 온 마을이 재난을 당한다. 그것으로 주군이 무사하시다면 몰라도 만약 주군이 잡히신다면 마을의 재난도 소용없는 일…… 주군, 부탁입니다! 제발 날이 밝기 전에 저와 같이 여기서 벗어나주십시오. 진심으로 부탁 드립니다."

"뭐, 그대와 같이 피신하자고? 나를 어디로 데려갈 생각인가?"

"예, 배를 타고 호수로 나가려 합니다."

"그대가 나를 배에 태우고 말인가?"

"예. 아무도 모르게 호수에 도착하면 장작 실은 배 밑에 숨겨 건너 드리겠습니다."

"호수에 가기까지 누구의 눈에도 띄지 않는다면 말인가?"

"예…… 예."

"만약 발견되면 어떻게 하겠나?"

"그때는, 마을사람들은 아무것도 모르는 일…… 주지 스님도 장인 어른도 모르신다…… 알고 있는 것은 저 혼자라고 하겠습니다."

미츠나리는 다시 얼마 동안 입을 다물고 상대의 생각을 검토했다.

"그대는 장인을 구하고 싶은가?"

"예…… 예. 장인 어른과 처자를 모두 구하고 싶습니다."

"참고로 묻겠는데, 그대 혼자의 지혜만은 아닌 것 같군."

묻고 나서 미츠나리는 좀 지나친 말이 아니었나 싶어 고개를 약간 갸웃했다. 상대도 흠칫 놀란 모양이었다.

"어떤가, 누군가와 상의했겠지? 날 여기 데려오는 줄 알고……"

"예…… 예. 사실입니다."

"누구하고 상의했나?"

"달리 누가 있겠습니까. 촌장님입니다."

"으음, 촌장이라…… 그럼, 촌장이 호숫가로 데려가라고 하던가?"

"그 밖에는 다른 방법이 없다고……"

"촌장의 말대로 배를 타고 나간다 해도 무사히 건널 수 없어."

"예……? 무슨 말씀인가요?"

"나는 호수에서 적의 배에 공격을 받아 사로잡히고, 그대는 당장 그 자리에서 목이 달아난다. 그러면 이 마을만은 무사하다…… 여기까지 그대는 생각했나? 물론 촌장은 그런 생각을 했을 테지만……"

상대는 짚 위를 기어 앞으로 나왔다.

"그렇지 않습니다! 촌장은 그럴 분이 아닙니다. 장인 어른 이상으로 주군의 은혜를 생각하고 괴로워하고 있습니다. 호수 위에서 주군을 적의 손에 넘긴다…… 그런 일을 생각할 분이 아닙니다."

"그럼, 촌장도 내 은혜를 입었다는 말인가?"

"예, 마을에서 주군의 은혜를 입지 않은 자는 한 사람도 없습니다."

"어째서 내가 그렇게까지 모두에게 흠모를 받는다는 말인가?"

"그야 말씀 드릴 것조차 없습니다. 주군만큼 인정을 베푸신 분이 아직 없었기 때문입니다."

미츠나리는 깜짝 놀라 손으로 가슴을 눌렀다. 그 정도로 상대의 목소리는 진지했다……

14

'미츠나리만큼 인정을 베푼 사람이 없다……'

과연 그러했을까?

어둠 속에서 미츠나리는 점점 상대가 보이기 시작했다. 모습이나 형태만이 아니었다. 내부에 흐르는 선량한 농부의 피와 숨소리까지 보이는 듯한 생각이 들었다.

미츠나리는 지금까지 농부를 괴롭히려 한 적은 없었다. 그러나 이처럼 인정을 베푼 분은 없다……고 이들로부터 흠모를 받을 정도로 사랑했던 것일까.

미츠나리는 조용히 고개를 저으며 한숨을 쉬었다. 몹시 당혹스러운 느낌이었다.

'이 얼마나 갸륵한 마음일까……'

낯간지럽기도 하고 따뜻한 감회가 일기도 했다.

"주군, 부탁입니다. 제발…… 촌장님과 저를 믿어주십시오. 저는 배에 도착하면 주군을 장작 밑에 숨겨드리고 생명이 있는 한 젓겠습니다. 저는…… 장작 배라면 누구에게도 지지 않고 저을 수 있습니다."

미츠나리는 무릎 위에 떨어지는 눈물을 깨닫고 깜짝 놀랐다. 자신은 느끼지 못하고 있었는데 눈물이 눈시울을 적셨다……

"그럼, 그대는 마을을 위해, 장인을 위해…… 아니, 처자를 구하기 위해 생명을 버릴 생각을 했다는 말인가?"

"주군, 그런 불길한 말씀은 거두십시오. 배를 무사하게 건넬 수 있다는 확신을 가지고 저으려고 합니다."

"그야 그럴 테지."

"저는 장작을 부리고 그대로 돌아옵니다. 촌장님도 장인 어른과 처자도 전혀 모릅니다…… 그러면 모두 무사할 수 있지 않겠습니까?"

"그럴 수만 있다면 확실히 그대의 말처럼 되겠지."

미츠나리는 이렇게 대답하고 가만히 상대의 손을 더듬어 찾았다. 흥분했기 때문일 것이었다. 그 손은 마디가 굵고 거칠었으나 여간 따뜻하지 않았다.

"여보게…… 그대는 장인 못지않게 착한 사람이야."

"감사합니다."

"나는…… 이 이시다 미츠나리는…… 그대에 비해 얼마나 부끄러운 생애를 살았는지 몰라. 나는 그대가 갖지 못한 지혜에만 의지해 그대와 같은 의리를 지키는 따뜻한 정을 찾지 않고 살아왔어…… 고마워, 나는 자신이 갖지 못했던 또 하나의 큰 것을 지니게 되었어."

"그러시면, 가시겠습니까?"

"암, 가고말고."

"감사합니다. 고맙습니다…… 이렇게 인사 드립니다."

"그러나 내가 가려는 곳은 호수가 아니야."

"예? 그러시면 저 산으로라도……"

미츠나리는 상대의 손을 잡은 채 밝게 웃었다.

"촌장에게 데려다주게."

"그……그……그러면 이야기가 달라집니다."

"그렇지 않아. 그대가 나를 붙들어 촌장에게 넘긴다…… 촌장은 덴페이가 있는 이노쿠치에 신고한다. ……그렇게 하면 모든 일이 좋은 거야. 알겠나, 젊은이?"

순간 상대는 미친 듯이 손을 빼내었다.

"안 됩니다. 그렇게는 할 수 없습니다."

물어뜯을 듯이 말하고 몸부림쳤다.

"그……그……그러면 저는 이혼당합니다!"

15

"내 말을 잘 들어, 젊은이."

미츠나리도 언성을 높였다.

"그대의 진정에 보답할 수 있는 이 미츠나리의 유일한 호의야."

"하지만 장인 어른도 숨겨드린 주군을 제가 고발한다…… 그런 일을
저는…… 저는 할……할 수 없습니다."

"그럼, 나는 이 자리에서 움직이지 않겠어."

"그것은…… 곤란합니다. 그렇게 되면 내일 촌장님이 관리와 같이
이 바위굴에도……"

"그러기에 나를 데려가라고 한 거야. 데려가면 상도 받을 것이지만,
내버려두면 발견되어 그대의 가족은 물론 마을 전체가 무사하지 못하
게 되는 거야."

"그래서 배로 모시겠다고 한 것입니다."

"그건 안 돼."

미츠나리는 다시 한 번 나직하게 꾸짖었다.

"그대는 전쟁이 어떤 건지 모른다. 타나카 효부노타유가 이노쿠치까
지 왔다는 것은, 바로 호수에 나를 잡기 위해 배를 가득 띄워놓고 있다
는 말과도 같아. 가령 그대가 그들의 눈을 속이고 배를 젓는 데 성공한

다고 해도 치쿠부시마竹生島에 다다르기도 전에 병사들에게 포위되어 나도 그대도 체포된다. 나는 상관없어. 하지만 그대는 고문을 당하게 돼."

"하지만 그……그……그것은 이미 각오가 되어 있습니다."

"만약 장인, 촌장, 주지에 대한 일이 발각되면 어떻게 하겠나. 이보게, 이 미츠나리가 그대의 진심에 보답할 수 있게 해주게. 이런 삼엄한 경계가 여기까지 펼쳐져 있는 줄도 모르고 온 내가 실수였어……"

"그럼, 이렇게 부탁 드리는데도……"

"상을 받도록 하게. 마을이 무사할 수 있도록. 나는 기꺼이…… 나 자신을 넘겨주려고 하는 거야."

상대는 어둠 속에서 꼼짝도 하지 않았다. 미츠나리의 말과 마음이 통하기 시작한 모양이었다.

상이냐?

아니면 마을 전체의 곤경이냐?

미츠나리는 갑자기 전신이 가벼워졌다.

'이미 삶도 죽음도 없다.'

목적은 전혀 바꿀 필요가 없었다. 전쟁터에서 탈출하여 여기까지 온 것은 오로지 오사카에 가기 위해…… 그리고 지금은 오사카에 가되, 잡혀가는 것으로 결정하면 그만이었다.

그렇게 해도 죽을 때까지 충분히 관찰은 계속할 수 있었다. 그리고 남의 눈을 속이고 하는 여로旅路의 경험은 이것만으로도 넉넉했다.

"마지막으로 그대를 만났어. 남의 눈을 피하며 가는 여행, 풍요롭게 꽃을 피웠어."

미츠나리의 이 감상이 상대에게는 통하지 않았다.

갑자기 상대는 얼굴을 감싸고 울기 시작했다.

"미안하네. 나를 위해 흘리는 눈물로 알겠어. 드디어 망설임의 구름이 걷히고 푸른 하늘을 쳐다보는 것처럼 마음이 맑아지는구나. 그대가 촌장을 불러 인계해도 좋아. 나는 갑자기 덴페이를 만나보고 싶어졌어…… 덴페이라고 하면 그대는 모르겠지만, 타나카 효부노타유의 애칭이야. 우리는 예로부터 친구…… 그 친구가 적과 아군으로 나뉘어 쫓고 쫓기던 끝에 이 미츠나리를 체포한다. 얼굴을 마주보면 무어라 말할 것인지…… 하하하…… 즐거움이 더해지는 것 같군. 자, 어느 쪽이든 어서 결정하는 게 좋아."

아직도 요지로 타유의 사위는 움직이려 하지 않았다.

──23권에서 계속

《 주요 등장 인물 》

도쿠가와 이에야스德川家康
히데요시 사망 후 다시 일본이 난세로 접어들려는 움직임이 보이자 스스로 천하인임을 자부하며 천하통일을 위해 치밀한 계략을 세운다. 1600년 세키가하라 전투를 통해 우키타, 시마즈, 쵸소카베, 이시다, 코니시 등 서군을 격파하여 대항 세력 일소에 성공하며 천하인으로서의 첫발을 내딛는다.

마츠다이라 타다요시松平忠吉
관직명 시모츠케노카미. 이에야스의 넷째아들이자 이이 나오마사의 사위이다. 세키가하라 전투에 첫 출전하여 시마즈 요시히로를 잡아 공명을 쌓으려 경솔하게 적진에 뛰어들었다가 구사일생으로 목숨만 건진다.

모리 테루모토毛利輝元
히데요시 수하의 다이묘 중 최대의 영지를 소유한다. 히데요시 사후에는 히데요시의 유언에 의해 히데요리를 보좌하고, 세키가하라 전투에서는 서군의 총대장으로 추대되지만, 패전으로 영지가 스오, 나가토로 축소된다.

시마 사콘島左近
이시다 미츠나리의 군사軍師로 활약한 명장으로 카츠타케勝猛라고도 불린다. 세키가하라 전투에서 사콘은 이에야스 타도를 위해 진력하며, 이에야스 습격과 야습을 계획하지만, 어떤 이유에서인지 미츠나리에 의해 관직에서 물러나게 된다. 그때 미츠나리의 건강이 좋지 않아 판단력이 저하되었기 때문이라고도 한다. 사콘은 중요한 시기에 미츠나리에게 "건방진 놈"이라 찍혔던 것이다. 세키가하라로 이동한 결전 당일에는 이시다 군의 선봉 2,400을 이끌고 쇄도하는 동군 장수들과 격전을 벌이다가 쿠로다 나가마사의 군대가 발사한 총탄에 쓰러진다. 그러나 시신은 확인되지 않았다.

시마즈 요시히로島津義弘
일본에서 으뜸가는 용장이라는 평을 듣는 요시히로는, 세키가하라 전투에서는 서군에 소속되어 패전을 앞두고 동군의 중앙을 돌파하는 과감성을 보인다. 동군의 포위망을 무사히 뚫은 요시히로는 사카이에서 해로로 탈출, 칩거에 들어간다.

오타니 요시츠구大谷吉繼

초기의 행적은 분명치 않지만, 텐쇼 11년(1583)의 시즈가타케 전투에서 무공을 세운다. 큐슈 원정에서는 군량을 맡아 출전하고, 임진왜란에서는 명군과의 교섭을 담당한다. 세키가하라 전투에서는 서군에 가담하여 병든 몸을 이끌고 참전하지만, 동군에 가담한 코바야카와 군의 습격을 받고 전사한다.

이시다 미츠나리石田三成

도요토미 정권의 위신을 유지하기 위해 이에야스와 대립하며, 반 이에야스 세력을 규합, 세키가하라 전투를 일으키지만 세키가하라 전투가 자신의 뜻대로 되지 않고 서군의 패배로 돌아가자 사와야마의 일족과 가신들을 뒤로하고 도망자의 신세로 전락한다.

이이 나오마사井伊直政

이에야스의 가신으로 세키가하라 전투에서 패색이 짙다는 것을 알고 동군의 포위망을 뚫고 도망치려는 서군의 맹장 시마즈 요시히로를 추격하다 총상을 입는다.

코바야카와 히데아키小早川秀秋

세키가하라 전투에서는 서군의 장수로서 1만 5천의 군사를 이끌고 마츠오야마에 포진하여, 2개 지방을 할양받는 조건으로 도쿠가와 쪽의 편을 들겠다고 약속하지만, 전투가 시작되자 기회주의적인 태도를 보이며 움직이지 않는다. 히데아키의 태도에 화가 난 이에야스는 마츠오야마에 총포를 발사하여 히데아키를 위협하자 이에 겁을 먹은 히데아키는 즉시 마츠오야마를 내려와 오타니 요시츠구의 진영을 공격한다. 서군에 있어서는 치명적인 배신이었다. 전투 2년 후에 21세의 나이로 사망한다.

킷카와 히로이에吉川廣家

킷카와 모토하루의 셋째아들. 임진왜란과 정유재란 때 도요토미 히데요시를 따라 조선으로 출병한다. 케이쵸 5년(1600) 세키가하라 전투에서는 서군의 패배를 예측하고 이시다 미츠나리를 배신, 도쿠가와 이에야스의 동군에 가담한다.

토리이 모토타다鳥居元忠

이에야스의 가신으로 아네가와 전투, 미카타가하라 전투 등에서 많은 무공을 세운다. 진실한 인물로 기탄없이 이에야스에게 간언했다. 세키가하라 전투에서 수비하던 후시미 성이 이시다 미츠나리의 대군에 포위되자 신하는 자살을 권유하지만, 싸우는 것이야말로 장수의 참된 길이라며 이를 뿌리치고, 100분의 1에도 미치지 못하는 병력으로 맞서 싸우다가 전사한다. 훗날 '미카와 무사의 귀감'이라 칭송받는 충절의 무장이다.

《 에도 용어 사전 》

겐지源氏 | 미나모토源 성을 갖는 씨족의 총칭.

고시鄉士 | 농촌에 토착해서 사는 무인, 또는 토착 농민으로 무인 대우를 받는 사람.

군감軍監 | 군대를 감독하는 직책. =감군監軍.

군센軍扇 | 장수가 전쟁터에서 군대를 지휘하기 위하여 사용한, 쇠로 만든 쥘부채.

나이다이진內大臣 | 다이죠칸太政官의 장관. 사다이진, 우다이진과 거의 같은 임무를 맡는 대신. 정2품.

나카츠카사中務 | 옛날 천황 곁에서 궁중의 정무를 통할하던 관청. =나카츠카사쇼中務省

노바카마野袴 | 옷자락에 넓은 단을 댄 무사들의 여행용 하카마.

다다미疊 | 일본식 주택의 바닥에 까는 것으로, 짚으로 만든 판에 왕골이나 부들로 만든 돗자리를 붙인 것. 일반적으로 크기는 180×90cm이며, 일본에서는 지금도 방의 크기를 다다미의 장수로 나타내는 경우가 많다.

다이묘大名 | 넓은 영지와 많은 무사를 둔 무사의 우두머리.

도보同朋 | 쇼군이나 다이묘를 섬기며 신변의 잡무나 예능상의 여러 가지 일을 맡아보는 사람.

부교奉行 | 행정, 재판, 사무 등을 담당하는 무사의 직명.

쇼기다이床几代 | 총대장의 역할을 대신해서 맡는 직책.

슈고守護 | 카마쿠라鎌倉 · 무로마치 바쿠후室町幕府의 직명. 1185년 미나모토노 요리토모源賴朝에 의해 처음 설치되었으며, 모반인이나 살인자의 검거 등을 담당하였다. 후대로 갈수록 점차 그 권력이 확대되어 영주화領主化되고, 무로마치 후기에는 슈고다이묘守護大名라고 불리게 된다.

싯세이執政 | 로쥬老中 또는 카로家老를 이르는 말.

시한四半 | 정사각형으로 자른 천.

오리카케折掛 | 세로가 길고 폭이 좁은 천의 옆과 위에 많은 고리를 달고 장대를 끼워서 세우는 기의 일종.

오메미에お目見得 | 쇼군을 직접 뵙는 일. 또는 그런 자격이 있는 사람.

오즈츠大筒 | 13권 부록 340쪽 참조.

오토기슈お伽衆 | 다이묘나 귀인의 말상대가 되는 사람이나 그 관직.

와키자시脇差 | 일본도의 일종으로 큰 칼에 곁들여 허리에 차는 작은 칼.

요로이히타타레鎧直垂 | 갑옷 밑에 받쳐입는 옷으로, 저고리의 소맷부리와 바지의 가랑이

끝을 죄어 매 입는다.

요리토모賴朝 | 1147~1199. 미나모토노 요리토모源賴朝. 카마쿠라 바쿠후鎌倉幕府의 초대 쇼군將軍으로 무신 정권의 창시자.

우마지루시馬印 · 馬標 | 전쟁터에서 대장의 말 옆에 세워 그 위치를 알리는 표지.

죠큐承久 | 1219~1222년에 사용한 연호.

지세이辭世 | 임종 때 지어 남기는 시가詩歌.

지쥬侍從 | 나카츠카사칸中務官 소속으로 천황을 곁에서 모시는 사람이나 그 관직.

진다이陣代 | 무가武家 시대 수장首將을 대신하여 군무軍務를 통솔하던 지위.

진바오리陣羽織 | 전쟁터에서 갑옷 위에 걸쳐 입는 소매 없는 겉옷.

책문柵門 | 말뚝 따위를 잇달아 박아서 만든 울타리. 울짱.

책형磔刑 | 시체를 저자에서 찢어 죽이는 형벌.

총안銃眼 | 총을 내쏠 수 있도록 뚫어놓은 구멍.

츄나곤中納言 | 다이죠칸의 차관. 다이나곤大納言의 아래.

츠카이반使番 | 전시에는 전령, 순찰 등의 역할을 하고, 평상시에는 다이묘나 관원의 동정을 살펴 쇼군에게 보고하는 직책.

카게무샤影武者 | 적을 속이기 위해 대장으로 가장한 무사.

카로家老 | 다이묘의 중신으로, 집안의 무사를 통솔하며 집안일을 총괄하는 직책. 보통 세습하며, 이 명칭은 카마쿠라 시대부터 생겼다. =토시요리年寄, 슈쿠로宿老.

카부라야鏑矢 | 소리가 나는 화살. 전투의 신호, 상대에 대한 위협 등에 쓴다.

카이샤쿠介錯 | 할복하는 사람의 뒤에 있다가 목을 치는 것. 또는 그 사람.

케닌家人 | 대대로 그 집안을 위해 봉사한 가신家臣 등을 일컫는다.

코소데小袖 | 옛날 넓은 소매의 겉옷에 받쳐입던 속옷으로 현재 일본옷의 원형이다.

코쇼小姓 | 주군을 측근에서 모시며 잡무를 맡아보는 무사.

코카甲賀 무리 | 게릴라 전법을 구사하는 코카 지방의 자치 공동체. 코가 무리라고도 함.

키리사키切割 | 테두리가 톱니 모양으로 된 기.

타이로大老 | 무가 정치에서 도요토미 히데요시 및 도쿠가 가문을 보좌하던 최상위 직급. 히데요시 시대에는 다섯 부교 위에 다섯 타이로를 두었고, 에도 시대에는 당시 로쥬老中 위에 타이로 한 명을 두었다.

타이코太閤 | 본래 섭정攝政 또는 다죠다이진太政大臣의 경칭敬稱. 뒤에는 칸파쿠의 직위를 그 자식에게 물려준 사람에 대한 높임말.

텐슈카쿠天守閣 | 성의 중심부 아성牙城에 3층 또는 5층으로 쌓아올린 망루.

토코노마床の間 | 객실인 다다미방의 정면 상좌에 바닥을 한 층 높여 만들어놓은 곳. 벽에는 족자를 걸고, 한 층 높여 만든 바닥에는 도자기, 꽃병 등으로 장식한다.

하오리羽織 | 옷 위에 입는 짧은 겉옷.

하이다테佩楯 | 요로이히타타레 속에 입어 허벅지와 무릎을 덮는 갑옷.

하타모토旗本 | (진중에서) 대장이 있는 본영. 또는 그곳을 지키는 무사.

하타사시모노旗差し物 | 전쟁터에서 갑옷의 등에 꽂아 소속을 나타내는 작은 기.

해자垓字 | 성밖으로 둘러서 판 못.

호로母衣 | 갑옷 뒤에 장식용으로 걸치거나 때로는 화살을 막기 위해 입는 옷.

후다이譜代 | 대대로 같은 주군, 집안을 섬기는 일이나 또는 그 사람.

《 세키가하라 전투 》

● 일본 역사에서 도쿠가와 가의 패권이 확립된 전투.
소위 천하를 판가름하는 전투라 불리는 세키가하라 전투는 도쿠가와 가문이 일본을 지배하게 되었다는 의미 이상으로 일본에 2백수십 년 간의 평화를 가져왔다는 중요한 의미가 있다. 이 전투로 도쿠가와 가는 1868년까지 일본을 지배하게 된다.

◈ 아군을 향해 총포를 쏘는 내응군 『세키가하라 전투도 병풍』(개인 소장)

◈ 총공격을 감행하는 동군의 병사 『세키가하라 전투도 병풍』(개인 소장)

●이 전투의 실질적인 양쪽 총대장
은 도쿠가와 이에야스와 이시다 미
츠나리였다. 히데요시가 어린 아들
도요토미 히데요리만을 남겨둔 채
죽자 이에야스는 히데요리를 대신
하는 섭정 회의의 수반으로서 권력
을 장악하기 시작했다. 그러자 섭
정 회의의 일원이었던 이시다가 이
에야스에게 도전함으로써 마침내
양측 봉건 영주의 대군들이 비와
호 언저리의 두 평원과 나고야 사
이에 위치한 전략적 요충지 세키가
하라에서 맞붙게 되었다.

◈ 배신하는 마츠오야마의 코바야카와 히데아키 부대 『세키가하라 전투도 병풍』(개인 소장)

◈ 코바야카와 히데아키 화상(코다이 사 소장)
히데아키의 배신은 이시다 미츠나리가 이끄
는 서군의 패배에 결정적 원인이 된다.

◈ 할복하는 두 명의 무장 『세키가하라 전투도 병풍』(개인 소장)

◈ 빈사 상태의 무장 『세키가하라 전투도 병풍』(개인 소장)

●결과는 서군의 패배로 끝났으며, 서군 중에서 오타니 요시츠구는 스스로 자살하고, 이시다 미츠나리를 비롯하여 코니시 유키나가, 안코쿠지 에케이는 처형당했다. 또한 미츠나리를 지지했던 영주들도 유배당하거나 영지를 몰수당했다.

◈ 처형장으로 끌려가는 미츠나리

◈ 잡혀온 미츠나리를 질책하는 후쿠시마 마사노리

◈ **동군의 아카사카 진영에서 군량을 운반하는 인마人馬** 『세키가하라 전투도 병풍』(개인 소장)
세키가하라 전투 전날, 서군이 버티고 있는 오가키 성과 대치 중인 동군의 아카사카 진영에서 군량을 운반하는 인마.

◈ **벼를 탈곡하는 서군 병사** 『세키가하라 전투도 병풍』(개인 소장)
오가키 성 밖 서군의 진영. 울타리, 막사 등을 자세히 볼 수 있다.

● 이에야스는 승리를 거둔 직후 자신의 지배를 확고히 하기 위해 영지를 재분배했다. 이로써 265년 간에 걸친 도쿠가와 바쿠후의 기본 구조가 마련되었다.

《 세키가하라 전투 참고도(1600년 9월 15일) 》

이부키야마

후와고리

아이가와야마

아이

아

쿠로다 나가마사
호소카와 타다오키
카토 요시아키
타나카 요시마사
츠즈이 사다츠구
마츠다이라 타다요시
이이 나오마사

오다 우라쿠
후루타 시게카츠

이시다 미츠나리

훗코쿠 가도

시마 카츠타케
가모 사토이에

나카센도

시마즈 요시히로

텐마야마

코니시 유키나가

우키타 히데이에

카나모리 나가치카
이코마 카즈마사

도쿠가와 이에야스

▲ 모모쿠바리야마

오타니 요시츠구

토다 시게마사

토도 타카토라

혼다 타다카츠

츠즈라가이케

테라사와 히로타카

키노시타 요리츠구
히라츠카 타메히로
오타니 요시카츠

교고쿠 타카토모
후쿠시마 마사노리

아카자 나오야스
오가와 스케타다
쿠츠키 모토츠나
와키자카 야스하루

테라타니가와

우토 고개

후지가와

코바야카와 히데아키

마츠오야마

마키다가와

마키다

이마스가와

요로고리

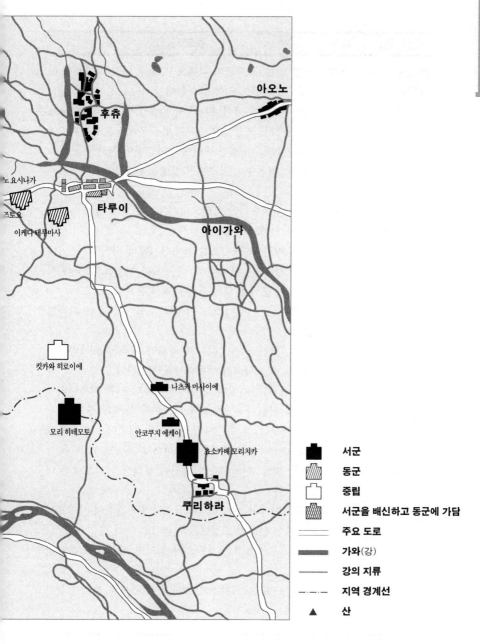

아오노

후츄

노 요시나가

즈로요

이케다 테루마사

타루이

아이가와

킷카와 히로이에

나츠카 마사이에

모리 히데모토

안코쿠지 에케이

쵸소카베 모리치카

쿠리하라

■ 서군

▨ 동군

▢ 중립

▩ 서군을 배신하고 동군에 가담

━ 주요 도로

━ 가와(강)

─ 강의 지류

─·─·─ 지역 경계선

▲ 산

《 세키가하라 전투 상세 연표(1598~1600) 》

일본 연호	서력	주요 사건
케이쵸 慶長	3　1598	8월 18일, 도요토미 히데요시 사망. 다섯 타이로와 다섯 부교가 서약서를 교환한다. 9월, 코니시 유키나가가 순천에서, 카토 키요마사가 울산에서, 조선과 명나라의 연합군에게 포위된다. 11월 19일, 노량진 해전에서 이순신이 전사한다. 12월, 일본군이 조선에서 철병을 완료한다.
	4　1599	1월, 히데요리가 히데요시의 유언으로 후시미 성에서 오사카 성으로 옮긴다. 1월 19일, 이에야스를 제외한 4명의 타이로가, 이에야스가 다테 마사무네 · 후쿠시마 마사노리 등과 사적으로 혼약을 맺은 것에 대해 힐문한다. 2월 5일, 이에야스는 마에다 토시이에 등과 화해한다. 3월, 시마즈 이에히사가 카로인 이쥬인 요시타다를 벤다. 미츠나리가 이에히사를 힐문한다. 윤3월 3일, 마에다 토시이에가 사망한다. 미츠나리는 카토 키요마사 · 쿠로다 나가마사 등에게 습격을 받고, 오사카에서 후시미로 달아나 이에야스의 비호를 받으며 자신의 영지인 사와야마로 간다. 6월 22일, 이에야스는 오사카 성에서 히데요리와 대면한다. 7월, 이에야스는 사신을 사츠마에 파견하여 시마즈와 이쥬인 사이의 조정에 노력한다. 9월, 우에스기 카게카츠가 영지인 아이즈로 돌아간다. 9월 27일, 이에야스가 오사카 성의 서쪽 성으로 들어간다.

일본 연호	서력	주요 사건
케이쵸 慶長		이해, 츠시마의 소 씨의 소개로 조선과 강화 교섭이 시작된다.
5	1600	2월 1일, 에치고 카스가야마 성주 호리 히데하루가, 우에스기 카게카츠가 전투 준비를 하고 있음을 이에 야스에게 알린다. 4월 1일, 승려 쇼타이가 이에야스의 뜻을 받들고 카 게카츠에게 상경해서 변명할 것을 권한다. 4월 14일, 카게카츠의 카로 나오에 카네츠구가 쇼타 이의 권고를 거부하고 돌아가 이에야스를 탄핵한다. 5월 3일, 이에야스가 여러 다이묘에게 아이즈 출진을 명령한다. 6월 16일, 이에야스가 오사카 성을 출발하여 에도로 향한다(7월 2일 에도 도착). 7월 7일, 이에야스는 아이즈 출진을 7월 21일로 정하 고, 군령 15개조를 공포한다. 7월 12일, 마시타 나가모리와 오타니 요시츠구, 안코 쿠지 에케이 등이 사와야마 성에서 미츠나리와 회담 하고, 모리 테루모토를 서군의 총대장으로 삼을 것을 결의한다. 7월 17일, 테루모토가 오사카 성의 서쪽 성으로 들어 간다. 다섯 부교 가운데 마시타 나가모리, 나츠카 마 사이에, 마에다 겐이가 이에야스 탄핵문 13개조를 발 표한다. 7월 21일, 이에야스가 에도를 출발하여 아이즈로 향 한다. 7월 24일, 다테 마사무네가 카게카츠의 시로이시 성 을 공략한다. 이에야스는 시모츠케 오야마에서 서군

일본 연호	서력	주요 사건
케이쵸 慶長		의 거병 보고를 접한다. 8월 1일, 서군이 후시미 성을 함락하고, 이에야스의 부장 토리이 모토타다가 전사한다. 8월 5일, 이에야스가 오야마에서 에도로 돌아온다. 8월 상순, 서군이 이세, 미노로 진출한다. 8월 14일, 동군의 선발대인 여러 다이묘들이 오와리 키요스에 집결한다. 8월 23일, 동군이 서군의 기후 성을 함락한다. 9월 1일, 이에야스가 에도를 출발하여 서쪽으로 향한다. 9월 8일, 카게카츠가 동군인 모가미 가의 야마가타 공격을 개시한다. 9월 13일, 이에야스가 기후 성에 도착한다. 9월 15일, 세키가하라에서 양군이 격돌한다. 9월 18일, 사와야마 성이 함락된다. 9월 27일, 이에야스가 오사카 성으로 들어간다. 10월 1일, 이시다 미츠나리, 코니시 유키나가, 안코쿠지 에케이가 쿄토 로쿠죠 강변에서 처형된다. 카게카츠의 군대가 야마가타에서 퇴각한다(츠루오카, 사카타 방면의 철수는 다음해). 10월 10일, 이에야스는 모리 가문과 화해한다(아홉 개 지역에서 두 개 지역으로 영지 감봉). 이후, 여러 다이묘의 재배치에 착수한다.

《 도쿠가와 16신장도 神將圖 》

이에야스의 일생은
토카이 다이묘,
칸토 다이묘,
천하인의 셋으로
나눌 수 있다.
앞 두 시대에
주로 활약한 열여섯
장수의 그림이다.

위로부터 시계 방향

도쿠가와 이에야스
마츠다이라 야스타다
사카키바라 야스마사
오쿠보 타다요
토리이 모토타다
오쿠보 타다스케
타카키 키요히데
핫토리 한조
우에무라 이에마사
요네키즈 토조
와타나베 모리츠나
나이토 마사나리
토리이 모토노부
히라이와 치카요시
혼다 타다카츠
이이 나오마사
사카이 타다츠구

《 도쿠가와 이에야스 관련 연보(1600) 》

◈—서력의 나이는 도쿠가와 이에야스의 나이

일본 연호	서력	주요 사건
케이쵸 ˋ 5 慶長	1600 59세	7월 17일, 모리 테루모토는 이에야스가 없는 틈을 타 사노 츠나마사가 지키고 있는 오사카 성의 서쪽 성을 빼앗는다. 츠나마사는 이에야스의 측실을 야마시로 요도 성으로 옮기고 후시미 성으로 들어간다. 같은 날, 도요토미의 부교 나츠카 마사이에, 마시타 나가모리, 이시다 미츠나리 등이 이에야스의 비리 사항 13개조를 열거하며, 이에야스 토벌을 여러 다이묘에게 주장한다. 같은 날, 쿠로다 나가마사의 어머니와 카토 키요마사의 부인 등이 오사카에서 몰래 도망친다. 7월 19일, 이시다 미츠나리는 후시미 성을 내줄 것을 요구한다. 성을 지키는 토리이 모토타다는 이를 거부하고, 변고를 이에야스에게 보고한다. 후시미 성에 있는 키노시타 카츠토시가 모토타다와 결별하고 성을 탈출한다. 이날, 미츠나리 등 여러 장수들은 후시미 성 공격을 시작한다. 7월 21일, 이에야스는 에도를 출발하여 아이즈로 향한다. 7월 24일, 이에야스는 시모츠케 오야마로 출진한다. 다음날, 토리이 모토타다의 보고를 받고 여러 장수들을 소집하여 거취를 묻는다. 쿠로다 나가마사, 후쿠시마 마사노리 등이 이에야스에게 아군이 되겠다는 서약서를 제출한다. 7월 29일, 이에야스는 야마토 야규 마을의 야규 무네요시에게 거병을 명한다. 무네요시의 아들 무네노리를 시모츠케 오야마에서 서쪽으로 진군하라고 명한다. 8월 1일, 이시다 미츠나리 등의 서군은 야마시로 후시

일본 연호	서력	주요 사건
케이쵸 慶長		미 성을 공격한다. 토리이 모토타다, 마츠다이라 이에 타다 등이 전사한다. 8월 4일, 이에야스는 이이 나오마사, 혼다 타다카츠를 서쪽으로 진군케 하여, 선봉의 군대를 감독하게 한다. 8월 10일, 이시다 미츠나리가 미노 오가키 성으로 들 어간다. 8월 19일, 무라코시 나오요시가 키요스 성에서 이에야 스의 말을 전하며 여러 장수의 태만을 꾸짖는다. 8월 21일, 오다 죠신(노부오)이 서군에 호응하여 오와 리로 들어가지만 곧 동군에 가담한다. 8월 23일, 후쿠시마 마사노리, 이케다 테루마사 등이 미노 기후 성을 함락한다. 8월 24일, 쿠로다 나가마사, 토도 타카토라, 타나카 요 시마사 등이 키소가와를 건너 이시다 미츠나리의 군대 를 공격한다. 미츠나리는 패전하여 오가키 성으로 퇴 각한다. 같은 날, 도쿠가와 히데타다는 시모츠케 우츠노미야 를 출발하여 나카센도에서 미노로 출진한다. 9월 1일, 이에야스는 에도를 출발하여 서쪽으로 진격 한다. 9월 6일, 히데타다는 시나노 우에다 성에서 사나다 마 사유키의 군대와 전투를 벌이고, 미노로 향한다. 9월 8일, 이에야스는 오미 시라스카에 도착한다. 코바 야카와 히데아키의 사자와 만난다. 9월 11일, 이에야스는 오와리 이치노미야에서 토도 타 카토라와 만나 키요스 성으로 들어간다. 9월 14일, 이에야스는 미노 아카사카 성에 도착하여 동군의 여러 장수들과 군사 전략을 의논한다.

일본 연호	서력	주요 사건
케이쵸 慶長		같은 날, 이보다 앞서, 코바야카와 히데아키는 동군과 내통하여 병사를 오미 이시베에 머무르게 한다. 이시다 미츠나리는 이를 의심하여 미노로 출병을 명한다. 그러나 히데아키는 병사 8천을 이끌고 마츠오야마에 포진하여 쿠로다 나가마사 등의 권유에 의해 동군에 호응한다. 이날, 이에야스의 신하 이이 나오마사, 혼다 타다카츠가 히데아키의 노신에게 서약서를 준다. 9월 15일, 양군은 마침내 미노 세키가하라에서 전투를 벌인다. 코바야카와 히데아키는 동군에 호응하여 오타니 요시츠구의 배후를 습격한다. 이로 인해 서군이 대패한다(세키가하라 전투). 같은 날, 쵸소카베 모리치카, 나츠카 마사이에, 안코쿠지 에케이 등이 세키가하라의 패전 소식을 듣고, 미노 난구산 진지에서 퇴각한다. 9월 17일, 이에야스는 이시다 미츠나리의 오미 사와야마 성을 공격한다. 18일, 미츠나리의 아버지 마사츠구와 형 마사즈미 등이 자살하고 성은 함락된다. 9월 19일, 이에야스는 오미 쿠사츠에 도착한다. 타케나카 시게카도, 코니시 유키나가 등이 잡혀서 이에야스에게 보내진다.

옮긴이 이길진 李吉鎭

1934년 황해도 출생. 1958년 서울대학교 사회학과를 졸업하였다.
일본 문학 작품 및 일본 문화에 관련된 많은 책들을 유려한 우리말로 옮겼다.
주요 역서로는 가와바타 야스나리의 『설국』, 이마이 마사아키의 『카이젠』,
오에 겐자부로의 『사육』, 기쿠치 히데유키의 『요마록』,
야마오카 소하치의 『오다 노부나가』, 『사카모토 료마』 등이 있다.

| 부록의 자료 제공 및 감수는 고려대학교 일어일문학과 최관 교수님께서 해주셨습니다.

도쿠가와 이에야스 제22권

1판 1쇄 발행 2001년 5월 25일
2판 2쇄 발행 2023년 5월 1일

지은이 야마오카 소하치
옮긴이 이길진
펴낸이 임양묵
펴낸곳 솔출판사

주소 서울시 마포구 와우산로29가길 80(서교동)
전화 02-332-1526
팩스 02-332-1529
이메일 solbook@solbook.co.kr
홈페이지 www.solbook.co.kr
출판 등록 1990년 9월 15일 제10-420호

이 책의 '부록'은 독자들이 일본의 전국시대를 폭넓게 조망할 수 있도록
전공 학자와 편집부가 참여, 오랜 시간과 많은 비용을 들여 작성한 것입니다.
저작권자인 솔출판사의 서면 동의 없이 무단 전재와 무단 복제를 금합니다.

ISBN   979-11-86634-47-9 04830
ISBN   979-11-86634-22-6 (세트)

• 잘못된 책은 구입한 곳에서 바꿔드립니다.
• 책값은 뒤표지에 표시되어 있습니다.

세키가하라 합전도 병풍, 뒷부분